Inhalt

Wolfgang Hohlbein
proudly presents

Das Internet – unendliche Weiten ... Ursprünglich als Militärprojekt aufgebaut, vernetzt das World Wide Web heute Millionen von Computern und Identitäten, greift tief in unser aller Leben und Alltag ein, ist für viele fast schon unverzichtbar geworden – und entzieht sich jeder Kontrolle. Klingt nach dem Stoff für einige spannende Bücher!

Aber was in aller Welt, liebe Leser, hat das Internet mit dieser *Fantasy Selection* zu tun? Mit Blut saugenden Zeitgenossen und einem längst verstorbenen Pharao, mit Albträumen und Zeitreisen, mit einer Spinnenkönigin und lügenden Engeln, kurz: mit den Phantasien einiger Schriftsteller, die Ihnen hoffentlich die eine oder andere halbe Stunde Vergnügen bereiten (oder den Schlaf rauben)?

Keine Frage: Im Internet kann man nicht nur gezielt nach Informationen suchen oder, wie der Sciencefiction-Autor William Gibson mal sagte, »wunderbar ziellos Zeit verschwenden«; man kann auch richtige Geschichten erzählen. Und zwei dieser Geschichten, die bislang nur im Internet zu lesen waren, finden Sie nun erstmals auch gedruckt im vorliegenden Buch. Meine Kurzgeschichte *Das zweite Gesicht* hat sich der eine oder andere von Ihnen vielleicht schon per Download besorgt und am Bildschirm gelesen ... Aber sind wir ehrlich: Ein Buch im Regal ist doch noch mal etwas anderes! Und für die Story *Im Schatten der Sonne* habe ich nur den Anfang geschrieben; die restliche Geschichte ist durch Ihre Beiträge im Internet Tag für Tag gewachsen! Eine Story, viele Autoren, zusammengeführt durch das Netz der Netze, sozusagen. Was wohl endgültig beweist, dass Internet und Phantasie alles andere als Gegensätze sein müssen!

Aber ich will Sie nicht weiter aufhalten: Viel Spaß beim Lesen im guten alten Buch
wünscht

Ihr

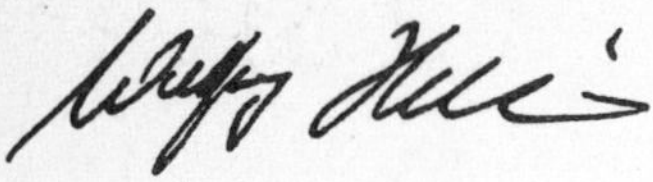

Wolfgang Hohlbein

Das zweite Gesicht

Heute war ein grauer Tag, was bedeutete, dass er fast nichts sehen konnte, aber eben nur *fast*. Die ewige Dunkelheit, in der er lebte, war nicht wirklich dunkel, wenigstens nicht immer, sondern eher wie die trübe Morgendämmerung auf einem Nebelplaneten, auf dem die Dinge zusätzlich ein beunruhigendes Eigenleben entwickelt hatten, sodass er nie wirklich sagen konnte, was real und was eingebildet, was wirklich da oder vielleicht auch unsichtbar war – was manchmal die größte Gefahr darstellte. Als er nach dem Glas zu greifen versuchte, verfehlte er es – selbstverständlich gerade knapp genug, um es mit den Fingerspitzen doch noch zu berühren und umzuwerfen. Er hörte den hellen Klang, mit dem es aufschlug, das plätschernde Geräusch, mit dem sich das Wasser über die Schreibtischplatte und alles, was darauf lag, verteilte, und Denkrads hastiges Lufteinsaugen, gefolgt von einer Reihe rascher, hektischer Bewegungen, mit denen er versuchte die kostbaren Papiere auf seinem Schreibtisch zu retten. Wenigstens vermutete Martin, dass es sich um irgendetwas Wertvolles handeln musste, Denkrads plötzlicher Hektik nach zu urteilen. Sicher war er nicht. Er war schon ein Dutzend Mal hier gewesen, aber noch nie an einem wirklich *hellen* Tag.

»Entschuldigung«, murmelte er. »Das … wollte ich nicht.«

Professor Denkrad wischte noch eine Weile hektisch herum, ohne etwas zu sagen, dann konnte Martin hören, wie er das Glas aufstellte und sich wieder in seinen Sessel sinken ließ – ein schwerer, aus teurem Leder gefertigter Chefsessel dem Geräusch und dem Geruch nach zu urteilen. Er zögerte gerade lange genug, um seiner Antwort auch noch die letzte Spur von Glaubwürdigkeit zu nehmen.

»Das macht nichts«, behauptete er. »Ich müsste mich entschuldigen. Ich hätte das Glas nicht einfach vor Sie hinstellen sollen, ohne etwas zu sagen.«

Hätte, dachte Martin, und *müsste*. Ob Denkrad wohl wusste, wie viel die Stimme und unbewusste Wortwahl eines Menschen über das verrieten, was er *wirklich* meinte? Vermutlich nicht.

Er hörte, wie eine Flasche aufgeschraubt wurde und zischend Kohlensäure entwich. Dann das Geräusch des Einschüttens. Als Denkrad sich über den Tisch beugte und das Glas vor ihm platzierte, schloss er die Augen konzentrierte sich, um den Laut möglichst genau zu orten. Es gelang ihm. Er streckte den Arm aus und ergriff es dieses Mal mit solcher Zielsicherheit, dass Denkrad einen Moment reglos verharrte, vermutlich, um ihn überrascht anzusehen.

»Erstaunlich«, sagte er. »Vor einem Jahr hätten Sie nicht einmal den Stuhl gefunden, ohne sich ein Dutzend blaue Flecke zu holen. Sie machen Fortschritte.«

»Ich habe nicht mehr sehr viel Zeit zum Üben«, antwortete Martin. »Der Krebs macht auch Fortschritte, wissen Sie? Ich schätze, ich habe noch ein halbes Jahr, bevor die Lichter ganz ausgehen.« Er trank einen winzigen Schluck und bedauerte es zutiefst, die Reaktion auf Denkrads Gesicht nicht sehen zu können.

»Wenn ich eine Prognose abgeben sollte, würde ich eher sagen, vier Monate«, sagte Denkrad nach einer Weile. Martin konnte hören, wie er mit den Achseln zuckte. »Es tut mir Leid. Sie haben mich damals ausdrücklich gebeten, Ihnen immer und brutal die Wahrheit zu sagen.«

»Habe ich mich beschwert?«, fragte Martin.

»Nein.« Wieder schwieg er einige Sekunden, in denen Martin regelrecht hören konnte, wie er ihn anstarrte. Dann hörte er das Geräusch, mit dem ein Knopf auf irgendeiner Tastatur gedrückt wurde, und der Arzt fuhr mit veränderter Stimme und nicht in seine Richtung gewandt fort: »Bettina, ich möchte in den nächsten fünfzehn Minuten nicht gestört werden. Unter gar keinen Umständen.«

Das war beunruhigend, fand Martin. Denkrad hatte ihn vollkommen korrekt zitiert – er *hatte* darum gebeten, dass der Arzt kein Blatt vor den Mund nehmen sollte, wenn es um seinen Zustand und seine Aussichten ging, aber Denkrad war auch sonst nicht unbedingt das, was man zart besaitet nannte. Martin hatte sein Gesicht niemals gesehen. Als sie sich vor zwei Jahren das erste Mal begegnet waren, war seine Welt schon zu einer grauen Einöde aus Schemen und größtenteils eingebildeter Bewegung geworden, in der er allenfalls noch Silhouetten auseinander halten konnte, aber nicht mehr Gesichter. Trotzdem glaubte er eine ganz gute Vorstellung von seinem Aussehen zu haben. Denkrad war ein harter Mann, ein Zyniker an der Grenze zur Brutalität, der den Großteil seiner Gefühle schon vor vielen Jahren seiner Karriere geopfert hatte. Möglicherweise eine Koryphäe auf seinem Gebiet, aber trotzdem wohl eher ein Schlachter als ein Chirurg. Dennoch bemühte er sich normalerweise um ein Mindestmaß an – wahrscheinlich geheucheltem – Mitgefühl. Heute war davon in seiner Stimme allerdings nichts zu hören, dafür aber eine gehörige Portion Nervosität.

Er wartete eine ganze Weile vergeblich darauf, dass der Arzt weitersprach. Schließlich trank er einen Schluck von seinem Wasser, stellte das Glas auf den Millimeter genau auf die Stelle zurück, von der er es genommen hatte, und sagte: »Also gut. Raus mit der Sprache.«

»Was meinen Sie?«

Martin zog eine Grimasse. »Sie haben mich doch nicht hierher bestellt, um mich zu meinen Fortschritten im Erlernen der Blindenschrift zu beglückwünschen – oder nur, um mir mitzuteilen, dass ich nur noch vier Monate habe statt sechs.«

»Nein«, antwortete Denkrad. »Natürlich nicht.« Mehr nicht. Anscheinend wollte er Spielchen spielen. Oder er war noch nervöser, als Martin angenommen hatte.

»Weshalb dann?«

Statt zu antworten, zog Denkrad eine Schublade an seinem Schreibtisch auf. Etwas klickte, dann erfüllte der durchdringende Geruch nach brennendem Zigarettentabak die Luft. Seltsam – er konnte sich nicht erinnern, dass Denkrad jemals in seiner Gegenwart geraucht hatte.

»Auch eine?«

»Danke.« Martin schüttelte den Kopf. »Rauchen ist ungesund, wissen Sie? Man kann Krebs davon bekommen.«

»Zweifellos.« Denkrad nahm einen tiefen Zug und blies den Rauch – ganz gewiss *nicht* zufällig – genau in seine Richtung. Dann sagte er: »Sie haben gewaltige Angst davor, blind zu werden, nicht wahr?«

»Ich *bin* es bereits«, antwortete Martin. *Verdammt, was sollte das?* »Nur, falls Sie es vergessen haben, Herr Professor – ich bin seit zwei Jahren bei Ihnen in Behandlung, *weil* ich blind bin.«

»Nein«, antwortete Denkrad. »Das sind Sie nicht. Sie haben noch einen Rest von Sehvermögen. Nicht viel. Ein, zwei Prozent, denke ich. Das ist wenig, aber immer noch hundert Prozent mehr, als Sie in vier Monaten haben werden. Sie können noch hell und dunkel unterscheiden, nicht wahr? An guten Tagen sehen Sie sogar noch Silhouetten.«

»An sehr guten«, antwortete Martin. »Was soll das?«

»Sie sind nicht mein einziger Patient mit diesem Krankheitsbild«, fuhr Denkrad fort, ohne seine Frage auch nur im Ansatz beantworten zu wollen. »Aber Sie sind einer von sehr wenigen. Wirklich *sehr* wenigen. Und Sie sind der mit der größten Angst.«

»Was … soll das?«, fragte Martin. Er wurde allmählich wütend.

»Ich kenne Sie seit zwei Jahren, Martin«, fuhr Denkrad vollkommen unbeeindruckt fort. Seine Stimme war so ruhig, dass Martin plötzlich klar wurde, dass er sich jedes Wort sorgsam zurechtgelegt und möglicherweise sogar geübt hatte. »Sie haben panische Angst davor, Ihr Augenlicht zu verlieren. Sie sind fast blind, aber eben nur fast, und Sie sind ein genügsamer Mensch. Sie könnten schlimmstenfalls mit dem leben, was Sie noch haben – hell und dunkel zu unterscheiden, ein Fenster zu finden, wenn es draußen Tag ist, die Silhouette zu sehen, die zu der Stimme gehört, die zu Ihnen spricht … aber Sie würden es nicht ertragen, in *vollkommener* Dunkelheit zu leben. Wie oft haben Sie an Selbstmord gedacht, in den letzten zwei Jahren?«

»Was soll das?«, fragte Martin noch einmal. »Ist das Ihre Art von Humor?«

»Unzählige Male«, behauptete Denkrad. *Nein, er behauptet es nicht,* dachte Martin, *er hat Recht.* »Sie sind fest entschlossen, Ihrem Leben ein Ende zu setzen, sobald Ihr Augenlicht vollkommen erloschen ist. Sie wissen sogar schon, wie. Sie verweigern einfach die Operation.«

»Das ist es also«, sagte Martin. Er war fast erleichtert. »Geben Sie sich keine Mühe. Ich lasse mich nicht operieren.«

»Denken Sie wenigstens an Ihre Frau.«

»Das ist eher ein zusätzlicher Grund, es nicht zu tun«, sagte Martin böse. »Ich habe sie seit einem Jahr nicht mehr gesehen. Und das wird wohl auch so bleiben.« Er hasste Denkrad dafür, dass er Andrea ins Spiel brachte. Sie waren zehn Jahre zusammen und das letzte dieser zehn Jahre war die reine Hölle gewesen – und trotzdem war sie ihm nicht egal.

»Das ist nicht wahr«, sagte Denkrad. »Sie sind es ihr schuldig, weiterzuleben.«

»Das geht Sie nichts an«, sagte Martin. »Ich sage Nein.«

»Weil Sie es für den bequemsten Ausweg halten«, sagte Denkrad. »Aber Sie täuschen sich, wenn Sie glauben, dass es leicht sein wird. Der Krebs wird nicht aufhören zu wachsen. Er wächst sehr, sehr langsam, aber er wächst. Im Moment zerfrisst er nur Ihr Sehzentrum, aber er wird sich weiter ausbreiten. Sie werden sterben.«

»Das ist mein Problem, oder?«, fragte Martin feindselig.

»Wirklicher Selbstmord kommt für Sie nicht infrage«, fuhr Denkrad fort. Er *hatte* diesen Monolog auswendig gelernt und offensichtlich konnte ihn nichts davon abbringen, ihn zu Ende vorzutragen. »Das könnten Sie Ihrer Familie nicht antun oder vielleicht auch nicht mir Ihrem Verständnis von Religion und Ethik vereinbaren. Vielleicht sind Sie auch nur zu feige dazu. Sie glauben, es wäre der einfachste Weg – den Krebs die Arbeit für Sie erledigen lassen. Aber Sie täuschen sich.«

»Wieso?«, fragte Martin feindselig. Er fühlte sich ertappt und irgendwie in die Ecke gedrängt. »Wollen Sie mir damit sagen, dass ich nicht daran sterben werde?«

Denkrad stand auf und begann langsam im Zimmer auf und ab zu gehen. »Doch, das werden Sie«, antwortete er. »In zehn Jahren. Oder in fünfzehn.«

»Wie ... bitte?«, murmelte Martin.

»Wie gesagt: Ihr Krebs wächst *sehr* langsam. Ich vermute, dass Sie ihn schon seit mindestens zehn Jahren haben, wenn nicht länger. Sie *werden* sterben, aber es wird weder schnell gehen, noch wird es schmerzlos sein. Der Krebs wird sich weiter in Ihr Gehirn fressen und er wird andere, vielleicht wichtigere Teile als nur Ihr Sehzentrum zerstören. Wenn Sie Glück haben, werden Sie vergessen, was Ihnen passiert und wer Sie sind, aber wahrscheinlicher ist, dass Sie früher oder später im Rollstuhl landen, einige Ihrer Körperfunktionen nicht mehr beherrschen, nicht mehr sprechen können … und die Schmerzen natürlich nicht zu vergessen. Irgendwann werden Sie sterben, aber es wird lange dauern und es wird die Hölle sein. Wissen Sie, dass die meisten Schmerzmittel ihre Wirkung verlieren, wenn man sie über längere Zeit einnimmt?«

»Was … was soll das?«, fragte Martin erneut. »Warum zum Teufel erzählen Sie mir das?«

Denkrad blieb stehen. Martin konnte spüren, wie er ihn anstarrte. »Sie wollten es so«, sagte er. »Sie haben mich ausdrücklich gebeten, Ihnen nichts vorzumachen. Schon vergessen?«

»Nein«, sagte Martin nervös. Sein Herz klopfte. »Aber warum *jetzt?* Verdammt, ich weiß das alles selbst. Haben Sie mich extra kommen lassen, um …«

»… Ihnen einen Vorschlag zu unterbreiten«, fiel ihm Denkrad ins Wort. Man musste nicht über das extrem scharfe Gehör eines Blinden verfügen, um zu hören, wie schwer ihm diese Worte fielen.

»Welchen Vorschlag?«, fragte Martin misstrauisch.

»Ich möchte Sie operieren«, sagte Denkrad. »Ich werde den Krebs entfernen …«

»Ich habe doch wohl deutlich genug gesagt, dass ich …«

»… und ich werde Ihnen dabei Ihr Sehvermögen zurückgeben«, schloss Denkrad.

Der Schmerz, mit dem die Injektionsnadel in seine Vene eindrang, nahm ihm fast den Atem; das nachfolgende sachte Brennen verwandelte sich binnen einer halben Sekunde in das Gefühl, dass rot glühende Lava in seinen Kreislauf gepumpt wurde. Sein Herz hämmerte, als wollte es zerspringen.

»Sie sind ganz sicher, dass Sie es wollen?«, fragte Denkrad.

Martin schüttelte den Kopf und biss die Zähne zusammen. »Selbstverständlich will ich es nicht«, antwortete er. »Machen Sie weiter, verdammt noch mal. Wir haben nicht viel Zeit.«

Er konnte spüren, wie Denkrad den Kolben der Spritze schneller hinunterdrückte. Die Lava in seinen Adern loderte jetzt *weiß*. Es war verrückt – Martin wusste ganz genau, dass dieser Schmerz nicht wirklich existierte. Er bekam eine Spritze, das war alles. Abgesehen von dem kleinen Piekser und dem sanften Brennen in seiner Armbeuge war alles andere psychosomatisch. Er spürte diesen grässlichen Schmerz, weil er wusste, dass er kommen würde. Jedes einzelne Molekül in seinem Körper erinnerte sich noch zu gut an die letzten drei- oder viermal, als er diese Prozedur auf sich genommen hatte. Und die vermeintlichen Höllenqualen, die er litt, waren nichts anderes als die Erwartung der *wirklichen* Torturen, die kommen würden – vielleicht in zwanzig Minuten, wenn er Glück hatte. Wenn nicht schon in zehn. Unglückseligerweise nutzte ihm dieses Wissen rein gar nichts. Psychosomatisch oder nicht, der Schmerz trieb ihm die Tränen in die Augen und ließ seine Stimme beben.

»Wir haben genug Zeit«, sagte Denkrad, während er die Nadel aus seiner Vene zog und mit einer routinierten Bewegung ein kaum briefmarkengroßes Heftpflaster in seine Armbeuge klebte. »Es ist alles vorbereitet. Bleiben Sie eine Minute liegen. Sobald der Schwindel vorbei ist, gehen wir.«

Martin hatte keine Minute zu verschenken. Er setzte sich auf, kippte prompt in einer unfreiwilligen Fortsetzung der Bewegung nach vorne und wäre Denkrad vermutlich vor die Füße gefallen, hätte der Arzt die Katastrophe nicht kommen sehen und ihn aufgefangen. Hinter seiner Stirn drehte sich alles und ihm war für einen Moment nicht nur schwindelig, sondern entsetzlich übel.

Denkrad runzelte missbilligend die Stirn, beließ es aber dabei als Kommentar und geduldete sich, bis Martin sich aus eigener Kraft von ihm löste und vorsichtig aufstand. Er fühlte sich noch immer ein wenig unsicher auf den Beinen, aber er konnte stehen.

»Kommen Sie«, sagte Denkrad. »Es ist gleich nebenan.«

Erst als er zurücktrat und eine zusätzliche einladende Handbewegung machte, wurde sich Martin des Umstandes bewusst, dass er sowohl sein Stirnrunzeln als auch den missbilligenden Ausdruck auf Denkrads Gesicht *gesehen* hatte. Nicht besonders scharf und in Farben, die diesen Ausdruck nicht verdienten, aber er hatte es *gesehen*. Unglaublich: Es war so ein kostbares Gut und nun hatte er es zurück – wenn auch nur für wenige Minuten – und er hatte es im ersten Moment nicht einmal *gemerkt*.

Irgendetwas zwischen fünf und zehn Prozent seiner geliehenen Sehzeit war vorüber, als er Denkrad aus dem Raum und über den schmalen Krankenhausflur in das Laboratorium folgte. Alles hier war steril – weißes Plastik, Glas und Chrom – und es gab eine doppelte Sicherheitsschleuse, die sie passieren mussten, bevor sie das eigentliche Labor betraten. Denkrad beeilte sich, die Prozedur so schnell wie möglich zu absolvieren, und verstieß dabei vermutlich gegen mindestens ein Dutzend Sicherheitsvorschriften, die er selbst erlassen hatte. Trotzdem vergingen zwei weitere Minuten, bevor sie das eigentliche Labor betraten. Martin sah sich nervös um. Alles war so steril und kalt und trotzdem unendlich kostbar, einfach, weil er es *sehen* konnte, aber er erwartete auch, dass die Schatten allmählich wieder tiefer werden und die Farben zu einem grauen Brei verblassen würden – wie jedes Mal, bevor seine Sehkraft wieder erlosch und die Schmerzen kamen. Das Medikament, das ihm Denkrad gespritzt hatte, war kein zugelassenes Medikament, sondern ein selbst gemixter Cocktail, über dessen Zusammensetzung sich der Arzt ausschwieg und dessen bloße Existenz ihm vermutlich seine Approbation gekostet hätte – im Grunde eine Mischung aus verschiedenen Nervengiften, die die Krebsgeschwulst in seinem Großhirn für einige kurze Minuten paralysierte und den Druck auf sein Sehzentrum so weit milderte, dass er für einige kostbare Momente wieder sehen konnte. Aber die Nebenwirkungen waren grässlich: Für mindestens zwei oder drei Tage erwarteten ihn nicht nur vollkommene Blindheit, sondern auch rasende Kopfschmerzen, Übelkeit und ein paar andere Dinge, auf die er liebend gerne verzichtet hätte.

Außerdem bestand eine Zehn-Prozent-Chance, dass ihn das Zeug umbrachte oder sein Gehirn zu Mus zerkochte.

Aber er musste es tun.

Er musste *sehen*, was geschah.

»Ist alles vorbereitet?«

Denkrads Frage galt einem der drei in grüne OP-Kittel gehüllten Männern, die sie erwarteten. Martin empfand sie als höchst überflüssig. Wer mit Professor Denkrad arbeitete, der *hatte* alles vorbereitet, wenn der Arzt erschien, oder er arbeitete nicht mehr mit ihm. Es war auch keine wirkliche Frage gewesen, sondern wohl eher eine verkappte Drohung. Trotzdem nickte einer der drei Männer, während sich die beiden anderen hastig umwandten und sich an irgendwelchen Apparaturen zu schaffen machten. Martin konnte nicht erkennen an welchen oder weshalb. Die entsprechenden Teile in seinem Gehirn waren schon zu sehr zerstört, als dass er mehr als ein chaotisches Durcheinander aus Monitoren, Knöpfen und zuckenden Lichtern wahrnehmen konnte. Ein leises, elektronisches Wispern lag in der Luft und ein rhythmisches Zischen wie von einer altertümlichen eisernen Lunge.

»Kommen Sie, Martin«, sagte Denkrad. »Es ist so weit. Wecken Sie sie auf.«

Der letzte Satz galt dem Mann auf der anderen Seite des futuristisch anmutenden Glasbehälters, der in der Mitte des Raumes stand. In Größe und Form ähnelte er einem Brutkasten, wie man sie auf einer modernen Säuglingsstation sah (Martin vermutete, dass er irgendwann einmal genau das gewesen war), besaß aber zahllose zusätzliche Anschlüsse, Stecker, Kabelverbindungen und Sensoren. Gleich vier winzige Videokameras überwachten jeden Quadratmillimeter des Behältnisses, und das vermutlich auch auf Frequenzen, die nicht nur Martins Augen nicht wahrnahmen.

»Kommen Sie, kommen Sie«, sagte Denkrad noch einmal. Er wedelte aufgeregt mit der Hand und Martin machte mit klopfendem Herzen einen weiteren Schritt und blieb neben ihm stehen.

Denkrad hatte ihm erklärt, was er sehen würde; immer wieder und in allen Einzelheiten. Trotzdem erschrak er im ersten

Moment bis ins Innerste. Und das Absurdeste war: Sein schlechtes Gewissen meldete sich. Der Tierschutzverein würde diese Versuchsanordnung nicht gutheißen, dachte er hysterisch. Ganz und gar nicht.

Auf dem mit einer weichen Plastikmatte ausgelegten Boden des Kastens lag eine kleine, schwarzweiß getigerte Katze. Vielleicht auch ein Katzen-Cyborg, so genau war das nicht zu sagen. Das Tier war an zahllosen Stellen verdrahtet und verkabelt und zusätzlich mit so etwas wie miniaturisierten Fußschellen festgekettet, sodass es allenfalls aufstehen, sich aber kaum bewegen konnte. Ein dünner Plastikschlauch führte in sein Maul und jemand hatte eine Kanüle, die im Verhältnis zu dem winzigen Katzenkörper geradezu monströs aussah, scheinbar direkt in sein Herz gestoßen. Von den Augenbrauen beginnend bis in den Nacken war der Kopf des Tieres kahl geschoren und man konnte die dünne, rote Linie sehen, wo Denkrad seine Schädeldecke abgenommen und anschließend wieder eingesetzt hatte. Martin war kein Chirurg, aber er hatte nicht den Eindruck, dass er dabei sehr behutsam zu Werke gegangen war. Das Tier war ohne Bewusstsein, aber es atmete sehr schnell. Deutlich konnte Martin sehen, wie sein Herz klopfte. Es *war* verrückt, wenn er bedachte, was für ihn auf dem Spiel stand – aber im allerersten Moment war alles, was er empfand, ein tiefes Mitleid für diese winzige, gequälte Kreatur. Und ein an Hass grenzender Zorn auf den Mann, der ihr das angetan hatte. Er liebte Katzen.

»Sie wacht in einer Minute auf«, sagte Denkrad, »spätestens.«

Es gelang ihm nicht mehr ganz, sein Nervosität zu verbergen – was nicht unbedingt dazu beitrug, *Martins* Nervosität zu dämpfen.

Und wenn nicht?

Er hatte die Frage nicht laut ausgesprochen, aber Denkrad musste sie wohl auf seinem Gesicht gelesen haben, denn er beantwortete sie. »Machen Sie sich keine Sorgen. Der Eingriff ist hervorragend verlaufen. Sie …«

Der Körper der Katze zuckte. Sie blinzelte, versuchte sich zu bewegen und fiel kraftlos wieder zurück. Aber sie war wach. Nach ein paar Sekunden öffnete sie die Augen und stieß ein klägliches Miauen aus. Martins Herz begann zu rasen.

Denkrad atmete hörbar auf. »Sehen Sie? Sie hat alles gut überstanden.«

Martin trat noch näher an den Glaswürfel heran und beugte sich vor, so weit es die durchsichtigen Wände zuließen. Das Tier war eindeutig am Leben und es war eindeutig *wach.* Aber konnte es *sehen?*

Ohne ein weiteres Wort trat Denkrad neben ihn, öffnete die Verschlüsse des Brutkastens und klappte die gesamte Vorderfront herunter. Die Ohren der Katze zuckten, aber Martin war nicht sicher, ob das Tier die Bewegung wirklich gesehen hatte oder ob es vielleicht nicht nur eine Reaktion auf das Geräusch war. Die Augen des Tierchens standen einen Spaltbreit offen, aber seine Pupillen bewegten sich nicht. Selbst, als sich Denkrad vorbeugte und nicht besonders sanft zuerst die Kanüle aus seiner Flanke und dann den Plastikschlauch aus seinem Maul zog, reagierte es nur mit einem schwächlichen Maunzen und vielleicht der Andeutung einer Bewegung, aber sein Blick blieb starr. Denkrad schubste es leicht mit dem Zeigefinger an, richtete sich auf und sah einen Moment lang ratlos aus. Erschrocken? Nein – wenn überhaupt, dann eher *wütend.*

»Sie reagiert nicht«, sagte Martin.

»Das kann an der Narkose liegen«, sagte einer der anderen Ärzte. »Sie ist benommen. Leichte Sehstörungen sind nichts Besonderes, wenn man aus einer Narkose erwacht. In einer halben Stunde ist sie wieder auf den Beinen und schnorrt Sie um eine Schale Milch an.«

»Wir *haben* aber keine halbe Stunde«, sagte Denkrad gepresst. »Sie haben das Mittel zu hoch dosiert, Sie Idiot.«

Der Mann war klug genug, nicht darauf zu antworten. Denkrad starrte einen Moment lang wütend ins Leere, dann beugte er sich vor und versetzte der Katze einen zweiten, deutlich derberen Stoß. Diesmal klang ihr Miauen kräftiger und sie hob sogar den Kopf. Aber als Denkrad die Hand vor ihren Augen auf und ab bewegte, erfolgte keine Reaktion.

»Sind Sie sicher, dass Sie alles richtig gemacht haben?«, fragte Martin.

Er hatte mit einer wütenden Antwort gerechnet, aber Denkrad nickte nur. »Wir haben ihr Sehzentrum komplett entfernt«, sagte er. »Zusammen mit den Sehnerven, den Augäpfeln und den dazugehörigen Muskelsträngen. Danach haben wir die entfernten Teile durch die einer anderen Katze ersetzt. Die Operation ist ohne Komplikationen verlaufen.« Er zuckte mit den Schultern. »Es müsste alles funktionieren.«

Seine Worte machten Martin wütend. Er sollte enttäuscht sein, aber er empfand nur Wut auf Denkrad, der über das Tier sprach wie über ein beschädigtes Automobil, das er repariert hatte. Er beugte sich vor, hielt die Hand vor das Gesicht der Katze und bewegte die Finger hin und her.

Ihre Ohren zuckten. Für einen ganz kurzen Moment folgten die Pupillen der Bewegung seiner Finger, ehe sie wieder starr wurden.

»Da!« Denkrad zog triumphierend die Luft ein. »Haben Sie gesehen? Sie hat reagiert.«

Er war nicht sicher, ob er es wirklich gesehen hatte. Vielleicht hatte er es gesehen, vielleicht hatte er aber auch nur *geglaubt*, es zu sehen, weil er es *erwartete*. Er streckte die Hand noch einmal aus und ein weiß glühender Pfeil aus reinem Schmerz schoss mit solcher Gewalt durch sein Gehirn, dass er nach vorne taumelte und gestürzt wäre, hätte er sich nicht im letzten Moment am Rand des Glasbehälters festgeklammert.

»Was ist?«, fragte Denkrad erschrocken.

»Es ... geht los«, murmelte Martin mit zusammengepressten Zähnen. Der Schmerz ebbte allmählich ab, aber er wusste, dass er wiederkommen würde, sehr bald und sehr viel schlimmer. Die wenigen Farben, die er ohnehin nur sah, begannen bereits zu verblassen und die Schatten waren tiefer geworden.

»Jetzt schon? Das Mittel müsste noch ...«

Martin winkte ab. Ihm blieb so entsetzlich wenig Zeit. Ohne auf Denkrads und die besorgten Blicke der anderen zu achten, streckte er wieder die Hand aus, nahm den Katzenkopf zwischen Daumen und Zeigefinger und zwang das Tierchen, direkt in seine Richtung zu blicken. Er bewegte die andere Hand vor seinen Augen, aber seine Sehkraft hatte schon zu sehr nachgelassen. Er konnte nicht *sehen*, ob sich die Pupillen der Katze bewegten.

»Sie reagiert«, sagte Denkrad. »Sie versucht, der Bewegung zu folgen.«

»Ich muss sicher sein«, sagte Martin gepresst. »Vielleicht reagiert sie nur auf den Luftzug. Oder sie spürt die Bewegung.«

Der Schmerz kam wieder, nicht in einer grellen Explosion wie gerade eben, sondern langsam, aber nun auf eine unaufhaltsame Art anschwellend; ein brennender Tsunami, vor dem es kein Entrinnen gab.

»Verdammt noch mal, was erwarten Sie?«, fragte Denkrad gereizt. »Es hat funktioniert, das allein zählt. Sie kann sehen. Und das wollen Sie doch auch, oder?«

Martin schüttelte stur den Kopf. Er schätzte, dass ihm noch eine Minute blieb, wenn nicht weniger. »Ich … werde keiner Operation zustimmen, wenn ich keinen Beweis habe, dass sie auch Aussicht auf Erfolg hat«, sagte er. Er musste seine ganze Kraft und Konzentration aufwenden, um überhaupt noch reden zu können. Ausfallerscheinungen. In wenigen Augenblicken würde er zusammenbrechen und wimmernd um eine Betäubungsspritze betteln. Er sah jetzt gar keine Farben mehr und in seinem Mund war der Geschmack von Blut. Er hatte sich auf die Zunge gebissen, ohne es auch nur zu merken.

»Verdammt, Sie …« Denkrad brach ab und schüttelte den Kopf. »Also gut. Wir brauchen einen stärkeren Reiz. Irgendetwas, worauf sie reagiert – laufen Sie ins Labor und holen Sie eine Maus. Schnell!«

Während einer der Männer davonhastete, um das Gewünschte zu holen, nahm Denkrad Martin beim Arm und führte ihn zu einem Stuhl. Es war erniedrigend, Martin fühlte sich elend und bloßgestellt wie ein Erstklässler, den man gezwungen hatte, vor allen Mädchen der Schule die Hosen herunterzulassen. Aber er hatte keine Kraft mehr zu gehen. Die Schmerzen waren noch nicht da, aber er konnte bereits das Brüllen des Tsunamis hören. Er sah nur noch Schatten. Er wollte sterben. Jetzt.

»Das tut mir Leid«, sagte Denkrad. Vielleicht zum ersten Mal, so lange Martin ihn kannte, hatte er das Gefühl, dass die Worte ehrlich gemeint waren. »Ich hatte gehofft, dass Sie noch ein paar Minuten mehr haben.«

»Geben Sie mir … noch eine von Ihren … verdammten Spritzen«, stöhnte Martin.

»Das kann ich nicht tun«, antwortete Denkrad.

»Sie müssen. Ich bestehe darauf!«

»Diese Verantwortung kann ich nicht übernehmen«, sagte Denkrad. »Es könnte Sie umbringen. Und ich kann Ihnen nicht einmal garantieren, dass sie wirkt.«

»Das ist mein Problem!«, murmelte Martin. Er war nicht ganz sicher, ob er die Worte tatsächlich noch ausgesprochen hatte. Er war jetzt völlig blind. Alles rings um ihn herum war schwarz. Ein Schwarz von einer Tiefe, wie er es nie zuvor erlebt hatte.

»Ich fürchte, das ist es nicht«, sagte Denkrad. »Als Ihr Arzt …«

»… versuchen Sie alles, um mich zu dieser Scheiß-Operation zu überreden«, fiel ihm Martin ins Wort. »Sie brauchen einen Freiwilligen, an dem Sie Ihre Theorie ausprobieren können, nicht wahr? Und ich bin der Einzige, der verrückt genug wäre, es zu tun, habe ich Recht? Aber so lange Sie mir nicht beweisen, dass es funktioniert, sage ich Nein. *Also entweder geben Sie mir diese verdammte Spritze oder Sie können den Nobelpreis vergessen!«*

Schmerz und Übelkeit schlugen wie eine Woge über ihm zusammen. Sein Körper war von der Hüfte abwärts gelähmt, aber sein Geruchssinn verriet ihm, dass er nun auch die Kontrolle über seine Körperfunktionen verloren hatte. Warum war das Schicksal nicht gnädig mit ihm und ließ auch sein Herz vergessen, wie man schlug?

Er wartete darauf, das Bewusstsein zu verlieren, aber das geschah nicht. Nach einigen Augenblicken spürte er, wie sich jemand an seinem Arm zu schaffen machte, dann wurde eine glühende Nadel in seine Vene gestoßen und lodernde Lava brannte sich den Weg durch seine Adern. Seine Sehkraft kam so abrupt zurück, als hätte jemand in seinem Kopf einen Schalter umgelegt.

Das Erste, was er sah, war Denkrads Gesicht. Der Arzt blickte ihn fragend und durchdringend an, ohne eine Spur von Mitleid in den Augen, aber dafür so voller Zorn, dass Martin zurückgeprallt wäre, hätte er die Kraft dazu gehabt.

»Alles okay?«

Er wollte antworten, aber er konnte es nicht. Sein Körper gehorchte ihm nicht mehr. Aber er konnte sehen und zumindest die Andeutung eines Nickens zustande bringen.

Denkrad und einer der anderen Ärzte trugen ihn kurzerhand mit dem Stuhl zurück zum Brutkasten. Die Katze lag noch immer auf der Seite und atmete schnell, machte aber ansonsten keinen Versuch, sich zu bewegen. Ihre Augen waren offen und starr.

Er musste wohl doch länger weggetreten sein, als ihm bis zu diesem Moment bewusst gewesen war, denn der Mann, den Denkrad weggeschickt hatte, war zurück und stand auf der anderen Seite des Brutkastens. Er hielt ein kleines Plexiglas-Terrarium in den Händen, in dem zwei weiße Labormäuse aufgeregt hin und her rannten.

»Sie hätten mir glauben sollen«, sagte Denkrad wütend. »Sie sind ein Dummkopf, Martin, wissen Sie das? Sie setzen alles aufs Spiel, nur weil Sie einen *Beweis* haben wollen. Also gut. Sie kann sehen. Ich beweise es Ihnen!«

Er machte eine entsprechende Bewegung. Der Mann auf der anderen Seite des Kastens öffnete den Deckel des Terrariums und ergriff eine der Mäuse mit geübter Bewegung am Schwanz, um sie herauszunehmen, aber Denkrad schüttelte ärgerlich den Kopf.

»Lassen Sie das, Sie Blödmann!«, sagte er. »Wollen Sie, dass sie sie riecht? Stellen Sie das ganze verdammte Ding da rein. So, dass sie sie sehen kann.«

Der Mann sah für einen Moment regelrecht schuldbewusst aus und beeilte sich die Maus zurückzusetzen und das Terrarium wieder zu schließen. Mit einer übertrieben umständlichen Bewegung beugte er sich vor und stellte den kleinen Plexiglasbehälter so in den Brutkasten, dass Denkrad und Martin ihn und die Katze gleichzeitig im Auge behalten konnten.

Im allerersten Moment erfolgte auch jetzt keine Reaktion, dann aber zuckten die Ohren der kleinen Katze, bewegten sich wie winzige Radarantennen in Richtung des Terrariums und eine Sekunde später drehte sie den Kopf in die gleiche Richtung. Ihre Pupillen wurden groß. Sie *sah* die Mäuse.

»Es … es hat funktioniert«, murmelte Denkrad. »Martin, sehen Sie doch. Sie sieht sie. *Sie kann sehen!«* Obwohl sie noch immer sehr schwach war, versuchte sich die Katze aufzurichten. Sie fiel zweimal auf die Seite, stand aber schließlich auf und machte einen Schritt auf den kleinen Glaskasten zu, bis die winzigen Fußfesseln der Bewegung ein Ende setzten. Ein leises, tiefes Knurren drang aus ihrer Brust; ein Laut, den Martin viel mehr von einem Hund als einer Katze erwartet hätte.

»Sie sieht sie!«, sagte Denkrad triumphierend. »Es hat funktioniert! Martin, sehen Sie doch!«

Er klang erleichterter, als er hätte sein dürfen, dachte Martin, wo er doch angeblich so hundertprozentig sicher gewesen war. Aber er hatte Recht: Die Katze zerrte weiter an ihren Fesseln und versuchte sich dem Terrarium zu nähern. Der Blick ihrer großen, fast unnatürlich weit aufgerissenen Augen folgte aufmerksam den Bewegungen der beiden Mäuse. Sie *konnte* sehen.

Trotzdem sagte er: »Vielleicht hört Sie nur ihre Schritte. Katzen haben ein gutes Gehör.«

Denkrad schüttelte den Kopf, aber er war jetzt nicht mehr ärgerlich, sondern strahlte über das ganze Gesicht. »Man sollte die Bibel umschreiben«, sagte er, »und aus dem ungläubigen Thomas einen ungläubigen Martin machen. Sie wollen einen Beweis?« Er hob die Schultern. »Warum nicht? Außerdem hat sich unser kleiner Tiger hier sowieso eine Belohnung verdient, finde ich.«

Er beugte sich vor, öffnete den Deckel des Terrariums und musste drei- oder viermal zugreifen, ehe es ihm gelang, eines der Tiere am Schwanz zu erwischen. Grinsend hob er die Maus heraus und schwenkte sie in Richtung der Katze. »Hier, Tiger«, sagte er. »Deine Belohnung. Guten Appetit.«

Die Maus begann vor Panik zu Piepsen und mit den Beinen zu strampeln – und die Katze stieß ein so schrilles Kreischen aus, dass es fast in den Ohren schmerzte, und warf sich voller Entsetzen zurück, bis ihre Fesseln der Bewegung ein brutales Ende setzten. Sie stürzte auf die Seite, sprang sofort wieder hoch und fiel erneut. Ihr Kreischen wurde immer schriller.

»Was …?«, murmelte Denkrad. Verwirrt blickte er die Maus in seiner Hand an, dann wieder die Katze und schließlich noch einmal die winzige weiße Maus. Dann zuckte er mit den Schultern und trat einen halben Schritt zur Seite, um das Tierchen direkt vor dem Gesicht der Katze hin und her zu schwenken.

»Was ist denn los mir dir?«, fragte er. »Ein Mausburger, ganz allein für dich. Hier, friss!«

Die Katze kreischte. Martin hätte es bis zu diesem Moment nicht einmal für möglich gehalten, aber der Ausdruck, den er in den Augen des Tieres sah, ließ sich mit keinem anderen Wort als *nacktem Entsetzen* beschreiben. Wie von Sinnen riss und zerrte die Katze an ihren Fesseln. Ein furchtbarer, knackender Laut erscholl, als einer ihrer Läufe brach. Sie fiel auf die Seite, sprang sofort wieder hoch und warf sich mit verzweifelter Kraft zurück.

»Hören Sie auf«, murmelte Martin. »Denkrad, verdammt, *hören Sie auf!*« Denkrad reagierte nicht und es hätte vermutlich auch nichts geändert. Es dauerte nur noch ein paar Sekunden, aber es war durch und durch entsetzlich. Das Toben der Katze steigerte sich zu purer Raserei. Sie warf sich mit solcher Gewalt hin und her, dass der gesamte Tisch zu zittern begann. Fellfetzen und Blut spritzten in alle Richtungen, als das Tier mit immer verzweifelterer Kraft versuchte sich aus seinen Fesseln zu befreien.

»*Nehmen Sie das verdammte Vieh weg!*«, brüllte Martin.

Und endlich reagierte Denkrad. Er prallte mit einer selbst fast entsetzt wirkenden Bewegung zurück, klappte den Deckel des Terrariums auf und ließ die Maus achtlos hineinfallen. Aber es war zu spät. Die Katze starrte den duchsichtigen Plastikbehälter an, zerrte noch einmal mit aller Gewalt an ihren Fesseln – und fiel plötzlich wie vom Blitz getroffen auf die Seite.

»Großer Gott«, murmelte Denkrad. »Aber … aber was …«

Martin ignorierte ihn. Mühsam und unter Aufbietung aller Kräfte beugte er sich vor, streckte die Hände nach der Katze aus und berührte sie. Ihr Körper war warm und sie blutete nicht nur aus den zahlreichen Wunden, die sie sich in ihrer Raserei selbst zugefügt hatte, sondern auch aus Maul, Nase und Ohren. Ihr Herz schlug nicht mehr.

»Sie ist tot«, sagte er.

»Aber … aber wieso denn?«, flüsterte Denkrad. »Was … was ist denn nur passiert?«

Martin antwortete nicht. Fast behutsam ließ er den winzigen Körper wieder zurücksinken und drehte den Kopf der toten Katze herum. Er hatte bis zu diesem Moment nicht gewusst, dass es überhaupt möglich war, aber auf dem Gesicht der Katze lag ein für alle Zeiten erstarrter Ausdruck von Panik. Grenzenloser, nackter Furcht. Das Tier war nicht an den Verletzungen gestorben, die es sich selbst zugefügt hatte, und auch nicht an irgendeiner nachträglichen Komplikation des Eingriffes.

Es war buchstäblich vor Angst gestorben.

Der Zusammenbruch kam und er war nicht so schlimm, wie Denkrad prophezeit, aber doch viel schlimmer, als Martin befürchtet hatte. Er brachte ihn nicht um und er bescherte ihm nicht einmal einen bleibenden körperlichen Schaden, aber er verschaffte ihm vier Tage und Nächte, in denen er sich in jeder Sekunde fast wünschte, er *wäre* gestorben.

Und er verschaffte ihm noch etwas: Zeit, um nachzudenken. Nachdem die schlimmsten körperlichen Nachwirkungen der chemischen Keule vorüber waren, mit denen Denkrad seinen Krebs kurzzeitig ausgeknockt hatte, fiel er in eine tiefe Depression. Denkrad hatte ihm ein Zimmer auf der Privatstation der Klinik zugewiesen und zum ersten Mal, seit Martins jahrelange Krankenhauskarriere begonnen hatte, hatte er das Angebot angenommen und ein Einzelzimmer bezogen. Er wollte niemanden sehen, mit niemandem reden, niemandem *zuhören* müssen. Auf einer der zahlreichen Ebenen seines Bewusstseins, auf denen seine Denkprozesse mittlerweile parallel verliefen, war ihm völlig klar, dass er sein Bestes gab, um die Weltmeisterschaften im Selbstmitleid zu gewinnen, und auf einer anderen begriff er auch, dass er rein körperlich kaum in der Verfassung war, auch nur *irgendetwas* objektiv beurteilen zu können. Aber es war wie mit dem Schmerz, den er gespürt hatte, bevor er wirklich da war: Dieses Wissen nutzte nichts. Er kam zu einem Entschluss: Er würde die Operation verweigern und er würde sterben. Er war ziemlich sicher, dass es nicht annähernd so lange dauerte, wie Denkrad ihm weismachen wollte. Denkrad mochte ein guter Arzt sein – ein guter *Techniker* –, aber er war auch ein arrogantes, zynisches Arschloch, das vor nichts zurückschreckte, um seine Ziele zu verwirklichen. Er hatte ihm Angst machen wollen, und das war ihm gelungen. Aber Angst war ein Gefühl, das kurzzeitig zu erstaunlicher Kraft anwachsen konnte (tödlicher, wie er selbst gesehen hatte), sich aber auf die Dauer schnell abnutzte.

Vielleicht eine Woche nach dem Zwischenfall mit der Katze – Martins Zeitgefühl war vollkommen in Ordnung und er war durchaus noch in der Lage, Tag und Nacht zu unterscheiden, aber das Verstreichen der Zeit *interessierte* ihn nicht mehr – kam Denkrad das erste Mal wieder zu ihm. Unangemeldet und ohne anzuklopfen, wie es seine Art war. Martin erkannte ihn am Rhythmus seiner Schritte, noch während er sich dem Bett näherte, und drehte sich demonstrativ in die andere Richtung, um die Wand hinter sich anzustarren; auch wenn er sie ebenso wenig sehen konnte wie Denkrad.

»Ich bin es«, begann Denkrad, nachdem er einige Sekunden lang vergeblich darauf gewartet hatte, dass Martin von seiner Anwesenheit Notiz nahm.

»Ich weiß«, antwortete Martin. »Verschwinden Sie.«

»Haben Sie meine Schritte erkannt?«, fragte Denkrad.

»Ich habe Sie *gerochen*«, antwortete Martin böse. Er wusste, dass es ein Fehler war, überhaupt mit Denkrad zu reden. Er hätte einfach schweigen sollen. Im gleichen Moment, in dem er das erste Wort gesagt hatte, hatte er den Kampf praktisch schon verloren.

»Sehr freundlich.« Martin konnte hören, wie Denkrad sich einen Stuhl heranzog und sich setzte. »Ich habe gute Nachrichten für Sie«, sagte er. »Nur, falls es Sie interessiert.«

»Tut es nicht.« Verdammt noch mal, warum redete er überhaupt mit dem Kerl? Und warum zum Teufel drehte er sich nun doch herum und blickte in die Richtung, aus der Denkrads Stimme kam?

»Sie sind ein schlechter Lügner«, sagte Denkrad ruhig. »Und dazu noch unhöflich. Sei's drum – ich habe herausgefunden, was schief gegangen ist. Interessiert es Sie?«

»Nein«, antwortete Martin feindselig. »Außerdem würde ich es wahrscheinlich nicht verstehen … wenigstens würden Sie das behaupten.«

»Das stimmt«, sagte Denkrad ungerührt, wobei er offen ließ, welche von beiden Behauptungen er damit meinte. »Wichtig ist allein, dass es kein Fehler war. Nichts, vor dem Sie Angst haben müssten, meine ich. Was der Katze passiert ist, kann Ihnen nicht zustoßen.«

Martin schwieg. Er starrte aus geweiteten Augen auf den verschwommenen Schatten, der Denkrad darstellte; ein grauer Schemen in einer grauen Einöde, in der sich … *Dinge* bewegten. Ganz am Anfang, als er die Hiobsbotschaft erhalten und damit begonnen hatte, sich damit abzufinden, dass er sein Augenlicht verlieren würde, hatte er sich vorgestellt, dass rings um ihn herum einfach Schwärze herrschen würde, aber mittlerweile war er nicht mehr sicher. Vielleicht war dieses graue Wogen das, was ihn erwartete. Und vielleicht war es schlimmer als völlige Dunkelheit.

»Aber deshalb bin ich nicht hier«, sagte Denkrad nach einer Weile. »Ich habe eine *wirklich* gute Nachricht. Wir haben einen Spender gefunden.«

»Einen Spender?«

Denkrad seufzte. In seiner Stimme war jetzt wieder die gewohnte Mischung aus Ungeduld und Überheblichkeit. »Wie oft haben wir darüber gesprochen? Aber bitte: Ich kann nicht irgendein Gehirn ausschlachten und das Sehzentrum herausnehmen. Ihr Körper würde das fremde Organ als Eindringling klassifizieren und abstoßen. Wir brauchen jemanden, dessen DNS der Ihren möglichst gleicht. Um es kurz zu machen: Wir haben ihn. Eine junge Frau. Wer sie ist und was mit ihr geschehen ist, braucht sie nicht zu interessieren. Sie liegt praktisch im Sterben. Sie hat vielleicht noch zwei oder drei Stunden. Wir können die Operation heute noch durchführen. Alles, was wir dafür brauchen, ist Ihr Einverständnis.«

»Um Sie selbst zu zitieren, Herr Doktor«, sagte Martin. »Wie oft haben wir darüber gesprochen? Nein.« Seiner Stimme fehlte die nötige Überzeugung. Dieses *Nein* war das, von dem er sich *einredete*, es zu wollen. Aber war es auch wirklich das, was er *wollte?*

»Es ist eine einmalige Chance«, sagte Denkrad so ungerührt, als hätte er seine Worte gar nicht gehört.

»Für wen?«, fragte Martin. »Für Sie, berühmt und reich zu werden?«

»Auch das«, gab Denkrad unumwunden zu. »Obwohl ... reich möglicherweise. Berühmt wohl kaum.«

»Wieso?«

»Weil es niemand erfahren wird«, antwortete Denkrad. »Jedenfalls vorerst nicht. Ich habe bisher noch nicht mit Ihnen darüber gesprochen, aber da ist etwas, worum ich Sie bitten muss: dass unser kleines Geheimnis vorerst genau das bleibt. Sollte die Operation erfolgreich verlaufen, dann darf es niemand erfahren. Wenigstens vorerst nicht.«

»Wieso?«, fragte Martin misstrauisch.

»Wieso?« Denkrad lachte leise, aber ohne echten Humor. »Großer Gott, Martin, in welcher Welt leben Sie? Hören Sie keine Nachrichten? Die Zeiten, in denen ärztlicher Fortschritt honoriert wurde, sind schon lange vorbei. Es gibt Ethik-Kommmissionen, religiöse Fanatiker, Meinungsmacher, neidische Kollegen, alternative Spinner ...« Er schüttelte so heftig den Kopf, dass Martin es hören konnte. »Mittlerweile werden Sie doch schon schief angesehen, wenn Sie eine Spenderniere brauchen.«

»Das ist übertrieben.«

»Stimmt«, sagte Denkrad. »Aber nicht annähernd so sehr, wie Sie vielleicht glauben. Wissen Sie, dass es Leute gibt, die allen Ernstes versuchen die gentechnische Herstellung von Insulin zu verbieten? Sie müssen in der Öffentlichkeit das Wort *Gentechnik* nur fallen lassen und schon denken die Leute an mutierte Killertomaten mit Zähnen und Antennen auf dem Kopf. Das ist nicht lustig, glauben Sie mir.«

»Sie meinen tatsächlich, es gibt Menschen, die nicht bereit sind jeden Preis für den Fortschritt zu zahlen?«, fragte Martin.

Denkrad ignorierte den beißenden Spott in seiner Stimme ebenso beharrlich, wie er es immer getan hatte. »Wir wären schon vor zehn Jahren so weit gewesen, Teile des menschlichen Gehirnes zu transplantieren«, sagte er. »Wahrscheinlich sogar das ganze Gehirn. Wir wagen es nur nicht, weil man uns dafür auf den Scheiterhaufen stellen würde. Und die Leute, die die Fackeln halten, sind dieselben, die am lautesten schreien, wenn sie selbst eine neue Niere brauchen oder ein Herz.«

»Und warum erzählen Sie mir das alles?«, fragte Martin. »Sie kennen doch meine Antwort.«

»Weil ich Sie bitten möchte, über unser Vorhaben zu schweigen«, sagte Denkrad. »Erzählen Sie ruhig, dass ich Ihnen helfen kann, aber nicht wie.«

»Erzählen? Wem?«

Denkrad stand auf. »Draußen ist Besuch für Sie«, sagte er.

»Ich habe niemanden eingeladen«, antwortete Martin. »Und ich will auch niemanden sehen. Verstehen Sie?«

»Wir sind uns also einig.« Denkrad schob den Stuhl zur Seite und ging ungerührt in Richtung Tür. »Bitte verraten Sie nichts. Wenigstens jetzt noch nicht.«

»Ich sagte, ich will niemanden sehen, verdammt noch mal!«, protestierte Martin. Er schrie fast. »Sind Sie schwerhörig? Ich will niemanden sehen!«

»Ich könnte jetzt sagen, das tust du doch sowieso nicht. Aber ich bin nicht sicher, ob dein Sinn für Humor noch immer derselbe ist wie früher.«

Das war nicht Denkrads Stimme. Der Zynismus darin war nur eine dünne Kruste, unter der die nackte Panik brodelte; eine Angst, die den Raum füllte wie ein Geruch.

»Andrea?«

Martin setzte sich auf und versuchte verzweifelt in den treibenden grauen Schatten vor sich denjenigen auszumachen, der mit ihm gesprochen hatte. Natürlich war es Andrea. Er erkannte ihre Stimme, ob sie nun vor Angst zitterte oder nicht, den Klang ihrer Schritte. Gerade bei Denkrad hatte er es nur behauptet, um ihn zu ärgern, aber nun war es die Wahrheit: Er erkannte tatsächlich ihren *Geruch.*

»Wie kommst du hierher?«, fragte er. Sie kam mit langsamen, zögernden Schritten näher; zögernd auf eine ganz bestimmte Art: die Art eines Menschen, der *Angst* hatte.

»Professor Denkrad hat mich angerufen«, sagte sie.

Martin schnaubte. Warum hatte er eigentlich gefragt? Denkrad würde vor nichts zurückschrecken, um sein Ziel zu erreichen.

»Prima«, sagte er. »Dann kannst du auch gleich wieder gehen. Ich will niemanden sehen.«

Er konnte spüren, wie sehr sie seine Worte verletzten, und genau das war seine Absicht gewesen. Er wollte nicht mit ihr reden. Er wollte nicht, dass sie da war. Es hatte ihn so unendlich viel Überwindung und Kraft gekostet, ihr das Gehen einmal zu ermöglichen, und er wusste nicht, ob er es noch einmal schaffen würde.

Nein, falsch. Er *wusste*, dass er es nicht noch einmal schaffen würde.

»Verschwinde«, sagte er grob.

Stattdessen kam sie näher. Ihr Kleid raschelte auf eine ganz bestimmte Art, die ihm einen eisigen Schauer über den Rücken jagte. Obwohl er schon lange nicht mehr in der Lage war, Farben zu unterscheiden, wusste er, dass es das rote Samtkleid war, das er ihr im vergangenen Jahr geschenkt hatte. Wenige Wochen, bevor sie sich trennten.

Sie sagte nichts, sondern setzte sich auf den gleichen Stuhl, auf dem Denkrad gerade gesessen hatte, und er konnte spüren, dass sie ihn anstarrte. Er roch ihr Parfüm, nur einen Hauch, der sich mit ihrem eigenen Körpergeruch zu jenem Duft verband, der ihn fast um den Verstand brachte.

»Bitte … geh«, sagte er mühsam.

Statt aufzustehen, antwortete sie leise: »Ich weiß, dass du das nicht willst.«

Martin ballte hilflos die Fäuste, allerdings unter der Bettdecke, damit sie es nicht sah. Er hatte verloren. Vor einem Jahr, bei dem großen Streit, den er wegen einer Nichtigkeit provoziert hatte, hatte er noch die Stärke besessen, ihr etwas vorzuspielen, was nicht da war, aber die Krankheit hatte nicht nur seine körperliche Kraft aufgezehrt. Er sagte nichts.

»Ich habe lange mit deinem Arzt gesprochen«, sagte Andrea nach einer geraumen Weile. »Und auch mit anderen. Ich … weiß jetzt, warum du dich damals von mir getrennt hast.«

»So?«, fragte Martin unfreundlich. Er drehte den Kopf, um (wie er wenigstens hoffte) an ihr vorbeizustarren.

»Du wolltest es mir leichter machen«, sagte Andrea. »Du wolltest, dass *ich* dich verlasse. Damit es leichter für mich ist. Du wolltest, dass ich im Zorn gehe, damit ich dir nicht nachtrauere.«

»Blödsinn«, sagte Martin.

»Warum?«, fragte Andrea leise. »Du wolltest ganz allein sterben, nicht wahr? Dich wie ein verletztes Tier in deine Höhle zurückziehen und auf den Tod warten.«

»Unsinn«, sagte Martin noch einmal. »Und selbst wenn – das ist doch wohl meine Sache, oder?«

»Nein, ist es nicht«, antwortete Andrea nun in hartem, herausforderndem Ton. »Hast du schon vergessen, was wir beide vor zehn Jahren geschworen haben? In guten wie in schlechten Zeiten.«

»Du hast ja keine Ahnung, wovon du redest«, sagte Martin. »Was stellst du dir vor? Dass ich den Anstand habe nach zwei Wochen im Krankenbett abzutreten? Du hast mit Denkrad gesprochen, oder? Es wird Jahre dauern. Ich werde jahrelang dahinsiechen. Es wird nicht so bleiben wie jetzt. In ein paar Monaten bin ich blind. Noch ein paar Monate später bin ich vielleicht gelähmt. In zwei Jahren bin ich ein blinder, verbitterter alter Mann, der sich voll scheißt und den du füttern musst wie ein Baby, und du wirst mich dafür hassen.«

»Nein, das werde ich nicht.«

»Du wirst es«, beharrte Martin. »Und ich werde mich selbst hassen, weil ich dir das antue. Und wahrscheinlich werde ich dich hassen, weil du mich gezwungen hast dich in diese Situation zu bringen. Das will ich nicht. Geh. Lass mich allein.«

»Du versuchst es schon wieder«, sagte Andrea ruhig. Er hatte das Gefühl, dass sie lächelte. »Du bist geschickt. Es ist dir einmal gelungen, aber ... die Dinge haben sich geändert.« Sie beugte sich vor. »Versteh mich nicht falsch, Martin. Ich bitte dich nicht, bei dir bleiben zu dürfen. Ich *verlange* es. Du bist es mir schuldig.«

Er lachte hart. »Schuldig? Ich bin niemandem etwas schuldig.«

»Oh doch«, beharrte Andrea. Ihre Stimme klang plötzlich hart, schneidend. Fordernd. »Du bist mir dasselbe schuldig wie ich dir. Wir haben immer gedacht, dass ich zuerst sterbe. Verdammt, als wir geheiratet haben, da hast du *gewusst*, dass ich bestenfalls noch sieben oder acht Jahre zu leben habe.«

»Dein Herz, ich weiß.« Martin bemühte sich seine Stimme höhnisch klingen zu lassen, aber es blieb bei dem Versuch.

»Pech für dich, dass die Medizin Fortschritte macht, wie? Soll ich dich jetzt bedauern? Weil du noch lebst?«

Sein Hohn prallte von ihr ab wie von einer Wand. »Ich verlange dasselbe von dir, was du von mir verlangt hättest«, sagte sie. »Dass du kämpft. Dass du am Leben bleibst. Und dass du mir die Chance gibst bei dir zu bleiben, wenn es nicht klappt.«

»Wer sagt dir denn, dass ich es getan hätte?«, fragte er böse. »Vielleicht hätte ich dich ja verlassen. Wer will schon ein kranke Frau.«

»Jetzt bist du es, der Unsinn redet«, sagte Andrea. Sie stand auf. »Professor Denkrad hat mir gesagt, dass du eine gute Chance hast die Operation zu überstehen. Deutlich mehr als fünfzig Prozent. Ich bitte dich nicht. Ich verlange von dir, dass du sie ergreifst. Das bist du uns schuldig.«

»Ich bin dir gar nichts ...«, begann Martin. Er stockte. »Uns?«

Statt zu antworten, drehte sich Andrea herum und ging zur Tür. Sie verließ den Raum, aber nur, um schon nach wenigen Sekunden zurückzukommen. Ihre Schritte klangen anders. Da war plötzlich ein neuer, ganz sachter, aber spürbarer Geruch. Und dann *hörte* er.

»Aber ... aber das kann doch nicht ...«

»Er heißt Martin«, sagte Andrea. Sie trat an sein Bett, zögerte einen Moment und drückte ihm dann behutsam ein weiches, warmes, *lebendes* Bündel in die Arme. Nachdem sie sich davon überzeugt hatte, dass er es sicher hielt, trat sie zurück und fuhr leise fort: »Wie du.«

Martin war vollkommen schockiert. Das Kind in seinen Armen bewegte sich unruhig und gab seltsame, meckernde Töne von sich; fremd, aber nicht unangenehm.

»Aber wie ... ich meine, wieso ...«

»Er ist sieben Monate alt«, sagte Andrea.

»Wie ... wie kann das sein?«, stammelte Martin.

»Soll ich dir den technischen Ablauf erklären?«, fragte Andrea. »Also, fangen wir mit den Bienchen und Blumen an ...«

»Wieso hast du es mir nicht gesagt?«, unterbrach sie Martin. Das Kind in seinem Arm verstummte für einen Moment, vielleicht erschrocken über seinen plötzlichen, harschen Ton, und begann dann leise zu weinen.

»Weil du verdammter Dummkopf ziemlich erfolgreich warst«, antwortete Andrea. »Du wolltest, dass ich dich hasse. Und für eine Weile ist dir das sogar gelungen. Ich wollte nicht, dass du etwas von ihm weißt. Ich dachte, dass es so für mich leichter wäre. Aber das stimmt nicht. Er braucht dich, Martin. Ich brauche dich, aber vor allem *er*. Ich möchte nicht, dass dein Sohn ohne Vater aufwächst. Kein Kind hat das verdient.«

Martin schwieg. Er spürte, wie sich seine Augen mit brennender Hitze füllten, aber irgendwie gelang es ihm, die Tränen zurückzuhalten – obwohl er nicht einmal sagen konnte, warum. Er hatte jedes Recht der Welt um seinen Sohn zu weinen.

»Ich … kann es nicht«, sagte er. »Versteh doch, ich … ich würde ihn niemals sehen. Selbst wenn ich die OP überlebe, ich wäre blind. Nur eine Last für euch. Ihr würdet mich hassen. *Er* würde mich hassen. Er …«

Er sprach nicht weiter. Und wenn es doch gut ging? Er dachte an eine kleine Katze, die sich vor seinen Augen mit solcher Verzweiflung gegen ihre Fesseln gewehrt hatte, dass sie sich selbst die Knochen brach, und deren Herz schließlich versagt hatte, weil sie irgendetwas unvorstellbar Grauenhaftes gesehen hatte. Aber er *war* keine Katze. Vielleicht war das Tier einfach nur verängstigt gewesen. Es hatte nicht gewusst, was mit ihm geschah, es hatte sich hilflos gefühlt, Schmerzen und Angst gehabt – alles Gefühle, die er zur Genüge kannte. Aber anders als das bedauernswerte Tier besaß *er* einen Verstand, den er zu seiner Verteidigung einsetzen konnte. Vielleicht hatte Denkrad ja Recht. Vielleicht war es ein Fehler gewesen, der ihn nicht betraf, den er nicht fürchten musste.

Und er *hatte* eine Chance, sein Kind aufwachsen zu sehen; wortwörtlich. Auch wenn sie noch so gering war.

Er setzte sich behutsam auf, fuhr mit den Fingerspitzen über das Gesicht seines Kindes, das er noch nie zuvor gesehen hatte und vielleicht auch niemals sehen würde, und gab Andrea schließlich mit Gesten zu verstehen, dass sie es wieder nehmen sollte. Seine Arme waren plötzlich so leer.

»Und?«, fragte Andrea. In ihrer Stimme war ein Zittern und ein Unterton von Endgültigkeit. »Ich … ich habe nicht viel Zeit.«

»Denkrad steht draußen und wartet auf eine Antwort«, vermutete Martin.

Sie nickte. Erst nach einigen Sekunden antwortete sie laut: »Ja.«

»Dann geh hinaus und sag ihm, dass ich einverstanden bin.«

Er hatte keine Erinnerung an die Operation – natürlich nicht – aber auch nicht an die Zeit unmittelbar davor. Was ihn in die lange Zeit zwischen Schlaf und medikamentös herbeigeführter Bewusstlosigkeit begleitete, war die Erinnerung an Andreas Stimme, das Gewicht des Kindes in seinen Armen und sein Geruch und (natürlich) zerrissene Impressionen eines kalten, weiß verchromten Raumes, in dem eine winzige Katze sich zu Tode schrie. Zwei- oder dreimal erwachte er schweißgebadet und keuchend und mit hämmerndem Herzen und spürte, dass jemand an seinem Bett stand und sich um ihn kümmerte, und einmal erinnerte er sich an einen besonders grässlichen Albtraum, in dem sich das Kind in seinen Armen plötzlich in eine Katze verwandelt hatte, den Albtraum einer Cybertech-Katze, die sich in seinen Händen in ihre Bestandteile auflöste und ihn mit Blut und Eingeweiden und schleimverschmierten elektronischen Bauteilen besudelte. Die meiste Zeit aber schlief er tief und fast traumlos.

Und als er erwachte, konnte er immer noch nicht sehen.

Der graue Nebelplanet war der völligen Schwärze eines sternenlosen Weltalls gewichen. Ein sanfter, aber permanenter Druck auf seine Augenpartie verriet ihm, dass er dort wohl einen Verband trug, und das Allererste, was er bewusst tat, war in sich hineinzulauschen, ob er dort irgendetwas Fremdes, vielleicht Gefährliches spürte.

Das Gegenteil war der Fall.

Da *war* etwas, aber es war nichts Vorhandenes, sondern das genaue Gegenteil: Etwas war nicht mehr da. Etwas, von dem er erst jetzt, nachdem es verschwunden war, überhaupt begriff, dass er es jemals gespürt hatte. Nicht nur Denkrad, sondern alle Ärzte, mit denen er gesprochen hatte, hatten ihm versichert, dass das Gehirn völlig schmerzunempfindlich wäre, aber so ganz konnte das nicht stimmen. Er war nicht mehr da, aber mit einem Mal begriff Martin, dass er den Krebs die ganze Zeit bei seinem Fressen und Wühlen gespürt hatte.

»Hören Sie auf, Dornröschen zu spielen«, sagte eine Stimme irgendwo links neben ihm. »Ich weiß, dass Sie wach sind, Martin. Meine Apparate verraten es mir.«

»Denkrad?«

»Doktor Denkrad«, sagte Denkrad belustigt. »So viel Zeit muss sein.«

»Was …« Martin versuchte sich aufzusetzen, führte die Bewegung aber nicht zu Ende. Ein dumpfer Schmerz tobte in seinem Kopf, aber er war völlig anders als alles, was er bisher gespürt hatte. Falls es so etwas gab, war es ein *guter* Schmerz. Heilender Schmerz, mit dem sich die Wunde in seinem Schädel meldete.

»Ist alles gut gegangen?«

»Soweit ich das bis jetzt beurteilen kann, ja«, antwortete Denkrad. Seine Stimme klang äußerst zufrieden, dachte Martin. Was bei Denkrad gleichbedeutend mit *selbstzufrieden* war. Und Denkrad wäre natürlich nicht Denkrad gewesen, hätte er sich verkniffen hinzuzufügen: »Ganz sicher kann ich natürlich erst sein, nachdem ich Ihnen eine Maus gezeigt habe.«

Martin setzte sich nun doch auf. Das Ergebnis war ein noch heftigeres Pochen in seinem Hinterkopf und ein schmerzhafter Stich in seinem rechten Handrücken, in dem eine Kanüle steckte.

»Wie lange …«

»Immer der Reihe nach«, unterbrach ihn Denkrad. Martin hörte, wie er sich bewegte. Etwas klirrte. »Um mit den Fragen anzufangen, die Ihnen am meisten auf der Seele brennen dürften: Es hat alles hervorragend funktioniert. Wir konnten den Krebs hundertprozentig entfernen. Ganz sicher können wir natürlich erst nach ein paar Monaten sein, wenn wir ein paar Nachuntersuchungen gemacht haben, aber es sieht sehr gut aus. Ich würde sagen, was den Krebs angeht, haben wir gewonnen.«

»Und …« Sein Herz schlug etwas schneller. »Meine Augen.«

Denkrad lachte. »Ich habe schon eine Schwester geschickt, um eine Maus zu holen.«

»Finden Sie das komisch?«

»Nein«, antwortete Denkrad. Martin konnte ihn regelrecht grinsen hören. »Also gut. Soweit ich es bis jetzt sagen kann, ist alles hervorragend verheilt. Die Transplantation hat ohne Probleme geklappt und Ihr Körper scheint das fremde Gewebe akzeptiert zu haben.«

»Und wieso kann ich dann nichts sehen?«

»Nun, zum Beispiel weil Sie einen Verband über den Augen tragen«, antwortete Denkrad spöttisch.

»Und *warum* habe ich einen Verband über den Augen?« *Verdammt, musste er diesem Kerl denn jedes Wort aus der Nase ziehen?!*

»Es gab ein paar Komplikationen«, sagte Denkrad. »Keine Sorge – nichts, womit wir nicht fertig geworden wären, wie Sie gleich im wahrsten Sinne des Wortes sehen werden.«

»Was für Komplikationen?«, fragte Martin beunruhigt.

»Ihre Augen«, erwiderte Denkrad. »Sowohl Ihr rechter Sehnerv als auch das rechte Auge waren bereits von Metastasen befallen. Wir haben die Augen und die Sehnerven mit transplantiert. Es war eine ziemlich komplizierte Operation, aber wir haben es geschafft. Mein Team und ich sind wirklich ein bisschen stolz auf uns. Deshalb die Verbände. Aber alles ist gut verheilt, keine Angst.«

»Verheilt?« Martin legte den Kopf auf die Seite – sehr vorsichtig, um dem hämmernden Schmerz nicht noch mehr Munition zu liefern. »Wie lange war ich denn ...?«

»Zwei Wochen«, antwortete Denkrad in fast fröhlichem Ton.

»*Zwei Wochen?*«, ächzte Martin. Warum eigentlich? Er hatte gespürt, dass viel Zeit vergangen sein musste.

»Zwei Wochen«, bestätigte Denkrad. »Ich hielt es für besser. Wir hätten Sie eher wach werden lassen können, aber ich wollte Ihnen unnötige Schmerzen ersparen. Und mir selbst einen nörgelnden Patienten, der die Zeit nicht abwarten kann, bis der Verband herunterkommt.«

»Den haben Sie jetzt«, sagte Martin. »Nehmen Sie sich eine Schere.«

»Nichts da«, antwortete Denkrad. »Einen solchen Moment müssen wir doch gebührend begehen. Was ist das Erste, was Sie sehen möchten, wenn die Verbände herunterkommen? Mein hässliches Gesicht oder das Ihres Sohnes?«

»Er ist hier?«

»Hier in der Klinik, ja«, bestätigte Denkrad. »Ich habe ihn kommen lassen. Ich dachte mir, dass Sie ihn gerne sehen würden.«

Martin konnte hören, wie er ein paar Schritte ging und dann die Tasten eines Telefons betätigte. Sein Gehör war noch so scharf wie eh und je. Er fragte sich, ob ihm dieses verbesserte Hörvermögen erhalten bleiben würde, dachte aber nicht weiter darüber nach. Als ob das eine Rolle spielte!

»Schwester Monika? Sie können ihn jetzt hereinbringen.«

Es verging noch eine geraume Weile – vermutlich waren es nur wenige Minuten, die Martin aber wie Stunden vorkamen –, in der sich der Raum mit Bewegung und Geräuschen füllte, die ihn einfach nur verwirrten. Menschen kamen und gingen, etwas Schweres, Großes wurde hereingerollt und er hörte ein elektrisches Summen. Endlich bat ihn Denkrad sich aufzusetzen und still zu halten.

»Ich entferne jetzt die Verbände«, sagte er. »Erschrecken Sie nicht, wenn Sie trotzdem im ersten Moment nichts sehen. Ihre Augen sind im Moment wahrscheinlich extrem lichtempfindlich und Sie wollen Sie sich doch nicht gleich verblitzen, oder?« Die Schere schnitt durch den Gazestoff vor seinen Augen, und der Druck wich. Denkrad ergriff seine Hand und drückte sie sacht gegen den Verband.

»Ich gehe jetzt hinaus und lösche das Licht«, sagte er. »Nehmen Sie den Verband erst herunter, wenn Sie die Tür gehört haben. Rechts neben ihnen liegt eine Fernbedienung, mit der Sie das Licht hochdimmen können. Lassen Sie sich so viel Zeit, wie Sie wollen. Und seien Sie sehr vorsichtig. Sie haben noch mindestens vierzig Jahre vor sich, in denen Sie sehen können. Verderben Sie sie sich nicht, weil Sie wenige Minuten nicht abwarten können. Haben Sie das verstanden?«

»Ja«, antwortete Martin.

»Gut.« Denkrad stand auf. »Der Wagen mit Ihrem Sohn steht einen halben Meter vor Ihnen. Und wie gesagt – lassen Sie sich Zeit. Ich warte draußen.«

Er ging. Martin hörte ein Klicken, dann das Geräusch, mit dem die schwere Tür geschlossen wurde. Er ließ die Hand sinken. Der Verband löste sich von seiner Haut – es war nicht ganz schmerzlos, aber es war der süßeste Schmerz, den er jemals gespürt hatte – und Martin öffnete unendlich behutsam die Augen.

Dunkelheit umgab ihn. Vollkommene Schwärze, so undurchdringlich wie ein Kohleflöz tausend Meter unter der Erde. Mit zitternden Fingern tastete er nach dem Schalter, von dem Denkrad gesprochen hatte, und fand eine kleine, glatte Fernbedienung mit nur einem einzigen Schalter. Als er ihn drückte, glomm unter der Decke ein dunkelgelbes Licht auf.

Gelb.

Es war das erste Mal seit zwei Jahren, dass er wieder Farben sah.

Martin saß länger als fünf Minuten da, starrte dieses gelbe Licht an, folgte fassungslos dem Gefühl in sich, das dieser banale Anblick auslöste. Es war so … unbeschreiblich. So unbeschreiblich *schön.* Er konnte wieder sehen. Etwas so Simples wie eine Farbe hatte seine Bedeutung zurückgewonnen und plötzlich wurde ihm klar, dass er niemals zuvor im Leben ein so unvorstellbares, leuchtendes *Gelb* gesehen hatte, wie kostbar Farben waren. *Dinge.*

Unendlich behutsam drehte er die Lampe weiter hoch, bis sie eine Intensität erreicht hatte, die vermutlich der einer Fünf-Watt-Birne gleichkam, in seinen empfindlichen Augen aber bereits schmerzte. Das Gelb hatte sich abermals verändert. Es war unglaublich, aber er schien in den wenigen Monaten tatsächlich vergessen zu haben, welche Farben es gab. Vielleicht war es aber auch eine Spezialbirne, die Denkrad eigens für Momente wie diese hatte installieren lassen.

So schwach das Licht war, reichte es doch aus, ihn zumindest Umrisse und Konturen erkennen zu lassen. Er befand sich nicht in seinem Zimmer, sondern in etwas wie einem zu klein geratenen Operationssaal; wahrscheinlich einem Zimmer auf der Intensivstation. Es gab ein Fenster, aber die Jalousien waren heruntergelassen. Das seltsam falschfarbene Licht brach sich auf Metall und Glas und gab den Dingen einen surrealistischen

Anstrich, den er interessant fand, aber auch irgendwie beunruhigend. Direkt vor ihm befand sich ein fahrbares Bettchen mit einem transparenten Kunststoffaufbau; eine Konstruktion, die ihn im allerersten Moment erschreckte, weil sie ihn an den Brutkasten mit der Katze erinnerte. Aber es war natürlich nur das Bett, in dem sein Sohn lag.

Martins allererster Impuls war selbstverständlich aufzustehen und sich darüber zu beugen, aber er widerstand ihm. Er wollte sein Kind sehen, mehr als irgendetwas anderes auf der Welt, aber nicht sofort. Nicht *so.* Er wollte ihn *wirklich* sehen, vielleicht in einigen Minuten, wenn sich seine Augen *(seine Augen?)* weit genug an die Helligkeit gewöhnt hatten, dass er wirklich Licht einschalten konnte. Denkrad hatte Recht. Dieser Augenblick – ein Wort, dessen wahre Bedeutung ihm vielleicht noch nie so klar gewesen war wie jetzt – war zu kostbar, um ihn zu verschwenden. Er würde niemals wiederkommen.

Er drehte das Licht noch etwas weiter auf. Es tat nicht mehr weh in seinen Augen, aber die Farbe blieb so falsch, wie sie gewesen war. Unwillig stand er auf, machte einen Schritt in Richtung Tür, um zum Lichtschalter zu gelangen, überlegte es sich dann anders und ging zum Fenster. Mit zitternden Händen schob er die Papierjalousetten zur Seite und sah hinaus.

Er hatte nicht nur vergessen, wie Farben aussahen.

Er hatte *alles* vergessen.

Das Fenster führte auf den kleinen Park hinaus, der sich hinter der Privatklinik erstreckte. Es war Nacht – am Himmel stand nur eine schmale Mondsichel, die kaum Licht spendete –, aber zwischen den sorgsam beschnittenen Bäumen waren kleine Laternen angebracht, die den Park unaufdringlich, aber auch gründlich genug ausleuchteten, um keine wirklich dunklen Ecken zuzulassen. Er konnte alles sehen.

Und alles war anders.

Es war ihm unmöglich, den Unterschied in Worte zu fassen. Bäume waren Bäume, aber auch etwas … *anderes.* Gras war Gras, aber zugleich auch nicht, die Blumen hatten Farben, die zwar von der Nacht gedämpft, trotzdem aber vollkommen *fremd* waren, und selbst die Umrisse der kleinen Bänke, auf denen die Patienten und das Krankenhauspersonal tagsüber manchmal saßen, waren ... *falsch.*

Erfüllt von einer Beunruhigung, die an Panik grenzte (und der Erinnerung an eine kleine Katze, die in Todesangst kreischte), drehte sich Martin herum.

Fast hätte er aufgeschrien.

Was für den Park galt, galt für das Zimmer erst recht.

Nichts war wirklich *anders*, aber nichts war so, wie es sein sollte.

Martin starrte das unglaubliche Bild endlose Sekunden lang fassungslos an, dann ging er mit schnellen Schritten zur Tür, fand den Lichtschalter und drückte ihn.

Eine weiß lodernde Flut aus Helligkeit brach über ihn zusammen und brannte sich wie Säure in seine Augen.

Er keuchte vor Schmerz, schlug beide Hände vor die Augen und taumelte, als hätte man ihn geschlagen. Tränen liefen über seine Wangen und als er die Hände langsam herunternahm und die Lider hob, war es im ersten Moment so schlimm, dass er vor Schmerzen wimmerte. Trotzdem zwang er sich die Augen weiter geöffnet zu halten. Es tat entsetzlich weh, aber das spielte keine Rolle. Alles was zählte, war das, was er *sah.*

Alles war falsch.

Er lebte seit zwei Jahren in einer Welt, die nur aus grauem Nebel und Erinnerungen bestand, sodass er sich selbst einräumte, das eine oder andere nicht mehr wirklich richtig zu rekapitulieren, aber *so* falsch konnten seine Erinnerungen nicht sein.

Alle Farben, die er gekannt hatte, waren verschwunden. Es gab noch eine Erinnerung an etwas, das vielleicht einmal Rot gewesen war, Gelb, das kein Gelb war, Blau und Grün, die sich vergeblich bemühten, zu dem zu werden, was sie sein sollten, aber dafür eine Unzahl anderer Töne und Schattierungen, für die er nicht einmal eine Bezeichnung wusste. Vollkommen neue, *fremde* und zum größten Teil beunruhigende Farben, wie er sie niemals zuvor im Leben gesehen hatte.

Und was für die Farben galt, galt auch für die Gegenstände.

Er erkannte alles wieder. Es war nicht so, dass sie anders aussahen, ihre Form oder Größe geändert hatten – nur sahen sie auch nicht mehr so aus, wie sie sollten. Sein Bett war ein Bett, aber zugleich ein monströses, hässliches *Ding*, das ihm fast absurd vorkam, die zahlreichen technischen Gerätschaften, die den Raum beherrschten, wirkten wie kauernde, feindselige Ungeheuer, sterile mechanische Dinge, von denen trotzdem etwas Bedrohliches ausging, die Formen wirkten kantig, aggressiv – es tat beinahe weh, sie anzusehen. Das Kinderbett hatte sich in einen Folterkäfig verwandelt, dessen bloßer Anblick Unbehagen verursachte.

Martin machte einen Schritt darauf zu und blieb wieder stehen. Sein Herz hämmerte. Er hatte Angst in dieses entsetzliche Ding hineinzusehen. Er hatte sich in eine kleine Katze verwandelt, die beim Anblick einer Maus vor Schrecken starb.

Statt weiterzugehen, drehte er sich nach links. An der Wand direkt neben der Tür war ein Waschbecken aus Metall angebracht und direkt darüber ein kleiner Spiegel. Sein Herz hämmerte, als wollte es aus seiner Brust springen, als er hineinsah.

Er wusste selbst nicht, was er erwartet hatte. Was ihm entgegensah, das war eindeutig er selbst – zwei Jahre älter als das letzte Mal, dass er sich gesehen hatte, aber er selbst – aber er hatte sich noch nie *so* gesehen.

Es dauerte eine Weile, bis er so weit war, es zuzugeben, aber es war so: Er war *schön.* Nichts an seinen Zügen hatte sich wirklich verändert, aber er wirkte attraktiv und männlich. Aus seinen Zügen sprachen eine Güte und Wärme, von denen er selbst am besten wusste, dass sie nicht da waren, und jede Spur von Schwäche oder Hartherzigkeit – von denen er sich selbst eine Menge zubilligte – war verschwunden. Hätte er das Idealbild eines Mannes entwerfen sollen, es hätte ungefähr so ausgesehen wie das, was ihm nun aus dem Spiegel entgegenblickte. Aber warum? Er war niemals ein Narziss gewesen. Im Gegenteil. Er verachtete Männer, die sich selbst für tolle Kerle hielten. Und seine eigene Meinung von sich selbst war niemals sehr hoch gewesen. Wieso also sah er sich plötzlich *so?*

Vielleicht, weil er alles anders sah.

Weil alles anders *war.*

Da war ein Gedanke in seinem Kopf, etwas, dem er nicht – noch nicht – gestattete Gestalt anzunehmen, aber er war da und er begann zu bohren, so boshaft und unaufhaltsam wie der Krebs, den sie besiegt hatten, und womöglich gefährlicher. Vielleicht nur, um ihm zu entgehen, fuhr er mit einem Ruck herum und trat an das Kinderbett. Sein Herz schlug so hart, dass es *wehtat*, als er hineinsah.

Und das Kind war …

Die Tür wurde geöffnet und eine wohl bekannte Stimme sagte: »Das war ziemlich leichtsinnig von Ihnen. Aber um ehrlich zu sein, habe ich nichts anderes erwartet.«

Martin hörte nicht hin. Er starrte das Kind an.

»Es ist ein nettes Kind, nicht wahr?«, fragte Denkrad, während sich seine Schritte allmählich näherten. »Ich meine: Ich bin ehrlich. Ich habe es nicht so mit Kindern. Aber Ihr Sohn ist ein hübscher Bursche.«

Nett?, dachte Martin. *Hübsch?*

Er hätte Denkrad für diese Worte töten können.

Das Kind war nicht *hübsch*.

Das Kind war ein Gott.

Es war wunderschön. Es gab keine Worte, um es zu beschreiben. Es war alles, was zählte. Der Sinn des Lebens. Der Grund, aus dem das Universum erschaffen worden war. Das Wichtigste überhaupt. Es gab nur dieses Kind. Nichts anderes zählte, weder das Leben noch die Zukunft oder die Vergangenheit, kein Warum und Wieso. Dieses Kind war der Grund, aus dem Gott das Universum erschaffen hatte, nein, der *Grund, aus dem Gott erschaffen worden war.* Wenn er jemals die Bedeutung des Wortes *Liebe* begriffen hatte, dann jetzt, als er das Kind ansah.

Er streckte die Hände aus, wollte es berühren, aber er wagte es nicht. Stattdessen richtete er sich wieder auf und drehte sich zu Denkrad herum.

Auch der Arzt hatte sich verändert. Er war immer noch er selbst – wenigstens vermutete Martin das, denn eigentlich hatte er ihn noch nie wirklich gesehen –, aber er wirkte sehr viel attraktiver, als er angenommen hatte. Immer noch ein harter Mann, vielleicht nicht einmal wirklich sympathisch – aber er hatte etwas. Hätte Martin etwas für Männer übrig gehabt, Denkrad hätte durchaus eine gewisse Wirkung auf ihn erzielt.

Er machte einen Schritt zur Seite, setzte zu einer Antwort an, sah die Krankenschwester, die hinter Denkrad hereingekommen war – und sog erschrocken die Luft ein. Sie sah nicht unbedingt aus wie ein Monster, aber sehr viel trennte sie nicht davon. Ihr Gesicht war kantig und hatte einen bösartigen Zug und in den tief liegenden Augen lauerte eine Gier, die ihn schaudern ließ. Ihre Haut hatte eine fast abstoßende Farbe und ihre Bewegungen wirkten auf eine aggressiv-obszöne Art laszív. Jeder Millimeter an ihr strahlte das Wort *Feind* aus.

»Was haben Sie?«, fragte Denkrad. »Stimmt etwas nicht? Haben Sie Schmerzen?«

Martin antwortete nicht. Er starrte die Schwester an. Das Problem war nicht ihr Aussehen. Das Problem war, dass er die junge Frau *kannte.* Er hatte sie schon gekannt, als er noch sehen konnte, und er *wusste* einfach, dass sie nicht so aussah, wie sie aussah.

»Was ist los?«, fragte Denkrad noch einmal. Er klang alarmiert, bis an die Grenze zur Panik. »Reden Sie!«

Martin sah wieder ihn an, dann die Krankenschwester, dann wieder ihn. Die junge Schwester erwiderte seinen Blickt irritiert, wirkte aber zugleich irgendwie … sprungbereit, ein Raubtier, das auf Beute aus war. Und Denkrad … zum ersten Mal, seit er ihn kannte, hegte er zwar immer noch keine freundschaftlichen Gefühle für ihn, aber was er sah … Er konnte sich nicht dagegen wehren. Er war attraktiv. Etwas an Denkrad sprach ihn an, auf eine Art, die er voller Panik von sich wies, die aber trotzdem da war.

»Was ist los, verdammt noch mal!« Denkrad schrie jetzt wirklich. »Stimmt etwas nicht?«

»Ich … ich weiß nicht«, stammelte Martin. Alles drehte sich. »Alles ist so …«

»So …?«

»Ich … ich kann sehen.«

Denkrad riss die Augen auf, starrte ihn eine Sekunde lang an – und wirkte dann unglaublich erleichtert. »Ich wusste es«, hauchte er. Er wirkte – vielleicht gerade *wegen* der Schwäche, die er in diesem Moment offenbarte – unglaublich *männlich.* An diesem Gefühl war absolut nichts Erotisches oder gar Sexuelles – und doch war da eine Attraktivität, die er so noch nie an einem Mann bemerkt hatte. Abgesehen vielleicht von seinem eigenen Spiegelbild gerade …

»Sie können sehen«, murmelte Denkrad. »Es ist gelungen. Die Operation war erfolgreich.«

»Aber alles ist anders«, flüsterte Martin.

»Natürlich ist alles anders«, sagte Denkrad noch immer im gleichen, unendlich erleichterten Tonfall. »Sie waren zwei Jahre lang fast blind. Was erwarten Sie?«

Denkrad verstand ihn nicht. Natürlich verstand er ihn nicht. Wie hätte er auch?

Und welche Rolle spielte es letztendlich? Er konnte sehen, das allein zählte. Spielte es eine Rolle, *was* er sah?

Oh ja, flüsterte eine Stimme, irgendwo, tief in seinem Inneren. *Weil du siehst,* was *du siehst.*

Er wusste es. Er gestattete seinem Bewusstsein nur noch nicht, diesem Wissen die Tür zu öffnen.

»Alles ist … so anders«, sagte er noch einmal.

»Natürlich ist es das.« Denkrad lachte. »Wir werden noch tausend Dinge finden, über die wir uns gemeinsam den Kopf zerbrechen können, und vermutlich sogar vergebens. Wir stehen ganz am Anfang, Martin. Aber das zählt nicht. Alles, was jetzt wichtig ist, ist, *dass* Sie sehen können. Sie und ich, wir werden Geschichte schreiben, ist Ihnen das klar? Ich … ich bin so glücklich. Kann ich noch irgendetwas für Sie tun? Sagen Sie es, egal was!«

Martin drehte sich zu ihm herum, sah ihm in die Augen. Schöne, ungemein *männliche* Augen.

»Andrea«, sagte er.

Das Lächeln in Denkrads Augen erlosch schlagartig und ein schwer zu deutender, aber nicht gerade angenehmer Ausdruck löschte das breite Grinsen auf seinen Zügen aus. »Andrea?«

»Meine Frau«, sagte Martin. »Ist sie hier? Sie hat doch bestimmt das Kind gebracht. Bitte holen Sie sie.«

»Ihre … Frau?« Eine neue, sehr tiefe Dunkelheit erschien in Denkrads Blick. »Aber … aber hat Sie es Ihnen …« Er schluckte. Man sah ihm an, wie schwer es ihm fiel weiterzusprechen. Panik flackerte in seinen Augen. »Sie wissen es nicht?«

»Was?«

»Aber … aber ich dachte, Sie … Sie hätte es Ihnen gesagt«, stammelte Denkrad. »Sie war doch extra bei Ihnen, vor der Operation.«

»Gesagt? *Was?!*«

Denkrad schwieg. Er hatte plötzlich nicht mehr die Kraft Martins Blick standzuhalten. Fast eine Minute verging. Schließlich flüsterte er: »Großer Gott, sie … sie hat es Ihnen … Sie wissen es nicht.«

»Was weiß ich nicht?« *Was wusste er nicht?!*

»Es tut mir so unendlich Leid«, sagte Denkrad. »Bitte glauben Sie mir, dass ich es nicht wusste.« Er atmete hörbar ein, dann stieß er fast hervor: »Ihre Frau ist tot.«

Martin war nicht einmal erschrocken. Nicht wirklich. Er hatte es gewusst. Er hatte es gefühlt und er konnte es noch fühlen. Er konnte *sie* fühlen, irgendwo, tief in sich.

»Ihr Herz«, sagte Denkrad leise. »Sie war … praktisch schon tot, als sie zu uns kam. Ich konnte nichts mehr für sie tun – außer ihr noch einmal die Kraft zu geben, zu Ihnen zu gehen und mit Ihnen zu sprechen. Ich … ich dachte, sie wollte Ihnen alles sagen. Das müssen Sie mir glauben. Ich dachte bis vor einer Minute, Sie wüssten es!«

Martin sagte nichts mehr. Er stellte auch keine Fragen mehr, sondern drehte sich herum und trat noch einmal an das Waschbecken neben der Tür, um einen Blick in den Spiegel darüber zu werfen. Diesmal sah er nicht sein Gesicht, sondern die Augen, die ihm daraus entgegenblickten, und er verstand nicht mehr, wieso er es nicht sofort gesehen hatte.

»Der Spender?«, fragte er.

Denkrad nickte nur. Er hatte wohl nicht mehr die Kraft zu antworten. Es war auch nicht nötig.

Vielleicht hatte er diese Augen nicht erkannt, weil sie ihm einfach zu vertraut waren. Er hatte so oft in sie hineingesehen, viel, viel, *viel* öfter als in seine eigenen. Dunkelgrüne, grundlose Augen, die seinen Blick voll unendlicher Liebe erwiderten.

Er lauschte in sich hinein und sie war da.

Sie würde immer da sein, solange er sie mit ihren Augen ansah.

Heike Knopp

Königin der Spinnen

»Du gehst schon, Karyma? Es ist doch gerade erst kurz nach Mitternacht!«

Ich drehte mich um und sah meine protestierende Freundin Marin an. Schwungvoll warf ich mir die Ledertasche mit der kleinen Harfe über die Schulter. »Mein Vertrag ging bis Mitternacht. Ich habe genug gespielt. Jetzt ist Tonio mit seiner Band dran. Es tut mir Leid, aber ich mag Kostümpartys nicht besonders.« Ich lächelte entschuldigend und strich mir das Haar aus dem Gesicht. »Du weißt, ich bin mehr für Einsamkeit. Hier sind mir einfach zu viele Leute.«

Marin nickte und umarmte mich. »Nun geh schon, du Streunerin. Und danke für die Musik!«

Flüchtig drückte ich meiner Freundin einen Abschiedskuss auf die Wange. »Pass auf deine Gäste auf. Manche sind schon ziemlich voll. Vor allem die Gruppe um den Arlecchino.«

»Mach ich«, versprach Marin lachend.

Mein Heimweg führte mich am Dom vorbei, der auf einem Hügel stand, und ich setzte mich auf eine Bank an der ockerroten Fassade des Krankenhauses. Gedankenverloren blickte ich in den wolkenverhangenen Himmel der lauen Spätsommernacht. Vor mir lag die Piazza del Duomo, an drei Seiten umrahmt von zweistöckigen, stummen Steinhäusern. An der vierten Seite lag, um einige Stufen erhöht, das eigentümliche Hauptportal des Mariendoms. Über dem mittleren der drei Portale schimmerte matt ein großes rundes Fenster. Darüber und daneben konnte man im Halbdunkel ebenso große dreieckige Gemälde erkennen. Ich kannte die Fassade gut. Ich hatte sie bei Tag und Nacht schon oft betrachtet. Während der breite Bau die Kirche zu Boden drückte, zogen die filigranen Steinarbeiten ihn doch wieder nach oben.

Aus dem Schatten der Laternen heraus betrachtete ich die schwarzweißen Mauern und die dunklen Portale. In der Ferne hörte ich Gitarrenklänge und Stimmen. Das Nachtleben fand auf dem großen, halbrunden Platz statt, am tiefsten Punkt zwischen den drei Hügeln, auf denen die Stadt erbaut war. Ich liebte diesen Ort. Hier fühlte ich mich endlich wieder sicher. So sicher wie schon seit Wochen nicht mehr! Ich hatte keinen Grund zu fliehen. Ich strich über meine kleine Harfe, meine einzige Begleiterin in den letzten Jahren.

Die Stadt erschien mir magisch auf eine ganz besondere Weise. Sie flüsterte mir Melodien und Geschichten zu. An ihr haftete nichts Bedrohliches. Vielleicht wünschte ich mir deshalb lange hier bleiben zu können – vielleicht sogar einen ganzen Sommer. Ich seufzte in mich hinein, denn wirklich glauben konnte ich an mein Glück nicht – nicht nach allem, was geschehen war.

Aus einer Gasse drang von Ferne lautes Lachen und Scherzen. Die Störenfriede näherten sich. Als sie auf den Platz einbogen, erkannte ich den Arlecchino vom Kostümfest, begleitet von den Figuren des Capitano Spavento und der Columbina. Ihre Stimmen hallten grell durch die verträumten Gassen. Sie sahen mich nicht und ich legte auch keinen Wert darauf. Der Capitano übergab sich geräuschvoll in einen Gully. Für kurze Zeit verharrten die drei Gestalten, bis der Capitano sich wieder erholt hatte. Dann bogen sie in das Sträßchen neben dem Krankenhaus ein und blieben nach etwa zehn torkelnden Schritten vor einem der gemauerten Bögen stehen, die die Häuser mit denen der gegenüberliegenden Straßenseite verbanden. Ich konnte sie gut sehen, wie sie sich dort, übertrieben gestikulierend, vor der Finsternis des Durchgangs abhoben.

»Ma bella Columbina«, deklamierte Capitano Spavento theatralisch, »darf ich Euch durch dieses Tor hindurchgeleiten, als führte es ins Paradies, per favore?« Er verbeugte sich schwungvoll und verlor dabei fast das Gleichgewicht. Columbina stützte ihn kichernd. Als er sich gefangen hatte, machte sie artig einen tapsigen Knicks.

»Verehrtester Spavento, es ist mir eine Ehre, mit Euch durch dieses Tor in die Ewigkeit zu schreiten!« Weiterhin albern kichernd wandte sie sich an Arlecchino: »Wollt Ihr uns nicht begleiten, teurer Freund?«

Durch die schwarze Maske antwortete der Harlekin dunkel: »Euer Wunsch sei mir Befehl. Ich muss ja aufpassen, dass dieser Rüpel Euch nichts antut.« Er stellte sich seitlich an den Torbogen, zog seinen Hut und verneigte sich. »Tretet ein in dieses Schloss. Mag es von außen auch düster erscheinen, im Innern ist es ein Palazzo aus schimmerndem Silber!«

Würdevoll fasste der Capitano die rechte Hand der Columbina, hob sie wie beim Schreittanz, legte seine Rechte auf den Griff seines Zierdegens und führte die Dame durchs Tor in die Dunkelheit. Damit verschwanden die drei komischen Gestalten aus meinem Blickfeld und auch ihre Schritte und ihr albernes Gelächter verloren sich bald in der Ferne. Sie waren fort und ich war froh darüber.

Ich saß wohl noch zwei Stunden dem Dom gegenüber und betrachtete seine Fassade im Licht-und-Schatten-Spiel des vollen Mondes und der vorbeiziehenden Wolken. Ruhe und einen festen Wohnort mit Freunden, wie sehr wünschte ich mir das. Noch einmal tief über die Ungerechtigkeit der Welt seufzend, begab ich mich auf meinen Heimweg. Auf dem westlichen der drei Hügel hatte ich vor dem Einbruch der Touristenströme ein günstiges Zimmer gefunden. Die Wirtin, eine kleine, runde, mütterliche Frau, machte morgens sogar Frühstück für mich. Das hieß allerdings auch, dass ich um 8 Uhr aufstehen musste, trotz der durchgearbeiteten Nächte.

Ich schlenderte durch die leeren Straßen und lauschte dem Klang meiner Schritte auf dem Kopfsteinpflaster. Ich ging vorbei an verriegelten Läden, kleinen, blumengeschmückten Innenhöfen und Dankesaltären. Jeder Brunnen war ein Kunstwerk und es schwommen kleine Blumenschiffchen auf dem Wasser, um die Geister freundlich zu stimmen. Es war eine Stadt, die an ihren Zauber glaubte.

Ich befand mich nur noch wenige Straßen von meinem Zimmer entfernt, als ich abrupt stehen blieb und mich an der Mauer abstützte. Durch eine offene Toreinfahrt konnte ich in einen hangabwärts liegenden Hinterhof sehen. Ihn umstanden verfallene, braungraue, scheinbar unbewohnte Häuser. Der Boden des Hofes war bedeckt mit heruntergefallenen Dachschindeln, Staub, Glas und Müll. Der Hof passte nicht in diese Stadt. Hier sollte es keine verlassenen Häuser geben! Doch all das war unbedeutend neben dem, was ich dort in der Luft erblickte. Ein kurzer Schrei des Entsetzens entwich mir und erstarrt betrachtete ich die Szenerie des Innenhofes.

Vor dem halb verhüllten vollen Mond, zwischen den trostlosen verfallenen Mauern schwebten drei Gestalten aus der Commedia dell'Arte reglos in der Luft. Ich gebe zu, sie waren mir nie besonders sympathisch gewesen, aber das ... Unaufhaltsam richteten sich meine Nackenhaare auf. Und als sei der bloße Anblick dieser schwebenden Figuren mit ihren gesenkten Häuptern nicht genug, fingen sie langsam an sich zu bewegen. Zuerst hob Columbina den Arm, dann ein Bein. Der Capitano zuckte mit den Füßen. Arlecchino begann sich würdevoll zu drehen, hob den Kopf und starrte mich aus ausdruckslosen Augen an. Plötzlich sah ich etwas, was vorher nicht dort gewesen war – etwas, das einfach nicht zu übersehen gewesen wäre und scheinbar aus dem Nichts gekommen war. Zwischen allem, was ich im Hof sah, waren Netze gespannt: zwischen den Gestalten, zwischen ihnen und den Mauern, zwischen den Mauern und dem Boden. So etwas hatte ich noch nie gesehen. Die Fäden schienen wie schimmernde Springseile und hielten die drei Körper fest. Vor mir hing ein erschreckend wirkliches surrealistisches Kunstwerk.

Arlecchino streckte mir seine Hand entgegen. Es war eine Einladung zum Tanz. Gegen meinen Willen machte ich einen Schritt nach vorne und stieß mit der Schulter an den Torbogen. Mir rann der Schweiß über die Stirn, die Wangen hinab und in die Augen. Ich bekam kaum noch Luft vor Angst und bewegte mich wie in einem Traum, dessen Handlung die Träumerin nicht beeinflussen kann. Arlecchino wiegte sich hin und her. Columbina ergriff die Hand des Capitano und sie drehten sich umeinander und verfingen sich in immer neuen Fäden des

Netzes, bis sie ganz von dem klebrigen Gewebe umschlungen waren. Ihre Körper bewegten sich mal schnell, mal bedächtig. Sie tanzten im Rhythmus meines pochenden Blutes. Ebenfalls im Netz schwebten der Zierdegen des Capitano und die schwarze Larve des Arlecchino. Schrill lachte ich auf, als mir bewusst wurde, dass sie tot waren. Ich schloss die Augen. Der Schweiß brannte in ihnen. Doch die Toten tanzten vor meinem inneren Auge weiter. Ich hörte, wie sich die Fäden unter der Last der Toten immer aufs Neue spannten und das wippende Netz im Rhythmus des Tanzes summte. Meine Phantasie malte ein noch grausameres Bild, als es die Wirklichkeit vermochte. Ich zwang mich die Augen wieder zu öffnen. Tränen mischten sich in den Schweiß, der meine Wange hinunterlief. Und immer noch tanzten die Figuren der Commedia dell'Arte.

Ich wusste nicht, was mich mehr schockierte: dieser grausam-ästhetische Anblick oder die Tatsache, dass es wieder einmal geschehen war. Meine Schreie blieben mir im Hals stecken. Es war wieder einmal geschehen!

Ich rieb mir mit der Hand übers Gesicht. Es konnte nicht wahr sein. Es durfte einfach nicht wahr sein. Und doch konnte ich es in aller Deutlichkeit sehen. Ich krallte meine Finger in den bröckeligen Stein der Mauer. Wie unter Zwang versuchte ich dieses Bild zu verstehen, dann fiel es mir auf. Die Toten tanzten nicht von sich aus. Zitternd versuchte ich die Schwingungen zurückzuverfolgen, und schließlich blieb mein Blick an einer höhlenartigen Fensteröffnung hängen. Lange starrte ich in sie hinein und fast schien es mir, als sei es das Haus, das die drei Toten in seinen Fäden gefangen hielt, und als sei das Fenster das dunkle Auge des Hauses. In diesem Auge bewegte sich ein Schatten, der selbst noch dunkler war als die Nacht. Dann quoll der Schatten aus dem Fenster und ich stand vor Angst wie angewurzelt da. Über das Sims schob sich eine schwarze Spinne mit kürbisgroßem Körper, ovalem Kopf und behaarten Beinen. Mit jedem Schritt ihrer Beine ließ sie ihre Opfer tanzen, mit jedem ihrer Schritte kam ich einer Ohnmacht näher und je näher die Spinne kam, desto heftiger tanzten die Toten. Die Wolken verzogen sich und der helle, volle Mond erleuchtete das grausige Spiel. Vor dem silbrig glänzenden Netz erkannte ich einen nach unten weisenden Giftdorn am Kopf des Ungeheuers. Ihre Tastorgane zuckten. Die Augen leuchteten milchig. Dann verließ sie ihr Netz und kam auf mich zu. Ich glaubte das Schaben der kammartigen Klauen auf dem Stein zu hören. Mit einem Ruck riss ich mich von dem hypnotischen Blick ihrer Augen los, sah, wie der Totentanz seinem Ende entgegenging, wandte mich um und begann zu rennen. Es war schon wieder geschehen!

Ich musste weg. Das Ungeheuer durfte mich nicht finden. Schon wieder ... gerade hier ... Wohin? Ich klammerte mich an die Harfe und stürzte wenig später in mein Zimmer. Ich verriegelte das Fenster und die Tür. Dann begann ich wie wahnsinnig Decke und Wände nach Spinnen abzusuchen und erschlug alle, die ich fand. Völlig erschöpft und schweißüberströmt fiel ich beim Morgengrauen ins Bett und schlief so schlecht wie seit langem nicht mehr. Meine Träume waren bevölkert von Spinnen, die beschlossen hatten meine Haustiere zu sein. Und eine große Spinne war da, die mich zum Tanz aufforderte.

Einige Stunden später wachte ich auf und saß mit klopfendem Herz im Bett, die Lampe brannte noch immer. Als ich die Stimme meiner Wirtin hörte, atmete ich tief durch. Es war überstanden. Es war alles nur ein Traum gewesen. Als sie ein weiteres Mal klopfte, öffnete ich die verriegelte Tür.

»Kindchen, wie siehst du denn aus?«, rief sie erschrocken. Ich warf einen schnellen Blick in den Spiegel. Ich trug noch die verräucherten, verschwitzten Kleider vom Vorabend. Mein rotbraunes Haar war struppig, mein Gesicht bleich, meine Fingerspitzen waren aufgeschürft.

»Es war eine lange Nacht, Signora Galfi.« Ich brauchte dringend eine Dusche.

Signora Galfi verstand sofort. »Ich mach dir gleich einen frischen, starken Kaffee.« Dann setzte sie nach: »Ich bin so froh, dass dir nichts passiert ist, Kindchen. Ich musste mich doch gleich vergewissern, als du nicht zum Frühstück kamst. Es ist wieder so ein schrecklicher Mord passiert wie schon vor vier Wochen. Und es war diesmal gar nicht so weit von hier entfernt. Es hat drei arme junge Leute erwischt, gerade als sie von einer Feier kamen. Die Polizei sagt, sie wird dieser Sekte schon noch auf die Spur kommen, die arglose Leute bei Vollmond ermordet! Und dann können die was erleben!« Sie nickte mit Nachdruck, warf mir noch einen besorgten Blick zu und ging. Ich tastete mich an der Wand entlang und setzte mich langsam auf das Bett. Ich wusste, wer es gewesen war. Es war keine Sekte, es war niemand, den die Polizei finden und einsperren konnte. Ich musste die Stadt verlassen. Es war wieder so weit. Verzweifelt vergrub ich mein Gesicht in den Händen. Noch nie war es so schlimm gewesen. Ich rannte zur Toilette und übergab mich.

Etwa eine Stunde später und um eine kalte Dusche erfrischter saß ich in der Küche und trank einen Kaffee. Meine Wirtin redete unaufhörlich auf mich ein, doch ich hörte sie kaum. Wohin sollte ich gehen? Konnten mir die Spinnen folgen? An jedem Ort geschah etwas anderes. *Wohin sollte ich gehen*? Würde es beim nächsten Mal noch schlimmer sein als hier? Bei jeder noch so kleinen Spinne an der Wand bekam ich einen Schrecken. Es war Spätsommer und damit die Zeit der Spinnen. Nun aber sah ich, dass es zu viele Spinnen in diesem Haus gab.

Als es mir endlich gelang, meiner Wirtin wieder aufmerksamer zuzuhören, erfuhr ich, was die Polizei am Morgen entdeckt hatte. Die Leichen der Unglücklichen waren in der Mitte des Hofes gefunden worden. Ihre Haut war vertrocknet und ihr Körper enthielt keine Flüssigkeit mehr. Alle drei hatten einen tiefen Einstich am Rücken und eine Bisswunde an der Schulter. Niemand konnte sich ihre Blutarmut erklären und auch die pergamentartige Haut blieb ein Rätsel. Ich konnte nicht helfen. Man würde mir nicht glauben. Früher hatte ich manchmal von meiner »Sicht« gesprochen, doch jetzt singe ich davon nur noch in meinen Liedern. Damals galt ich als verrückt, heute verdiene ich mit Märchen erzählen mein Geld. Aber wie sollte ich über das singen, was ich gestern gesehen hatte?

Es war ein hartes Stück Arbeit, Signora Galfi davon zu überzeugen, dass ich wirklich abreisen musste. Und obwohl ich gehen wollte, ließ ich mir Zeit, denn ich hatte Angst vor dem, was mich draußen vor der Tür erwartete. Ich hatte nicht einmal durch das Fenster nach draußen geschaut. Nachdem ich mich von meiner Wirtin verabschiedet hatte und sie mich zur Tür begleitete, ging ich mit gesenktem Blick nach draußen. Auf dem Boden fand ich weder Spinnen noch Spinnweben. Ich hob den Blick und es schien alles wie immer zu sein: Die Sonne schien und es waren Menschen auf den Straßen. Ein wenig beruhigt machte ich mich auf den Weg zum Bus, der außerhalb der alten Stadtmauern abfuhr. Bei mir trug ich meinen Rucksack, meine Reisetasche und die Harfe. Mein nomadischer Lebensstil erlaubte mir nicht mehr Gepäck. Vorsichtig atmete ich auf. Vielleicht war es doch nicht so schlimm, wie ich befürchtet hatte. Als ich einige Straßen hinter mir gelassen hatte, sah ich die erste Spinne und einige Netze. Die Angst kehrte zurück und ich hielt mich wenn möglich in der Mitte der Straßen und Gassen.

Das Leben in der Stadt ging weiter. Die Touristenströme schoben sich zwischen den steinernen Fassaden hindurch, standen staunend vor den Geschäften, belagerten die Plätze und Brunnen. Doch nur ich sah auf meinem Weg, was der Stadt widerfahren war. Und je weiter ich ging, desto schlimmer wurde es. Für alle anderen aber war es ein ganz normaler Tag.

Ich war in der Nähe von Marins Haus, als ich Dutzende von Spinnen aus einem Gullydeckel kriechen sah. Und dann drückte etwas Großes gegen den Deckel und versuchte ihn nach oben zu heben. Ich ging rasch weiter und malte mir aus, wie kleine und große Spinnen durch die vielen Gänge unter der Stadt liefen. Sie konnten überall hineingelangen. Niemand konnte sie daran hindern. Die Panik kroch nun endgültig in mir hoch. Ich konnte kaum einen Schritt weiter. Angst schnürte mir den Hals zu. Ich wusste, ich sollte die Stadt verlassen, doch ich war am Ende. Mit ungeheurer Überwindung schaffte ich die wenigen Meter bis zu Marin und sie ließ mich erstaunt ein. Als die Tür hinter mir geschlossen war, verließen mich meine Sinne.

Als ich die Augen wieder aufschlug, lag ich mit einem feuchten Tuch auf der Stirn auf einem Sofa. Sofort suchte ich die Decke nach Spinnen ab und atmete auf. Nicht mehr als zwei winzige Spinnchen waren zu sehen. Vorsichtig setzte ich mich auf und legte das Tuch auf den Tisch. Dann machte ich mich daran, die Spinnen zu erschlagen.

Ich stieg gerade vom Stuhl, als Marin mit einer Kanne ins Zimmer kam. Mit einem skeptischen Blick sah sie mich an und schenkte Tee ein. Ich setzte mich wieder auf das Sofa, zufrieden, dass keine lebende Spinne mit mir das Zimmer teilte.

Prüfend sah sie mich an und fragte: »Geht es dir besser?«

Ich nickte.

»Was ist passiert? So habe ich dich ja noch nie erlebt.« Sie klang irritiert.

Ich lehnte mich zurück und suchte nach den richtigen Worten. »Es wird alles sehr unglaubwürdig klingen. Aber hör einfach zu, okay?«

Sie runzelte die Stirn und nickte.

»In Sagen und Geschichten gibt es Feen, Trolle, Irrlichter, Geister und so weiter. Sie kommen auch in meinen Liedern vor. Die Leute hören gerne von ihnen.« Ich sah, wie sie zustimmend nickte. So weit, so gut. »Die meisten Menschen können sie nicht wahrnehmen und glauben deshalb nicht wirklich daran, dass sie existierten. Aber ich kann sie manchmal sehen. Sie leben in jeder Stadt.«

Marin sah mich zweifelnd an, schwieg aber.

Ich merkte, wie das Bild von letzter Nacht wieder hochkam, und klammerte mich an die Tasse. Mit Tee versuchte ich den Kloß in meinem Hals hinunterzuschlucken. »Ich kann mich nicht daran erinnern, wann es anfing. Als ich vor einigen Jahren meine Heimatstadt verließ, saß dort unter jeder Brücke und in jeder Unterführung ein Troll. In jedem Park und auf jedem Friedhof tanzten Irrlichter. Es wurden immer mehr mit der Zeit. Niemand glaubte mir, wie du dir vorstellen kannst. Außer mir konnte sie scheinbar niemand sehen. Ich verließ die Stadt und dachte, dass es nur dort so sein würde. Aber jeder Ort, den ich seither besucht habe, hatte seine eigenen Geister, Nebelwesen, Ungeheuer. Immer, wenn es mir nicht mehr gelang, sie zu übersehen, bin ich weitergereist. Ich singe von dem, was ich sehe. Es ist die einzige Möglichkeit, darüber zu reden, ohne für verrückt gehalten zu werden.«

Ich sah sie Verständnis suchend an, fand aber nur Unglaube

und Skepsis in ihren Augen. Dann senkte ich den Kopf und versuchte die aufkommenden Tränen wegzublinzeln. Wie konnte ich hoffen, dass Marin mich verstehen würde? Ich war wütend auf mich, dass ich diese Hoffnung gehegt hatte. Schließlich räusperte ich mich. »Hör zu. Ich weiß, wie es klingt. Ich bin nicht verrückt. Ich war auf dem Weg die Stadt zu verlassen, als ich an deiner Tür klingelte.«

Marin sah mich lange schweigend an und drehte dabei gedankenverloren die Teetasse in ihren Händen.

»Nehmen wir einmal an, dass es so ist, wie du sagst.« Ich seufzte und war glücklich, dass sie sich wenigstens so weit darauf einließ. »Immerhin bist du vor mir zusammengebrochen. Das passiert ja nicht ohne Grund.« Sie machte den Versuch, das Problem logisch zu betrachten. Das würde zwar nichts bringen, aber sie versuchte wenigstens mich zu verstehen.

»Und was war so schrecklich, dass du derart in Panik geraten bist?«, fragte Marin vorsichtig. Ich konnte ihr die Anspannung ansehen.

»Nachdem ich gestern dein Fest verlassen hatte, setzte ich mich eine Weile vor den Dom. Ich träumte von einem ganz normalen Sommer in deiner Stadt. Ich hatte gehofft, dass alles endlich ein Ende hat, denn bis gestern habe ich hier nichts gesehen. Weder die Geister, die in den tausend Brunnen leben sollen, noch Gnome in den Wasserschächten in den Hügeln. Nichts.« Sollte ich ihr wirklich die Wahrheit sagen? Sie glaubte mir nicht. Welchen Sinn hatte es auch, sie zu beunruhigen?

Trotzdem – ich musste es loswerden: »Ich sehe seit gestern Abend in dieser Stadt überall große Spinnen und Spinnweben. Die Menschen bemerken sie nicht. Aber ich kann sie sehen. Es werden immer mehr.«

Marin schwieg.

Ich holte tief Luft. »Überall, wo ich bin, erscheinen irgendwelche Wesen: Trolle unter den Brücken, Kobolde in den Häusern, Geister, Feen. Ich weiß nicht, warum es so ist. Hier sind es Spinnen. Wenn ich mich draußen umschaue, finde ich in jeder Ecke eine Spinne und überall spannen sich Netze.« Meine Stimme überschlug sich fast, bevor ich sie unter meine Kontrolle zwang. Dann sagte ich: »Ich habe immer wieder festgestellt, dass andere davon absolut nichts bemerken. Es erschreckt mich, dass niemand es sieht.«

Marin schenkte mir Tee nach und hatte scheinbar einen Entschluss gefasst. »Hör zu«, sagte sie und blickte zu den erschlagenen Spinnen an der Decke, »du bleibst heute Nacht bei mir. Wir sorgen dafür, dass keine Spinne in deinem Zimmer ist und verschließen alle Türen und Fenster, wenn du es willst. Morgen kannst du dann wegfahren. Heute ist es schon zu spät, um einen Bus zu bekommen.« Sie blickte mich erwartungsvoll an.

Ich akzeptierte ihren Vorschlag, obwohl mir bei dem Gedanken noch eine Nacht hier zu verbringen ein Schauer über den Rücken lief. Andererseits traute ich mich auch keinen Schritt mehr auf die Straße. Marin trank ihre Tasse leer und stand auf.

»Leg dich hin, du siehst wirklich müde aus. Wir werden das schon schaffen.«

Sie schien zu glauben, ich hätte mir alles nur eingebildet und alles würde für mich ganz anders aussehen, wenn ich ausgeschlafen wäre.

»Während du schläfst, sorge ich dafür, dass keine Spinne dieses Zimmer betritt, okay?«

Ich fühlte mich so erschöpft, dass ich widerspruchslos nickte. Ich stellte meine Tasse weg und legte mich hin. Marin deckte mich mit einem dünnen Laken zu und ich schlief sofort ein.

Ich schlief traumlos. Zum Abendessen weckte Marin mich. Wir sprachen nicht mehr von meinem Problem, sondern über meine möglichen Reiseziele. Der Abend verlief relativ ruhig und normal bei einer Flasche Chianti. Da ich Angst hatte alleine zu schlafen, legten wir eine zusätzliche Matratze in Marins Zimmer. Noch vor Mitternacht schlossen wir die Fenster, verriegelten die Türen und erschlugen alle Spinnen im Raum, Marin diejenigen, die sie sah, ich jene, die nur ich sehen konnte.

Mitten in der Nacht erwachte ich. Der Mond warf blasse Schatten auf den dunklen Holzboden und eine matte Lampe auf dem Nachttisch spendete ein wenig Licht. Ich war glücklich darüber, denn ich wollte nicht im Dunkeln liegen. Marin schlief fest auf der anderen Seite des Raums. Ihr gleichmäßiges

Atmen beruhigte und ängstigte mich zugleich. Sie hatte mir nicht geglaubt. Es war auch nicht einfach zu begreifen. Wie lange hatte ich gebraucht, um es zu akzeptieren?

Doch nun fragte ich mich, warum ich noch hier war. Ich setzte mich auf, zog mir die Decke über die Schultern und legte meine Arme um die angewinkelten Knie. Die Angst hatte mich am Nachmittag überrannt. Ich hatte es nicht geschafft, die Stadt zu verlassen. Ob diese Nacht wieder etwas geschehen würde? Wenn ja, dann war es meine Schuld. Die Spinnen waren nur deshalb eine Gefahr, weil ich sie sehen konnte. In anderen Städten hatte es sich gezeigt, dass die geheimnisvollen Ereignisse aufhörten, nachdem ich den Ort verlassen hatte. Hier war es bestimmt nicht anders. Nur gab es diesmal schwerwiegendere Gründe fortzugehen. Bedrückt legte ich meinen Kopf auf die Arme. Ich war eine Gefahr für Marin. Ich war eine Gefahr für jeden in der Stadt! Ich musste weg! Sofort! Eine andere Möglichkeit gab es nicht, denn niemand würde mir meine Geschichte glauben. Ich würde einfach meine Sachen packen und gehen.

Kaum hatte ich diesen Entschluss gefasst, ließ mich ein Schaben am Fenster zusammenzucken. Ängstlich wandte ich den Kopf. Über das Fenster spannten sich feine silberne Fäden. Ich unterdrückte einen Schrei und krallte meine Finger ins Laken. Sie hatten mich also gefunden. Die Bilder der letzten Nacht trieben erneut den Angstschweiß auf meine Stirn. Langsam kroch von der Seite eine Spinne mit apfelgroßem Körper ins Fenster und verharrte. Ich wollte schreien und Marin warnen, doch als sich von oben der schwarze Schatten einer weiteren großen Spinne vor das Fenster schob, blieb mir der Schrei im Hals stecken. Ich saß wie erstarrt auf der Matratze, während meine Freundin schlief. Ich wollte nicht, dass ihr etwas zustieß, doch ich war nicht in der Lage mich zu bewegen. Lange bange Minuten starrte ich auf die Spinnen, die jenseits der Scheibe verharrten und jeden Augenblick das Fenster durchstoßen und über Marin und mich herfallen konnten. Doch nichts dergleichen geschah. Sie warteten. Sie beobachteten mich. Langsam löste ich meine verkrampften Finger vom Laken und wischte mir über die Stirn. Durch flaches Atmen versuchte ich mein rasendes Herz zu beruhigen. Was wollten sie? Warum verfolgten sie mich? Warum? Meine Gedanken überschlugen sich und bildeten ein wirres Knäuel.

Ich erschrak fast zu Tode, als ich eine kleine Spinne über das Laken auf mich zukrabbeln sah. Ich holte mit meiner Hand aus, um sie zu erschlagen, doch ich tat es nicht, sondern schloss resigniert die Augen. Das war das Ende. Es hatte keinen Sinn, sich zu wehren. Hier konnte ich nicht mehr fortlaufen. Und die Spinnen da draußen wussten es. Traurig dachte ich an Marin. Ich würde sie nicht wecken. Sie konnte die Gefahr nicht sehen – und ich konnte mir nichts Schlimmeres vorstellen, als von etwas Unsichtbarem getötet zu werden.

Mit einem Mal kribbelte es an meinem Arm. Ich öffnete langsam die Augen und sah die kleine Spinne, die ich eben verschont hatte. Ich musterte sie aufmerksam. Sie sah so harmlos aus. Ich nahm sie auf und setzte sie zurück auf den Holzboden. Sofort begann sie, erneut auf das Laken zu krabbeln und erreichte wenig später wieder meinen Arm. Dort ließ sie sich nieder und bewegte sich nicht mehr. Es war mir ein Rätsel, was hier vor sich ging. Ich ließ die Spinne dort sitzen und beobachtete sie lange. Meine Angst verblasste, obwohl die großen Spinnen immer noch am Fenster waren. Und als eine Weile verstrichen war, wagte ich es sogar, der kleinen Spinne über den Rücken zu streichen. Als andere Spinnen kamen, hatte ich meine Angst völlig verloren. Den Weberknechten strich ich sanft über die Beine, die Kreuzspinnen kitzelte ich und der Vogelspinne kraulte ich den haarigen Körper. Als ich nach langer Zeit wieder zu den Spinnen am Fenster blickte, fürchtete ich auch sie nicht mehr. Sie wollten weder mir noch Marin etwas antun. Sie suchten nur meine Nähe. Das war es! Sie suchten meine Nähe und meine Aufmerksamkeit. Sie liebten mich geradezu. Tränen der Erleichterung liefen mir übers Gesicht. Ich vergaß die Toten und die Gefahr, die für die Stadt bestand, und sank in einen tiefen Schlaf der Erschöpfung.

Am nächsten Morgen war Marin überrascht, wie ausgeruht und ausgeglichen ich war. Ich spielte, wenn ich mich unbeobachtet fühlte, heimlich mit den Spinnen und erzählte Marin nichts davon. Als ich dann auf die Straße ging, blickte ich mit ganz anderen Augen auf die veränderte Stadt, die ich nun mehr denn je liebte. Die Straßen waren bedeckt mit silbern glänzenden Netzen, an denen der Tau hing. Kleine Spinnen sahen mich aus den Schatten heraus an. Ich lächelte ihnen unauffällig zu. Ich fühlte mich hier so wohl wie nie zuvor und beobachtete die Menschen, die meine Spinnen nicht sahen. Einmal bemerkte ich, wie ein kleines Mädchen durch die Weben ging und sich dann weinend an die Hand seiner Mutter klammerte. Ob sie die Weben spüren konnte? Niemand sonst widmete den Spinnen einen ersten oder gar einen zweiten Blick. Ich musste über die Leute schmunzeln. Sie waren unsensibel für das, was ich sah. Und wenn sie es hätten sehen können, so wären sie vor Angst davongelaufen.

Als ich auf den großen muschelförmigen Platz zwischen den drei Hügeln kam, war dieser voller Menschen. An der langen Geraden thronte der braune Palazzo, dessen hoher, rechteckiger Turm mit einer Krone aus weißem Sandstein den Campo überragte. Vor dem Palast lag der Platz wie ein offener Fächer, die Rippen waren im Muster der Pflastersteine nachgebildet. Er stieg zu den im Halbrund stehenden Häusern, meist mit Cafés im Erdgeschoss, an. Das Muster der Steine wirkte auf mich wie der Schatten eines halben Spinnennetzes, das sich zwischen den backsteinbraunen Häusern spannte. Als ich in den blauen, verschleierten Himmel blickte, glaubte ich silbrige Fäden und den Kopf einer Spinne auf dem Dach des Palastes zu erkennen.

Ich fühlte mich wie die Herrin dieser Stadt, die Einzige, die ihr wahres Wesen verstand. Ich hatte mich verändert. Die Spinnen hatten mich verändert. Als ich so dastand, dachte ich an die drei Toten und fragte mich, warum sie gestorben waren. Hatte die große Spinne mir nur eine Freude machen wollen – wie eine Katze, die ihren Lieben einen Vogel vor die Tür legt? Oder war es meine Abneigung gegen die drei Gestalten gewesen, die die Spinne zum Anlass genommen hatte sie zu töten? Würde es weitere Opfer geben? Die Spinne hatte in jener Nacht die Grenze zwischen der Welt, die ich sehen konnte, und der Realität überschritten. Bis heute frage ich mich, ob die drei Gestalten aus der Commedia dell'Arte überhaupt etwas gesehen hatten oder ob der Tod unsichtbar zu ihnen gekommen war.

Ich blieb noch viele Wochen in der Stadt, ohne dass es weitere Tote gab. Ich erkannte, dass die Spinne damals nur nach meiner Aufmerksamkeit gestrebt hatte. Ich hatte sie und die anderen ignoriert und sie wollte mir ein Zeichen geben. Als ich ein letztes Mal auf dem großen Platz stand, spürte ich die Trauer der Spinnen der ganzen Stadt. Ich schmunzelte über die unwissenden Leute, die blind durchs Leben gingen. Und ich wusste, dass ich zurückkehren würde in meine Stadt, wie eine Königin zurückkehrt, die Königin der Spinnen.

BERNHARD HENNEN

STÜRMISCHE ZEITEN

Mein neuer Chef hieß Schmittchen. Jedenfalls nannten ihn alle so, auch wenn niemand mehr so recht wusste warum. Er war eigentlich kein übler Kerl, abgesehen von ein oder zwei Macken vielleicht. Ich meine, wer empfängt einen schon zum Vorstellungsgespräch im Yogasitz auf dem Schreibtisch hockend oder entspannt sich, indem er sich auf dem langen Flur vor der Bibliothek im Zen-Bogenschießen übt. Sie sehen, für einen Mann um die sechzig hatte er noch mit einigem aufzuwarten. Und das bei seinem Job! Man hatte ihn vor einigen Jahrzehnten zum Leiter der Moppenheim-Stiftung gemacht, der wohl abgelegensten Bibliothek an der Kölner Uni. Irgendwie gehörte sie zum Archäologischen Institut, nur hatten das die meisten Studenten leider nicht mitbekommen. Mit durchschnittlich drei Besuchern in der Woche mussten wir uns in unserem Refugium unter dem Dachstuhl des Archäologischen Instituts wirklich nicht totarbeiten und es wäre ein klasse Job gewesen, wenn nicht einige der Profs auf die Idee gekommen wären, den freien Platz zwischen den Bücherregalen noch anderweitig zu nutzen. Mangels regelmäßiger Besuche hatte man uns zu einer Art Abstellkammer degradiert. Aber unter unserem Dachstuhl lagerten nicht etwa alte Besen und ausrangierte Schreibmaschinen, nein, hier wurden die Mitbringsel von archäologischen Expeditionen aus aller Herren Länder verstaut. Vielleicht war das der Grund, warum ich der einzige Bewerber auf die Stelle war. Es ist wohl nicht jedermanns Sache, lange Herbstabende zwischen mumifizierten Pavianen, Schrumpfköpfen aus Polynesien und merkwürdig bemalten

Vasen zu verbringen. Aber wenn man in so einer WG wie ich wohnt, dann betrachtet man einen solchen Aufenthaltsort als angenehme Abwechslung.

Sie halten das für leeres Gerede? Ich sag Ihnen, wenn man beim morgendlichen Gang zum Klo von einem selbst gemalten Plakat überrascht wird, auf dem in blutroten Lettern steht: *Wen wir hier im Stehen fanden, der hatte es stets ausgestanden*, bekommt man ein neues Weltbild. Vor allem, wenn unter diesem Satz noch ein blutverschmiertes Skalpell prangt und einer dieser *Stehend-pinkeln-verboten*-Aufkleber. Vielleicht sollte ich auch noch erwähnen, dass sich unter meinen drei Mitbewohnern eine Medizinstudentin befand, die Männer für die überflüssigsten Geschöpfe des Universums hielt.

Unter solchen häuslichen Bedingungen erscheinen einem mumifizierte Paviane, die einen mit leeren Blicken verfolgen, wirklich harmlos! Da man als Archäologiestudent ohnehin auf dem Weg ist, staatlich lizenzierter Grabräuber zu werden, fühlt man sich unter Leichen manchmal wohler als unter den Lebenden, jedenfalls, wenn man solche Erfahrungen gemacht hat wie ich. Aber das ist eine andere Geschichte …

Sicher wäre mit meinem Job in der Moppenheim-Stiftung auch alles gut gegangen, wäre Schmittchen nicht eines Abends auf die Idee gekommen mich die gesammelten Vasen abstauben zu lassen. Falls Sie jemals in die Verlegenheit kommen sollten einen ähnlichen Job zu erledigen, kann ich Ihnen nur raten, fassen Sie griechische Amphoren der geometrischen Epoche niemals an ihren Henkeln an! Kaum hatte ich diesen Fehler gemacht, stand ich auch schon in einem Haufen zweieinhalbtausend Jahre alter Scherben. Die einzig angenehme Überraschung bei der Sache war zu erleben, was ein halbes Jahrhundert Zenbuddhismus aus einem Menschen machen kann. Schmittchen blieb völlig ruhig. Das Erste, was er sagte, war: »Ich glaube, das ist Professor Herberts' Lieblingsstück aus seiner Olympiagrabung vor dreißig Jahren.«

Professor Herberts' ist unser Institutsleiter und dafür berüchtigt, so viel Langmut wie ein ausgehungerter Haifisch zu haben. Vor meinem geistigen Auge sah ich mich schon lebenslänglich Sklavendienste auf Ausgrabungen in der Vorderen Mongolei leisten. Als ich mich eingeschrieben hatte, war ich noch fest davon überzeugt gewesen, ich würde ein zweiter Indiana Jones werden, und jetzt würde die Wissenschaft um all das, was ich ihr zu geben hatte, gebracht werden, nur weil ein Trottel nicht in der Lage gewesen war, einen Henkel vernünftig an eine Amphore zu kleben.

»Ich klebe sie wieder …«, stammelte ich verlegen. »Man wird nichts mehr sehen, wenn ich …«

Schmittchen schüttelte den Kopf. »Du hast doch nie einen Keramik-Kurs belegt. Lass lieber die Finger von dem Scherbenhaufen.« Er bückte sich und hob den Amphorenfuß auf, der unversehrt geblieben war. »Ungewöhnlich«, murmelte er leise.

Dann sah auch ich, was er meinte. Auf der Innenseite der Amphore waren einige zittrige Schriftzeichen zu sehen.

»Aiora«, hauchte Schmittchen. Er hatte plötzlich einen Glanz in den Augen, wie ich ihn bei ihm noch nie gesehen hatte. Die Hand, mit der er die Scherbe hielt, zitterte.

»Was heißt Aiora?«

Er sah geistesabwesend in meine Richtung. »Den Buchstaben nach haben wir es mit einer attischen Variante des Altgriechischen zu tun. Aiora … Das ist kein Wort, das ich kenne. Vielleicht ein Name? Es scheint mit Luft zu tun zu haben …« Er legte den Amphorenfuß auf ein Regalbord und bückte sich nach den anderen Scherben. »Was für eine Malerei war das auf der Amphore? Verdammt, ich bin tausendmal an dem Ding vorbeigelaufen und weiß nichts darüber!«

Ich hielt ihm ein Stück hin, das eine nackte, laufende Frau zeigte. Eine rote Figur auf schwarzem Grund. Sie war dem Künstler außerordentlich gut geraten. Ängstlich blickte sie über die Schulter. »Vielleicht sollten wir Professor Herberts Bescheid sagen?«

Schmittchen hob ruckartig den Kopf. Einen Herzschlag lang wirkte er genauso gehetzt wie die Nackte auf der Scherbe. Dann zogen sich seine dünnen Brauen zu einem durchgehenden Strich zusammen. »Du willst dem alten Herberts also erzählen, dass du sein bestes Stück aus der Olympiagrabung zerstört hast? Wo möchtest du beerdigt werden?«

»Ich … aber die Inschrift. Eine Inschrift auf der Innenseite einer engen Vase. Dem muss man doch nachgehen! Wer weiß, was für ein Geheimnis sich dahinter …«

»Wie selbstlos und wie blöd! Du willst also deinen Rausschmiss riskieren, nur damit Herberts seinen hundertsten Aufsatz schreiben kann, den er, wie ich ihn kenne, sowieso vermasseln wird.«

Was Schmittchen sagte, ließ sich nicht von der Hand weisen.

Mein Chef grinste wie ein Frettchen, das Blut geleckt hatte. »Weißt du was, ich gebe dir für den Rest des Abends frei und klebe die Amphore zusammen. Der ganze Zwischenfall bleibt unter uns …«

Ich überlegte, was Indiana Jones an meiner Stelle getan hätte, und da man dieses Problem offensichtlich nicht mit einer Peitsche lösen konnte, entschied ich mich für gesunden Opportunismus.

Doch das rätselhafte Wort ließ mich nicht mehr los. *Aiora*. Es war das allererste Mal, dass ich in meinem Studium mit einem echten Geheimnis konfrontiert wurde, und ich hatte mich ausbooten lassen!

In einer WG zu wohnen ist alles andere als ein Zuckerschlecken. Es gehört zu den ungeschriebenen Gesetzen von Wohngemeinschaften, dass immer dann, wenn man am nötigsten seine Ruhe braucht, mit Sicherheit dicke Luft herrscht. Als ich versuchte mich unauffällig über den Flur zu meinem Zimmer zu schleichen, lief ich geradewegs Joachim in die Arme. Langhaarig, mit dichtem Bart voll grauer Strähnen und verklärtem Blick war er ein Relikt der Hippiezeit, das schon länger in dem alten Haus an der Palanterstraße lagerte als so mancher Rentner in den anderen Etagen. Er drückte sich an die Wand, um nicht mit mir zusammenzustoßen, und murmelte etwas von dunkler Aura. Dann verschwand er mit langen Schritten Richtung Klo. Das waren genau die Sprüche, die ich jetzt gebrauchen konnte!

In der Küche tobte derweil eine neue Schlacht im nicht enden wollenden Krieg zwischen Wim und Marlene. Wie immer ging es darum, wer wessen letzte Colareserven ausgetrunken hatte. Ich wappnete mich mit Gleichmut und öffnete die Küchentür.

»Siehst du den Strich hier an der Flasche?« Marlenes blonde Lockenpracht hing ihr in Strähnen ins Gesicht. »Seit gestern markiere ich mit einem Edding, wie viel ich aus der Flasche trinke. Hier fehlt mindestens ein Glas, du Dieb!«

»Wie kann man nur so spießig sein«, brummte Wim und fasste sich theatralisch an die Stirn. »Das ist typis deuts! Mein Vader hatte mich vor so was gewaarschaut.« Wim war Austauschstudent aus Amsterdam und stets darum bemüht, allen zu beweisen, dass Klischees die einzigen tiefen Wahrheiten dieser Welt sind. Abgesehen davon, dass er alles, was im Kühlschrank stand, als Gemeinschaftseigentum betrachtete, war er eigentlich ganz nett.

»Mit einem Idioten wie dir kann man nicht reden«, giftete Marlene, und an mich gewandt: »Und du sagst natürlich auch nichts. Ihr Männer steckt wie üblich wieder unter einer Decke, wenn es darum geht, Frauen zu unterdrücken«, blaffte sie mich an. »Aber eines Tages wird euch das Leid tun!« Die Küchentür knallte, dass die Gläser auf den Regalen klirrten.

»Mann, du siehst echt auf aus«, begrüßte mich Wim. »Komm, ich nötige dich auf 'ne Cola und 'ne Kippe aus.«

Langsam gingen mir diese Sprüche mit den merkwürdigen Übersetzungen aus dem Niederländischen auf die Nerven, aber eine Kippe von Wim wäre jetzt genau das Richtige! Sie waren meistens ein bisschen aufgemotzt ... Wims Onkel war Besitzer eines *Koffie-Shops* in Maastricht, was man den Tabakwaren, mit denen unser Austauschstudent ausgestattet war, deutlich anmerkte. Also ging ich das Risiko ein eine Cola von *ihm* anzunehmen, schlug mir eine Dose Ravioli in die Pfanne und versuchte die Sache mit der Vase zu vergessen.

Als ich zwei Stunden später die Küche verließ, war die Welt wieder in Ordnung. Nach einem halben Dutzend von Wims Kippen und etlichen Whisky-Cola war der nagende Schmerz, um mein erstes Archäologenabenteuer betrogen zu sein, betäubt. Nur der Name geisterte mir noch immer durch den Kopf: *Aiora*.

Leise diesen mysteriösen Namen vor mich hin murmelnd schlich ich zum Waschbecken in der Ecke meines Zimmers. Die anderen hatten Recht! Ich sah beschissen aus. Morgen würde ich Schmittchen sagen, was ich von ihm hielt und ... Ein Donnerschlag ließ das Haus erbeben. Gleißendes Licht flutete durch das Zimmer. Benommen blinzelnd tastete ich mich zum Fenster. Vom engen Hinterhof stieg beißender Rauch auf. Dort wo einmal der Fahrradständer gewesen war, befand sich nun etwas, das an eine matt glühende moderne Skulptur erinnerte. Die Fahrräder waren zu einem bizarren Gebilde aus verbogenem Gestänge verschmolzen. Ein Blitz musste im Hof eingeschlagen sein. Dunkle Wolken hingen am Himmel und grünlich leuchtende Blitze flackerten tief in ihrem Innern. Wieder entlud sich ein Donnerschlag und fegte einen Schornstein vom Dach auf der anderen Hofseite. Grelle Lichter tanzten mir vor den Augen. Geblendet taumelte ich vom Fenster zurück. Wütende Sturmböen rollten gegen das alte Haus und ließen es bis in die Grundfesten erzittern.

Rückwärts torkelnd stieß ich gegen die Bettkante und landete auf meiner Daunendecke. Meine Augen tränten. Noch immer konnte ich nichts sehen, während die wütenden Elemente zu einem erneuten Sturm auf mein Zimmer bliesen.

Ich vergrub das Gesicht in den Kissen und verfluchte Wims Kippen. Auf so einem Trip war ich noch nie gewesen. Fehlte nur noch, dass mir schlecht wurde!

Irgendwo im Haus erklang ein Geräusch wie ein Kanonenschuss. Die Haustür? Heulend pfiff Wind durchs Treppenhaus. Dann schlug die Wohnungstür auf und nur einen Herzschlag später meine Zimmertür.

Ich kroch tiefer in die Kissen und wünschte mir, dass dieser Horrortrip endlich zu Ende wäre. Von so realistischen Wahnvorstellungen hatte ich noch nie gehört! Was für ein Teufelszeug hatte Wim nur in seine Zigaretten gedreht?

Wind zerrte an der Decke. Die Luft war angefüllt mit trockenem Rascheln. Irgendwo fiel etwas geräuschvoll zu Boden.

»Du hast mich zurückgerufen«, hauchte eine Stimme, die trotz ihrer Zartheit das Getöse ringsherum übertönte. Mit einem Ruck wurde mir die Bettdecke weggerissen, und als ich aufblickte, wusste ich, dass ich mich nicht bei Wim beschweren würde, sondern eine größere Bestellung von dem, was auch immer in seinen Kippen steckte, aufgeben würde.

Bücher, hunderte Notizzettel und lose Blätter kreisten in einem wilden Wirbel durch mein Zimmer. Und inmitten des Wirbels stand sie. Das Zimmer schien dunkler geworden zu sein. Die Lampe an der Decke glimmte nur noch matt, so wie die Sonne an einem wolkenverhangenen Novembertag. Alles Licht schien sich um sie versammeln zu wollen. Ihr dunkles Haar, das blasse Antlitz, die geschwungenen Brauen, all dies schien umgeben von einem nebligen Schein kalten Lichts, aus dem heraus allein ihre Augen voller Wärme strahlten. Ihr Blick war arglos, abgründig, vertrauensvoll und neugierig zugleich. Sie trug ihr kummervolles Haupt, als sei sie stolz auf diesen Kummer, als wolle sie sagen: Ich weiß, was man mir angetan hat, doch ich würde diesen Weg jederzeit wieder gehen!

Hatte ich schon erwähnt, dass sie nackt war? Nicht? Na ja, es war nicht das Erste, was bei ihr ins Auge stach. Sie trug ihre Nacktheit wie andere Frauen ein Kleid von Karl Lagerfeld – wenn Sie verstehen, was ich meine. Es hatte Stil und passte irgendwie zu ihr.

Kennen Sie diese Augenblicke, wo Ihre ganze Zukunft von einem einzigen Wort abzuhängen scheint und Sie einfach nichts Intelligenteres als ein gedehntes *Äääähem* über die Lippen bringen?

»Du bist süß«, wogte ihre zauberhafte Stimme durch das Getöse. Das ist genau das, was man von so einer unbeschreiblichen Frau, die obendrein noch nackt einen Schritt vor dem Bett steht, nicht hören will. Süß, niedlich – solche Worte in dieser Situation, das sind Tiefschläge für das männliche Ego.

Ich beschloss, dass es das Beste sei, erst einmal über etwas Unverfängliches zu reden. »Äh, darf ich dir einen Wein anbieten?«

»Nein, das ist nicht, wonach mir nach so langer Zeit zumute ist. Ich bin gekommen, um … um dir zu danken. Du hast mich erlöst, auch wenn …«

»Ja?«

Einige Notizzettel über rot bemalte Vasen segelten, ohne auf Widerstand zu treffen, durch ihren linken Oberschenkel. »Auch wenn ich nicht ganz wirklich bin.« Sie seufzte.

»Was kann man dagegen tun, ich meine …«

»Ein Kuss würde helfen.«

Ich traute meinen Ohren nicht. Da stand die unbeschreiblichste Frau, die mir je in meinem Leben begegnet war, vor mir und hatte das Problem, dass sie geküsst werden wollte. Ritterlich, wie ich nun einmal bin, stand ich auf, um ihr selbstlos zu helfen, doch sie wich erschrocken zurück.

»Nicht du!«

»Ja, aber …«

»Du bist einfach zu süß!«

»Dann gibt es doch kein …«

Sie schüttelte entschieden den Kopf. »Das kann ich dir nicht antun! Ich bin nur gekommen, um dir zu danken und …« Sie stand jetzt in der Tür. »Vielleicht werden wir uns wieder sehen.«

»Sag mir wenigstens, wie du heißt!«

Eine Windböe schlug mir entgegen und wirbelte mir die Mitschriften eines ganzen Semesters ins Gesicht. »Aiora!«, hallte es durch den engen Flur. Mit einem Donnerschlag schloss sich die Wohnungstür.

Am nächsten Morgen war ich der Einzige in der WG-Küche, der in Hochstimmung war. Wim murmelte etwas über unglaubliche Zufälle und ausgeglühte Fahrräder, Joachim sprach von schlechten Schwingungen und dass der Sturm noch lange kein Grund gewesen sei die Türen so zu knallen. Als ich die Wohnung verlassen wollte, erwischte mich noch Marlene. Sie drängte mich gegen die Tür des Frauenklos und zischte: »Wenn ich noch einmal mitbekomme, dass du eine Frau zwingst, nachts nackt über den Flur zum Klo zu laufen, dann kannst du dich auf was gefasst machen, du schwanzorientierter Chauvinist!« Marlene hatte diesen Blick, der keinen Widerspruch duldete, und so verkrümelte ich mich lieber.

All das vermochte meine Laune jedoch nicht zu trüben. Es war ein wunderschöner Tag und erfreulicherweise hatte sich Schmittchen hinter einem ganzen Berg von Büchern verkrochen und war nicht ansprechbar.

Es muss so etwa drei Uhr gewesen sein, als ich die Ereignisse der vergangenen Nacht so weit verarbeitet hatte, dass ich mich leise zum Klo schlich. Dort starrte ich in den halb blinden Spiegel und flüsterte dreimal ihren Namen. Sollte das alles kein Drogentraum gewesen sein, dann müsste etwas passieren, und wenn doch … Ich seufzte – in diesem Fall würde ich mich wohl mit einem Großauftrag an Wim wenden. Vielleicht gab sein Onkel ja Mengenrabatt?

Es wurde dunkler in dem kleinen Klo. Ich blickte zum Himmel hinauf. Wolken ballten sich über dem archäologischen Institut, obwohl der Himmel ringsherum blau war. Eine Windbö ließ die Dachsparren knarren. Im nächsten Moment blendete mich ein gleißender Blitz. Klirrend schwang das Dachfenster vor mir auf.

Noch immer blind hörte ich ihre Stimme. »Du hast mich gerufen?«

Das klang ganz wie in einem Märchen aus Tausendundeiner Nacht. Blinzelnd blickte ich mich um. Etwas streifte meine Wange. Dann sah ich sie. Verschwommen erschien ihre Gestalt im alten Spiegel. Sie stand vor dem offenen Fenster und ihr Körper hatte so viel Konsistenz wie der Rauch von angebrannten Reibekuchen. Das sah verdammt noch mal nicht gut aus!

»Ist alles in Ordnung?« Schon wieder eine dieser dämlichen Fragen. In ihrer Anwesenheit schien regelmäßig mein Hirn auszusetzen!

»Mehr ist bei einem kleinen Gewitter leider nicht zu erwarten«, entgegnete sie. »Ich bin schließlich eine Windsbraut.«

»Eine was?«

»Ich bin Aiora, Tochter des Boreas, des Königs der Winde. Der Volksmund nennt Geschöpfe wie mich *Windsbraut*. Und wer bist du, mein Retter?«

»Äh, Frank Nadeck, Sohn des Helmut Nadeck, leitender Versicherungsvertreter für den Bezirk Hitdorf. Und Geschöpfe wie mich nennt man *Student*. Aber warum bin ich dein Retter?«

»Du hast meinen Namen gesprochen … Als Erster nach so langer Zeit! Er war … sagen wir, verloren gegangen.«

Hatte ich erwähnt, dass sie schon wieder nackt war? Ich versuchte sie nicht allzu offensichtlich anzustarren. »Ich würde dich gerne … Also … Glaubst du, als Königstochter würdest du dich vom Sohn eines bürgerlichen Versicherungsvertreters zum Essen einladen lassen?«

Sie lachte. »Du bist süß!«

Schon wieder dieses ärgerliche Adjektiv! »Heißt das *Ja*?«

»Es könnte Probleme mit dem Termin geben.« Ihre Stimme klang traurig. »Ich bin anders als die anderen Jungfern, mit denen du dich zum Rendezvous triffst. Ich brauche einen Sturm, um zu erscheinen. Und …« Sie zögerte, schüttelte dann den Kopf.

Regen peitschte hinter ihr durch das zerbrochene Dachfenster. »Aber ich habe dich gerufen und du bist hier!«

»Weil Zeus mir noch einen Gefallen schuldet. Das Gewitter gestern war ein Geschenk von ihm, genauso wie der kleine Sturm, der jetzt über dem Stadtviertel wütet.«

»Ein Geschenk von Zeus?« Unsicher blickte ich zum Himmel hinauf.

Aiora nickte ernst. »Ich fürchte allerdings, er wird nicht jedes Mal mit seiner Wetterplanung darauf Rücksicht nehmen, dass wir uns gerne wieder sehen möchten. Beobachte den Himmel, Frank. Ich bin überall, wo auch nur eine leichte Brise weht. Ich bin fast ständig um dich, auch wenn ich nicht Gestalt anzunehmen vermag. Wenn der Sturmwind von Nordosten weht und der Himmel schwer an schwarzen Gewitterwolken trägt, dann ist es an der Zeit, mich wieder zu sehen! Bis dahin lebe wohl. Ich wünschte, ich …« Ihre Gestalt verblasste. Ein goldener Lichtstrahl durchbrach die Wolken und spiegelte sich matt in der Pfütze vor mir auf dem gekachelten Boden.

Niedergeschlagen kehrte ich zurück in die Bibliothek. Eine Liebe, die nur bei Gewitterstürmen ihre Erfüllung finden würde! Warum konnte ich mich nicht einmal in ein normales Mädchen verlieben?

Und was war es, was sie mir nicht hatte sagen wollen? Unruhig begann ich in den verschiedenen Lexika zu suchen, die hier oben friedlich vor sich hin verstaubten. Und was ich fand, war nicht gerade beruhigend.

»Boreas« werden in älterer Zeit die aus den nördl. Gegenden zwischen den Sonnenauf- und Untergangspunkten des Sommersolstizes wehenden Winde genannt. B. ist der König der Winde, von wilder Kraft, Kälte, Finsternis und Schnee bringend. Seine Kinder vermögen auf des Kornes und des Meeres Wellen danhinzueilen.

So oder ähnlich klangen alle Einträge, die ich fand. Von *Aiora* jedoch keine Spur. Einige der Lexika fehlten, oder besser gesagt, sie türmten sich auf Schmittchens Arbeitstisch, der seit meiner Rückkehr vom Klo immer wieder misstrauisch zu mir herüberblinzelte. Irgendetwas schien ihn zunehmend nervös zu machen. Schließlich schickte er mich sogar vor der Zeit nach Hause.

Als ich aus dem Institut trat, zogen von Norden dunkle Wolken auf. Es sah so aus, als wolle mein Schwiegervater in spe für ein weiteres Rendezvous sorgen. Oder vielleicht sogar Zeus persönlich? Welche Chancen! Was würde ich alles von ihm erfahren können. Der berühmteste Archäologe aller Zeiten würde aus mir werden! Schliemann und Carter, dass wären Namen, deren Glanz bald neben Nadeck verblassen würden! Aber was zählte das schon! Wichtig war, dass ich zum glücklichsten Archäologen aller Zeiten werden würde! *Aiora!* Ihr Name war wie Musik.

Die halbe Nacht hatte ich auf der großen Wiese vor der Mensa auf sie gewartet, doch die Sturmwolken zogen vorüber, ohne dass es zu einem Unwetter kam. Wohl hundertmal rief ich ihren Namen in den finstren Himmel, aber nichts geschah. Hatte ich etwas falsch gemacht?

Ich war völlig übernächtigt, als ich die Stiftungsbibliothek betrat und direkt neben mir ein Pfeil ins Holz der Tür schlug.

»Du betrittst mir nicht mehr diese geheiligten Räume des Wissens!« Schmittchen trug ein merkwürdiges Kostüm. Es sah irgendwie japanisch aus. Er hatte ein weißes Tuch mit Schriftzeichen darauf um die Stirn gebunden und zielte mit seinem Bogen auf die Tür. Am meisten beunruhigte mich allerdings, dass er in völlig normalem Plauderton sprach und nicht einmal in meine Richtung blickte, während er den Bogen erneut spannte.

»Chef! Bitte … Wir können doch über alles reden!«

»Das zerbrochene Fenster! Das war sie, nicht wahr?!«

»Also, das ist alles ganz anders, als es …«

»Auch wenn ich vielleicht nicht den Eindruck erwecke, ich bin ernstlich verstimmt und nicht gewillt mir lange Ausflüchte anzuhören. Ich weiß, dass meine Mitgliedschaft im Rent-ner-Zen-Bogenschützenclub auf Mallorca in Gefahr ist, und ich werde nicht dulden mir von einem Studenten ohne jegliches Verantwortungsgefühl den Lebensabend versauen zu lassen.«

Ich begriff zwar nicht, wovon er redete, aber einem Mann mit einem gespannten Bogen in der Hand widerspricht man nicht, vor allem, wenn er offenbar entschlossen ist für das Rentnerparadies auf Mallorca zu streiten. »Sie haben ja so Recht, Herr Schmitt. Es tut mir Leid wegen des Fensters.«

Schmittchen blickte nun endlich zu mir herüber und korrigierte dabei die Ausrichtung seines Bogens. Der Pfeil zielte nun direkt auf mein Herz. »Weißt du überhaupt, worauf du dich eingelassen hast? Sie ist ein *Daimon*, ein Geschöpf, das nur Tod und Vernichtung bringt. Deine Seele ist in Gefahr!«

»Meinen Sie *Aiora*?« Ich gebe zwar zu, dass von wunderschönen nackten Frauen vielleicht in moralischer Hinsicht die eine oder andere Gefahr auszugehen vermag, aber was Schmittchen da faselte, kam mir reichlich verworren vor.

»Sie ist die Namenlose, die Ausgestoßene, die zweite Tochter des Boreas! Ruf ihren Namen nicht!«

»Aber …«

»Versuche nicht, mir etwas vorzumachen. Ich weiß, in welche Bücher du gestern geschaut hast und was du *nicht* gelesen hast! Geh hinüber zu meinem Schreibtisch und sieh dir einmal an, was Aristoteles schreibt.«

Dort fand ich ein Traktat über die Winde aufgeschlagen. *Boreas aber wurden durch Oreithyia die Söhne Zetes und Kalais geboren, auch schenkte sie ihm zwei Töchter, deren eine den Namen Chione trägt. Die zweite aber ward von den Göttern verurteilt und ihres Leibes beraubt, sodass sie wie ein Geist mit dem Winde zog, bis die Priesterschaft sie mit einem Fluch bannte und ihren Namen für immer tilgte, denn, so heißt es, ihr Kuss war für die Menschen tödlich und ihr Erscheinen bedeutete stets Verderben.*

»Du hast die, deren Name von den Priestern gebannt wurde, gerufen, nicht wahr? Das Wort in der Vase … Es ist der Name dieses *Daimons*!«

»Das ist alles ganz anders. Ich …«

»Nein! Du wirst dieses Haus nicht mehr betreten, bis du dich von ihr losgesagt hast! Ihr Kuss kann töten! Vergiss das nicht! Solche Geschöpfe kommen nicht unter mein Dach!«

Seine Ehre als Wissenschaftler, das war die letzte Chance. »Bedenken Sie, Herr Schmitt, was sie uns alles über die Antike berichten könnte! Sie ist eine Augenzeugin! Sie würden einer der berühmtesten ...«

»Nicht der berühmtesten, sondern einer der totesten Archäologen würde ich, und das drei Jahre vor meiner Pensionierung! Sag dich von ihr los, dann kannst du wiederkommen!«

»Und wenn ich ...«

Schmittchen zog die Bogensehne bis hinter sein rechtes Ohr. »Nein!«

Die Hand, mit der er den Bogen hielt, zitterte vor Anstrengung und ich entschied mich für einen taktischen Rückzug.

Ich streifte ziellos durch einen kleinen Park nahe der Uni. Hatte Aiora mich betrogen? Stimmte es, was Schmittchen gesagt hatte? Wollte Aiora mich ... als Opfer? Schmittchen schien Recht zu haben. Düster vor mich hin brütend ließ ich mich auf einer Bank nieder, als ein Windstoß das Laub aufwirbelte. Die Blätter tanzten und wehten direkt vor meine Füße, wo sie sich in rascher Folge zu Buchstaben und Wörtern zusammensetzten, auseinander stoben und neue Wörter bildeten.

ICH MUSS MIT DIR SPRECHEN

Die Satzzeichen fehlen – das war das Erste, was mir durch den Kopf schoss. Im Angesicht eines solchen Wunders so etwas Banales zu denken, war ein todsicheres Indiz für ihre Anwesenheit. Ich blickte mich unsicher um.

»Bist du hier?«

HAST DU SCHON VERGESSEN ICH BIN ÜBERALL WO AUCH NUR EINE LEICHTE BRISE WEHT

»Stimmt es? Hast du mich belogen?«

ICH HABE

Die Blätter verwehten. Etliche Augenblicke vergingen, bis der tanzende Luftwirbel wieder Buchstaben formte.

ICH HABE DIR NICHT ALLES ERZÄHLT ABER ICH HABE DICH NICHT BELOGEN

In Ihrer Aufregung wurden die Buchstaben, die sie formte, immer größer. »Dann sag mir die Wahrheit.«

KENNST DU DIE GESCHICHTE DER NYMPHE SYRINX PAN WOLLTE SIE BESPRINGEN SIE IST VOR IHM FORTGELAUFEN UND ER HAT SIE GEHETZT WIE EIN WILDES TIER BIS ER SIE IM SCHILF AN EINEM SEEUFER STELLTE UND ES KEINEN FLUCHTWEG MEHR GAB DA HAT GAIA SYRINX IN SCHILF VERWANDELT UND VOR DEM GEILEN BOCK GERETTET

ICH HATTE KEINE LUST ZU SCHILFROHR ZU WERDEN EINER VON PANS ZECHKUMPANEN EIN NOTGEILER SILEN IST MIR NACHGESTIEGEN UND ICH HABE IHN ERSCHLAGEN

Ich dachte an Marlene und ihre Warnung über nackte Frauen in der WG. Ihr würde Aiora gefallen!

DARAUFHIN WURDE IM OLYMP EIN TRIBUNAL ZUSAMMENGERUFEN PAN WAR WIRKLICH WÜTEND ABER WEGEN DIESES VERSOFFENEN ALTEN BOCKS HÄTTE MAN NIE SOLCHEN AUFWAND BETRIEBEN ES WAR HERA DIE DAHINTER STECKTE UND DIE MICH

»Was?«

NA JA WIE DAS SO IST FAMILIENGESCHICHTEN HALT

»Du hattest eine Affäre mit …«

WAS GLAUBST DU WARUM MIR ZEUS NOCH EIN PAAR GEWITTER SCHULDIG IST NUN TU NICHT SO SCHOCKIERT EINE AFFÄRE MIT ZEUS DAS IST IM OLYMP WIRKLICH NICHTS BESONDERES GEWESEN JEDENFALLS SOLANGE HERA NICHT WIND VON DER ANGELEGENHEIT BEKAM ABER SIE WOLLTE AN MIR EIN EXEMPEL STATUIEREN UND SICHER SEIN DASS ZEUS UND ICH NIE WIEDER SO WURDE MIR MEIN LEIB GENOMMEN ZEUS HAT EIN BISSCHEN IM KLEINGEDRUCKTEN DES URTEILS HERUMGEMOGELT DAHER KOMMT ES DASS ICH MICH BEI GEWITTERN WIEDER SICHTBAR MACHEN KANN AUCH WENN MEIN LEIB KEINE FESTE FORM ANNIMMT ES SEI DENN

Die kleine Windhose aus Blättern fiel in sich zusammen. »Es sei denn? Bist du noch hier?«

Ein leises Rascheln erklang zwischen den Blättern.

»Es stimmt also doch, was Schmittchen gesagt hat! Du bist ein Vampir!«

KEIN VAMPIR

Ein Wolke aus feinem Staub blies mir ins Gesicht.

ICH TRINKE KEIN BLUT ABER EIN KUSS VON MIR KOSTET EINEN STERBLICHEN EIN JAHR EINE NACHT MIT MIR MACHT EINEN JÜNGLING ZUM GREIS DAS IST AUCH DER GRUND WARUM ICH EIN WEITERES MAL VERDAMMT WURDE ICH HATTE EINEN FLIRT MIT DEM HOHEN PRIESTER DES ZEUS IN OLYMPIA ER WOLLTE DAS UND ER WUSSTE AUCH WAS GESCHEHEN WÜRDE DANACH WURDE ICH VON DER PRIESTERSCHAFT ICH BIN SICHER DASS AUCH DIESES MAL HERA IHRE FINGER IM SPIEL HATTE DIE PRIESTER TILGTEN MEINEN NAMEN SIE SORGTEN DAFÜR DASS ICH IN VERGESSENHEIT GERIET ICH KONNTE NUR DANN WIEDER ERSCHEINEN WENN JEMAND IN EINE SPIEGELNDE FLÄCHE BLICKTE UND DREIMAL MEINEN NAMEN NANNTE DER SCHRIFTZUG IN DER VASE WAR EIN WEITERES GESCHENK VON ZEUS DOCH DU WEISST JA WIE LANGE ES GEDAUERT HAT IHN ZU FINDEN

Was soll man zu so etwas sagen. ›Tut mir Leid‹, ist wohl etwas banal.

Die Blätter fielen zu Boden. Sie schien auf etwas zu warten. »Ich, ähm … Also ich hab keine Freundin … Und wenn es dir nichts ausmachen würde …«

ICH HABE DICH GEWARNT

»Na ja, man muss ja nicht gleich … Wir sollten uns erst einmal besser kennen lernen und … Eine platonische Liebe kann ja auch …«

HAH WENN DU PLATON GEKANNT HÄTTEST DANN WÜRDEST DU NICHT SO

Plötzlich erstarrten die wirbelnden Blätter.

»Frank?«

Joachim kam den Weg hinauf und blieb unmittelbar vor der Bank stehen. »Ein toller Tag, um ein wenig Baumenergie zu tanken und …« Er hob den rechten Fuß. »Sieh mal die Blätter! Als hätte sie jemand zu Buchstaben zusammengelegt. Warst du das?«

Ich nickte und betete stumm, dass er wieder verschwinden würde, doch Joachim hatte noch jede Menge über die Kraft der

Bäume zu erzählen und da kein anderes Opfer in Reichweite war, hielt er sich an mich.

Drei Tage waren seit dem Treffen im Park vergangen und es hatte kein neues Gewitter gegeben. Zeus schien anderweitig beschäftigt zu sein. Ungeduldig wartete ich am nördlichen Eingang zum Volksgarten und beobachtete die Tankstelle auf der anderen Straßenseite. Es war früher Abend und ich hatte mich mit Aiora verabredet.

In den letzten Tagen hatte ich viel über das Problem mit den Gewittern nachgedacht. Sie brauchte Sturmwind und sie brauchte Blitze, um sichtbar zu werden. Ich war überzeugt eine Lösung gefunden zu haben!

In der Waschstraße der Tankstelle heulte das Trockengebläse auf. Kaum eine Sekunde später blitzte es. Öliger Rauch stieg aus dem Schaltkasten an der Einfahrt zur Waschstraße. Es folgte ein Augenblick bedrohlicher Stille, dann stürzte der Tankwart fluchend aus dem Kassenhäuschen.

»Ein klasse Idee!«, erklang Aioras Stimme hinter mir. »Dass ich selber nicht schon darauf gekommen bin. In diesen merkwürdigen Häuschen gibt es alles, was ich brauche. Sturmwind und genügend Strom für einen erstklassigen Blitz.« Sie lachte ausgelassen. »Endlich bin ich nicht mehr auf den Alten angewiesen!«

»Den Alten?«

»Na Zeus. Er ist zwar ganz nett, aber er hat zu viele Affären, um zuverlässig zu sein.«

Über den Schaltkasten vor der Waschstraße zuckten noch immer kleine Blitze und dichter Qualm schlug nun auch aus der Einfahrt. Zunächst hatten die drei Kunden an den Zapfsäulen mit dem professionellen Interesse katastrophenverwöhnter Fernsehzuschauer dem deftigen Dialog zwischen dem Tankwart und jenem cholerischen Mercedesbesitzer gelauscht, dessen bestes Stück gerade in der Waschstraße brutzelte, doch nun starrten sie alle in meine Richtung.

»Wir sollten besser verschwinden«, murmelte ich gepresst und drehte mich zu Aiora um. Und dann begriff ich. Sie trug ein himmelblaues Barockkleid mit Silberstickereien, dessen

Reifrock locker den Durchmesser eines Sattelschlepperreifens hatte. Ihre Haare waren gepudert und zu einer Turmfrisur hochtoupiert, die von einer silbernen Zeusfigur mit einem Bündel Blitze in der Faust gekrönt wurde.

»Hast du vielleicht auch etwas Unauffälligeres?«

»Unauffällig? Gefällt dir das Kleid nicht? Ich bitte dich! Es ist das erste Mal seit zweitausend Jahren, dass ich aus freiem Willen erscheinen kann! Da kann ich doch nicht irgendeinen Fummel tragen!«

»Aber wir könnten Ärger bekommen, weil ...«

»Was sind das für Zeiten, in denen eine Frau Ärger bekommt, weil sie ein hübsches Kleid trägt.«

»Hallo, Sie dort drüben!« Ein beleibter Gaffer winkte uns von der Tankstelle aus zu.

»Lass uns verschwinden!« Ich griff nach Aioras Hand und ins Leere.

Sie lachte, während ich loslief. Es dauerte nicht lange, bis wir tief im Park verschwunden waren. Am alten Festungswall beim Rosengarten hielt ich inne. Ich rang keuchend nach Atem und meine Windsbraut beobachtete mich amüsiert. »Ich habe schon bessere Läufer getroffen.«

»Das Kleid ... könntest du vielleicht ... etwas Moderneres ...«

Sie zog einen Schmollmund und verblasste. Kaum einen Herzschlag später war sie wieder deutlich zu sehen und was sie trug, war kaum dazu angetan, einen Mann wieder zu Atem kommen zu lassen. Es war ein Lacklederkleid, das mehr enthüllte als verbarg. Ich schluckte und spürte, wie ich rot wurde.

»Das war nicht ganz, was ich meinte ...«

»Nun hab dich nicht so. Das habe ich erst heute in einer dieser Bilderkisten gesehen. Fernseher nennt ihr das, glaube ich.«

Wahrscheinlich hatte sie ein älteres Madonna-Video erwischt. »Versteh mich bitte nicht falsch. Mir gefällt sehr gut, was du trägst, und ich wette, neunzig Prozent aller männlichen Geschöpfe in diesem Park sehen das ähnlich, aber in Anbetracht deiner ... hm ... deiner besonderen Beschaffenheit ist es besser, nicht allzu viel Aufsehen zu erregen.«

Sie nickte langsam und sah mich zugleich so traurig an, dass ich wünschte, mir wären die Worte im Hals stecken geblieben. »Weißt du, wie es ist, für mehr als zwei Jahrtausende zu existieren, immer unter Menschen zu sein und nie wahrgenommen zu werden? Ich will angesehen werden! Ich will mich in Blicken baden … Ich …« Ihre Konturen verschwammen. Als sie wieder erschien, trug sie ein schlichtes, geblümtes Sommerkleid, in dem sie immer noch hinreißend aussah. »Wirst du so mit mir unter Menschen gehen?«

Ich fühlte mich beschämt. Statt zu antworten nickte ich nur und wies in Richtung der großen Wiesen. Wieder glitten meine Finger durch ihre Hand. An Spaziergänge mit geisterhaften Frauengestalten musste ich mich erst noch gewöhnen.

Kennen Sie das Gefühl großen Mist zu bauen und sich dabei auch noch glücklich zu fühlen? So ging es mir in diesem verzauberten Sommer. Ich sah Aiora täglich und statt mich mit Schmittchen herumzuärgern machte ich Ausflüge mit ihr, schrieb alberne Liebesgedichte und ließ es mir gut gehen. Nach ungefähr zwei Wochen waren die täglichen Kurzschlüsse in den Waschstraßen Stadtgespräch. Die »Zeugen des Wachturms« verkündeten, dies seien sichere Zeichen für den bevorstehenden Weltuntergang, während man im »Texpress« darüber spekulierte, ob eine urbane Ökoguerillabewegung einen Kampf gegen die großen Ölfirmen führte.

Aiora entwickelte den Ehrgeiz immer kunstvollere Kurzschlüsse in den Waschstraßen herbeizuführen und schaffte es einmal sogar mit einem Blitz einen Smiley in ein Autodach zu brennen.

Ob Sie es glauben oder nicht, sie benahm sich wie ein verliebter Teenager. Nur Diskos mieden wir, nachdem Aiora einmal versehentlich durch mehrere Tänzer hindurchgeglitten war, was zu einer Massenhysterie führte. Trotzdem gingen wir täglich aus und machten die seltsamsten Entdeckungen. Sie war zum Beispiel ganz verrückt nach allen nur erdenklichen Gerüchen. Wenn ich mir in einem Ristorante eine Pizza bestellte, dann stellte sie sich neben mich, beugte sich über den Teller und schnupperte daran wie ein Jagdhund, der eine frische Kaninchenfährte gefunden hat. Anfangs war es mir unangenehm, essen zu gehen, nur für mich zu bestellen und Aiora mit schmachtendem Blick neben mir stehen zu haben. Aber mit der Zeit gewöhnte ich mich an die gehässigen Kommentare von den Nachbartischen und die Blicke der Kellner. Sie wissen ja, Liebe macht blind und mit der Zeit auch taub.

Diese Blindheit war es, die mich die Zeichen der herannahenden Katastrophe einfach übersehen ließ. Es hätte mich stutzig machen sollen, als ich Schmittchen, Joachim und Wim im Cafe *Krümel* beieinander sitzen und verschwörerisch tuscheln sah. Die kleinen Zettel mit den arkanen Symbolen, die an unsere Toilettentüren gepinnt waren, ignorierte ich genauso wie die geheimnisvollen Zeichen, die mit goldenem Edding auf den Staubsauger gemalt waren.

Ich fand es auch nicht weiter verwunderlich, dass alle immer verstummten, wenn ich die WG-Küche betrat, und mich nur seltsam anstarrten. Selbst als Joachim mich einmal auf meine dunkle Aura ansprach und behauptete, die ganze Wohnung sei schon von finstren Mächten durchdrungen, dachte ich mir nichts Böses. Zuletzt warnte er mich sogar ausdrücklich und sagte: »Dich mit ihr zu treffen ist so, als würdest du dich auf ein Rendezvous mit einem Vampir einlassen.« Ich grinste nur, schließlich kannte ich mich aus mit Vampiren und Windsbräuten. Und was sollte man meiner Liebsten schon anhaben, solange ihre Gestalt nicht einmal feste Formen annahm.

Aiora und ich, wir waren einfach zu glücklich, um zu bemerken, was sich zusammenbraute. Natürlich beachteten wir einige Anstandsregeln. So ließ ich sie nur noch durch mein Fenster ins Zimmer, um das Türenknallen zu vermeiden, und wenn sie über den Flur wandelte, dann war sie stets züchtig verhüllt. Ansonsten aber scherte uns die Welt nicht das Geringste, denn wir hatten unsere eigene Welt gefunden. Die Kraft des Trockengebläses und der Blitze in einer Waschstraße erlaubten ihr immer nur für wenige Stunden sichtbar zu werden. In dieser Zeit waren wir uns so nahe, dass die Spanne bis zum nächsten Wiedersehen nur wie ein vager Traum erschien. Und so brach das Unglück völlig unerwartet über uns herein, obwohl ich alle Vorzeichen gesehen hatte.

Sie hatte mich besucht und der Anstand verbietet näher zu

schildern, was man so zusammen tut, wenn ein Partner nicht wirklich körperliche Gestalt hat. Danach war ich in unruhigen Schlaf versunken. Vielleicht gab es ja tief in mir eine Stimme, die ahnte, was geschehen würde, die schrie und doch nicht gehört wurde.

Es muss kurz vor der Morgendämmerung gewesen sein, als mich ein Geräusch aufschrecken ließ. Aiora stand am verschlossenen Fenster und blickte zu dem kleinen Himmelsquadrat hinauf, das man über dem engen Hinterhof sehen konnte. Draußen auf dem Flur waren leise Schritte zu hören. Wahrscheinlich ein nächtlicher Klogänger.

Ein rotes Tuch hing über der Lampe am Bett. Das Zimmer war in ein mattes Glühen getaucht. Ich beobachtete ihr Haar. Obwohl sie vor dem verschlossenen Fenster stand, bewegte sich ihr Haar unablässig wie von einer leichten Brise liebkost. Seltsam zerbrechlich wirkte sie in diesem Augenblick auf mich. Unsere Zeit, die wenigen gestohlenen Stunden, war wieder einmal abgelaufen. Ihr Leib war schon wieder durchscheinend geworden. Wie durch Gaze konnte ich den Bücherstapel auf der Fensterbank sehen, obwohl sie doch unmittelbar davor stand. Nicht mehr lange und sie würde mich bitten das Fenster zu öffnen und binnen eines Herzschlags zu einem Windhauch vergehen, der über die Dächer zum Himmel hinaufflog, um mit den Sturmwolken zu ziehen.

Ich wollte gerade aufstehen und zu ihr hinübergehen, als auf dem Flur ein lautstarkes Brummen ertönte. Im nächsten Moment wurde meine Zimmertür aufgerissen und zwei vermummte, mit einem Staubsauger bewaffnete Gestalten stürmten herein. Obwohl sie sich Strümpfe übers Gesicht gezogen hatten und zusätzlich noch Fahrradhelme trugen und sich aufführten, als seien sie ein Sonderkommando vom Bundesgrenzschutz, waren es unverkennbar Joachim und Wim.

Eigentlich sahen die beiden mehr komisch als bedrohlich aus und ich hätte wahrscheinlich laut losgelacht, hätten sie nicht das Staubsaugerrohr auf Aiora gerichtet.

Sie drehte sich um und panische Angst glomm in ihren Augen. Der Staubsauger röhrte noch lauter, als es plötzlich geschah. Aioras Formen begannen zu verwischen, so wie bei einem Aquarell, auf das man Wasser tropfen lässt, bevor es fixiert wird. Sie versuchte zur Tür zu gelangen. Ihr Leib dehnte sich unnatürlich. Ihre Glieder wurden in grotesker Weise verzerrt. Das Haar bauschte sich auf wie im Sturmwind und schien plötzlich Tentakel zu bilden, die nach Wim und Joachim greifen wollten.

Jetzt glühten merkwürdige Symbole auf dem Staubsauger auf und um die Saugdüse strahlte ein bläuliches Licht.

Aiora stieß einen gellenden Schrei aus. Ihr Leib, der bereits wieder alle Körperlichkeit verloren hatte, begann im Rohr des Staubsaugers zu verschwinden.

Ich wollte aufspringen, ihr zu Hilfe eilen und diese Teufelsmaschine von der Steckdose abnabeln, doch meine vermummten WG-Genossen waren auf meinen Widerstand vorbereitet. Ich hatte mich noch nicht halb vom Bett erhoben, als Wim ein Netz nach mir warf. Während ich fluchend mit dem zähen Nylongespinst kämpfte, verschwand Aiora gänzlich im Staubsauger. Joachim murmelte etwas Unverständliches und ließ dabei unser Teeei über dem Sauger kreisen, als sei er ein Messdiener, der sein Weihrauchfass schwenkt.

Ich hatte mich schon fast aus dem Netz befreit, als Wim sich meiner annahm. Er kniete sich auf meine Brust und drückte mich in die Kissen.

»Was habt ihr vor?«, keuchte ich. »Was wollt ihr mit ihr machen?«

»Du brauchst jetzt viel Ruhe«, brummte Wim im Tonfall einer dienstbeflissenen Stationsschwester, die einem gleich mit freundlichen Worten mitteilen wird, dass man unheilbar wahnsinnig ist. »Du brauchst jetzt viel Ruhe, mein Junge.«

Er zückte ein braunes Glasfläschchen, von dem das Etikett entfernt war. »Ich habe hier genau das Richtige für ein paar schöne Träume.«

Ich bäumte mich wild auf. Alles, was ich wollte, war Aiora, aber halb im Netz verfangen, war jeder Widerstand zwecklos. Skrupellos drückte Wim mir die Nase zu, und als ich endlich den Mund öffnete, um Atem zu holen, bekam ich ein halbes Dutzend beunruhigend aussehender rosafarbener Pillen verabreicht. Ich weiß nicht, was Sie für Erfahrungen gemacht haben, aber ich finde, je niedlicher die Farben von Pillen sind, desto schlimmer ist man dran, wenn man sie braucht. Ich denke da nur an himmelblaue Tranquilizer.

Ich kann mich gerade noch erinnern, wie die beiden so etwas wie einen riesigen Weinkorken ins Staubsaugerrohr gehämmert haben, dann verschwimmen meine Gedanken zu rosa Träumen.

Als ich erwachte, waren laut Kalender zwei Tage vergangen und alle um mich herum taten betont normal. Von *Aiora* gaben sie vor nichts gehört zu haben. Stattdessen behaupteten sie, ich hätte mir eine schwere Grippe eingefangen und mit hohem Fieber im Bett gelegen. Aber konnte all das ein Traum gewesen sein? Als Erstes untersuchte ich den Staubsauger. Er roch verdächtig nach Wodka, wies aber keinerlei magische Zeichen auf. Ich hab sogar den Beutel herausgeholt. Er war leer, genauso wie die WG-Wodkaflasche.

Ernsthaft an meinem Verstand zweifelnd, verkroch ich mich in meinem Zimmer. Es war aufgeräumt. Nicht das geringste Anzeichen für Aioras Wirbelstürme war zu finden. Alle Bücher waren ordentlich gestapelt, meine Notizen sortiert und abgeheftet. Alles schien in bester Ordnung und gerade das beunruhigte mich. Es passte nicht zu mir!

Entschlossen stellte ich mich vor den Spiegel und rief dreimal Aioras Namen, doch nichts geschah. War also doch alles nur ein Traum gewesen? Hatte ich vielleicht im Fieberwahn selbst mein Zimmer aufgeräumt?

Am nächsten Tag ging ich zur Uni und Schmittchen bestätigte mir, dass ich für drei Wochen krankgemeldet gewesen war. Ich suchte nach der Amphore. Sie fehlte! Als ich Schmittchen fragte, tat er so, als habe ich niemals eine Vase zerbrochen. Mir wurde schwindelig.

Nachdem mein Chef in die Mittagspause gegangen war, suchte ich nach dem alten Grabungsbericht über Professor Herberts' Ausgrabung in Olympia. Auch er war spurlos verschwunden! Nichts, was mit Aiora in Verbindung zu bringen gewesen wäre, schien erhalten geblieben zu sein. Oder hatte es einfach nichts gegeben?

Ich war mir fast sicher alles nur als Fieberphantasie erlebt zu haben, als ich einen alten Stadtanzeiger fand und einen Artikel über die rätselhaften Anschläge auf Waschstraßen las. Von da an machte ich gute Miene zum bösen Spiel. Sich mit drei WG-Bewohnern gleichzeitig anzulegen, war eine Aufgabe, der gewiss nicht einmal Herakles gewachsen gewesen wäre. Also tat ich so, als würde ich ihnen glauben.

Ein halbes Jahr verging, bis sich eine Gelegenheit bot Joachim gründlich auszuhorchen. Ich war mir die ganze Zeit sicher gewesen, dass er die treibende Kraft hinter dem Komplott war. Er, der *harmlose* Esoteriker! Nachdem er auf Marlenes Geburtstagsfete eine ganze Flasche WG-Wodka im Alleingang geschluckt hatte und bereits alle anderen Gäste gegangen waren, schlug meine Stunde. Ich drohte mit negativen Schwingungen und damit, auch das zweite Klo zu emanzipiertem Gebiet zu erklären. So bekam ich stückchenweise die Wahrheit aus ihm heraus. Sie hatten den Staubsaugerbeutel mit magischen Symbolen bemalt und sicherheitshalber noch in Küchenfolie eingeschlagen und mit Paketband verklebt. Dann waren sie losgezogen, um ihn irgendwo am Rhein zu vergaben. Doch mehr war nicht aus ihm herauszubekommen. Selbst die sonst stets wirksame Drohung seine Lieblingsbücher an ausgehungerte Mäuse zu verfüttern blieb erfolglos. Er wusste nicht mehr ... Vielleicht hatte er ja ein Stück seiner eigenen Erinnerung gelöscht? Joachim war in dieser Hinsicht vieles zuzutrauen. Wahrscheinlicher war allerdings, dass er und Wim sich so gründlich Mut angetrunken hatten, dass im Nachhinein für sie keine Gefahr bestand zu genaue Erinnerungen zu behalten.

Ich gebe zu in der Nacht nach dem Fest sehr niedergeschlagen gewesen zu sein. Sicher, meine Affäre mit Aiora mag anderen wie eine windige Angelegenheit erschienen sein, aber ich hatte sie wirklich geliebt. Und die Aussicht, Boreas, den König der Winde, zum Schwiegervater zu haben ... In jener Nacht verkroch ich mich in mein Zimmer und heulte wie ein Schlosshund, doch am nächsten Morgen war die Krise überwunden. Ein wesentliches Merkmal von Archäologen ist Hartnäckigkeit! (Manche würden es auch eine spezielle Art von Wahnsinn nennen, aber so etwas braucht man, um sich jahrelang verbissen mit Hieroglyphentexten zu beschäftigen, deren Entschlüsselung bestenfalls noch ein Dutzend weiterer Menschen unter sechs Milliarden interessiert.)

Eine der guten Eigenschaften von Marlene bestand darin, dass sie durchgesetzt hatte, dass wir nur noch ökologisch vertretbare Güter in unserer WG konsumierten. Gut, ich gestehe, es gab Zeiten, in denen ich Tofu-Steaks und verschrumpeltes Bio-Gemüse von ganzem Herzen gehasst habe. Aber nach den Telefonaten, die ich am Morgen nach der Fete unter anderem mit der Herstellerfirma der Staubsaugerbeutel geführt hatte, hatte sich meine Einstellung zu diesen Dingen nachhaltig verändert!

Wir benutzten biologisch abbaubare Staubsaugerbeutel und Küchenfolie. Selbst das Paketband würde sich auflösen. Natürlich geschah so etwas nicht von heute auf morgen ... Aber vierzig Jahre sind immerhin eine Perspektive und ich glaube, ich hatte schon erwähnt, dass sich Archäologen durch Hartnäckigkeit und Geduld auszeichnen. Im Übrigen, wer kann sonst schon mit der Gewissheit leben, dass einen im Rentenalter noch eine stürmische Affäre erwartet!

Jürgen Heinzerling

Regulierung & Liquidation

Die Hand des jungen Mannes schloss sich unsicher um den eisig kalten Stahl des Geländers. Für einen Moment geriet er in Panik, als ein heimtückischer Windstoß sein langes Haar zur Seite fegte und ihm schlagartig bewusst wurde, dass er keineswegs schwindelfrei war. Er beugte sich nach vorn und zwang sich den Schwindel zu überwinden, indem er die alten, schiefen Häuser betrachtete, den menschenleeren Marktplatz und das trübe Wasser des Kanals, in dem sich der untere Teil des Kirchturms spiegelte. Er hob und senkte den Kopf in der Hoffnung sein eigenes Spiegelbild sehen zu können. Nach einer Weile gab er es jedoch enttäuscht auf, da der über die Wasseroberfläche peitschende Regen die Reflexion des Kirchturms in die Darstellung eines bebenden Obelisken verwandelte, der nichts mehr von der gotischen Pracht erahnen ließ, die jedes Jahr zahllose Touristen in diese Stadt lockte. Die kunstvoll nach oben zulaufenden Fenster, die an sich zum Gebet berührende Hände erinnern sollten, waren zu verzerrten Klecksen mutiert, während die an den Vorsprüngen und Simsen lauernden Gargoyles und Chimären mit der Fassade zu einer konturlosen, grauen Fläche verschmolzen.

Der Junge betrachtete den rechts von ihm direkt unterhalb des Umlaufs hockenden Wasserspeier; eine pausbäckige Putte mit den Flügeln einer Fledermaus. Aus ihrem Maul ragte der Stumpf einer Zunge, die einst in einem lasziven Bogen das sich ansammelnde Wasser schwungvoll nach unten befördert hatte, jetzt aber nur noch als kraftloses Rinnsal am Leib der Statue herunterlief und diesen dabei allmählich zerfraß.

Er fragte sich, weshalb die Erbauer der Kirche ihr Werk mit so Furcht einflößenden Motiven verziert hatten, wo diese doch so weit oben an der Fassade der Kirche angebracht waren, dass die Menschen dort unten sie niemals aus der Nähe zu Gesicht bekamen. Man musste schon mit einem Fernglas an der Fassade hinaufsehen, um die grässlichen Fratzen anschauen zu können oder zu bemerken, dass der Gargoyle zu seinen Füßen sein Brüderchen verloren hatte, das ihm die mittelalterlichen Steinmetzen in ihrem Streben nach Symmetrie einst zur Seite gestellt hatten. Sein Blick verharrte für einen Augenblick auf dem leeren Sims an der gegenüberliegenden Ecke des Turmes.

»Es sieht alles so friedlich und schön aus, wenn man es von hier oben betrachtet!«, rief er schließlich dem in einen blauen Nadelstreifenanzug gekleideten Mann zu, der einige Schritte von ihm entfernt an der Brüstung lehnte.

Der Mann strich sich über den ergrauten Bart und schüttelte den Kopf. »Das täuscht, mein Sohn!« Er deutete auf die leeren Marktstände, die tief unter ihnen auf dem kopfsteingepflasterten Kirchplatz standen. Nachdenklich betrachtete der Junge die rostigen Eisenstangen und verwitterten Planken, während der Mann leise auf ihn einredete. Das meiste von dem, was der Mann sagte, nahm er gar nicht zur Kenntnis, da er sich völlig dem beruhigenden Klang der tiefen, freundlichen Stimme hingab.

»... sieh nur genau hin – die Menschen trauen sich nicht mehr auf die Straßen, seit die Finsternis Einzug in diese Stadt gehalten hat.« Der Mann hob seine Hand und deutete auf die Häuserzeile hinter dem Kanal. »Verängstigt sitzen sie in ihren Häusern und warten auf den, der sie von diesem Leben erlösen soll ...«

Der Junge hob überrascht den Kopf. »Es ... es ist also so weit?«, fragte er. »Ich dachte ...« Er verschluckte sich fast, als er den indignierten Blick des Mannes bemerkte.

»Was dachtest du?«, fragte der Mann vorwurfsvoll, aber nicht unfreundlich. »Dass der Nazarener sich endlich einmal wieder bequemt, seiner heiligen Pflicht nachzukommen?« Er schüttelte den Kopf und setzte ein trauriges Lächeln auf. »Nein, nein.

Das hoffen nicht einmal jene, die ihn an jedem Sonntag um Erlösung anflehen.« Er seufzte tief und sah den Jungen sehr ernst an.

»Und deshalb fällt uns beiden die Aufgabe zu, Gerechtigkeit in diese Welt der letzten Tage zu bringen! Das Harmagedon hat längst seinen Anfang genommen – wir müssen die Hoffnungen der Menschen erfüllen, bis der Erlöser sich dazu bequemt, in den Weltenwandel einzugreifen!«

Er kam auf den Jungen zu und legte ihm seine Hand auf die Schulter. »Mein Sohn, wir brauchen deine Stärke! Sieh nur, wie leer der Marktplatz dort unten ist – die Menschen haben schreckliche Angst, trauen sich am hellen Tag nicht auf die Straße! Nein, es lässt sich nicht vermeiden, wir müssen sofort zur Tat schreiten!«

Die Augen des Jungen füllten sich mit Tränen und seine Seele öffnete ihm den Mund, um einen Laut abgrundtiefer Verzweiflung auszustoßen. Mit zitternden Fingern griff er in seine Lederjacke und holte einen Rosenkranz hervor.

»Von denen da unten brauchst du dir also keinen Beistand zu erhoffen«, sagte der Mann freundlich, während der Junge auf die Knie fiel, mit bebenden Lippen lateinische und griechische Worte hauchend.

Der Ältere sprach einfach weiter, ohne auch nur mit einer winzigen Pause auf das seltsame Gebaren des Jungen einzugehen. »Das ist dir hoffentlich klar, ja? Wir sind völlig auf uns allein gestellt, aber falls es dir hilft, dann denke immer daran, dass du das Werk des Erlösers erfüllst. Ich weiß, dass das, was du tun sollst, nicht leicht ist. Aber denke immer daran, dass die Verantwortung dafür schwerer wiegt als die Tat selbst …«

Er setzte zu einem längeren Monolog über Schuld und Sühne an, während sich der Junge so sehr in sein Gebet vertiefte, dass sein Gesicht schon bald von Schweiß und Tränen der Verzückung benetzt wurde.

Das *Türmchen* ist eine der trostlosen Kneipen, wie man sie in vielen Universitätsstädten findet, wenn man die Viertel durchstreift, die nicht vom studentischen Nachtleben in Anspruch genommen werden. Eine abstoßend graue Fassade, mit einer flimmernden Leuchtreklame versehen, bei der die Tüpfelchen des »ü« und die untere Hälfte des »e« fehlen. Darunter bierflaschenbraune Butzenscheiben, eine davon unten rechts mit einigen verwitterten Aufklebern versehen: *Ein Herz für Kinder* und *Heute frische Muscheln.* Direkt neben der Tür prangt noch ein wetterbeständiges Aluminiumschild, schwarz bedruckt *Wir müssen draußen bleiben!* verkündend.

Wer dieses Gebot missachtet und den hinter der Tür aufgehängten Windschutz aus Loden zur Seite schiebt, wundert sich doch, wie gut besucht dieser schäbige Laden ist. Der mattgoldene Garderobenständer ist mit dicken, grauen Wollmänteln behängt, deren Besitzer hier im leichenkalten Licht der Energiesparlampen mit augenscheinlich quarzgesteuerter Präzision ihre Pilsgläser leeren – jedes Glas wird genau sechsmal zum Mund gehoben, bis sein Boden nur noch von einem Rinnsal aus Schaum bedeckt wird. Dazu ertönt in einem völlig unpassenden Takt das Hämmern eines Skatspielers, der sich seines Blattes sehr sicher ist.

Kaum jemand ist unter vierzig, viele sind im Rentenalter, manche spielen Skat oder reden laut miteinander, andere nur mit dem Wirt. Am anderen Ende der Skala fortschreitender Abstumpfung befinden sich jene, die miteinander an einem Tisch sitzen und erst etwas sagen, nachdem sie das genau abgezählte Kleingeld auf den biernassen Tisch gelegt haben und sich vom Stuhl erheben.

»Na, dann bis morgen«, oder auch: »Dann wollen wir mal.«

Die korrekte Antwort lautet »Joh!« oder »Auch so«. Mehr gibt es nicht zu sagen, selbst wenn man morgen aus irgendeinem Grund nicht ins *Türmchen* gehen wird. Die meisten kommen morgen wieder oder spätestens übermorgen. Niemand fragt sich, warum es so ist.

Wer weiß, vielleicht liegt es ja an den Preisen? Die Bürger von Münchstadt sind für jene Form von Sparsamkeit bekannt, die sich nicht daran stört, dass die oberhalb des Tresens aufgereihte Batterie von Schnapsflaschen alles andere als das enthält, was auf den Etiketten steht. Statt gutem Weinbrand kauft der dicke Conny Mayel Industriekrätzer in Fünfliterkanistern ein, den er dann in Flaschen mit prunkvollen Etiketten umfüllt, die er im Schutz der Dunkelheit aus dem nächstgelegenen Altglascontainer fischt.

Seit mehr als fünfzehn Jahren fließt der unedle Sprit über einen orangeroten Kunststofftrichter in die edlen Flaschen, gekrönt von einer wohl kalkulierten Beigabe Kraneberger. Conny ist stolz darauf, seine Gäste so lange betrogen zu haben, ohne dass es auch nur ein einziges Mal zu einer Beschwerde kam. Dabei hatten seine Stammgäste die dreiste Panscherei schon längst durchschaut und hielten sich deshalb ausschließlich ans Pils, das sich nicht so ohne weiteres verdünnen lässt und für zwei Mark pro Tulpe über die Theke ging. Die getürkten Schnäpse wurden dagegen hauptsächlich von Fremden konsumiert, die es eher zufällig ins *Türmchen* verschlagen hatte. Und natürlich von ausgesprochenen Trunkenbolden, denen es völlig egal ist, was sie herunterstürzen.

Zu dieser Gruppe gehörten vornehmlich die Mitglieder der studentischen Verbindungen, die zu Beginn jedes Semesters so einiges unternehmen, um ihre Reihen mit jungem Blut aufzufrischen. Die mächtigste Burschenschaft am Ort war die von einem gewissen Frank Brüehl-Schlechter begründete *Ulticum Germanium*, die zu Beginn jedes Wintersemesters eine prachtvolle Parade abhielt, bei der alle Corpsmitglieder in geblümten Hemden von der Krysmann-Kirche bis zum Bürgermeister-Kißrow-Platz marschieren, um dort ihre Hymne abzusingen:

Ulticum Germanium, stolz sei auf dein Studium, trinke sieben Becher Rum, geh dreimal im Kreis herum und fall dabei nicht um.

Es geht das Gerücht, dass diese Ode an das Delirium eine zweite Strophe hat, aber das wissen nur Eingeweihte, wie etwa die Beamten der Schutzpolizei, die den Verein in dieser Phase des ruhestörenden Spektakels gewohnheitsmäßig in die grüne Minna laden. Vor drei Jahren war es dabei zu einem bedauerlichen Zwischenfall gekommen, weil der *Spiritus Mentor* des Vereins entgegen des Rates der von ihm selbst gedichteten Hymne weit mehr als sieben Becher Rum heruntergestürzt hatte und auf dem Weg in die Ausnüchterungszelle an seinem eigenen Erbrochenen erstickte.

Der Geschäftsbetrieb der studentischen Vereinigung wurde daraufhin von dem 43-jährigen Jurastudenten Ludwig Mitterweg übernommen, dessen erste Amtshandlung darin bestand, 500 Mark aus der Vereinskasse zu veruntreuen. Mit diesem Geld kaufte er sich eine Bahnkarte 2. Klasse (124 Mark) nach Düsseldorf, wo er sich in einem schmierigen Tattoo-Shop ein Branding ins Gesicht pflastern ließ (220 Mark), das ziemlich exakt so aussah, wie sich Dummfritzchen aus dem ersten Semester eine Mensurnarbe vorstellt.

Zusammen mit seiner nörgelnden, eindringlichen Redeweise verlieh ihm dies genau jenes Charisma eines Allwissenden, das manchem zum ersten Semester Jura angereisten Bübchen vom Lande ungemein imponiert. Mitterweg war sich durchaus bewusst, dass die ihm entgegengebrachten Gefühle ihrer Natur nach latent homosexuell waren. Seine Feinde munkelten, dass er es wohl verstand, seine Jünger mit viel Schnaps zum Outing zu motivieren, um sie anschließend finanziell und sexuell zu erpressen. Direkt nachweisen konnte man es ihm nicht und für die meisten Münchstädter waren derartige Gräueltaten ohnehin undenkbar, da sie nicht ohne Grund in einer Stadt lebten, wo man an jedem Tag um kurz vor halb sechs den Bürgersteig zu kehren beginnt, damit er sich Punkt halb sieben besser hochklappen lässt.

Heute hatte man das altehrwürdige Besenritual um satte sechs Stunden vorverlegt. Anlass war die Übertragung eines Fußballspiels im Rahmen der Zweiten Bundesliga, das einen für die einheimischen Fans absolut unerfreulichen Verlauf genommen hatte. Die Recken der Münchstädter Spielvereinigung hatten sich planlos über den Platz scheuchen lassen, während der Gegner ohne jede Anstrengung fünf Bälle im Münchstädter Netz versenkte. Ein schwarzer Tag für die Gäste im *Türmchen*, die sich hier kurz vor Spielbeginn johlend und Wimpel schwenkend auf ihren Stammplätzen vor dem Bildschirm eingefunden hatten. Die meisten hatten sich direkt nach dem Ende des Spiels auf den Heimweg zu ihren Familien begeben, um Trost zu suchen oder ihren Frust abzulassen.

Ludwig Mitterweg hatte keine Familie und derzeit auch sonst niemanden, der ihn sehnsüchtig erwartete. Er war gut eine Stunde vor Beginn des Spiels hier aufgetaucht und hatte sich damit einen Platz in der Nähe des Projektionsschirms gesichert, obwohl er sich absolut nicht für Fußball erwärmen konnte. Sein Interesse galt allein der Siegesfeier, die in Ermangelung eines Sieges jedoch abgeblasen wurde. Keine Lokalrunden, keine herumgereichten »Stiefel«, kein Freibier – so hatte Ludwig sich den Verlauf des Abends nicht vorgestellt.

Der dicke, mit einem karierten Holzfällerhemd angetane Conny balancierte gerade ein leeres Tablett durch den Raum und war fast an Ludwig Mitterwegs Tisch vorbei, als er ihm den schwabbelbackigen Kopf zudrehte: »Noch eins?«

»Nee«, erwiderte Ludwig missmutig und fügte entschuldigend an: »Lass mal gut sein, Conny, hab seit gestern so 'ne Darmgeschichte!«

Conny zuckte seine Achseln. »Das geht schnell um diese Jahreszeit! Am besten haust du dich ins Bett, was?« Er setzte sich wieder in Bewegung, ohne auf eine Antwort zu warten.

Ludwig atmete erleichtert auf. Bereits vor einer halben Stunde, kurz nach Spielende, hatte er mit dem Daumennagel unauffällig drei der insgesamt zwölf Striche von seinem Bierdeckel gekratzt, was gewagt genug war, da der dicke Conny ein recht gutes Zahlengedächtnis hatte. Was Conny vom Kredit geben hielt, war an dem Schild zu sehen, das deutlich sichtbar über dem Tresen befestigt war. *Nur für 90-Jährige in Begleitung ihrer Eltern …*

Blöder Scherz! Ludwigs gerötete Augen huschten unentwegt mit kaum verhohlener Verzweiflung über die Anwesenden. Kreditgeber oder freigiebiger Spender, das war ihm egal – Hauptsache ein volles Glas!

Neunzehn Mark achtzig waren in seinem Portemonee, knapp zehn Bier also – aber eben nur knapp. Es war ohnehin hart verdientes Geld – bis auf vier Mark fünfzig, die er noch in der Vereinskasse gefunden hatte. Den überwiegenden Anteil des Geldes hatte er sich durch Konvertierung der Pfandflaschen beschafft, die sich in seiner Bude angesammelt hatten. Angesichts der spärlichen Ausbeute dieser Aktion hatte er sich geschworen, nie wieder Dosenbier zu trinken, selbst wenn es demnächst bei Aldi unter die Vierzig-Pfennig-Schwelle rutschen würde.

Nun war Insolvenz für Ludwig noch lange kein Grund, die Flinte ins Korn zu werfen. In den letzten Wochen hatte er jedoch eine Kumulation von Widerwärtigkeiten erlebt, die dafür gesorgt hatten, dass er nun mit dem Rücken zur Wand stand. Angefangen hatte die Misere mit dem eingeschriebenen Brief eines Anwaltes, einem altgedienten Mitglied der studentischen Vereinigung *Ulticum Germanium*, der es trotz dieser Zugehörigkeit irgendwie vollbracht hatte, seine Examina abzulegen. Jahrelang hatte er hübsch ordentlich seine Beiträge auf das Postgiro eingezahlt und somit ungewollt zu Ludwigs Lebensunterhalt beigetragen, ohne dass man ihm dafür ordnungsgemäße Belege zukommen ließ. Der Anwalt verschickte zunächst einige freundliche Erinnerungen, die Ludwig genauso ungelesen in seinem Kohleofen verfeuert hatte wie die Kontoauszüge des Postgiros. Irgendwann jedoch nahm der Anwalt Kontakt zu einigen anderen Mitgliedern auf, denen es genauso ergangen war. Und daraufhin war man übereingekommen der Angelegenheit mit reichlich Druck nachzugehen. Man hatte Ludwig ein Einschreiben geschickt, in dem unter anderem zu lesen war, dass man zwischenzeitlich alle namentlich bekannten Mitglieder der Vereinigung über den Verdacht der Untreue in einem Rundbrief informiert hatte.

Seitdem hatte Ludwig die üblichen Treffpunkte gemieden und verbrachte die Nächte im Schlafsack in einem Wäldchen am Rande des Ostviertels. Heute war er zum ersten Mal wieder in seiner Wohnung gewesen, um einige Konservendosen zu holen und die letzten Pfennige aus der Vereinskasse zu kratzen. Auf das Postgiro war nichts eingezahlt worden, obwohl die Beiträge schon vor einer Woche fällig waren. Dafür gab es eigentlich nur eine Erklärung: Die Rundbriefaktion seines Feindes war erfolgreicher verlaufen, als er es erwartet hatte …

Das Üble an seinem Versteckspiel war, dass am vergangenen Montag das neue Semester begonnen hatte. Liebend gerne hätte er jetzt mit unendlich blasiertem Gesicht in irgendeinem Hörsaal gehockt, um möglichst oft neunmalkluge Zwischenfragen zu stellen und zehn Minuten vor dem Ende der Veranstaltung den Raum mit einer Miene tödlicher Verachtung zu verlassen. Danach kam es erfahrungsgemäß nur darauf an, dem Fanboy des Tages die Gelegenheit zu geben ihn anzuquatschen.

Doch aus diesem Traum würde vorerst nichts werden, da seine Verfolger die riesigen Hörsäle, in denen die Einführungsvorlesungen für Erstsemester abgehalten wurden, mit Sicherheit umstellt hatten. Ähnlich sah es bestimmt auch bei den von den Fachschaften als quasioffizielle Erstsemestertreffs empfohlenen Kneipen aus wie dem *Café Kaktus* oder der *Lunte*.

Ludwig überlegte gerade, ob er nicht doch einen Versuch wagen sollte den dicken Conny anzupumpen, als sich die Tür öffnete. Der Lodenvorhang wehte ein Stück in den Raum, bevor er von den Händen eines Mannes geteilt wurde, der einen zweireihigen, dunkelblauen Nadelstreifenanzug trug. Der Anzug sah nicht billig aus, aber andererseits auch nicht so teuer, dass der Mann in diesem Etablissement deplatziert gewirkt hätte. Er war braun gebrannt und trug einen sehr gepflegten Vollbart, der einen Stich dunkler wirkte als sein ergrautes Haar. Eine ganze Weile blieb er auf der Türschwelle stehen und taxierte die Anwesenden; einen nach dem anderen. Schließlich fiel sein Blick auch auf Ludwig, schwenkte jedoch ohne besonderen Ausdruck bald zu den Leuten, die neben oder hinter ihm saßen.

Kurz darauf löste der Mann seine Hände von dem Lodenvorhang und ging zum Tresen. Conny polierte gerade einige Gläser und hob den Kopf, weil der Neuankömmling etwas zu ihm sagte. Ludwig spitzte die Ohren und schaffte es, die Worte des Mannes aus dem Stimmengewirr herauszuhören.

»... aber einen wirklich guten, wenn ich bitten darf.«

Conny nickte diensteifrig und fischte mit seinen dicken Fingern unter den Tresen, um ein Whiskyglas hervorzuholen, das er noch kurz mit seinem Lappen auswischte, bevor er im Regal hinter der Theke nach einer bestimmten Flasche suchte.

Ludwig kniff die Augen zusammen, um das auf dem Kopf stehende Etikett lesen zu können. »Remy ...«, murmelte er nachdenklich. Er schob die Hand über den Tisch, um nach dem kleinen Plastikaufsteller mit der vergilbten, fleckigen Getränkekarte zu fischen. *Sechzehn Mark!* Der Kerl musste wirklich etwas in der Tasche haben.

Ludwig beobachtete, wie der Mann das Glas entgegennahm, um es an den Mund zu setzen und in zwei Zügen zu leeren. Conny stand nicht weit von ihm entfernt und zapfte Bier. Ludwig wartete ab – sieh an, da ruckte der Kopf des dicken Conny schon herum. Nicken.

Wieder zapfte Conny einen Schnaps aus derselben Flasche ab. Aber der Mann griff nun nach seinem Bierdeckel und hielt ihn demonstrativ hoch.

»Ich nehme lieber ein Pils.«

Conny nickte und machte sich am Zapfhahn zu schaffen. Kurz darauf stellte er vor dem Mann ein Pils auf die Theke. Der Mann nickte Conny dankbar zu und nahm das Glas und seinen Bierdeckel an sich, um sich in den hinteren Teil der Kneipe zu begeben, wobei er zwangsläufig an Ludwigs Tisch vorbeikam.

Als er gerade noch einen, höchstens zwei Schritte von Ludwig entfernt war, fiel der Bierdeckel aus seiner Hand und segelte auf den Boden, um danach auf der Kante zwischen Ludwigs Beinen durchzukullern. In einem Reflex schoss die Hand des Mannes nach vorn, wobei ein kräftiger Schluck aus seinem Pilsglas auf Ludwigs Bomberjacke landete, als dieser gerade mit dem rechten Fuß den flüchtigen Bierdeckel abstoppte.

»Oh ... ach du liebe Güte, das ist mir aber peinlich!« Der Mann schüttelte bedächtig seinen Kopf. »Kann ich Ihnen ... ich meine, ich komme natürlich für die Reinigung auf!« Er griff in die Innentasche seiner Jacke und zog eine ungeheuer dicke, schwarze Brieftasche hervor. Ludwig riss die Augen auf, als er sah, wie der Mann zwischen Daumen und Zeigefinger einen dicken Stapel von Scheinen hervorzog. Es waren überwiegend Tausender.

»Würden fünfzig ... ich meine hundertfünfzig Mark genügen? Ich lasse Ihnen für alle Fälle mein Kärtchen da – falls es nicht ausreicht, rufen Sie mich einfach an.« Der Fremde fischte drei nagelneue Fünfziger aus der Brieftasche und legte sie direkt vor Ludwig auf den Tisch.

Ludwig war vor Glück und Gier so fassungslos, dass er kein Wort herausbrachte. Mit steifen Fingern nahm er die graue Visitenkarte in die Hand. Sie war aus fast transparentem, fein geädertem Papier, hauchdünn und sehr stilvoll in weißen Lettern beschriftet, die man nur lesen konnte, wenn man die Karte in einem bestimmten Winkel ins Licht drehte:

LUTZ I. FERNANDÉS
Regulierung & Liquidation
FAX/FON 0515151 515151
LutziferOh@Lutzifer.Kom

Der Mann verbeugte sich leicht und zwinkerte Ludwig fröhlich zu. »*Droht man dir zu schaden sehr, rufe einfach Lut-zi-fer*«, sagte er leiernd.

Ludwig wartete ab, aber der Mann stand nur da und lächelte über seinen eigenen, blödsinnigen Spruch. *So ein Idiot!* »Hehe«, machte Ludwig pflichtschuldigst. »Sie tragen aber ganz schön dick auf, Herr Fernandés!«

»Ach«, erwiderte der Fremde etwas ernster, »es erfüllt seinen Zweck. Meine Kunden können sich nicht beklagen – ich erledige ihre Aufträge sauber und zu ihrer vollsten Zufriedenheit. Natürlich spielt mein Name dabei eine nicht ganz unwichtige Rolle: Die Menschen sind beeindruckt, wenn ich mich vorstelle. Oder etwa nicht?«

Ludwig dachte eine Weile nach und wiegte dann seinen Kopf. »Ich kann das nicht beurteilen«, erklärte er vorsichtig.

»Wie sollten Sie auch«, lachte der Mann freundlich, »wie sollten Sie auch! Aber was rede ich! Darf ich Ihnen vielleicht einen Schnaps kommen lassen – auf meine Kosten versteht sich? Den Remy kann ich nur empfehlen – ich werde gleich noch einen nehmen – nur zur Stärkung der Nerven! Nur wegen der Nerven – haha!«

Ludwig fand das Verhalten des Fremden höchst rätselhaft. Meinte er es etwa ernst, das mit dem Schnaps? Er sah den Fremden verwirrt an, der sich über irgendetwas diebisch zu freuen schien. *Will er mich verarschen? Aber wie …*

Plötzlich verschwand das Lächeln aus dem Gesicht des Mannes. »Na, was ist?« Er wirkte ein wenig bestürzt, fast sogar verzweifelt. »Nun lassen Sie mich doch nicht hängen, mein Lieber – Sie werden doch wegen des kleinen Missgeschicks von eben nicht eingeschnappt sein? Kommen Sie, wir trinken ein Gläschen und dann ist die Sache aus der Welt!«

»Geht klar«, meinte Ludwig unsicher. Er richtete sich auf. »Geht schon klar«, wiederholte er langsam. »Schließlich ist es ja kein großer Schaden …«

Der Mann seufzte und schüttelte seinen Kopf. »Kein großer Schaden! Kein großer Schaden, sagt er! Mein Lieber, ich habe Ihnen um ein Haar den ganzen Abend verdorben, aber Sie sind zu bescheiden, um mir auch nur die Möglichkeit zu eröffnen, mich ein klein wenig zu entschuldigen.« Der Mann winkte dem dicken Conny zu, der sofort in Erwartung neuer Geschäfte herbeieilte und tatsächlich diensteifrig »Was-darf's-denn-sein« keuchte, wahrscheinlich das erste Mal in seinem Leben.

»Zwei Remy für meinen Freund und mich – oder halt – bringen Sie doch gleich die ganze Flasche! Keine Panik, ich zahle im Voraus! Rechnen Sie das mal zusammen, auch das, was der junge Mann hier auf seinem Deckel stehen hat!«

Conny glotzte den Fremden eine halbe Sekunde lang fragend an, bevor er hurtig nach seinem Block griff. »zwölf … dreizehn Pils, die Remmie Matteng … macht achtundfünfzig Mark, der Herr.«

»Hier sind hundert«, meinte der Fremde mit einem Gönnerlächeln. »Machen Sie dreißig davon klein und rein damit in die Musikbox – drücken Sie irgendwas, Hauptsache ordentlich laut, haha!«

Conny wusste, was sich gehört. »Danke sehr, der Herr«, meinte er mit einer leichten Verbeugung. Dann schlurfte er zur Musikbox und bückte sich, um den Stecker hervorzukramen und in die Wand zu hämmern. Zu seiner Überraschung sprang der Kasten sogar an, was keineswegs selbstverständlich war. Schließlich wurde die Maschine in diesem Moment zum ersten Mal seit dem Vatertag vor zwei Jahren in Betrieb genommen, als Conny wutentbrannt den Stromfresser vom Netz genommen hatte, da sich der Betrieb nicht rentiert hatte.

Conny lief zum Tresen und öffnete die Kasse, um einen Schwung Münzen herauszugreifen. Dann kehrte er zur Musikbox zurück, um sie gewissenhaft aufzufüllen – dreißig Mark hatte der Kunde gesagt und dreißig Mark wanderten hinein. Conny wusste sehr genau, wo das Bescheißen seine Grenzen hat.

Bei der Auswahl der insgesamt 60 Titel wurde es allerdings eng, da er sich deutlich daran erinnerte, dass ein Großteil der Schallplatten bereits bis zum Gehtnichtmehr genudelt worden waren, sodass man ihre Hänger nicht einmal durch einen kräftigen Fußtritt zu überwinden vermochte. Einige Wiederholungen ließen sich nicht vermeiden. *Na, was soll's!*

»Hossa! Hossa! ...«, rumpelte es bald durch das *Türmchen*. Die ersten Gäste verließen fluchtartig den Saal. Kein großer Verlust für Conny Mayel; es waren ohnehin die, die sich mindestens eine halbe Stunde an einem Glas Pils aufhalten konnten. Ekelhaftes Gesocks!

Herr Fernandés klopfte begeistert den Takt mit. »Tja, das ist noch Musik!«, meinte er euphorisch. Ludwig nickte zustimmend. Wenn ihn etwas noch weniger interessierte als Fußball, dann war es Musik. »Pardon, was ist das denn für ein Beruf, Liquidierung und so?«, brüllte er dem edlen Spender durch den Lärm zu.

»*Regulierung und Liquidation*«, korrigierte Herr Fernandés gut gelaunt.

»Natürlich, entschuldigen Sie bitte ...«, sagte Ludwig etwas beschämt.

Fernandés beugte sich über den Tisch und bedeutete ihm, dasselbe zu tun. »Regulierung und Liquidation«, sagte er geheimnisvoll, »ist *das* Geschäft der Zukunft!« Er schob eine Hand nach vorn, um sie auf Ludwigs Unterarm zu legen. »Mal unter uns – Sie studieren, nicht wahr?«

»Ja«, antwortete Ludwig. Er warf einen Blick auf die Hand des anderen, da er ein seltsam vibrierendes, nicht unbedingt unangenehmes Gefühl am Unterarm verspürte. Doch die Hand des Fremden lag dort ganz bewegungslos und locker. »Ja, ich stehe kurz vor dem Staatsexamen ...«

»Medizin bestimmt!«, riet der Fremde sehr überzeugt.

»Irrtum: Rechtswissenschaften!«, belehrte ihn Ludwig. Er fabulierte etwas von widrigen Familienumständen zusammen, die es ihm angeblich nicht gestattet hatten, seinem Wunschtraum vor Vollendung des 35. Lebensjahres nachzugehen. Richter hatte er werden wollen, um der Gerechtigkeit zum wohlverdienten Sieg zu verhelfen. Als er halb damit durch war, glaubte er beinahe selbst an diese Geschichte.

»Ja«, sagte Herr Fernandés mehrmals zwischendurch. Es war ein sehr ergriffenes, fast ehrfürchtiges »Ja«. Und als Ludwig mit seinem Juristenlatein am Ende war, schwieg Herr Fernandés andächtig.

Aus der gegenüberliegenden Ecke des Raumes kam ein hässliches Geräusch, einer Vollbremsung nicht unähnlich. Conny hatte das bereits seit gut einer Minute anhaltende »*dippidipp-dippidipp*« mit einem saftigen Fußtritt gestoppt. Die Nadel landete mitten im zweiten Refrain des Liedes.

»*Wenn die Rosen erblühen in …*«, summte Herr Fernandés ein Stück mit. Dann schüttelte er nachdenklich zutiefst betrübt das Haupt. »Junger Mann, es betrübt mich, Ihnen eine große, moralische Illusion nehmen zu müssen. Doch ist es sicher nicht Ihnen anzulasten, dass Sie keine Vorstellung davon haben, wie es in der korrupten Welt dort draußen in Wirklichkeit aussieht! Sie haben Ihren Kopf gewissenhaft in Bücher gesteckt, Seminare besucht, teures Geld beim Repetitor gelassen … glauben Sie mir – ich kenne das, habe es ja schließlich vor Jahren selbst gemacht!«

»Ist nicht wahr!«, entgegnete Ludwig interessiert. »Und jetzt machen Sie in Liquidierung? Wie passt denn das zusammen, wenn ich fragen darf?«

»Ganz einfach«, lachte der Fremde, während er sich und Ludwig das Glas voll schenkte, »ganz einfach! Sehen Sie, ich habe damals kurz vor dem Examen einmal richtig nachgedacht! Man muss ja nur eine Zeitung aufschlagen, da steht's schwarz auf weiß, wie gut unser Rechtswesen funktioniert! Was meinen Sie wohl, warum ich mit Fug und Recht behaupten kann in einem Zukunftsberuf zu arbeiten? Glauben Sie mir, das Rechtswesen wird zunehmend privatisiert – das kennen wir ja auch aus anderen Bereichen des Beamtentums! Und wie in allen neuen Berufssparten verdienen auch hier diejenigen am besten, die den Mumm haben die Ärmel hochzukrempeln!«

Ein kalter Wind wehte durch den Raum, während die Tür hinter einer Gruppe von Gästen zufiel, die für heute genug hatten. Außer Ludwig, Fernandés und dem Wirt waren nur noch drei Männer anwesend, die anscheinend gegen das Geplärre aus der Musikbox immun oder jedenfalls betrunken genug waren, um sich nicht daran zu stören.

»Verstehe«, meinte Ludwig nun. »Aber … wie lässt sich denn

mit so was Geld verdienen? Sind Sie so was wie ein Gerichtsvollzieher?«

»Gerichtsvollzieher! Haha!« Das fand Herr Fernandés wohl ausgesprochen komisch. »Sehe ich wirklich so aus, als ob ich mich damit aufhalten würde?«

»Nein«, erwiderte Ludwig rasch, obwohl er gar nicht über die Frage nachgedacht hatte. »Nein, wirklich nicht.«

Fernandés sah ihn liebenswürdig an. *»Regulierung & Liquidation«* – er sprach es so aus, als ob es ein feststehender Begriff wie *Glück und Wohlstand* oder auch *Mord und Totschlag* sei – »das ist eine Sache für Männer, die genau wissen, was sie wollen. Gutes Essen, gute Getränke. Frauen. Autos. Was immer Sie wollen.«

»Das klingt ja nicht schlecht«, gab Ludwig zu. »Und wie kommt man an diesen Job heran – zweites Staatsexamen und so?«

Der Fremde winkte lachend ab. »Ach, wo denken Sie hin. Natürlich kann es nicht schaden. Wie so vieles.«

»Also reicht das erste, oder was?«, fragte Ludwig lauernd.

Diesmal platzte Fernandés laut heraus. »Erstes Staatsexamen, haha!« Er sah sich um, als ob er erwartete, dass jemand in sein Gelächter einstimmen würde. Und tatsächlich – Conny grinste ihm freundlich zu, obwohl es physikalisch vollkommen unmöglich war, dass er bei dem Lärm etwas verstanden hatte.

»Ja, kommt man da denn ganz einfach so rein?«, bohrte Ludwig weiter.

Fernandés sah ihn eindringlich an. »Einfach? Nein, einfach so geht bei uns nichts. Eine gewisse Lebenserfahrung ist vonnöten. Menschenkenntnis, darauf kommt es an. Und dann braucht man natürlich eine Empfehlung.«

»Ach so«, erwiderte Ludwig ziemlich enttäuscht. »Vitamin B, ja? Na, das braucht man wohl heute immer.«

Er hätte gerne etwas gesagt, um das Gespräch in Gang zu halten, aber ihm fiel auf die Schnelle nichts ein. Der Fremde hob einladend die fast geleerte Flasche und Ludwig beeilte sich, den letzten Schluck aus seinem Glas hinunterzustürzen.

Während der Schlager aus der Musikbox verklang und die Nadel rumpelnd auf die nächste Platte fiel, brachte Conny ihnen zwei neue Pils und begann anschließend damit, bei den anderen Gästen Kasse zu machen.

»Tja«, meinte Ludwig vorsichtig, »gleich ist wohl Feierabend hier.«

»Ach was!« Die Augen des Fremden blitzten seltsam auf. »Es wird noch so lange weitergehen, wie wir wollen.« Er griff in seine Jacke und holte einen Umschlag hervor. Dann beugte er sich weit über den Tisch. »Ich möchte Ihnen etwas zeigen.« Er schob ihm den Briefumschlag zu. »Na los, worauf warten Sie. Bin gespannt, was Sie davon halten.«

Der Umschlag war nicht zugeklebt. Ludwig zog ein zusammengefaltetes Blatt heraus, das aus dem gleichen feinen grauen Papier bestand wie die Visitenkarte von Herrn Fernandés.

Ludwig faltete das Blatt auseinander und hielt es schräg ins Licht. In Weiß stand dort:

Robert Veit, wohnhaft Satrianiweg 27 …

Er sah Fernandés fragend an.

»Na los«, ermunterte ihn Fernandés freundlich. »Lesen Sie es schon.«

Ludwig rückte das Blatt etwas ins Licht, um weiterzulesen:

Tatbestand:

Veruntreuung von mindestens DM 150.000

Und etwas kleiner, am Ende des Zettels:

Erbitten Regulierung & Liquidation zum nächstmöglichen Termin

Ludwig dachte angestrengt nach. Wieso hatte der Fremde ihm den Zettel überhaupt gegeben? Fernandés sah ihn lächelnd an. »Sie fragen sich natürlich, was das zu bedeuten hat, nicht wahr?«

Ludwig räusperte sich. »Äh, allerdings …?«

Der Fremde hob eine Hand, um ihn zum Schweigen zu bringen. »Ganz einfach: Wenn Sie dieser Robert Veit wären, dann könnte man Sie wohl als Gewohnheitstäter bezeichnen, der sicher tausend Schliche weiß, wie er sich einer angemessenen Bestrafung zu entziehen vermag. Erfahrungsgemäß ist es nahezu aussichtslos, einen solchen Menschen anzuzeigen. Und selbst wenn, was sollte es denn einbringen, ihm die Polizei auf den Hals zu hetzen? Das Geld ist wahrscheinlich längst verprasst, also kann man sich die Mühe auch gleich sparen!«

»Tja«, sagte Ludwig nachdenklich, »da haben Sie wohl Recht: Was soll's! Da kann man ihn auch gleich laufen lassen!«

Fernandés hob den Finger und drohte amüsiert: »Na, das wäre doch sicher auch nicht richtig – denken Sie mal daran, dass er ja noch frei herumläuft! Er würde andere betrügen, vielleicht noch größeren Schaden anrichten, weil er sich für unangreifbar halten muss! Mein Lieber, wir können ihn doch nicht so einfach davonkommen lassen, oder?«

Ludwigs Hals war plötzlich etwas trocken. Glücklicherweise tauchte Conny gerade wieder aus den Hinterräumen auf. »Brauch was zu trinken«, krächzte Ludwig über den Tisch. »Sie auch? Diesmal geht es natürlich auf mich!« Er klopfte auf seine Gesäßtasche, in der die drei Fünfziger steckten.

Herr Fernandés lächelte ihn gerührt an. »Ja, das ist freundlich. Ein Piccolo, bitte.«

Ludwig spreizte zwei Finger seiner Hand ab und wedelte damit so lange herum, bis Conny auf ihn aufmerksam wurde. »Zwei Piccolo!«, rief er dem Wirt über den Lärm zu. Conny nickte und drehte sich herum, um zwei Sektgläser aus dem Regal zu nehmen.

Ludwig räusperte sich noch einmal. »Sagen Sie mal, Herr Fernandés – darf ich fragen, äh … ich meine: Was bringt Ihnen das Ganze denn so ein?« Er hob seine Hand und rieb Daumen und Zeigefinger in einer eindeutigen Geste aneinander.

Fernandés legte die Stirn in Falten. »Pauschal kann man das nicht sagen. Hängt vom Fall ab – hier wird es wohl auf zehn Prozent hinauslaufen. Plus Spesen, versteht sich.«

»Das wären ja …« Ludwig entfuhr ein leiser Pfiff. »Nicht schlecht! Aber das setzt natürlich voraus, dass Sie das Geld wiederbeschaffen, oder?«

Fernandés sah ihn erstaunt an und schüttelte langsam den Kopf. »Nein, nein! Daran haben meine Klienten kein Interesse. Das Geld ist ohnehin abgeschrieben, manchmal springt auch eine Versicherung ein. Mir kann es aber egal sein – ich bekomme meine zehn Prozent.«

Ludwig überlegte. »Aber nehmen wir einmal an, dass Sie auch das Geld finden – dann gibt es doch eine Prämie, oder?«, fragte er neugierig.

»Nicht eigentlich«, erwiderte Fernandés. »Indirekt aber doch, weil es meinen Klienten eben nicht ums Geld geht.«

Ludwig riss überrascht die Augen auf. »Sie meinen ...?«

Fernandés nickte nachdrücklich. »Ja. Was von dem Geld noch aufzutreiben ist, gehört sozusagen dem ehrlichen Finder.«

»Ist ja ein Ding«, meinte Ludwig fassungslos. »Da muss man sich über Ihre Großzügigkeit wirklich nicht wundern, Herr Fernandés. Und Sie haben ja keinen großen Aufwand, oder? Ich meine, Sie müssen diesen sauberen Herrn Veit ja nur erwischen und dann ...« Er sah Fernandés fragend an. »Ich meine, was passiert dann mit ihm?«

Fernandés neigte den Kopf zur Seite und sah ihn schief an. »Berechtigte Frage!«, sagte und nickte dabei. »Berechtigte Frage. Es hängt vom Einzelfall ab – wenn er nur Geld veruntreut hat, ohne dass er sich sonst etwas zuschulden kommen ließ ...« Er verzog nachdenklich das Gesicht.

Conny kam mit einem Tablett an, auf dem zwei Sektgläser und zwei Piccolos Rotkäppchen standen. Fernandés schwieg, bis Conny ihnen die Gläser halb voll geschenkt und sich wieder Richtung Theke abgesetzt hatte. Dann hob er seinen Zeigefinger und sagte: »Wirklich schwierig – wissen Sie, ich habe einen solchen Fall noch nie gehabt.« Er beugte sich nach vorne und meinte im Verschwörerton: »Die meisten Menschen machen niemals etwas wirklich Kriminelles, zumindest nichts in der Art, dass man mich damit betrauen müsste. Aber sobald dies der Fall ist, tritt erstaunlicherweise zutage, dass sie noch anderes auf dem Kerbholz haben.«

»Na«, schnaufte Ludwig ungeduldig, »so im Groben werden Sie's doch sagen können, oder?«

»Im Groben«, wiederholte der Fremde. »Ja, ich denke, dass es möglich ist. Offensichtlich erlag dieser Mann ja nur seiner Gier – man muss also Milde walten lassen und ihm die Gelegenheit geben, seine Tat aufrichtig zu bereuen.« Fernandés hob sein Glas und trank einen kleinen Schluck. »Er hat das Geld in der Kasse gesehen und da war's um ihn geschehen. Logischerweise muss man unterbinden, dass dies noch einmal geschieht – der arme Kerl würde sonst ständig Gefahr laufen, wieder in Versuchung zu geraten.«

Ludwig sah ihn argwöhnisch an. »Äh … natürlich. Aber worauf liefe es denn Ihrer Ansicht nach hinaus?« Er setzte sein Glas an den Mund.

»Das Beste wird es wohl sein«, erwiderte der Fremde mit grüblerischer Miene, »wenn man ihn blendet.«

Ludwig wurde bleich. »B…blendet? Sie meinen …«

Der Fremde nickte. »Ein probates Mittel – meiner Ansicht nach jedenfalls. Ich darf ihn nicht bestrafen, ich kann nur dafür sorgen, dass er in Zukunft nicht noch einmal den gleichen Fehler begeht.« Er stutzte und sah Ludwig etwas indigniert an. »Sagen Sie mal, haben wir das Lied hier nicht schon mindestens zweimal gehört?«

Mein Gott, das meint er doch nicht ernst, oder? Ludwig öffnete den obersten Knopf seines Hemdes, weil ihm plötzlich etwas warm war. Er bemühte sich gleichgültig zu klingen. »Ja, mit Sicherheit. Wird langsam langweilig …«

»Allerdings.« Fernandés nickte bedächtig.

Eine Weile schwiegen beide. Dann lehnte sich Fernandés im Stuhl zurück und meinte: »Vielleicht sollten wir das Lokal wechseln?« Er hob entschuldigend die Hände. »Wenn es Ihnen nichts ausmacht, natürlich! Leider kenne ich mich hier im Ort nicht aus. Kennen Sie vielleicht ein anderes Lokal, wo man um diese Uhrzeit …?« Er beendete den Satz nicht und sah Ludwig etwas hilflos an.

Ludwig überlegte. »Ja, sicher«, meinte er dann. »Am Bahnhof, in der *Tränke.* Die haben die ganze Nacht auf, bis um sechs.«

»Zahlen bitte!« Fernandés drehte sich zum Tresen um. Ludwig nutzte die Gelegenheit, um unbeobachtet seine leere Piccoloflasche in der Außentasche seiner Jacke verschwinden zu lassen.

Fernandés zahlte alles, einschließlich der Piccolos, die Ludwig spendiert hatte. *Noble Geste.* Ludwig überlegte noch einmal, wie viel Geld sich wohl in Fernandés' Brieftasche verbarg. *Zehntausend, fünfzehntausend?* Vermutlich sogar weitaus mehr. Genug, um es sich irgendwo eine ganze Weile gut gehen zu lassen, wenn man es nicht übertrieb. Nicht in der Großstadt, das war zu teuer. Und nicht in Deutschland, da sowieso nicht. In

Holland vielleicht oder Südfrankreich. Auf dem Weg zur *Tränke* gab es genug dunkle Ecken …

»… und bestellen Sie uns doch bitte ein Taxi«, hörte er Fernandés sagen. »Zum Bahnhof!«

»Nicht nötig!«, beeilte sich Ludwig einzuwerfen. »So weit ist es nicht und ich würde gerne ein wenig frische Luft schnappen, wenn es Ihnen nichts ausmacht?«

Conny sah Fernandés fragend an, da es bis zum Bahnhof doch ein ganz schönes Stück war. Doch der Fremde zuckte seine Schultern und meinte: »Im Gegenteil – also, laufen wir!«

Zehn Minuten später, als sie auf den Kirchplatz zuliefen, zermarterte Ludwig sich immer noch darüber das Hirn, wann und wo er zuschlagen sollte. Seine rechte Hand steckte tief in der Jackentasche und umklammerte die Piccoloflasche. Er biss die Zähne zusammen. *Am besten von hinten, voll drauf.* Der erste Schlag musste sitzen, da Ludwig sich nicht sicher war, ob er den Mut haben würde, auf einen halb Bewusstlosen einzuschlagen.

Fernandés drehte sich zu ihm. »Da lang, ja?«

Ludwig nickte.

Gleich würden sie den hell erleuchteten Kirchenvorplatz verlassen und in die Seitengasse einbiegen, die über die winzige Burkhardtbrücke zum Hauensteiner Platz führte, der von zahllosen hell erleuchteten Schaufenstern umgeben war. Ludwig trocknete seine Handfläche am Innenfutter der Tasche ab, während sie das Ende der Kirche erreichten. Fünf, vier, drei Schritte vor ihm endete der Lichtschein der Laternen des Kirchplatzes.

Ludwig blieb für einen Augenblick stehen, um seine Augen an die Dunkelheit zu gewöhnen, aber Fernandés lief unbeirrt auf die kleine Brücke zu. Während er sich wieder in Bewegung setzte, zog er langsam die Flasche aus seiner Tasche. Er wollte gerade seinen Schritt beschleunigen, als jemand gegen seinen Rücken prallte und ihm von hinten den Arm um die Kehle legte.

Ludwig röchelte entsetzt auf und versuchte sich herauszuwinden, aber der Angreifer schien über ungeheure Kräfte zu verfügen, während Ludwig alles ihm zur Verfügung Stehende daransetzen musste wieder Luft zu bekommen. Rote Flecken tanzten vor seinen Augen auf und ab, als er fassungslos sah, wie Fernandés lächelnd auf ihn zukam und dabei den Kopf schüttelte.

»Schlimm, wirklich schlimm!«, meinte Fernandés mit echtem Bedauern. »Mit gutem Zureden ist es da wohl nicht getan – eine Operation ist wohl unvermeidlich.« Er betrachtete Ludwig mit interessierten Blicken. »Sicher hätte er nicht so gehandelt, wenn er das Geld und die schönen Dinge, die man dafür kaufen kann, nie gesehen hätte! Ich denke, wir sollten ihn davor bewahren, rückfällig zu werden.« Er sah über Ludwigs Schulter hinweg den unsichtbaren Angreifer an, dessen kräftiger Arm diesem den Atem abschnürte. »Dabei ist es so einfach, den Ursachen der Gier vorzubeugen. Seine Augen, mein Sohn! Beginne mit den Augen!«

Ludwig fehlte inzwischen die Kraft zu begreifen, was Fernandés da gesagt hatte. Seine Hand löste sich von der Flasche, die daraufhin mit einem dumpfen Knall auf dem nassen Kopfsteinpflaster zersprang. Dann tauchte etwas Glänzendes vor seinen Augen auf, aber nur für einen Moment – einen sehr kurzen Moment …

Ludwig schrie laut auf, als die Spitze des Messers quer über seine Augen glitt. Ein höllischer Schmerz schoss über sein Gesicht, gefolgt von einem warmen Schwall aus Tränen und Blut.

Die Schmerzen verschwanden so schnell, dass Ludwig für einen Moment glaubte, alles sei nur ein böser, böser Traum. Aber dann spürte er, wie ein siedend heißer Strom seinen Mundwinkel erreichte. Als der Geruch von Salz und Rost in seine Nase stieg, nahm er mit einem nicht einmal unangenehmen Gefühl der Überraschung zur Kenntnis, dass die Realität tausendmal schlimmer war als sein schrecklichster Albtraum.

Als er bemerkte, dass er nicht mehr festgehalten wurde, verspürte er das unbändige Verlangen zu fliehen. Doch als er versuchte, seine Beine an sich heranzuziehen, wusste er plötzlich nicht mehr, wo oben, unten, recht und links war, und ihm wurde so schwindlig, dass sich sein Magen umdrehte und der bittere, saure Geschmack von halb verdautem Bier in seine Kehle schoss. Er übergab sich, bis nichts mehr in seinem Leib war und er sich hustend und wimmernd in seinem Erbrochenen wälzte.

Etwas traf sein Gesicht wie ein Lufthauch, nur viel kürzer. Ein Surren, ein mechanisches Klicken. Dann folgte ein langer Augenblick der Stille, bis wieder ein Surren erklang.

»Gut.« Fernandés' Stimme klang sanft und freundlich. »Ein gutes Bild, alles ist zu sehen. Wo war ich stehen geblieben? Ach ja, auf die Gier folgt die schlimme Tat selbst, das Ansichraffen dessen, was ihm anvertraut war … lange Finger. Zu lang.« Er schwieg einige Sekunden. »Schneid sie ab.«

»Nein, bitte …«, lallte Ludwig. Er versuchte seine Faust durch die Luft wirbeln zu lassen, in der wilden Hoffnung seinen Angreifer zu treffen. Aber sein Arm zuckte nur kraftlos hoch, um danach wieder träge nach unten zu sinken. Dann spürte er die Wärme eines anderen Körpers, als sich jemand über ihn beugte und sein Handgelenk fest umklammerte, um die Hand flach auf den Boden zu drücken.

Ludwig brüllte auf, als die Klinge mit kräftigen Schnitten durch seinen Zeigefinger glitt. Doch als die Klinge kaum eine halbe Minute später den kleinen Finger durchtrennte, gab er nur noch ein unheimliches, hohles Winseln von sich. Ludwig nahm dies mit Befremden zur Kenntnis, da er überhaupt keine Schmerzen verspürte und bei erstaunlich klarem Verstand war. Er wollte, dass das Winseln aufhörte, aber er schaffte es irgendwie nicht, zu seinem geschundenen Körper durchzudringen, obwohl er alles wahrnahm, was um ihn herum vorging. Er wollte etwas zu Fernandés sagen, ihn darum bitten aufzuhören. Aber wieder gelang es ihm nicht, das wimmernde, zuckende Bündel seines Körpers unter Kontrolle zu bringen.

Wieder ertönte das surrende Geräusch und Ludwig war mit einem Schlag klar, dass es sich um eine Polaroidkamera handelte.

»Nicht schlecht«, kommentierte Fernandés nach einer Weile. »Ein bisschen unterbelichtet vielleicht, aber wenn man die Umstände bedenkt …« Plötzlich änderte sich sein Tonfall, er klang nun kalt und geschäftsmäßig. »Sieh nach, ob er noch etwas von dem Geld bei sich hat!«, befahl er dem anderen.

Ludwig spürte, wie eine Hand in seine Hosentasche glitt und das Portemonnaie herausholte. »Hier sind nur drei Fünfziger«, sagte eine junge, leicht zitternde Stimme. »Und ein paar Mark Kleingeld …«

»Das gehört ihm«, sagte Fernandés etwas missmutig. »Sonst nichts?«

Es raschelte. »Ein Führerschein …«, sagte die andere Stimme und fügte etwas überrascht hinzu: ›Auf ›Ludwig Mitterweg‹ ausgestellt …«

»Was faselst du da?«, fragte Fernandés irritiert. »Mitterweg?«

Ludwig spürte einen leichten Lufthauch, als der junge Mann aufstand und sich mit leisen Schritten ein Stück entfernte.

»Hier!« Er drückte dem älteren Mann den Führerschein in die Hand.

Fernandés klappte den Wisch auf und hielt ihn ins Licht, um hineinzustarren. »Tatsächlich«, sagte er ziemlich pikiert. »Er ist gar nicht dieser Robert Veit …«

»Und was jetzt?«, fragte der Junge hilflos.

»Na, was schon«, entgegnete Fernandés unwirsch. »Ich werde mich aufs Ohr legen und direkt morgen in der Früh nach Veit suchen. Die Spesen von heute kann ich wohl in den Wind schreiben …« Er starrte trübselig die Spitzen seiner Schuhe an. »Dieser Job ist wahrlich eine Strafe!«

»Was ist mit dem da«, meinte der Junge ratlos.

»Keine Ahnung, ehrlich gesagt. Warte mal.« Fernandés griff in seine Jacke und zog den Umschlag hervor und blätterte darin herum. »K … L … M … ja, hier – ach du liebe Güte!« Er klang empört. »Unterschlagung! Ekelhaft!«

Der Junge zögerte. »Also?«

Fernandés glotzte ihn böse an. »Was heißt hier also? Holen wir uns die Spesen zurück! Worauf wartest du noch? Der Kerl stirbt uns noch weg – jetzt mach, dass du fertig wirst, und danach rufst du von der nächsten Telefonzelle aus die 1-1-2 an, die sollen einen Notarzt vorbeischicken – kapiert? Und zwar schnell, wenn ich bitten darf!«

Der Junge nickte und drehte sich wieder um. Als Ludwig seine leisen Schritte vernahm, war er trotz seines Blutverlustes noch klar genug, um zu begreifen, dass ihm noch einiges bevorstand. Er hätte nur zu gerne laut gebrüllt oder haltlos geheult, aber zu beidem reichte seine Kraft nicht mehr.

Zwanzig Minuten später betrat der Junge eine Telefonzelle am Vichyplatz und wählte die 1-1-2. Er sah sich nervös um, während am anderen Ende siebenmal das Freizeichen ertönte, bevor sich eine Männerstimme meldete und ihn um Verständnis dafür bat, dass alle Leitungen besetzt seien, er sein Anliegen aber auf einem Anrufbeantworter hinterlassen könne. Er wartete geduldig die automatische Ansage ab und sprach dann einen einzigen, kurzen Satz aufs Band: »Schicken Sie bitte einen Notarzt zum Kirchplatz, dort liegt ein Schwerverletzter.«

Wie versprochen, wurde das Band nur wenige Minuten später von einem Zivildienstleistenden abgehört, der völlig mit den Nerven herunter war, da in dieser Nacht alles drunter und drüber ging. Im Anschluss an das Fußballspiel war eine Schar aufgebrachter Hooligans in eine Diskothek am Südrand der Stadt eingedrungen, um diesen Ort von gegnerischen Fußballfans zu säubern. Versehentlich war man dabei an einen Trupp US-Marineinfanteristen geraten, die es im Rahmen einer einwöchigen Sauftour quer durch Germany nach Münchstadt verschlagen hatte. Die sich aus dieser unglücklichen Konfrontation entwickelnde Massenschlägerei hatte den Einsatz sämtlicher freier Rettungswagen erfordert.

Der Zivi zog die Luft ein und dachte scharf nach. Es sprach einiges dafür, dass es sich nur um einen Dummen-Jungen-Streich handelte – die Stimme des Anrufers, die Art, wie er seinen Spruch heruntergeleiert hatte ... wie auswendig gelernt ...

Schließlich rückte er seine Sprechgarnitur zurecht und nahm Verbindung mit Elisabeth 14 auf.

»Hallo eins-vier, hier ist die Zentrale, könnt ihr mich hören?«

Nach zwei Sekunden knackte es in seinem Kopfhörer.

»Hier eins-vier, was gibt es, Manny?«

»Horst, ich habe gerade eine Meldung hereinbekommen, Schwerverletzter am Kirchplatz, wiederhole, Kirchplatz.« Er zögerte. »Klang nicht ganz echt, wenn du mich fragst ... Könnt ihr das übernehmen, liegt ja fast auf dem Rückweg!«

»Können wir machen«, grunzte Horst genervt, »aber vielleicht sollte dein Schwerverletzter uns schon mal entgegenrobben, wenn er es eilig hat. In dem Laden hier geht es immer noch rund, die Grünen kriegen das mal wieder nicht gecheckt! Bist du sicher, dass das kein Falscher ist? Sonst jag doch den Wagen vom Bethesda los, die haben doch Bereitschaft?«

»Vergiss es«, erwiderte Manny, »die habe ich vor zehn Minuten zu euch abkommandiert, müssten eigentlich jede Sekunde eintreffen.«

»Die Bereitschaft auch?«, fragte Horst entgeistert. »Wer kam denn auf die Schnapsidee? Die Grünen?«

»Dreimal darfst du raten.«

»Schon klar. Wie schlimm sieht es denn aus, weißt du was?«

»Nichts. Hat gleich wieder aufgelegt.«

»Wunderbar. Pass auf, Manny, ich schnappe mir den Einsatzleiter – bevor wir uns hier die Beine in den Bauch stehen, können wir genauso gut einen Abstecher zum Dom machen. Alles klar?«

»Alles klar. Ich halte euch auf dem Laufenden, falls der sich noch mal meldet.«

Es dauerte eine ganze Weile, bis die Besatzung des Rettungswagens Elisabeth 14 am Domplatz eintraf. Wovon Ludwig Mitterweg allerdings nichts mehr hatte, da er bereits seit rund 25 Minuten nicht um einen Deut lebendiger war als die regennassen, voll gekotzten Pflastersteine, auf denen er lag.

Während die Polizei den Domplatz absperrte und die Spurensicherung aufnahm, schlief Herr Fernandés tief und traumlos. Als er um halb acht vom Plärren des Uhrenradios geweckt wurde, fühlte er sich ausgeruht und sehr hungrig. Er richtete sich auf und griff sofort zum Telefon, um der Rezeption des Hotels mitzuteilen, dass er sein Frühstück auf dem Zimmer einzunehmen gedachte – »Rührei, Butterhörnchen, Kaffee, Orangensaft und Schinkenplatte«. Nachdem er sich den Schlaf aus dem Gesicht gewaschen und sein Frühstück vom Etagenkellner in Empfang genommen hatte, stellte er am Uhrenradio einen Lokalsender ein, um die Nachrichten abzuwarten, während er sorgfältig ein Hörnchen mit Butter und Marmelade bestrich. Als er sein Werk zufrieden betrachtet hatte und gerade davon abbeißen wollte, verkündete die Stimme des Nachrichtensprechers, dass man in den frühen Morgenstunden auf dem Marktplatz eine grausig zugerichtete männliche Leiche gefunden hatte. Herr Fernandés verzog böse das Gesicht und stand auf, um das Frühstückstablett ins Badezimmer zu tragen, wo er Rührei, Schinken, Orangensaft, Kaffee und Butterhörnchen ins Klo beförderte.

Kurz darauf rückte er vor dem Ankleidespiegel seine Krawatte zurecht und verließ sein Zimmer, um die Stadt zu durchstreifen. Zunächst klapperte er die Hauptgeschäftsstraße mit ihren zahllosen Frühstückscafés ab, wobei er aus verständlichen Gründen die Nähe des Kirchplatzes mied. Kurz vor Mittag sicherte er sich einen Fensterplatz in einem griechischen Restaurant, wo er bis kurz vor eins so lustlos an einem gemischten Salat herumpickte, dass der Kellner mehrmals besorgt nachfragte, ob etwas nicht in Ordnung sei.

Als die Sonne unterging, hatte er so viele Restaurants, Cafés und Kneipen frequentiert, dass er trotz seines ausgezeichneten Gedächtnisses ein wenig den Überblick verlor. Frustriert gab er die Suche auf und betrat die nächstbeste Kneipe, wo er den restlichen Abend in Gesellschaft zweier äußerst penetranter Vertreter aus dem Rheinland verbrachte, die schon für ihre humorlosen Gossenwitze zweifellos die ewige Verdammnis verdient hatten. Herr Fernandés nahm diese unangenehme Gesellschaft als Bestrafung für seine eigene Nachlässigkeit hin und spendierte den beiden Whisky und Bier, bis der Wirt die Sperrstunde einläutete.

Während die beiden Vertreter unter lautstarken Abschiedsgrüßen lostorkelten, um ihre schäbigen Hotels in der Oststadt aufzusuchen, begab sich Herr Fernandés erstaunlich sicheren Schrittes zum Kirchplatz. Als er dort ankam, war die Polizei natürlich schon seit Stunden abgerückt, nachdem sie sich redlich bemüht hatte, die Spuren des Mordes zu beseitigen. Herr Fernandés schüttelte amüsiert den Kopf, als er an der mit Sand bestreuten Stelle vorbeilief, an der Ludwig Mitterweg sein Leben ausgehaucht hatte. Bald hatte er die Seite des Turmes erreicht und sprang auf eine mattgrau gestrichene Eisentür zu, die wie von selbst vor ihm aufsprang. Er holte tief Luft und machte sich daran, die Wendeltreppe des Inspektionsgangs zu ersteigen.

Bald darauf stand er auf dem Umlauf und hob den Kopf, um eine vagabundierende Wolke zu betrachten, deren vom bleichen Mondlicht illuminierte Struktur dicht über die Spitze des Kirchturms hinwegzog. In einer anderen Situation hätte er diesem Anblick durchaus etwas abgewinnen können, aber jetzt ging ihm einfach so vieles durch den Kopf, dass er keine Augen dafür hatte.

Fernandés seufzte und rückte seine Krawatte zurecht, als er aus dem Inneren des Turmes eine Kaskade von dumpf hallenden Schlägen vernahm, die verrieten, dass jemand in höchster Eile die Wendeltreppe hinauflief.

Er trat einen Schritt nach vorn und lehnte sich über die Brüstung. Seine Augen starrten ins Leere, während die Geräusche aus dem Turm immer lauter und heller wurden, bis jemand hinter seinem Rücken den Umlauf betrat.

»Herr ...«, sagte eine atemlose Stimme. »Ich bin da ...«

»Es war nicht zu überhören«, bemerkte Herr Fernandés ohne Schärfe. »Nun, hast du alles so erledigt, wie ich es dir aufgetragen habe?«

»Ja«, entgegnete der Junge nach einem Zögern.

»Wirklich?« Herr Fernandés drehte sich langsam zu ihm um.

Der Junge konnte sein Gesicht nicht sehen, da er vom Mondlicht geblendet war. Er überlegte ängstlich, ob er etwas falsch gemacht hatte, aber da ihm nichts einfiel, antwortete er schließlich: »Wirklich, Herr.«

»Gut. Sehr gut.«

Der Junge nahm den freundlichen Tonfall der Stimme erleichtert zur Kenntnis.

»Ich bin überzeugt davon, dass du mich nicht anlügst«, fuhr Fernandés harmlos fort. »Du bist ein unglaublicher Kretin, das steht für mich absolut fest, aber gewiss kein Lügner, denn dazu bist du, gelinde gesagt, viel zu dumm! Immerhin! Nicht wie dein Bruder, der ein solcher Lügenbold war, dass es ihn die Zunge gekostet hat.«

Der Junge sah ihn verwirrt an, weil er nicht wusste, was das nun wieder bedeuten sollte. Er konnte sich nicht daran erinnern, jemals einen Bruder gehabt zu haben, aber das hatte nicht viel zu heißen, da seine Erinnerung überwiegend aus dem bestand, was Herr Fernandés ihm erzählt hatte, ergänzt durch das wenige, das er selbst erlebt hatte.

»Man fragt sich, wozu du deinen Kopf überhaupt hast!«

Er hob den Kopf, weil Herr Fernandés nun direkt vor ihm stand. Jetzt erst konnte er das Gesicht sehen, aber er wusste den Ausdruck nicht einzuordnen, da er so gar nicht zum sanften Tonfall seines Meisters passen wollte. Es wirkte keineswegs freundlich, aber auch nicht wütend. Eher … unzufrieden?

Er bemerkte verwundert, wie der Blick des Meisters leerer und leerer wurde, bis diese Leere so groß war, dass er darin zu versinken meinte. Zunächst hielt er es nur für eine Illusion, aber dann spürte er, wie dieser Blick ihm quälend langsam die Seele aus dem Leib sog. Er geriet in Panik, wollte schreien und fasste sogar für einen kurzen Augenblick den Gedanken sich gegen seinen Herrn zur Wehr zu setzen. Aber mit seiner Seele verließ ihn auch die Kraft diesen Entschluss in die Tat umzusetzen.

Seine Glieder überkam eine seltsame Schwere, als sein Bewusstsein wie eine verlöschende Kerze noch einmal in einer finalen Anstrengung aufflackerte und ihm die Erkenntnis verlieh, dass ihm hier nur das genommen wurde, was er niemals wirklich besessen hatte.

Kurz darauf verließ Herr Fernandés den Kirchturm auf dem gleichen Weg, auf dem er ihn betreten hatte. Nach einigen Dutzend Schritten drehte er sich noch einmal um und schaute an der Fassade des Turmes hoch. Seine Augen, die weitaus schärfer und nachtsichtiger waren als die eines Menschen, begutachteten die beiden Gargoyles, die weit oben an den Ecken der Front des Turmes angebracht waren. Der linke war vom Regen zerfressen und hatte zudem seine Zunge eingebüßt, während der rechte weitaus besser erhalten war, wenn man einmal davon absah, dass der Kopf jetzt irgendwo dort im Dunkeln auf dem harten Pflaster des Kirchplatzes lag.

»Wie primitiv und schändlich«, murmelte er in einem Anflug von selbstkritischer Ironie, während er sich auf den Weg zu seinem Hotel machte, »sich an wehrlosen Dingen zu vergehen, die einem nicht gehören.« Er nahm sich fest vor dem Förderverein der Stadt anonym eine großzügige Spende zukommen zu lassen, um den Schaden auf diese Weise wieder gutzumachen. Aber dieser Vorsatz konnte natürlich nichts daran ändern, dass er mit einer hundsmiserablen Laune zu Bett ging, die sich auch am Morgen nicht wesentlich gebessert hatte.

Erst gegen Mittag löste sich seine trübe Stimmung schlagartig auf, als er durch einen glücklichen Zufall in einer urgemütlichen Pizzeria dem Buchhalter Robert Veit begegnete.

Monika Felten

DAS TEUFELSMAL

Grau.

Alles war grau.

Die regennassen Hauswände, die Autos in den Straßen und sogar die Menschen auf den Gehsteigen mit ihren eigentlich bunten Regenschirmen. Sie alle waren von einer einheitlichen dunkelgrauen Farbe, die durch die unzähligen Regentropfen an der Fensterscheibe auch nicht gerade freundlicher wurde.

Und dann noch diese verdammte Kälte.

Tatjana konnte sich einfach nicht konzentrieren. Immer wieder unterbrach sie ihre Arbeit und schaute aus dem regenblinden Fenster ihrer kleinen Mansardenwohnung. Bereits zum dritten Mal in diesem Monat hatte ihre Vermieterin sie am Nachmittag angerufen und ihr mitgeteilt, dass die Heizung schon wieder ausgefallen sei. Diesmal hatte Tatjana ernsthaft mit dem Gedanken gespielt den Abend in einer der gemütlichen Studentenkneipen der Stadt zu verbringen, statt hier in ihrer Wohnung zu frieren. Aber ihre Diplomarbeit war noch längst nicht fertig und wenn sie es noch rechtzeitig zum Jahresende schaffen wollte, musste sie sich ranhalten.

Schließlich hatte sie sich doch in ihre dicke Decke gewickelt und blätterte mit klammen Fingern in den unzähligen losen Blättern, die einmal ihre Diplomarbeit werden sollten. *Das Leid der Frauen während der Inquisition und die sich daraus ergebenden Folgen für die Stellung der Frauen in der Gesellschaft.* Der Titel war entschieden zu lang. Irgendwann würde sie ihn kürzen.

Auf der zweiflammigen Kochplatte neben dem Waschbecken pfiff der Teekessel. Unwillig schälte Tatjana sich aus ihrer warmen Decke und goss das kochende Wasser über die Teebeutel in der gläsernen Kanne. »Mutter gibt immer einen

Schuss Rum in den Tee, wenn sie friert«, erinnerte sie sich und überlegte, ob sie das nicht auch einmal versuchen sollte. Im ersten Moment entschied sie sich dagegen, denn sie vertrug keinen Alkohol und würde sich wahrscheinlich auch niemals daran gewöhnen. Schon von einer einzigen Weinbrandbohne bekam sie weiche Knie und sie erinnerte sich nur äußerst ungern an die letzte Sylvesterfeier, auf der sie schon nach einigen Gläsern Sekt umgekippt war. Der grässliche Kater, mit dem das neue Jahr daraufhin für sie begonnen hatte, war ihr eine Lehre und sie hatte seither jede Form von alkoholischen Getränken gemieden.

Andererseits war es in ihrer Wohnung wirklich bitterkalt und sie musste heute auch nirgendwo mehr hin. Eigentlich konnte es ihr doch egal sein, ob sie in dem Sessel einschlief. Hauptsache, das Frieren hörte endlich auf. Entschlossen nahm sie den Rum, den sie sonst nur zum Kochen verwendete, aus dem Küchenschrank und gab einen großen Schuss davon in ihren Tee.

Dann kehrte sie an den niedrigen Wohnzimmertisch zurück, auf dem sich mehr als zwei Dutzend dicker Bücher stapelten. »Ein Wunder, dass der altersschwache Tisch noch nicht zusammengebrochen ist«, dachte sie, während sie sich sorgfältig wieder in ihre Decke wickelte und das Buch, das aufgeschlagen ganz oben auf dem Stapel lag, in die Hand nahm. *Tod einer Hexe* lautete der Titel. Eigentlich ein Roman, aber mit fundiertem geschichtlichen Hintergrund und leicht zu lesen. Genau das Richtige für diesen lausigen Abend.

Das Buch in der einen und den aromatisch duftenden Tee in der anderen Hand machte Tatjana es sich in ihrem Sessel bequem. Die erste Hälfte der Tasse leerte sie schnell und in kleinen Schlucken. Schon bald spürte sie eine angenehme Wärme in sich aufsteigen. Die Kälte wich aus ihren klammen Fingern und ihre Wangen begannen zu glühen. Tatjana nahm noch zwei große Schlucke und stellte die Tasse beiseite. Dann vertiefte sie sich in ihr Buch. Das Schicksal der jungen Elisa fesselte sie und machte sie betroffen.

Kaum hatte sie das erste Kapitel zu Ende gelesen, da summte das Telefon. Seufzend legte Tatjana das Buch aus der Hand und griff nach dem Gerät, das neben dem Sessel auf dem Fußboden stand.

»Ja?«

»Frau Cliesow?«, fragte eine freundliche, aber unbekannte Frauenstimme am anderen Ende der Leitung.

»Ja, das bin ich!«, erwiderte Tatjana.

»Hier ist die Notaufnahme der Unfallklinik«, erklärte die Frau. »Ihre Schwester wurde soeben bei uns eingeliefert. Sie hat mich gebeten, Sie anzurufen.«

»Mein Gott, Larissa! Was ist mit ihr?«

»Sie ist beim Einkaufen gestürzt. Vermutlich ein Oberschenkelhalsbruch. Zurzeit wird sie gerade operiert, aber sie möchte, dass Sie bei ihr sind, wenn sie aus der Narkose erwacht.«

»Wann wird das sein?«, fragte Tatjana.

»In zwei Stunden, vielleicht auch erst in drei«, antwortete die Frau und fügte rasch hinzu. »Sie können ganz beruhigt sein, Frau Cliesow. Für Ihre Schwester besteht keine Gefahr. Deshalb fahren Sie bitte vorsichtig. Die Straßen sind heute sehr rutschig und wir haben schon genug zu tun.«

»Danke! Ich komme sofort.«

Noch während Tatjana den Hörer aus der Hand legte, warf sie ihre Decke zur Seite und suchte auf dem Boden nach ihren warmen Boots. Dann nahm sie, ohne zu überlegen, die Teetasse noch einmal zur Hand und leerte sie in einem Zug. Obwohl sie sich sehr beeilte zu ihrer Schwester in die Klinik zu kommen, dachte sie doch noch daran, den Roman einzustecken, falls sie im Krankenhaus länger warten musste. Im Hinausgehen nahm sie Schal und Mantel vom Haken und zog beides an, während sie die enge, gewundene Holztreppe des vierstöckigen Altbaus hinunterstürmte.

Zwei Straßenecken weiter stand ihr klappriger blauer Golf. Achtzehn Jahre und zweihundertfünfzigtausend Kilometer hatten deutliche Spuren an ihm hinterlassen. Doch solange er weiterhin zuverlässig ansprang und der TÜV ihn nicht stilllegte, würde sie sich nicht von ihm trennen.

»Aber neue Scheibenwischer könnte er mal gebrauchen«, dachte Tatjana, als sie den Motor anließ und versuchte durch die verschmierte Scheibe zu sehen. Regen, Dunkelheit und die unzähligen Lichter machten es ihr fast unmöglich, die Straße zu erkennen, und ihr kam kurz der Gedanke, dass es eigentlich vernünftiger wäre, ein Taxi zu rufen. Doch mit einem Blick auf ihr fast leeres Portmonee, das zusammen mit dem Roman und ihren Papieren in der Tasche auf dem Beifahrersitz lag, verwarf sie ihn wieder und fuhr los.

Vorsichtig suchte sich Tatjana ihren Weg durch die hell erleuchtete Stadt. Die Lichter der Straßenlampen und der entgegenkommenden Autos spiegelten sich in den schmierigen Streifen auf der Windschutzscheibe und blendeten sie. Tatjana seufzte. Trotz der Kälte glühten ihre Wangen vor Aufregung und sie rieb sich die brennenden Augen.

Der Verkehr in der Stadt wurde immer dichter. So würde sie nie rechtzeitig in die Klinik kommen. Über die Landstraße würde sie eher am Ziel sein, weil sie dort zügiger fahren konnte. Kurz entschlossen setzte sie an der nächsten Kreuzung den Blinker und lenkte ihren Wagen auf die Umgehungsstraße, die aus der Stadt hinausführte.

Auf der Landstraße kam sie deutlich schneller voran und hier konnte sie auch besser sehen, denn es gab keine blendenden Lampen und nur wenig Gegenverkehr. Erleichtert drehte sie das Radio an, schaltete auf Fernlicht und fuhr noch etwas schneller.

Tatjana hielt den Blick angestrengt geradeaus gerichtet und bemerkte nicht, dass sich vom Feld her etwas auf die Straße zu bewegte. Deshalb konnte sie auch nicht mehr rechtzeitig reagieren, als plötzlich ein Reh im Licht der Scheinwerfer direkt vor ihr auftauchte.

Tatjana bremste zwar scharf, aber der Wagen wollte einfach nicht zum Stehen kommen. Plötzlich schien die Zeit sich zudehnen und alles geschah wie in Zeitlupe. Die Räder blockierten und der Wagen rutschte auf das Reh zu, das, vom Scheinwerferlicht geblendet, reglos auf der Straße stehen blieb. Tatjana riss das Steuer herum. Dabei kam der Wagen ins Schleudern und geriet völlig außer Kontrolle. Unaufhaltsam rutschte er über den regennassen Asphalt auf die steile Böschung am Straßenrand zu. Dann war der Boden unter den Rädern plötzlich weg, der Wagen begann zu kippen und blieb, nachdem er sich mehrfach überschlagen hatte, einige Meter unterhalb der Straße qualmend auf der Seite liegen.

Vorsichtig öffnete Tatjana die Augen und unterzog ihren Gesundheitszustand einer kurzen Kontrolle. Gut, dass sie sich angeschnallt hatte, denn wie es aussah, hatte sie den Unfall nahezu unverletzt überstanden. Nur der Nebel vor ihren Augen wollte sich nicht so recht auflösen und in ihren Ohren rauschte noch das Blut im Takt ihres hämmernden Herzschlags.

Raus! Sie musste raus aus dem Wagen und Hilfe holen. Verzweifelt versuchte sie aus dem Sicherheitsgurt loszukommen, in den sie sich bei dem Unfall hoffnungslos verwickelt hatte. Ausgerechnet die Hände hatten sich hinter ihrem Rücken im Gurt verfangen und machten es ihr unmöglich, sich selbst zu befreien.

Plötzlich hörte sie Stimmen. Das Rauschen in ihren Ohren ließ allmählich nach und auch der Nebel um sie herum begann sich langsam zu lichten. Unzählige Menschen standen in einem großen Kreis um ihren Wagen und schrien aufgeregt durcheinander.

»Warum helfen sie mir nicht?«, dachte Tatjana verwirrt und zerrte noch heftiger an dem Gurt.

»Hilfe!«, schrie sie den Menschen entgegen. »Helft mir! Ich muss hier raus!« Doch niemand kam ihr zu Hilfe und keiner antwortete. Stattdessen trafen Tatjana zwei spitze Steine schmerzhaft an Kopf und Schulter und ein weiterer prallte von den dicken hölzernen Stäben ab, die sie von allen Seiten umgaben.

Wo war sie?

Das war nicht ihr Auto! Verwirrt sah Tatjana sich um. Der Käfig, in dem sie sich befand, lag auf der Seite und schien von einem ganz in der Nähe stehenden primitiven Pferdekarren gestürzt zu sein. Mehrere Soldaten in mittelalterlichen Uniformen versuchten gerade ihn wieder aufzurichten, während ihre Kameraden die aufgebrachte Menschenmenge nur mühsam davon abhalten konnten, den Käfig zu stürmen.

»Hexe! Hexe!«, schrien sie und in ihren Gesichtern stand der blanke Hass. »Sie soll brennen!« Weitere Steine prasselten gegen den Käfig und verletzten Tatjana an der Wange. Blut tropfte auf den Boden und sie hatte nicht einmal die Möglichkeit es wegzuwischen, denn ihre gefesselten Hände waren durch eine eiserne Kette mit dem Käfigboden verbunden.

Ein Traum! Das konnte nur ein Traum sein! Ein schrecklicher Traum. Tatjana hoffte, dass sie bald daraus erwachen würde, denn dieser Traum war entschieden zu schmerzhaft.

Endlich hatten die Soldaten es geschafft, den Käfig auf den Wagen zurückzustellen. Er war zu niedrig, um darin aufrecht stehen zu können, und Tatjana war gezwungen sich hinzuknien. Neben ihr formierten sich die Soldaten zu einer Art Eskorte und trieben die Menge auseinander. Dann führten sie den Karren über die holprige Straße auf eine hohe Stadtmauer zu.

Etwas Feuchtes traf Tatjana über dem Auge und weitere Steine flogen, als sie die Menschenmenge passierte. Immer wieder wurde sie bespuckt, beschimpft und mit Steinen beworfen und war froh, als sie endlich das große Stadttor erreichten.

Dahinter wurde es ruhiger. Zwar warfen Menschen ihr auch hier noch böse Blicke zu, aber die größten Demütigungen blieben ihr erspart. Die Soldaten kamen nun schneller voran. Ihr Weg führte an unzähligen mittelalterlichen Häusern vorbei bis zu einem prächtigen Gebäude im Zentrum der Stadt. Was Tatjana dort entdeckte, jagte ihr einen eisigen Schauer über den Rücken.

Mitten auf dem ungepflasterten, schlammigen Platz vor dem Gebäude erhoben sich die verkohlten, schwelenden Reste eines Scheiterhaufens und direkt daneben stand ein Galgen. Schlagartig wurde ihr klar, wo sie sich befand.

»Das kann nicht sein«, dachte sie erschrocken »So etwas gibt es gar nicht! Das träume ich alles nur.« Sicher hatte sie sich bei dem Unfall eine schwere Gehirnerschütterung zugezogen und ein Koma bescherte ihr diesen fürchterlichen Traum, der so lebhaft war, dass er schon fast real wirkte.

»Ganz ruhig, Tatjana«, sagte sie in Gedanken zu sich. »Dir kann nichts passieren. Alles ist nur ein schrecklicher Albtraum.«

In diesem Moment hielt der Wagen an und die Soldaten öffneten die Käfigtür. Sie legten Tatjana einen dicken Strick um den Hals und trennten ihre Fesseln von der eisernen Kette. Dann zerrten sie sie unsanft aus dem Käfig und führten sie durch eine dicke, kunstvoll verzierte Flügeltür in das Gebäude.

Der Boden unter ihren Füßen war eiskalt. Erst jetzt bemerkte Tatjana, dass sie keine Schuhe trug. Doch ihr blieb keine Zeit weiter darüber nachzudenken, denn hinter der nächsten Tür wurde sie schon erwartet.

Die zehn dunkel gekleideten Männer in dem Raum waren offensichtlich alle Angehörige der Kirche. Als die Soldaten Tatjana durch die Tür schoben, traten sie eilig auseinander und betrachteten sie mit unverhohlener Neugier. Man führte Tatjana zu einem einsamen Stuhl, der mitten im Raum stand, und zwang sie sich dort hinzusetzen.

Eine schmale Seitentür öffnete sich und ein hagerer, hoch gewachsener Mann in einem rostroten Gewand betrat den Raum, während die Wachen respektvoll zurücktraten.

Ein Bischof?!

Mit ernster Miene stellte er sich vor Tatjana und bekreuzigte sich.

»Elisa, Braut des Satans …«, begann er mit tiefer Stimme und sah Tatjana streng an.

Elisa? Erneut lief Tatjana ein eisiger Schauer über den Rücken. Hatte sie sich denn so sehr mit der Romanfigur identifiziert, dass sie in ihren Träumen eins mit ihr wurde?

»… deshalb schwöre, Elisa, schwöre auf das Evangelium, die Heilige Schrift, dass du alle meine Fragen wahrheitsgemäß beantworten wirst.« Der Bischof hatte seine Ansprache beendet und wartete.

Tatjana hatte ihm gar nicht richtig zugehört. Was sollte sie schwören? Noch bevor sie etwas erwidern konnte, reichte einer der schwarz gekleideten Männer dem Bischof eine Bibel, die dieser Tatjana direkt vor die Augen hielt.

»Wir, die heilige Mutter Kirche, die Stimme Gottes auf Erden, klagen dich an der Abgötterei, der Hexerei und der Blasphemie.« Die Stimme des Bischofs hallte durch den Raum. »Des Weiteren wurde beobachtet, wie du deinen Leib in einer Neumondnacht dem Satan hingegeben hast in der schändlichen

Absicht ein Kind von ihm zu empfangen.« Er machte eine Pause und sah Tatjana vorwurfsvoll an. »Elisa, die Anklage gegen dich wiegt wahrlich schwer, darum schwöre bei Gott, dem Allmächtigen, dass du uns die Wahrheit sagen wirst und abschwörst dem Bösen, das in dich gefahren ist. Nur so können wir versuchen deine unsterbliche Seele zu retten.«

Tatjana schwieg und hielt ihren Blick starr auf den Boden gerichtet. Was hier geschah, war absolut lächerlich. Am besten sie sagte gar nichts und wartete einfach darauf, dass sie erwachte.

Der Bischof zog missbilligend die Augenbrauen in die Höhe.

»Du weigerst dich?«, fragte er ungeduldig und legte die Bibel zur Seite. Mit wiegendem Schritt begann er langsam den Stuhl zu umkreisen. Der Klang seiner harten Sohlen hallte in dem hohen leeren Raum und vereinigte sich mit dem aufgeregten Gemurmel der anwesenden Kleriker.

»Ist dir bewusst, Elisa, dass wir deine Weigerung als Beweis dafür ansehen müssen, dass du der heiligen Mutter Kirche bereits abgeschworen hast?«

Tatjana schluckte und biss sich auf die Lippen. Sie gehörte hier nicht her und würde nicht antworten. Jeden Moment würde sie erwachen und der Schrecken dieses Albtraums würde langsam verblassen.

Ohne Vorwarnung traf sie eine schallende Ohrfeige.

»Sprich, verstockte Ketzerin, dein Schicksal liegt allein in deiner Hand.« Wutentbrannt starrte sie der Bischof an. Tatjanas Lippe blutete, aber sie schwieg beharrlich. Was hätte sie auch sagen sollen. Schließlich war sie nicht die Person, die der Bischof glaubte vor sich zu haben.

»So hat dein Gemahl, der Fürst der Hölle, dir also die Stimme genommen, auf dass du sein schändliches Treiben unter den gottesfürchtigen Menschen nicht verrätst«, rief der Bischof erbost aus und zerrte Tatjana auf die Füße. Dann gab er zwei Soldaten einen Wink und stieß ihnen Tatjana grob entgegen.

»In die Folterkammer mit ihr«, befahl er. »Soll der Henker die Wahrheit aus ihr herauspressen. Und sagt ihm, er möge bei ihr vor allem nach den äußeren Merkmalen des Bösen suchen. Satan hinterlässt bei seinen Dienern immer ein Zeichen.«

Einer der Soldaten griff nach dem Strick, der noch immer um Tatjanas Hals hing, und wollte sie abführen.

»Nein!«, schrie Tatjana. Das ging nun doch entschieden zu weit. Plötzlich hatte sie Angst und das dringende Bedürfnis dem Bischof dieses entsetzliche Missverständnis zu erklären. Aber dieser hatte seine Entscheidung gefällt und verließ bereits den Raum.

Der Soldat setzte sich in Bewegung. Der Strick um Tatjanas Hals spannte sich und zog sich langsam immer weiter zusammen. Er schnürte ihr den Hals zu und nahm ihr den Atem, dennoch stand sie auch weiterhin reglos neben dem Stuhl und weigerte sich dem Soldaten zu folgen.

Dann wurde sie an den Armen gepackt und zwei weitere Soldaten schleiften sie wie eine Puppe durch die langen Gänge des Gebäudes zu einer steilen, engen Treppe, die in den Keller hinabführte. Auf dem Weg dorthin schrie Tatjana und wehrte sich nach Leibeskräften, doch gegen ihre kräftigen Bewacher hatte sie keine Chance. Man zerrte sie die Treppe hinunter zu einer eisenbeschlagenen Tür, hinter der sich gequälte, unmenschliche Schreie mit dem Rasseln von Ketten und dem Knallen einer Peitsche mischten.

»Das ist alles nicht wahr«, sagte Tatjana sich immer wieder voller Panik. »Ich träume das nur. Alles ist nur ein entsetzlicher Albtraum.« Aber es wollte ihr nicht mehr so recht gelingen, sich zu beruhigen. Noch niemals hatte sie so etwas Grauenhaftes erlebt und eine solche Furcht verspürt. Und der Albtraum nahm einfach kein Ende.

Knarrend öffnete sich die Tür und ein gedrungener Mann, dessen Gesicht von einer ledernen Kappe verdeckt wurde, ergriff ihren Arm. Er wechselte ein paar kurze, leise Worte mit den Soldaten und zog Tatjana in einer Art, die keinen Widerspruch duldete, in das Gewölbe.

Das Bild, das sich ihr nun bot, überstieg in seiner Grausamkeit alles, was sie sich bisher unter der Inquisition vorgestellt hatte. Im flackernden Licht der qualmenden Fackeln, die in unregelmäßigen Abständen an den Wänden befestigt waren, wurden in dem Gewölbe drei Frauen mit unvorstellbarer Brutalität gefoltert. Zwei von ihnen wirkten mehr tot als lebendig und waren trotz oder gerade wegen der Schmerzen, die sie erdulden mussten, schon nicht mehr in der Lage zu schreien. Nur eine junge Frau, die man nackt auf einen schweren hölzernen Stuhl gefesselt hatte und deren Finger in hölzernen Daumenschrauben steckten, bettelte noch mit heiserer Stimme um Gnade und schrie gellend auf, wenn die Folterknechte die Schrauben noch fester drehten.

Der Henker stand noch immer hinter Tatjana und plötzlich spürte sie den kalten Stahl eines Messers an ihrem Rücken. Gleichzeitig hörte sie ein reißendes Geräusch. Wenige Augenblicke später lag ihr zerschnittener Kittel auf dem Boden und sie stand nackt vor den Augen des Henkers, der sie sogleich mit seinen schwieligen Händen packte und zur Streckbank zerrte. Dort nahm er ihr die Fesseln von den Händen und zwei Folterknechte banden sie auf die Streckbank. Verzweifelt versuchte Tatjana immer wieder ihre Arme und Beine dem Griff der Männer zu entziehen, um der bevorstehenden Folter zu entgehen, aber auch diese Anstrengungen blieben erfolglos. Bald spürte sie, wie die Stricke sich spannten und ihre Gelenke sich dehnten.

Tatjana lag nun nackt und hilflos unter den Augen der Männer. Sie schämte sich und fror entsetzlich, denn in dem Gewölbe war es feucht und kalt. Selbst die beiden Feuer in den Kohlenbecken neben ihr schafften es nicht, die Luft zu erwärmen. Verzweifelt schloss sie die Augen und betete darum, endlich die Besinnung zu verlieren, um aus diesem Albtraum zu erwachen. Doch auch das blieb ihr verwehrt.

Dann spürte sie, wie die Hände des Henkers über ihren Körper tasteten und dabei auch vor den intimsten Stellen nicht Halt machten. Tränen der Verzweiflung traten in ihre Augen und sie schrie dem Henker Wörter entgegen, die sie sonst niemals benutzt hätte. Der Henker ließ sich jedoch nicht beirren. Immer weiter tasteten seine rauen Hände über ihre nackte Haut und schienen schließlich auf der Innenseite ihrer Schenkel das zu finden, wonach sie suchten.

Der Henker rief nach einem der Folterknechte, deutete auf die Stelle und flüsterte dem Knecht etwas zu, der daraufhin eilig das Gewölbe verließ.

Was konnten er dort bloß entdeckt haben?

Tatjanas Gedanken überschlugen sich, aber die Furcht hinderte sie daran, klar zu denken. Als es ihr endlich einfiel, ahnte sie, dass dies ihr Todesurteil sein konnte.

Auf der Innenseite ihres rechten Schenkels befanden sich drei Leberflecke, die wie ein gleichschenkliges Dreieck angeordnet waren. Tatjana hatte sie nie besonders beachtet, aber ihr Freund hatte sie einmal entdeckt und scherzhaft als Teufelsmal bezeichnet.

Hatte der Albtraum denn nie ein Ende?

Um endlich die Besinnung zu verlieren, begann sie ihren Hinterkopf auf das harte Holz der Bank zu schlagen, doch außer starken Kopfschmerzen brachte ihr das nicht viel ein und so gab sie es schon bald wieder auf.

Als der Bischof wenig später in Begleitung von drei schwarz gekleideten Klerikern die Folterkammer betrat, machte er ein zufriedenes Gesicht. Lächelnd trat er neben Tatjana und betrachtete die Leberflecke auf ihrer weißen Haut.

»Nun Elisa«, sagte er triumphierend. »Dein Schweigen hat dir nicht viel genützt, nicht wahr?« Beinah väterlich strich er ihr dabei eine Haarsträhne aus der Stirn und Tatjana zischte ihn hasserfüllt an.

»Nun, zumindest hat Satan dich mit seinem Zeichen vor weiterer Folter bewahrt«, fuhr er lächelnd fort. »Es ist wirklich bedauerlich, dass du ihm nicht abschwören wolltest, denn nun ist es zu spät. Niemand kann deine Seele jetzt noch vor der ewigen Verdammnis retten.« Er drehte sich um, hob die Arme und wandte sich an seine Begleiter. »Brüder in Christo«, begann er feierlich. »Wie ihr selbst seht, haben wir hier den eindeutigen, unwiderlegbaren Beweis dafür gefunden, dass die Magd Elisa in ketzerischer Weise mit dem Satan gebuhlt hat. Durch ihre Verworfenheit stellt sie eine große Gefahr und eine Schande für die heilige Mutter Kirche dar und wird deshalb unverzüglich dem weltlichen Henker überstellt, auf dass das Feuer ihre arme Seele reinigt. Doch zuvor …« – er gab dem Henker ein Zeichen – »… werden wir ihr das Mal des Satans ausbrennen, um ihren Körper zu reinigen.«

Daraufhin trat der Henker an eines der glühenden Kohlenbecken. Mit einem dicken Lederhandschuh ergriff er die Stange, die aus dem Becken herausragte, und zog ein glühendes Eisen in Form eines Kreuzes aus der Glut.

Tatjana sah es und schrie. Sie schrie, wie sie noch niemals in ihrem Leben geschrien hatte, und zerrte wild an den Fesseln. Mit weit aufgerissenen Augen und unfähig sich zu wehren sah sie, wie das Eisen sich langsam ihren Schenkeln näherte. Dann hörte sie ein Zischen und der Gestank von verbranntem Fleisch verbreitete sich in dem Gewölbe, als der grausame Schmerz ihr endlich das Bewusstsein raubte.

Sie erwachte, weil jemand einen Eimer mit eisig kaltem Wasser über ihrem Kopf ausleerte. Hustend und spuckend kam sie wieder zu sich. Aber entgegen ihrer Erwartung lag sie nicht im Krankenhaus. Sie befand sich noch immer auf der Streckbank und ihr Bein schmerzte, als ob das glühende Eisen noch immer ihr Fleisch berührte.

»Nein! Oh, Gott, lass es nicht wahr sein«, schluchzte Tatjana und begann zu weinen. Schmerz und Verzweiflung bahnten sich einen Weg aus ihrem Innern, doch keines von beidem wurde durch die Tränen erträglicher.

Wenig später spürte sie, wie ihre Fesseln gelöst wurden.

»Komm, Ketzerin«, hörte sie den Henker sagen, doch sie war nicht in der Lage sich aufzurichten. Ihre Hände und Füße waren taub und gefühllos und die frische Brandwunde an ihrem Bein schmerzte höllisch. Der Henker öffnete die Tür und rief etwas in den Gang hinaus, worauf zwei Soldaten das Gewölbe betraten und Tatjana aufrichteten. Sie zogen ihr einen sackähnlichen Kittel über den Kopf, legten ihr wieder einen Strick um den Hals und fesselten ihre Hände hinter dem Rücken. Anschließend hoben sie Tatjana von der Folterbank und schleiften sie aus dem Keller.

Obwohl das Blut langsam in ihre Füße und Hände zurückströmte, konnte sie sich noch immer nicht bewegen. Schlaff hing sie zwischen den Soldaten und ließ ihren Tränen freien Lauf.

Wann würde sie endlich erwachen?

Die Tatsache, dass sie das Bewusstsein verloren hatte und

trotzdem wieder in ihrem Albtraum erwachte, hatte ihre feste Überzeugung, dies alles nur zu träumen, zutiefst erschüttert. Und sie war sich längst nicht mehr so sicher, dass alles nur ein schlimmer Albtraum war.

Als die Soldaten sie auf den großen Platz vor dem Gebäude führten, begann es leicht zu regnen. Ein eisiger Wind trieb ihr kleine nadelspitze Tropfen ins Gesicht, die sich dort mit ihren Tränen vereinten, bevor sie zu Boden fielen. Trotz des schlechten Wetters hatten sich unzählige Menschen auf dem Platz versammelt. Und genau wie auf ihrem Weg in die Stadt wurde Tatjana auch hier von allen Seiten beschimpft und bespuckt, während die Soldaten sie durch die Menge zu dem mannshohen Scheiterhaufen führten.

Es gab keine Rettung. Furcht und Entsetzen schnürten Tatjana die Kehle zu, als die Soldaten sie die wenigen Stufen zu dem hölzernen Podest hinaufführten, auf dem ein grob behauener Baumstamm auf das Opfer wartete. Als die Soldaten ihre Fesseln ein letztes Mal lösten, um sie an den Stamm zu binden, erwachte in Tatjana noch einmal ein Funke des Widerstandes, der sich nicht mit ihrem unvermeidlichen Schicksal abfinden wollte.

Ohne lange zu überlegen, sprang sie den Soldaten, der ihr am nächsten stand, an und versuchte ihm das Gesicht zu zerkratzen. Zuerst hatte sie damit sogar Erfolg, denn der Vorteil der Überraschung lag auf ihrer Seite. Wenige Augenblicke später hatten sich die Männer jedoch bereits von dem Schrecken erholt. Unter dem lauten Gejohle der neugierigen Menschen packten sie Tatjana mit unnachgiebiger Härte und banden sie an den Pfahl.

Tatjana gab auf. Sie spürte, wie die Stricke um ihren Körper festgezurrt wurden, und sah, wie die Soldaten das Podest verließen.

Das war wohl das Ende. Nicht in ihren schlimmsten Träumen, hatte sie sich vorstellen können, einmal auf so grausame Weise zu sterben.

Die Soldaten griffen nach den Fackeln. Aber sie zündeten den Scheiterhaufen nicht sofort an, sondern drehten sich um und richteten ihren Blick nach oben. Dort, hoch über den Köpfen der versammelten Menschen, war der Bischof soeben an die Balustrade seiner Residenz getreten, um dem grausigen Schauspiel beizuwohnen.

Ein knappes Nicken von ihm genügte und die Soldaten stießen ihre Fackeln fast gleichzeitig in das trockene Holz am Fuße des Scheiterhaufens.

Auf dem Platz war es totenstill. Mit angehaltenem Atem und weit aufgerissenen Augen beobachteten die Menschen das Sterben der angeblichen Hexe und berauschten sich an dem Grauen, das von ihrem qualvollen Tod ausging. Nur Tatjana schrie und wand sich in ihren Fesseln, während das feuchte Holz unter ihren Füßen zischte und knackte. Nicht lange und der beißende Geruch von verbranntem Holz verbreitete sich über dem Platz. Am Rand des Scheiterhaufens begannen die Flammen immer höher zu schlagen und ließen die Luft flimmern. Schon konnte Tatjana die Menschen unter sich nicht mehr sehen. Die Welt um sie herum schien nur noch aus Flammen und Rauch zu bestehen. Und eine unerträgliche Hitze trieb ihr Schweißperlen auf die Stirn und versengte ihre Haare.

Tatjana verstummte. Sie schloss die Augen und wartete auf die Schmerzen, mit denen die Flammen ihre Haut verzehren würden.

Plötzlich fühlte sie ihre Fesseln nicht mehr. Feuer und Rauch umgaben sie von allen Seiten und das Johlen der Menschen drang wie aus weiter Ferne an ihre Ohren, aber sie war frei. Und sie war entschlossen diese Chance zu nutzen.

Jemand griff nach ihrem Arm, doch sie gebärdete sich wie wild und schlug die Hände zur Seite. Aus irgendeinem Grund konnte sie sich noch immer nicht bewegen. Sie hatte geglaubt einfach durch das Feuer hindurchlaufen zu können und nun waren um sie herum überall Hindernisse. Wieder griffen die Hände nach ihren Armen und diesmal ließen sie sich nicht abschütteln. Sie packten Tatjana mit festem Griff und zogen sie durch Qualm und Feuer ins Freie.

Tatjana schrie und wehrte sich heftig, doch sie war zu schwach.

»Sie hat einen Schock«, hörte sie eine dunkle Männerstimme

sagen und jemand schob den Ärmel ihres Mantels in die Höhe. Der spitze Schmerz, den sie gleich darauf spürte, war verglichen mit den erlittenen Qualen fast lächerlich. Doch er zeigte schon bald Wirkung. Tatjana wurde ruhiger und sie spürte keine Furcht mehr.

Fassungslos blickte sie sich um.

Noch immer regnete es stark. Vor ihr knieten zwei Sanitäter und lächelten sie aufmunternd an. Unmittelbar dahinter sah sie die brennenden Überreste ihres Autos und einige Feuerwehrmänner, die gerade versuchten den Brand zu löschen. Dann wurden Tatjanas Augen immer schwerer und das Letzte, was sie sah, waren die Blaulichter des Rettungswagens oben auf der Straße.

»Guten Morgen!«

Tatjana blinzelte verschlafen in das helle Neonlicht der Deckenlampen. Nur ganz allmählich klärte sich ihr Blick und sie versuchte herauszufinden, wo sie sich befand.

»Guten Morgen!« Die freundliche Stimme kam ihr irgendwie bekannt vor. Larissa?! Vorsichtig drehte Tatjana ihren Kopf in die Richtung, aus der die Stimme kam. Sie hatte sich nicht getäuscht. In dem weißen Krankenhausbett neben ihr lag tatsächlich ihre Schwester.

Erleichtert schloss Tatjana noch einmal die Augen und atmete tief durch. All die schrecklichen Erlebnisse waren in Wirklichkeit also doch nichts weiter als ein böser Albtraum gewesen!

»Mensch, Tatjana«, sagte Larissa. »Bin ich froh, dass dir nicht mehr passiert ist. Wenn ich geahnt hätte, welche Folgen mein Anruf hat … Du hast wirklich großes Glück gehabt, dass man dich so schnell gefunden hat, sonst wärst du wahrscheinlich in deinem Auto verbrannt.«

»Larissa …« Tatjana sah ihre Schwester an und versuchte zu sprechen, doch sie brachte nur ein heiseres Krächzen hervor. Hustend griff sie nach dem Glas Wasser, das neben ihrem Bett bereitstand, und leerte es in einem Zug.

Gerade als sie wieder etwas sagen wollte, wurde die Tür geöffnet und ein junger Arzt trat ein.

»Ach, die junge Löwendame ist wieder zu sich gekommen«, bemerkte er lachend. »Ich habe noch nie gehört, dass sich jemand so dagegen gewehrt hat, gerettet zu werden, wie Sie. Der Feuerwehrmann wird die Spuren seiner Rettungsaktion sicher noch lange im Gesicht tragen.« Er trat an Tatjanas Bett und reichte ihr die Hand.

»Ich bin Doktor Sander«, stellte er sich vor. »Sie haben wirklich großes Glück gehabt, dass Sie bei Ihrem Unfall nicht schwerer verletzt wurden.« Er nahm einen Block zur Hand, blätterte eine Weile nachdenklich darin und schien etwas nachzulesen. »Eine leichte Gehirnerschütterung, Prellungen am ganzen Körper und einige Schnittwunden«, zählte er auf und nickte. »Gut, dass Sie sich am Ende doch noch retten ließen, sonst wären Sie mit ziemlicher Sicherheit verbrannt.« Tatjana sah ihn schweigend an.

Der junge Arzt bückte sich, nahm etwas von dem Stuhl, der neben Tatjanas Bett stand, und reichte es Tatjana. Es war der Roman.

»Wir werden Sie noch ein paar Tage zur Beobachtung hier behalten müssen«, erklärte er freundlich und deutete auf das Buch. »Die Feuerwehr konnte Ihre Tasche mit den Papieren und dem Buch gerade noch aus den Flammen retten. Vielleicht wollen Sie sich die Zeit ja mit Lesen vertreiben.« Tatjana nahm das Buch. Ein unangenehm vertrauter Geruch nach verbranntem Holz ging von ihm aus und ließ sie erschauern. »Danke«, sagte sie leise und wollte noch etwas hinzufügen, als das Empfangsgerät des Arztes plötzlich piepte.

Dieser hatte es plötzlich sehr eilig.

»Ein Notfall«, entschuldigte er sich und ging zur Tür. »Ich werde später noch einmal nach Ihnen sehen, Frau Cliesow. Vielleicht können Sie mir dann auch erklären, woher die schwere Brandwunde an Ihrem Bein stammt. Sie hat die Form eines Kreuzes und erinnert mich sehr an ein Brandzeichen.« Nachdenklich schüttelte er den Kopf. »Wir haben uns im Kollegium schon den Kopf darüber zerbrochen, wie es dazu kommen konnte, aber keine Antwort darauf gefunden. Nur so viel ist sicher, von Ihrem Unfall stammt sie nicht.« Mit diesen Worten verschwand er auf dem Flur.

Larissa sagte etwas, doch Tatjana hörte ihr gar nicht zu. Sie hatte das Buch aufgeschlagen und blätterte hastig darin herum. Endlich fand sie das letzte Kapitel. Nachdem sie die ersten beiden Sätze gelesen hatte wusste sie, dass sie es schon kannte.

Frank Rehfeld

Nächtliche Begegnung

»Sie wünschen?« Abschätzend musterte Stoker den jungen Mann, der am Nachmittag des 7. März 1890 vor der Tür seines Hauses in der Londoner St. Leonard's Terrace 17 stand und gerade ein weiteres Mal nach dem Türklopfer greifen wollte. Der Fremde trug einen guten Anzug, nicht übermäßig vornehm, eher unauffällig, und einen Mantel, für den Gleiches galt. Außerdem hatte er einen Zylinder auf dem Kopf. Er gehörte nicht zu den höheren Kreisen der Gesellschaft, war aber auch kein armer Schlucker – und er hatte keinen Koffer bei sich. Die mit Abstand allermeisten Leute, die unangemeldet an seine Tür klopften, waren entweder Hausierer oder Bettler. Hausierer führten stets Koffer mit sich, in denen sich die von ihnen angebotenen Waren befanden, und wenn es sich bei dem Fremden um einen Bettler handelte, dann um keinen, der wegen ein paar Pennies für ein Stück Brot gekommen war. Es mochte höchstens sein, dass er um eine Spende für eine Wohltätigkeitsveranstaltung oder dergleichen bitten würde.

»Mister Stoker?« Ohne eine Antwort abzuwarten, fügte der Mann hinzu: »Mein Name ist Caine Stuart.«

»Oh.« Stokers Gesicht hellte sich auf, als ihm bewusst wurde, mit wem er es zu tun hatte. »Kommen Sie herein, Mister Stuart.«

Er ließ sich von seinem Gast Mantel und Hut geben und führte ihn durch einen kleinen Flur in sein Arbeitszimmer, das eine Mischung aus einem Salon und einer Bibliothek darstellte. »Bitte nehmen Sie doch Platz. Darf ich Ihnen etwas zu trinken anbieten? Einen Sherry vielleicht?«

»Danke, nein. Wenn es Ihnen nichts ausmacht, würde ich lieber gleich zum Geschäftlichen kommen.«

»Wie Sie meinen.« Sie nahmen in einer ledernen Sitzgruppe Platz. Mit unverhohlener Skepsis musterte Stoker sein Gegenüber. Seine Augen waren ebenso dunkel wie sein streng nach hinten gekämmtes und von Pomade glänzendes Haar, sein Gesicht wirkte fast mädchenhaft. Erst jetzt fiel Stoker auf, wie jung der Mann noch war, höchstens Mitte zwanzig. *Mein Gott, er ist ja fast noch ein Kind,* dachte er und ihm kamen erhebliche Zweifel daran, ob er die richtige Wahl getroffen hatte, auch wenn Stuart ihm sehr empfohlen worden war.

»Bitte entschuldigen Sie den wenig freundlichen Empfang«, sagte er. »Aber ich habe nicht erwartet, dass Sie sich persönlich herbemühen würden, zumal Ihre Mitarbeiterin mir gesagt hat …«

»Ich weiß, dass sie mit Ihnen erst für morgen einen Termin in meinem Büro vereinbart hat«, fiel Stuart ihm ins Wort, was Stoker zu einem Stirnrunzeln veranlasste. »Aber ich konnte einen anderen Fall früher als erwartet abschließen und da sich Ihr Anliegen recht dringend anhörte, habe ich mich entschlossen Sie meinerseits bereits heute aufzusuchen.«

»Man hat mir Ihre Detektei von verschiedenen Seiten empfohlen. Sie sollen nicht nur sehr erfolgreich, sondern auch sehr … preisgünstig sein. Sehen Sie, ich habe mir mit meiner Arbeit als Geschäftsführer des Lyceum-Theaters einen bescheidenen Wohlstand erworben, aber ich bin keineswegs reich.«

»Ich bin sicher, dass wir uns einigen können, wenn Ihr Anliegen mein Interesse wecken kann.« Leichte Ungeduld klang in Stuarts Stimme mit. Er schlug die Beine übereinander. Trotz seiner Jugend besaß er ein starkes Selbstbewusstsein und scheute sich nicht, es auch zu zeigen. Zudem verfügte er über eine charismatische Ausstrahlung, die für jemanden in seinem Alter erst recht ungewöhnlich war. »Ich muss gestehen, dass auch ich zu den Bewunderern Henry Irvings zähle und bereits mehrfach Gast im Lyceum war.« Er räusperte sich. »Allerdings ist meine Zeit begrenzt, deshalb möchte ich Sie bitten, mir nun zu schildern, in welcher Angelegenheit Sie meine Hilfe in Anspruch nehmen möchten.«

Stoker zögerte noch ein paar Sekunden. Etwas an seinem Gast verunsicherte ihn immer stärker. Vielleicht war es seine unerwartete Jugend, vielleicht die scheinbar nicht zu erschütternde Selbstsicherheit, die er ausstrahlte. Fast fühlte er sich von der Art, wie Stuart das Gespräch lenkte, in die Ecke gedrängt, und das gefiel ihm gar nicht. Aber auch seine Zeit war knapp bemessen, denn in einer knappen Stunde musste er wieder zur Abendvorstellung ins Theater zurück und so gab er sich schließlich einen Ruck.

»Haben Sie schon einmal von Vampiren gehört, Mister Stuart?«

»Flüchtig.« Das Gesicht seines Gegenübers blieb völlig ausdruckslos. Wenn ihn die Frage überraschte, so zeigte er es nicht. »Untote, die dem Aberglauben zufolge des Nachts aus ihren Gräbern steigen, um den Lebenden das Blut auszusaugen.«

»So sagt man, ja.« Stoker lächelte nervös. »Ich besitze ein Examen als Rechtsanwalt und bevor ich zum Theater ging, habe ich mehrere Jahre als Beamter im Dienst der Krone gearbeitet. Ich erwähne dies, weil man Beamten im Allgemeinen nachsagt, besonders bodenständig zu sein, denn ich möchte nicht, dass Sie mich als einen Phantasten betrachten. Allerdings betätige ich mich gelegentlich auch als Hobbyschriftsteller und interessiere mich deshalb stark für alte Sagen und Legenden. Als eine solche habe ich bislang auch Vampire betrachtet.«

»Und nun hat sich das geändert?«

»Ich weiß es nicht«, murmelte Stoker und strich sich unsicher über den rötlichen Bart. Für einige Sekunden kam er sich außerordentlich töricht vor, mit jemandem, der sein Sohn sein könnte, über die Existenz nächtlicher Spukgespenster zu sprechen und dabei Gefahr zu laufen, sich selbst zum Narren zu machen. Aber dann sah er wieder das Gesicht der Frau vor sich, derentwegen er überhaupt die Hilfe eines Detektivs in Anspruch nehmen wollte, und er überwand seine Hemmungen. »Ich hatte … ein seltsames Erlebnis vor einigen Nächten. Meine Frau und mein Sohn sind für einige Wochen zu Verwandten gefahren und aufgrund des milden Wetters unternehme ich manchmal noch einen Spaziergang, wenn ich nachts aus dem Theater komme. Vor sechs Tagen bin ich dabei einem Wesen begegnet, von dem ich mittlerweile glaube, dass es sich um einen Vampir gehandelt hat.«

»Bitte erzählen Sie«, forderte Stuart ihn auf, als er keine Anstalten machte, von sich aus weiterzusprechen. Sein Gesicht zeigte noch immer keine Regung und dies verunsicherte Stoker mehr als alles andere. Selbst Spott oder zumindest ein herablassendes Lächeln hätte er besser ertragen können.

»Mein Weg ... führte mich in dieser Nacht an Lennox Gardens vorbei, einem kleinen Park in der Nähe«, berichtete er stockend. »Und dort sah ich die Frau. Mehr noch ein Mädchen ... Sie war keine zwanzig Jahre alt, vermute ich. Sie hatte dunkle Haare und trug ein knöchellanges weißes Kleid, fast wie ein Nachthemd, und gerade dadurch erweckte sie meine Aufmerksamkeit. Es mag in dieser Nacht acht oder zehn Grad kühl gewesen sein und in dem dünnen Kleid muss sie furchtbar gefroren haben, doch davon war ihr nichts anzumerken, obwohl sie außerdem noch barfuß war. Sie bewegte sich fast wie eine Schlafwandlerin.«

»Vielleicht war sie genau das«, wandte Stuart ein. »Wenn sie wirklich ein Nachthemd trug, würde das darauf hindeuten.«

»Daran habe ich auch erst gedacht. Ich konnte sie nur ein paar Sekunden sehen, ehe der Weg eine Biegung machte und sie hinter einigen Büschen verschwand. Ich beschloss ihr zu folgen. Sie bemerkte mich, als ich noch etwa zehn Yards hinter ihr war, und drehte sich zu mir herum. Es war dunkel, aber ihre Augen ... ich habe so etwas noch nie gesehen. Sie flackerten irr wie die einer Verrückten; nackter Wahnsinn stand darin geschrieben. Zudem waren sie so blutunterlaufen, dass sie rötlich zu glühen schienen. Und sie hatte zwei dunkle Flecken am Hals, fast wie kleine Bisswunden.«

Stoker schloss für einen Moment die Augen. Zu furchtbar war schon die bloße Erinnerung an das, was er in jener Nacht gesehen hatte.

»Und das lässt Sie glauben, dass Sie es mit einem Vampir zu tun hatten?«

»Nicht nur das«, antwortete Stoker. »Als die Frau sich zu mir herumdrehte, sah ich auch, was sie auf dem Arm trug. Es war ein Säugling, höchstens einige Wochen alt. Sie presste ihn an sich, als hätte sie Angst, dass ich ihr das Kind wegnehmen könnte. Ihr Gesicht verzerrte sich zu einer Grimasse und dabei stieß sie ein Fauchen aus, das mehr wie das eines Raubtieres als das eines Menschen klang.«

»Und dann?«, hakte Stuart nach, als Stoker schwieg.

»Sie rannte davon, während ich vor Schreck wie gelähmt war. Sie … Sie könnten es verstehen, wenn Sie wie ich ihre Augen gesehen hätten.« Stoker schüttelte sich, als könnte er die Erinnerungen auf diese Art verscheuchen. »Als ich mich schließlich wieder bewegen konnte, bin ich nach Hause geeilt, so schnell ich konnte.«

»Haben Sie der Polizei von dieser Begegnung erzählt?«

»Nein. Ich war ein paar Mal nahe dran, aber obwohl sich alles genau so zugetragen hat, wie ich es Ihnen gerade geschildert habe, kam mir selbst das Erlebnis schon am nächsten Tag so bizarr vor, dass ich es nicht gewagt habe, jemandem davon zu erzählen. Ich bezweifle, dass jemand mir geglaubt hätte.«

»Sie haben *mir* gerade davon erzählt.«

»Und ich möchte wetten, dass auch Sie mir kein Wort glauben.«

Lächelnd schüttelte Stuart den Kopf. »Sie täuschen sich in mir, Mister Stoker«, sagte er. »Wenn Sie Informationen über mich eingeholt haben, dann wissen Sie auch, dass ich bevorzugt Fälle annehme, die den normalen Rahmen kriminalistischer Ermittlungen überschreiten. Je außergewöhnlicher ein Fall zu sein scheint, desto stärker weckt er mein Interesse.«

Das war keine direkte Antwort auf seine Frage, stellte Stoker fest, ließ es aber für den Moment dabei bewenden.

»Ich frage mich allerdings, in welcher Form Sie in dieser Angelegenheit meine Dienste in Anspruch nehmen möchten«, ergänzte Stuart. »Wenn Sie wünschen, dass ich diese Frau für Sie suche, dann dürfte dieses Unterfangen wenig Aussicht auf Erfolg bieten, sofern Sie mir keine weiteren Angaben über sie liefern können.«

»Sie finden?«, stieß Stoker verblüfft hervor. »Gütiger Himmel, nein! Eher das Gegenteil ist der Fall. Ich möchte, dass Sie mich vor ihr schützen, denn ich fürchte, dass sie *mich* längst gefunden hat und nichts Gutes im Schilde führt.«

Erstmals zeigte sich ein unverkennbarer Anflug von Interesse auf Stuarts Zügen und er beugte sich ein wenig weiter vor.

»Erzählen Sie«, bat er knapp.

»Meine erste Begegnung mit der unheimlichen Fremden hatte mir einen solchen Schrecken eingejagt, dass ich forthin auf nächtliche Spaziergänge verzichtet habe«, berichtete Stoker, nachdem er tief Luft geholt hatte. »Aber als ich zwei Abende später aus dem Theater kam, habe ich sie wieder gesehen. Sie stand ein gutes Stück entfernt auf der anderen Straßenseite, aber es gibt keinen Zweifel, dass es sich um dieselbe Frau handelte. Auch in jener Nacht trug sie wieder nur dieses weiße Kleid, fast wie ein Leichenhemd. Sie starrte einige Sekunden lang direkt zu mir hinüber, dann verschwand sie in einer kleinen Seitengasse. Ich ... bin wie von Furien gehetzt nach Hause geeilt und konnte erst wieder aufatmen, als ich die Haustür hinter mir geschlossen und verriegelt hatte.«

Stoker machte eine kurze Pause. Er bemerkte, dass seine Hände zu zittern begonnen hatten, und legte sie fest übereinander.

»Am folgenden Abend musste ich mich überwinden überhaupt das Haus zu verlassen und zum Theater zu gehen«, fuhr er fort. »Als ich es verließ, war ich fast sicher, dass diese Frau wieder auf mich warten würde, doch ich konnte sie nirgendwo entdecken. Während des Heimwegs jedoch fühlte ich mich ständig beobachtet und einmal, als ich mich umblickte, meinte ich gerade noch etwas Weißes in einem Hauseingang verschwinden zu sehen. Sie hat mich verfolgt, dessen bin ich mir sicher. Vorgestern Abend brachte ich es nicht einmal über mich, das kurze Stück Heimweg zu Fuß zurückzulegen, sodass ich mir eine Mietkutsche nahm. Doch als ich einen Blick aus dem Fenster warf, ehe ich zu Bett ging, sah ich diese Frau auf der anderen Straßenseite stehen und geradewegs zu mir heraufstarren. Ich kann Ihnen gar nicht sagen, mit welchem Schrecken mich dieser Anblick erfüllte, und ich konnte in der ganzen Nacht kein Auge zutun. Aus diesem Grund habe ich Ihre Agentur gestern Mittag aufgesucht. Auch gestern Abend fuhr ich wieder mit einer Kutsche nach Hause und wieder sah ich die Frau nachts vor meinem Haus stehen.«

Stoker hielt es nicht länger in seinem Sessel aus. Er sprang auf und begann mit hinter dem Rücken verschränkten Händen unruhig im Zimmer auf und ab zu gehen.

»So geht das nicht weiter!«, stieß er hervor. »Zur Polizei kann ich nicht gehen, denn nachdem ich mich nicht schon nach der ersten Begegnung an die Behörden gewandt habe, wird man mir höchstens eine Menge Fragen stellen, mir aber kaum glauben. Und ich bezweifle auch, dass die Polizei mir helfen kann. Wenn Sie diese Frau mit ihren rot glühenden Augen gesehen hätten, wüssten Sie, was ich meine, und warum sie mich mit solchem Schrecken erfüllt. Auch wenn es befremdlich klingen mag, aber ich bin davon überzeugt, dass sie kein Mensch ist, und ich fürchte nicht allein um mein körperliches Wohl, sondern sogar um mein Seelenheil. Sie sind meine einzige Hoffnung, Mister Stuart. Glauben Sie, dass Sie mir helfen können?«

Sein Gegenüber schwieg fast eine ganze qualvolle Minute lang, dann nickte er langsam.

»Wenn es sich wirklich um das handelt, was ich denke, dann haben Sie in der Tat allen Grund sich zu fürchten«, sagte er ernst. »Allerdings brauchen Sie sich um Ihr Seelenheil keine Sorgen zu machen, denn um einen Vampir handelt es sich ganz sicher nicht.«

»Aber alles deckt sich mit dem, was ich bei meinen Nachforschungen über diese unheiligen Geschöpfe der Nacht herausgefunden habe, auch wenn ich bis vor wenigen Tagen selbst nicht an die Existenz solcher Kreaturen geglaubt habe.« Stoker nahm wieder in seinem Sessel Platz und schüttelte den Kopf. »Ich weiß nicht mehr, was ich überhaupt noch glauben soll.«

»Manchmal vermengen sich Aberglaube, alte Legenden und Wahrheit so sehr, dass fast unmöglich noch herauszufiltern ist, wo die Grenze zwischen Wahn und Wirklichkeit verläuft«, behauptete Stuart. »Bei meiner Arbeit bin ich in den vergangenen Jahren auf viel Absonderliches gestoßen und ich ahne, was es mit dieser Frau auf sich hat. Um mir ein genaueres Bild davon zu machen, werde ich Sie heute Abend nach der Vorstellung vor dem Theater erwarten und Sie begleiten.«

Die Standuhr in einer Ecke des Raumes begann dumpf zu

schlagen und überrascht stellte Stoker fest, dass sie bereits fast eine Stunde miteinander sprachen. Die Zeit war ihm bedeutend kürzer vorgekommen.

»Ich danke Ihnen«, sagte er erleichtert. »In Ihrer Begleitung werde ich mich sehr viel sicherer fühlen.«

»Gut, dann treffen wir uns heute Abend. Bis dahin werde ich selbst noch einige Nachforschungen anstellen und gewisse Vorbereitungen treffen.« Stuart stand auf. »Ach ja, noch eines. Haben Sie außer mit mir noch mit irgendjemandem über diese Frau gesprochen?«

»Nein.«

»Dann tun Sie es auch weiterhin nicht, denn ich fürchte, Sie könnten sich anderenfalls in beträchtliche Schwierigkeiten bringen.« Stuarts Augenlider verengten sich, was seinen Blick stechend erscheinen ließ. »Da ist etwas, das Sie nicht wissen können, das mich aber mehr als alles andere davon überzeugt, dass Sie die Wahrheit gesagt haben. Vor sechs Nächten wurde in Knightsbridge ein zwei Monate alter Säugling aus seiner Wiege geraubt. Gestern wurde der Leichnam des Kindes unter einem Busch in Egerton Gardens gefunden, also nicht besonders weit von Lennox Gardens entfernt.«

»Aber ... das ist ja schrecklich«, stieß Stoker hervor. »Glauben Sie, dass es sich um das Kind handelte, das die Frau bei sich trug? Wenn es sich so verhält, bleibt mir gar nichts anderes übrig, als eine Aussage zu machen.«

»Ich bin sogar fest davon überzeugt, dass es sich um das gleiche Kind handelt. Ich habe dies aus einer vertraulichen Quelle erfahren, denn die Polizei hat beschlossen, vorerst keine Informationen darüber an die Presse zu geben, damit die Öffentlichkeit nicht beunruhigt wird. Trotzdem sollten sie zumindest vorläufig noch schweigen. Wenn Sie sich nach fast einer Woche nun mit Ihrer Geschichte doch noch an die Behörden wenden sollten, dürfte es in der Tat eine Menge unangenehmer Fragen geben. Lassen Sie mir wenigstens noch so lange Zeit, bis ich diese Frau mit eigenen Augen gesehen habe.«

»Also gut, ich werde niemandem etwas sagen«, versicherte Stoker nach kurzem Zögern. »Obwohl es mir unter diesen Umständen sehr schwer fällt.«

Er begleitete seinen Gast zur Haustür und lehnte sich von innen dagegen, nachdem er sie hinter ihm wieder geschlossen hatte. Obwohl es nicht übermäßig warm im Haus war, merkte er plötzlich, dass er schwitzte.

Trotzdem fühlte er sich erleichtert. Seine anfänglichen Zweifel bezüglich Stuarts Alter waren mittlerweile verflogen und hatten einer gewissen Zuversicht Platz gemacht. Stuart hatte ihn nicht nur nicht ausgelacht, sondern schien ihm zu glauben und seine Ängste ernst zu nehmen. Stoker hatte das Gefühl, dass sein Fall bei ihm in genau den richtigen Händen lag.

Gleichzeitig fragte er sich, ob es richtig gewesen war, ihm nicht alles zu sagen, doch der eine Punkt, den er Stuart verschwiegen hatte, erschien ihm nicht nur unbedeutend, sondern war auch so persönlicher Natur, dass er es nicht fertig gebracht hatte, darüber zu sprechen.

Es stimmte, dass der bloße Anblick der Fremden ihn mit Schrecken erfüllt hatte. Darüber hinaus jedoch hatte er in ihm auch ein ihm selbst völlig unbegreifliches Verlangen nach der Frau geweckt, das ihn beinahe noch mehr entsetzte.

Für einen kurzen Moment erfasste Stoker ein Anflug von Panik, als er rund eine Viertelstunde nach den letzten Gästen der Abendvorstellung das Lyceum-Theater verließ und Caine Stuart nirgendwo sah. Gleich darauf trat der Detektiv jedoch aus einem nur wenige Dutzend Yards entfernten Hauseingang hervor und kam auf ihn zu. Auch jetzt trug er wieder Mantel und Zylinder.

»Guten Abend«, begrüßte er ihn förmlich. »Wie war die Vorstellung?«

»Sie werden vielleicht verstehen, dass ich ihr unter den gegebenen Umständen nicht allzu viel Aufmerksamkeit gewidmet habe«, antwortete Stoker irritiert. »Haben Sie die Frau bereits irgendwo gesehen? Das dürfte doch der Sinn Ihres Versteckspiels gewesen sein.«

»Ich muss Sie leider enttäuschen.« Stuart zuckte die Achseln. »Ich warte bereits seit fast einer Stunde, aber ich habe niemanden entdeckt, auf den Ihre Beschreibung passt.«

»Ich weiß nicht, ob man es wirklich eine Enttäuschung nennen kann. In den vergangenen Nächten habe ich mir schließlich nichts sehnlicher gewünscht. Was schlagen Sie jetzt vor?«

»Gehen wir erst einmal ein Stück, vielleicht begegnen wir ihr noch«, antwortete Stuart. »Ansonsten müssen wir es morgen Nacht noch einmal versuchen.«

Langsamen Schrittes schlenderten sie die Straße entlang. Zu der vorgerückten Stunde war weit und breit niemand zu sehen, lediglich aus der Ferne war von Zeit zu Zeit gedämpft das Klappern von Hufen und Rollen von Kutschenrädern zu hören. Die Gaslaternen schufen in regelmäßigen Abständen Oasen der Helligkeit, doch dazwischen gähnten immer wieder dunkle Bereiche. Wenn sie in einen davon traten, wurden ihre Schatten vor ihnen länger, bis sie sich schließlich auflösten und hinter ihnen neu formten, sobald sie sich einer weiteren Laterne näherten.

»Zur Sicherheit trage ich das hier seit gestern bei mir«, erklärte Stoker. Er griff in seine Tasche und holte ein handtellergroßes silbernes Kruzifix heraus, das er Stuart reichte. »Sollte die Frau wirklich ein Vampir oder ein ähnlich unheiliges Geschöpf sein, kann es sie vielleicht abschrecken.«

»Kaum«, erwiderte Stuart. Er drehte das Kreuz in den Händen und betrachtete es ein paar Sekunden lang, wobei ein leicht spöttisches Lächeln um seine Mundwinkel spielte, dann gab er es Stoker zurück. »Wenn es sich bei diesem Wesen um das handelt, was ich befürchte ...«

»Diese Formulierung haben Sie heute Nachmittag bereits benutzt«, fiel Stoker ihm ins Wort. »Allerdings haben Sie nicht ausgeführt, *was* Sie befürchten. Es fällt mir selbst schwer, daran zu glauben, aber in meinen Augen deutet alles auf einen Vampir hin.«

»Das halte ich für äußerst unwahrscheinlich«, widersprach Stuart. »Wie versprochen, habe ich noch einige Nachforschungen angestellt und bin dabei auf einige wenige Fälle gestoßen, die dem Ihren recht ähnlich sind. Ich weiß nicht, ob solche Wesen wie ein Vampir wirklich existieren, aber zumindest gibt es Menschen, die sich für einen solchen halten. Es scheint gewissermaßen eine besondere Form von Geisteskrankheit zu sein.«

»Diese Frau war nicht einfach nur geistesgestört«, behauptete Stoker. Fröstelnd schlug er den Kragen seines Mantels hoch. Es war kühl in dieser Nacht, deutlich kälter als an den vergangenen Abenden.

»Nun, diese spezielle Krankheit weist beinahe alle Anzeichen auf, die im Aberglauben einem Vampir zugeschrieben werden«, fuhr Stuart fort. »Vielleicht gehen die Legenden sogar darauf zurück. Durch einen Schock oder sonst ein besonders traumatisches Erlebnis verfällt der Betroffene in ein todesähnliches Koma, bei dem Atmung und Herzschlag auf ein nicht mehr messbares Minimum verlangsamt werden. Dieser Zustand kann Stunden oder gar Tage anhalten und in dieser Zeit wird die betreffende Person meist schon für tot erklärt. Als eine Art lebender Toter wacht sie dann wieder auf, allerdings ist ihr Gehirn irreparabel geschädigt. So schmerzt das Tageslicht in den Augen dieser vermeintlichen Untoten, sodass sie sich bei Tage irgendwo verkriechen. Sie haben keine vorstehenden Eckzähne, entwickeln aber dennoch ein starkes Verlangen nach Blut. Kleine Tiere, Säuglinge, schließlich fallen sie sogar erwachsene Menschen an.«

»So etwas soll es geben?« Stoker bemühte sich erst gar nicht seine Skepsis zu verhehlen.

Stuart zuckte die Achseln. »Fällt es Ihnen leichter, an einen echten Vampir zu glauben, ein Wesen, das als Schattengeschöpf aus dem Jenseits zurückkehrt, von einem Kreuz verbrannt wird und im Sonnenlicht zu Staub zerfällt?« Er schüttelte amüsiert den Kopf, wurde aber sofort wieder ernst. »Wie ich schon gesagt habe, kommt so etwas extrem selten vor, aber es hat bereits einige wenige entsprechende Fälle gegeben.«

Stoker antwortete nicht. Der Gedanke, dass ein Mensch aufgrund einer Geisteskrankheit Säuglinge tötete, um ihr Blut zu trinken, war so schrecklich, dass sich etwas in ihm weigerte auch nur weiter darüber nachzudenken. Aber er musste auch zugeben, dass Stuart Recht hatte. Es war immer noch ungleich glaubhafter als die Vorstellung, dass ein echter Vampir durch London geisterte.

Sie erreichten eine Straßenkreuzung und schlugen ohne weitere Absprache den Weg zu Lennox Gardens ein. Stoker verspürte Unbehagen, je näher sie dem Park kamen, aber keine wirkliche Angst, wie es in den vergangenen Nächten der Fall gewesen war. Die Gegenwart des Detektivs beruhigte ihn und erfüllte ihn mit einem Gefühl der Sicherheit, obgleich er nicht einmal wusste, ob Stuart im Ernstfall wirklich in der Lage wäre ihn zu schützen.

Sie gingen die Milner Street entlang, aber obwohl Stoker sich ständig umblickte, konnte er die geheimnisvolle Frau nirgendwo entdecken. Lediglich ein Bobby kam ihnen entgegen und tippte grüßend an seinen Helm, als sie an ihm vorbeigingen. Schließlich erreichten sie Lennox Gardens, doch auch hier war von der Unbekannten nichts zu sehen.

»Vielleicht hat sie das Interesse an mir verloren. Oder sie ist inzwischen von der Polizei festgenommen worden«, mutmaßte Stoker hoffnungsvoll, doch Stuart schüttelte den Kopf.

»Zumindest bis heute Abend hat man sie nicht verhaftet und wenn sie wirklich ein Pseudo-Vampir ist, wird sie nicht mehr von Ihnen ablassen, wenn sie es einmal auf Sie abgesehen hat, es sei denn, ich halte sie auf«, machte Stuart seine Hoffnungen direkt wieder zunichte. Er drehte sich einmal um die eigene Achse. »Ich bin sicher, dass sie sich irgendwo in der Nähe befindet, sich aber nicht herantraut, weil ich bei Ihnen bin. Wir sollten uns für eine Weile trennen.«

Eine eisige Hand schien sich um Stokers Herz zu klammern und es zusammenzupressen. »Trennen?«, echote er erschrocken. »Aber …«

»Seien Sie unbesorgt, ich werde ständig in Ihrer Nähe sein, selbst wenn Sie mich vielleicht nicht sehen.«

»Trotzdem. Ich …«

»Es ist der einzige Weg, diese Frau hervorzulocken«, sagte Stuart eindringlich. »Sonst wird sie so lange warten, bis sie Sie irgendwann allein antrifft. Sie kann warten, aber ich kann Sie nicht wochen- oder gar monatelang jede Nacht beschützen. Wir sollten versuchen dieses Problem heute zu lösen.«

Stoker biss die Zähne zusammen. Alles in ihm sträubte sich dagegen, allein weiterzugehen und den Lockvogel zu spielen, aber natürlich hatte Stuart auch in diesem Fall wieder Recht. Ein völlig unbegründeter Zorn auf ihn stieg deshalb für einen

Moment in Stoker auf. Er hatte sich bislang stets für eine gefestigte Persönlichkeit gehalten, doch entwickelte er sich immer mehr zu einem Nervenbündel, während Stuart die Ruhe in Person zu sein schien. Dann aber begriff er, dass dieser Zorn in Wahrheit ihm selbst galt.

»Also gut«, stieß er hervor. »Ich werde hier warten.«

Stuart nickte ihm aufmunternd zu und entfernte sich dann mit raschen Schritten. Kaum war Stoker allein, verstärkte sich sein Unbehagen um ein Vielfaches und es kostete ihn alle Kraft dem Detektiv nicht einfach nachzulaufen, als dieser um eine Straßenecke verschwand.

Er ging ein paar Schritte auf und ab, wobei er sich stets im Lichtschein einer Laterne hielt, bis er begriff, dass ihr Licht ihm zwar einerseits ein wenig Zuversicht verlieh, seine Angst gleichzeitig aber auch noch verstärkte, weil alles, was weiter als ein halbes Dutzend Yards entfernt lag, in umso dichterer Finsternis verborgen war. Dennoch kostete es ihn Überwindung, die kleine Oase der Helligkeit zu verlassen.

Im Park selbst, der kaum gepflegt und im Grunde nicht viel mehr als eine Ansammlung unbebauter Grundstücke war, brannten keine Laternen, aber der Mond schien hell vom Himmel herab. Nachdem seine Augen sich einmal daran gewöhnt hatten, konnte er wesentlich weiter blicken, als es ihm im Lichtschein der Laterne möglich gewesen war.

Seine Sinne arbeiteten mit höchster Schärfe und erst jetzt wurde Stoker richtig bewusst, von wie vielen mannigfaltigen Geräuschen die Nacht erfüllt war. Von Zeit zu Zeit hörte er den Ruf eines Nachtvogels und aus den Büschen hinter ihm ertönte immer wieder das leise Rascheln von Laub. Vermutlich handelte es sich nur um kleine Tiere: Mäuse, vielleicht Ratten oder einige Kaninchen. Daneben gab es noch zahlreiche andere leise Laute, die er einzeln nicht identifizieren konnte. Stoker glaubte nicht, dass die Geräusche von der geheimnisvollen Frau verursacht wurden, und dennoch war er sich sicher, dass sie sich irgendwo in der Nähe befand. Er fühlte sich aus dem Dunkel heraus angestarrt und dieses Gefühl war so intensiv, dass es sich nicht mit purer Einbildung abtun ließ. Anscheinend hatte Stuart auch in dieser Hinsicht Recht: Die Unbekannte war irgendwo in der Nähe und belauerte ihn, traute sich aber auch jetzt noch nicht an ihn heran, als würde sie die Falle wittern. Er fragte sich, wo sich der Detektiv jetzt befand.

Trotz der Kälte bildeten sich Schweißperlen auf seiner Stirn und unwillkürlich schloss er seine Hand fester um das Kruzifix in seiner Tasche. Auch wenn der Detektiv behauptet hatte, dass es ihm nichts nützen würde, verlieh es ihm ein klein wenig das Gefühl der Sicherheit, mochte es auch noch so trügerisch sein.

Irgendwo hinter ihm ertönte das Knacken eines trockenen Zweiges. Stoker fuhr herum und versuchte mit seinen Blicken angestrengt das Halbdunkel des Parks zu durchdringen. Nach einigen Sekunden vernahm er erneut ein Rascheln und dann sah er etwas Helles hinter einem Gebüsch schimmern.

Sein Herzschlag setzte eine schmerzhafte Sekunde lang aus, um dann mit doppelter Geschwindigkeit weiterzuhämmern. Namenlose, panische Angst von abgrundtiefer Intensität erfüllte ihn, als die Unbekannte hinter einem der Büsche hervortrat. Stoker wollte herumfahren und weglaufen, doch er war wie gelähmt. Mit langsamen Schritten trat die Frau näher. Sie schien zu schweben, als ob ihre Füße den Boden gar nicht richtig berühren würden.

Ihr Aussehen hatte sich in der Zeit, seit er sie zum ersten Mal aus direkter Nähe gesehen hatte, verändert. Ihr Kleid, von dem er jetzt deutlich erkennen konnte, dass es sich tatsächlich um ein Leichenhemd handelte, war verschmutzt und an mehreren Stellen eingerissen. Ihr dunkles Haar war verfilzt, ihre Wangen waren eingefallen, sodass es aussah, als ob sich die Haut ihres Gesichts direkt über den Knochen spannen würde, und es fast wie ein Totenschädel wirkte. Nicht verändert hingegen hatten sich ihre Augen. Sie waren auch jetzt so blutunterlaufen, dass sie im Mondlicht rötlich zu glühen schienen. Gier und Wahnsinn standen darin geschrieben, dennoch konnte Stoker nicht recht daran glauben, dass sie nur den Verstand verloren hatte.

»Komm«, vernahm er ihre wispernde Stimme. »Komm zu mir!«

Ein fast suggestiver Zwang klang darin mit. Es kam Stoker vor, als würde er die Unbekannte mit einem Mal wie auf einer doppelt belichteten Fotografie sehen. Zum einen nahm er die hässliche, ausgemergelte Fratze der Frau wahr, die einem Leichnam ähnlicher als einer Lebenden sah, doch zugleich meinte er ein fast engelgleiches, unvorstellbar schönes Wesen an der gleichen Stelle stehen zu sehen. Von diesem Wesen ging der Lockruf aus, so stark, dass es ihm unmöglich war, ihm zu widerstehen. Während die Frau stehen blieb, setzte Stoker selbst sich in Bewegung. Ein Teil von ihm wollte unbedingt zu ihr, wohingegen ein anderer – schwächerer – Teil ihn voller Entsetzen daran zu hindern versuchte. Schritt für Schritt trat er vor, harrte immer erwartungsvoller der Berührung durch die Unbekannte. Die Stimme seines Verstandes, die sich dagegen sträubte, wurde mit jedem Augenblick schwächer.

Als er die Frau erreichte, breitete sie die Arme aus und schlang sie um ihn. Er erschauerte unter der Berührung vor Wollust. Ihre schwellenden roten Lippen näherten sich seinem Mund und er konnte es kaum noch erwarten, sie auf den seinen zu spüren, doch sie glitten an seinem Kinn herab und sanken tiefer, bis er sie seitlich an seiner Kehle spürte. Sein Bewusstsein war wie ausgelöscht, alle seine Gedanken kreisten nur noch um die wundervolle Frau, die ihn umarmte und ihren Körper an ihn schmiegte.

Ihr Mund öffnete sich und er spürte, wie ihre Zähne gegen seinen Hals drückten. Ein flüchtiger Eindruck von Gefahr durchzuckte seinen benebelten Geist, verflog aber ebenso rasch wieder.

Und dennoch hatte sich etwas verändert. Es dauerte einen Moment, bis er den Schatten bemerkte, der unglaublich schnell aus der Dunkelheit des Parks heranglitt, die Frau von hinten packte und sie zurückriss.

»Weg von ihm!«, befahl Caine Stuart mit schneidend scharfer Stimme. »Ich verbiete dir, dich an ihm zu vergehen. Dieser Mann steht unter meinem Schutz.«

Grenzenlose Enttäuschung über die Störung erfüllte Stoker, doch dieses Gefühl währte nur den Bruchteil einer Sekunde, dann klärte sich sein Verstand. Der hypnotische Bann fiel von ihm ab und damit erloschen auch die Vision von der vermeintlichen Schönheit der Unbekannten und das Verlangen, das sie in ihm entfacht hatte. Mit Entsetzen wurde ihm bewusst, wie nah daran er gewesen war, sich ihr völlig willenlos hinzugeben, was zweifelsohne sein Verderben bedeutet hätte. Benommen taumelte er zurück.

Die Frau fuhr herum, riss sich gleichzeitig aus Stuarts Griff los und fauchte ihn voller ungezügelter Wildheit an. Gleich darauf stieß sie ein schrilles Kreischen aus und stürzte sich mit vorgestreckten, zu Klauen gekrümmten Händen auf ihn, um ihm mit ihren Fingernägeln das Gesicht aufzureißen.

Doch auch mit Stuart war eine Verwandlung vorgegangen. Obwohl er sich äußerlich nicht verändert hatte, wirkte er plötzlich nicht mehr wie ein junger Mann, sondern sehr viel älter. Etwas Hochherrschaftliches schien ihn mit einem Mal zu umgeben, eine fast greifbare Aura von Macht und Autorität. Mit einer Bewegung, die fast zu schnell für das menschliche Auge war, wich er dem Angriff der Furie aus und schlug ihre Arme zur Seite. Gleichzeitig versetzte er ihr einen Stoß, der sie zu Boden schleuderte, doch sofort sprang sie wieder auf die Beine.

»Zurück!«, donnerte er. »Ich befehle es dir!«

Auch seine Augen schimmerten nun rötlich und als er beim Sprechen den Mund öffnete, nahm Stoker voller ungläubigem Schrecken wahr, dass seine beiden vorderen oberen Eckzähne auf mehr als die doppelte Länge angewachsen waren und nadelspitz zuliefen. Um seine Worte zu unterstreichen, stieß auch er nun ein raubtierhaftes Fauchen aus.

Ein Vampir!, dröhnte es in Stokers Kopf. Nicht nur die Unbekannte, die ihn – zweifelsohne in der Absicht sein Blut zu trinken – auf den Hals geküsst hatte, war eine Ausgeburt der Finsternis, sondern auch der Detektiv, den er zu seinem Schutz engagiert hatte, war selbst eine dämonische Kreatur.

Aber wie konnte das sein? Stuart war an diesem Nachmittag im hellen Tageslicht zu ihm gekommen und er hatte sogar das silberne Kruzifix berührt, von dem Stoker sich erst jetzt bewusst wurde, dass er es noch immer in der Tasche seines Mantels umklammert hielt.

Alles schien sich in seinem Kopf zu drehen. Fassungslosigkeit, Entsetzen und panische Angst erfüllten seinen Verstand, machten es ihm unmöglich, einen klaren Gedanken zu fassen. Einige Sekunden lang verfolgte er noch den unwirklich anmutenden Kampf der beiden Nachtmahre, denn der weibliche Vampir ignorierte Stuarts Befehle und stürzte sich immer wieder auf ihn, doch er wehrte ihre Angriffe stets aufs Neue mit der gleichen Mühelosigkeit ab wie beim ersten Mal. Dann jedoch ergriff die Panik vollends Besitz von Stoker. Wer auch immer aus diesem Kampf als Sieger hervorging, würde sich anschließend sicherlich auf ihn stürzen und ihn töten, nicht nur um sein Blut zu trinken, sondern schon deshalb, weil er von der Existenz dieser unheiligen Kreaturen wusste, und so fuhr er herum und begann zu laufen, so schnell ihn seine Beine trugen.

Er war ein kräftiger, allerdings nicht besonders sportlicher Mann, doch die nackte Todesangst beflügelte ihn und trieb ihn voran. Er ignorierte die heftigen Seitenstiche, die ihn schon bald zu quälen begannen, ebenso wie das Brennen in seiner Lunge, doch schließlich ging sein Lauf immer mehr in ein erschöpftes Taumeln über.

Als er die St. Leonards Terrace fast erreicht hatte und zum wiederholten Male einen Blick über die Schulter zurückwarf, entdeckte er weit hinter sich eine dunkle Gestalt, die ihm folgte. Der Anblick verlieh ihm noch einmal neue Kraft. Ungeachtet der Schmerzen, die mittlerweile in seinem gesamten Oberkörper und auch seinen Beinen pochten, hastete er vorwärts. Dennoch dauerte es nur Sekunden, bis er plötzlich eine Hand fühlte, die sich von hinten auf seine Schulter legte.

Keuchend fuhr er herum. Dabei griff er instinktiv erneut in die Tasche, holte das Kruzifix heraus, weil es der einzige feste Gegenstand war, den er bei sich führte, und schlug damit wie mit einer Waffe nach Caine Stuart. Ohne die geringsten Schwierigkeiten fing der Detektiv seinen Arm ab und wand ihm das Kreuz aus den Fingern.

»Hören Sie mit den Dummheiten auf!«, zischte er. »Ich tue Ihnen nichts, Sie brauchen keine Angst zu haben.«

Seine Zähne waren wieder ebenso normal wie seine Augen, doch Stoker war sich sicher, dass er sich die schreckliche Veränderung, die er zuvor in Lennox Gardens an ihm wahrgenommen hatte, nicht nur eingebildet hatte.

»Ich … ich weiß, was Sie sind!«, stieß er mit schriller, vor

Angst fast überkippender Stimme hervor. Gleichzeitig schnappte er mühsam nach Luft, auch wenn jeder Atemzug wie Feuer in seinem Hals und seiner Lunge schmerzte. »Verschonen Sie mich! Ich werde … niemandem sagen, was …«

»Seien Sie endlich still!«, blaffte Stuart ihn an. Seine Stimme klang wieder so herrisch und befehlsgewohnt wie im Park. Seine Finger spielten mit dem Kruzifix. »Ich habe doch schon gesagt, dass ich Ihnen nichts tun werde. Warum glauben Sie wohl, habe ich Ihr Leben gerettet? Nur um Sie jetzt selbst zu töten? Sie haben Recht, ich bin das, was man im Volksmund einen Vampir nennt, doch das bedeutet noch lange nicht, dass ich ein Unmensch bin.«

»Aber …«

»Ich weiß, was Sie sagen wollen, doch glauben Sie mir, wir Vampire sind nicht das, wofür man uns hält. Wir sind darauf angewiesen, von Zeit zu Zeit menschliches Blut zu trinken, so weit stimmen die Legenden, aber wir töten normalerweise niemanden dabei. Es ist auch falsch, dass unsere Opfer selber zu Vampiren werden. Schon nach wenigen Stunden haben sie sich wieder erholt und erinnern sich an nichts.«

Stokers rasselnder Atem beruhigte sich allmählich etwas. Die verzweifelte Hoffnung, dass Stuart ihn vielleicht tatsächlich am Leben lassen würde, focht in seinem Inneren einen Kampf gegen seine Todesangst.

»In sehr seltenen Fällen aber geschieht es, dass jemand, von dessen Blut wir getrunken haben, durch einen Unfall oder sonst ein Unglück stirbt, bevor die winzige Dosis des Vampirkeims, die beim Biss übertragen wird, in seinem Körper wieder völlig abgebaut ist«, fuhr Stuart fort. Er reichte Stoker das Kruzifix zurück. »Ich weiß nicht, wer dafür verantwortlich war, aber so muss es bei dieser armen Frau gewesen sein. In einem solchen Fall erwacht der Betreffende zu einer Scheinexistenz, eine bedauernswerte, vom Wahnsinn gepeinigte Seele, die weder richtig lebendig noch tot ist und nach dem Blut Lebender giert. Ich habe Ihnen vorhin nicht alles gesagt, als ich von einer Geisteskrankheit sprach, aber vieles entsprach der Wahrheit. Ich konnte nichts anderes mehr für sie tun, als sie von ihren Leiden zu erlösen.«

»Warum ... erzählen Sie mir das alles?«, stammelte Stoker. Immer noch ängstlich presste er sich mit dem Rücken an die Hauswand. »Was haben Sie nun mit mir vor?«

»Ich erzähle es Ihnen, weil Sie ohnehin keine Gelegenheit mehr haben werden, Ihr Wissen weiterzugeben«, erklärte der Vampir unumwunden und machte rasch eine beschwichtigende Geste, als die Furcht in Stokers Augen erneut zur Panik anwuchs. »Keine Angst, deshalb brauche ich Ihnen kein Leid zuzufügen. Sie werden jetzt nach Hause gehen und sich schlafen legen und wenn Sie morgen früh aufwachen, werden Sie vergessen haben, dass Sie mich oder diese Frau jemals gesehen haben.«

Wieder erschien ein rötlicher Schimmer in seinen Augen und sein Blick wurde stechend. Etwas wie eine finstere Hand schien nach Stokers Geist zu greifen, wischte erst seine Furcht und dann auch alle anderen Gedanken beiseite. Nach wenigen Sekunden wandte er sich um und setzte seinen Heimweg mit ein wenig steifen, mechanisch anmutenden Schritten fort, während Stuart hinter ihm wie ein Geist in der Dunkelheit verschwand.

Schweißgebadet und mit jagendem Puls erwachte Bram Stoker, richtete sich mit einem Ruck in seinem Bett auf und konnte nur mit Mühe einen Schrei unterdrücken. Er hatte einen wirren Albtraum gehabt, doch wie meistens entglitt dieser ihm im Augenblick des Erwachens und hinterließ nur ein unbestimmtes Gefühl von Angst.

Er blinzelte ein paar Mal, rieb sich benommen die Augen und versuchte sich zu erinnern, was er geträumt hatte, das ihm solche Furcht eingejagt hatte. Da waren einige verschwommene Fetzen, doch je mehr er sich auf ihr Umfeld zu konzentrieren bemühte, desto stärker entglitten sie ihm. Dennoch ...

Entschlossen stand er auf, warf einen Hausmantel über und ging in die Bibliothek, wo er an seinem Schreibtisch Platz nahm. Auf einem Stück Papier notierte er die wenigen Erinnerungsfetzen, die ihm geblieben waren.

Junger Mann geht aus – trifft Mädchen, das ihn nicht auf den Mund, sondern auf den Hals küssen will. Alter Graf geht voller Wut und teuflischer Wildheit dazwischen. Dieser Mann gehört mir – ich will ihn!

Zweifelnd betrachtete er die wenigen Sätze, die er in seiner ungleichmäßigen, kaum leserlichen Handschrift aufgeschrieben hatte. Sie schienen wenig Sinn zu ergeben, doch waren sie alles, was ihm noch von seinem Albtraum vage im Gedächtnis geblieben war. Wieder und wieder las er sie. Vielleicht ließ sich etwas daraus machen, eine kurze Geschichte möglicherweise, wenn er sie entsprechend ausschmückte.

Bram Stoker ahnte nicht im Entferntesten, dass das vor ihm liegende Notizblatt eines Tages das Prunkstück der Rosenbach Library in Philadelphia bilden würde, als erste von vielen während der nächsten sieben Jahre noch folgenden Aufzeichnungen zur Entstehung eines Buches, das zu einem der bekanntesten Romane der Weltliteratur werden sollte.

Thomas Görden

CORPORATE IDENTITY

Es war kein Wunder, dass Ben sich nicht gerne erinnerte. Er hatte seine leiblichen Eltern nie kennen gelernt. Seine Kindheit hatte er nacheinander in drei Waisenhäusern verbracht, die alle nach Linoleum und Großküchenessen rochen. Die einzige Blutsverwandte, an die er sich erinnern konnte, war eine längst verstorbene Tante, die ihn gelegentlich besucht hatte, gehüllt in eine Wolke aus billigem Parfüm und schlechtem Gewissen, das sie mit großen Schokoladentafeln kompensierte. Die Schulzeit verging unter einem grauen, schweren Nebel der Einsamkeit und Depression. Nach dem Wehrdienst machte er eine Ausbildung zum Programmierer und erhielt einen Job hier in der Konzernzentrale. Nun, mit Mitte zwanzig, saß er zusammen mit vielen anderen jungen Leuten in einem der Großraumbüros vor seinem Computer und suchte nach Fehlern in Buchhaltungsprogrammen.

Dort saß er auch an jenem Morgen, als die Abteilungsleiterin plötzlich am Eingang stand mit einem Mann, den Ben nicht kannte. Sie lächelte Ben an und winkte ihn zu sich. Der Mann lächelte ebenfalls. Er war älter als sie, mit kurzen, grauen, akkurat gescheitelten Haaren. »Das ist Dr. Falk von der Forschungsabteilung. Er möchte sich mit Ihnen unterhalten, Ben.«

Dr. Falk gab ihm die Hand und forderte Ben auf, ihn »nach drüben« zu begleiten. »Drüben« – in einem parkartigen Gelände – befanden sich die Laborhallen und die verstreut liegenden Flachbauten der Konzernforschung, in die Ben noch nie einen Fuß gesetzt hatte. Sie gingen durch den sonnenbeschienenen Park in ein kleines, pavillonartiges Gebäude, das ein wenig an eine Arztpraxis erinnerte. Dr. Falk setzte sich hinter einen Schreibtisch aus dunklem Holz und bot Ben freundlich Platz in einem ledernen Besuchersessel an.

»Sie sind allein stehend, Ben, nicht wahr?«, sagte er. »Ich meine: ganz allein.«

Ben senkte verunsichert den Blick. Es gab in der Tat niemanden. Keine Familie. Nichts, außer ein paar flüchtigen Bekanntschaften mit Kollegen.

»Wären Sie denn gerne ... zu zweit? Könnten Sie sich vorstellen, Ihr Leben mit einer Frau zu teilen?«

Irritiert wegen dieser doch sehr persönlichen Frage senkte Ben seinen Blick noch tiefer zu Boden. *Vorstellen* konnte er sich das ...

»Sehen Sie, Ben, wir haben Sie ausgesucht, weil Sie für das, was wir Ihnen vorschlagen möchten, die idealen Voraussetzungen mitbringen. Sie besitzen keine nahen Angehörigen und wohnen allein, sodass eine gewisse ... *Privatheit* gewährleistet wäre. Sie bekämen von uns kostenlos eine größere Wohnung gestellt, hier auf dem Konzerngelände, eine Wohnung, die groß genug wäre, um darin mit einer Frau zu leben, als glückliches Liebespaar.«

Ben schaute Dr. Falk erstaunt an. Der grauhaarige Mann nahm ein Foto aus der Schublade und legte es vor Ben hin. »Könnten Sie sich vorstellen, mit *dieser* Frau zusammenzuleben?«

Die Frau auf dem Foto war jung und wunderschön.

»Das ist Lara«, sagte Dr. Falk. »Wie alt ist sie Ihrer Meinung nach? Was schätzen Sie?«

»Nun, drei- oder vierundzwanzig, würde ich sagen.«

Dr. Falks Augen wurden schmal. Er schaute Ben ernst an. »Lara ist vier Monate alt, Ben.«

»Aber, das kann nicht sein!« Ben schüttelte ungläubig den Kopf.

»Doch«, sagte Dr. Falk. »Lara ist eine Androidin. Sie ist ... ein Prototyp. Sie ist das teuerste Projekt, das der Konzern in den letzten Jahren gestartet hat.«

Was der Konzern alles entwickelte, herstellte und verkaufte, ließ sich nur schwer überblicken. Es war ein unglaublich großer Konzern und Ben war in diesem System nur eine winzige Ameise an einem winzigen Computerbildschirm. »Sie ist eine Maschine?«, fragte er.

Dr. Falk schüttelte den Kopf. »Nein, Ben. Sie ist ein Mensch aus Fleisch und Blut, aber sie ist nicht in einer Gebärmutter herangewachsen, sondern in der Retorte erzeugt worden, und zwar fertig ausgewachsen. Sie hatte keine Kindheit.«

Angesichts seiner eigenen Kindheit erschien Ben das als ein geradezu paradiesischer Zustand.

»Aber sie ist trotzdem ein richtiger Mensch. Würde man sie töten und obduzieren, ließe sich kein Unterschied zu einem auf normalem Wege gezeugten Menschen feststellen – mit einer Ausnahme: ihr Gehirn …«

Ben war zwischen Faszination und Entsetzen hin und her gerissen: »… ist ein Computer.«

»Nein. Lara hat ein ganz normales menschliches Gehirn, aber auf ihrer Großhirnrinde sind mehrere Mikrochips implantiert, mit deren Hilfe wir ihre Gehirnfunktionen überwachen und beeinflussen.«

Ben verzog das Gesicht. »Aber, dann ist sie eine Sklavin ohne freien Willen!«

Dr. Falk lächelte. »Nein, Ben. Ein Sklave ist sich seiner Unfreiheit *bewusst* und leidet darunter. Lara weiß nicht, dass wir ihre Wünsche und Antriebe kontrollieren.«

Ben blickte einen Moment aus dem Fenster und betrachtete dann Laras Foto. Sie war wirklich wunderschön. »Kann ich sie sehen?«

»Ben, wir haben Sie ausgewählt, weil wir Sie für pflichtbewusst, diszipliniert und vernünftig halten. Diese Aufgabe erfordert ein gewisses Fingerspitzengefühl. Lara weiß nicht, dass sie eine Androidin ist. Und wir wollen auch nicht, dass sie es jemals erfährt.«

Ben starrte Dr. Falk mit großen Augen an. »Sie *weiß* es nicht? Aber sie muss doch wissen, dass sie keine … keine Vergangenheit hat!«

Dr. Falk schmunzelte: »So, muss sie das? Woraus bestehen denn Erinnerungen? Aus im Gehirn gespeicherten Bildern und Sinneseindrücken. Wir haben Lara eine virtuelle Vergangenheit geschaffen. Ihre Eltern und ihre einzige Schwester sind bei einem Flugzeugabsturz umgekommen, als sie zwölf war. Dann ist sie von Dr. Jacobs adoptiert worden, einer Wissenschaftlerin, die hier bei uns beschäftigt ist. Es ist alles bestens vorbereitet. Wenn Sie Stillschweigen bewahren, wird sie es nie erfahren. Wir möchten ihr das Trauma ersparen, das mit dem Erkennen ihrer wahren Identität verbunden wäre.«

»Aber was ist, wenn Lara nachforscht und Fragen stellt?«

Dr. Falk zuckte die Achseln. »Warum sollte sie das tun? Die Erinnerungen, die wir ihr mitgegeben haben, sind absolut stimmig. Wer stellt schon seine eigene Vergangenheit infrage? Unsere Erinnerungen sind für uns doch etwas völlig Selbstverständliches. Oder würden Sie etwa auf die Idee kommen, Ihre Vergangenheit infrage zu stellen?«

Nein, auf diese Idee würde Ben gewiss nicht kommen, dazu hatten sich die vielen Schmerzen und Enttäuschungen viel zu tief in seine Seele eingegraben – die Prügel, die er von anderen Heiminsassen und ungeduldigen Erziehern bezogen hatte, die Tante als einziger Besuch, die nichts für ihn hatte außer Schokolade, die Isolation in der Schule.

»Und wenn Lara an ihrem Kopf irgendwelche Narben entdeckt? Vom Einsetzen dieser Chips?«

»Es ist äußerlich nichts zu sehen. Der Zugang erfolgte über die Nase und die Stirnhöhlen.« Dr. Falk machte eine bedeutungsvolle Pause, beugte sich vor und sagte: »Ich frage Sie nun, Ben: Sind Sie bereit, an unserem Projekt mitzuwirken und Lara ein Heim zu geben, mit ihr zusammenzuleben?«

Ben starrte auf das Foto. Sie hätte schöner nicht sein können und mochten sie ihr auch Chips ins Gehirn gepflanzt haben, so war sie doch, wie Dr. Falk gesagt hatte, eine Frau aus Fleisch und Blut, und Ben würde sie in seinen Armen halten. Er nickte.

Wenige Tage später konnte Ben die neue Wohnung in einem der Bungalows auf dem Konzerngelände beziehen. Sie war hell und geräumig, mit einer schönen Terrasse und Blick auf den Park. Dr. Falk arrangierte ein erstes Treffen mit Lara, das in einem Eiscafé drüben an der Flusspromenade stattfand. Sie saß allein auf der Caféterrasse und schaute aufs Wasser, als Ben mit klopfendem Herzen und einer Rose in der Hand auf sie zuging. Er räusperte sich verlegen. Sie drehte den Kopf und lächelte ihn an. »Du bist also der nette Computerprofi aus der Buchhaltung, von dem meine Adoptivmutter erzählt hat?«

Laras Stimme war ebenso angenehm wie ihr Äußeres und Ben rauschte mit vollen Segeln in ein Beziehungsglück, das ihm bis dato unvorstellbar erschienen war. Noch am gleichen Abend küssten sie sich zum ersten Mal und eine Woche später zog Lara bei ihm ein.

Sie gab ihm alles, was Ben sich je von einer Frau erträumt hatte. Zum ersten Mal in seinem Leben war er beinahe glücklich. Und er fand keinerlei Hinweis darauf, dass Lara *anders* war, dass sie keine Vergangenheit besaß. Im Gegenteil, sie erzählte gern und lebhaft von ihrer Kindheit vor dem tragischen Unglück, durch das sie Eltern und Schwester verloren hatte. Ihre Eltern mussten wunderbare Menschen gewesen sein und mit ihrer älteren Schwester hatte sie sich gut verstanden, was ja keineswegs selbstverständlich war. Auch hatte sie in Dr. Jacobs eine Adoptivmutter gefunden, von der sie stets mit großer Zuneigung sprach.

Einmal wöchentlich musste Ben Dr. Falk aufsuchen zu einem »Briefing«, wie es genannt wurde. Es fand während Laras Arbeitszeit statt, sodass sie davon nichts mitbekam. Lara arbeitete, ganz ähnlich wie Ben, an einem Computer, nur in einer anderen Abteilung, im Controlling. Bei den Briefings erkundigte sich Dr. Falk stets detailliert nach Laras Verhalten. »Irgendwelche Auffälligkeiten?«, fragte er. »Erinnerungslücken? Momente geistiger Abwesenheit?«

Ben schüttelte jedes Mal den Kopf. »Sie ist die beste Frau, die man sich nur wünschen kann.«

»Sie ist nur ein Prototyp«, entgegnete Dr. Falk, lächelte aber sichtlich zufrieden.

Während der ersten Wochen ihrer Beziehung konnte Ben sich immer weniger vorstellen, dass Lara keine normale Frau sein sollte, sondern ein erst vor wenigen Monaten künstlich erschaffenes Retortenwesen. Vielleicht wollte er aber auch einfach nichts davon wissen, weil er mit ihr so glücklich war. In ihrem Verhalten gab es lediglich eine Sache, die ihn gelegentlich etwas irritierte: Er hatte das Gefühl, dass sie ihn manchmal verstohlen beobachtete, auf eine Art, die irgendwie beklemmend wirkte, als stimme mit ihm etwas nicht. Wenn er sie dabei ertappte, senkte sie immer verlegen den Blick und er mochte sie nicht darauf ansprechen.

Als er das bei einem Briefing erwähnte, winkte Dr. Falk ab. »Ich glaube nicht, dass es von Bedeutung ist. Beachten Sie es einfach nicht weiter, Ben.«

Lara war eine so lebendige, natürliche junge Frau. Von Tag zu Tag zweifelte Ben immer mehr daran, dass Dr. Falks Geschichte stimmte. Lara nahm die Pille, doch weil Ben so glücklich mit ihr war, begann er an Heirat und Nachwuchs zu denken. Er hatte sich eigentlich immer Kinder gewünscht. Er würde ihnen ein guter Vater sein, ihnen all das geben, was er selbst in seiner Jugend entbehren musste. »Kann Lara Kinder bekommen?«, fragte er eines Tages Dr. Falk.

»Das ist im gegenwärtigen Stadium des Projektes nicht vorgesehen«, lautete die Antwort, aber Ben war die Enttäuschung wohl so deutlich anzusehen, dass Dr. Falk lächelnd hinzufügte: »Nun, grundsätzlich ist es natürlich möglich. Später, vielleicht.«

Die Frage, ob Dr. Falks Geschichte stimmte, wurde für Ben zusehends zur Qual. Lara musste ganz einfach eine normale Frau sein. Sie war ein richtiger Mensch, daran bestand für Ben kein Zweifel. Aber wenn das so war, warum log Dr. Falk und tischte ihm dieses Märchen von der Androidin auf? Was war der Sinn des wissenschaftlichen Experiments, das ihre Beziehung für Dr. Falk zweifelsohne darstellte? Ben liebte Lara von Herzen, wollte sein ganzes Leben mit ihr verbringen und Kinder mit ihr haben. Und er wollte sie für sich allein – nicht als Teil eines obskuren Experiments. Auch wenn er das bei den Briefings noch zu verbergen versuchte, fing er an, Dr. Falk und dieses ganze Projekt zu hassen. Bei der Arbeit ließ seine Konzentration nach. Er beschloss, Dr. Falk zur Rede zu stellen, ihm zu sagen, dass er die Geschichte mit der angeblichen Androidin nicht länger glaubte. Er würde einen Beweis verlangen, fordern, dass Dr. Falk ihm die Retorte zeigte, in der Lara angeblich entstanden sein sollte, und Fotos von den Chips, die sie ihr ins Gehirn gepflanzt hatten. Andernfalls würde er ihm damit drohen, Lara alles zu erzählen.

Ein paar Tage später stürzte morgens plötzlich Bens Computer ab, und nicht nur seiner, sondern alle Computer in der Abteilung, was seit Jahren nicht mehr vorgekommen war. Der herbeigerufene Techniker machte ein ratloses Gesicht und sagte, die Sache zu beheben werde mindestens eine Stunde dauern. Ben gab sich einen Ruck, verließ das Verwaltungsgebäude und ging durch den Park hinüber zu Dr. Falks Pavillon, fest entschlossen, sein Vorhaben nun endlich in die Tat umzusetzen. Ehe er den Pavillon betrat, warf er einen kurzen Blick durch das große Fenster in Falks Büro. Der grauhaarige Doktor saß hinter seinem Schreibtisch, aber er war nicht allein: Auf dem Besuchersessel, auf dem sonst Ben bei den Briefings immer Platz nahm, saß Lara.

Einen Moment wollte Ben sich umdrehen und eilig davongehen, doch dann betrat er leise den Pavillon. Auf dem Flur war niemand zu sehen, Dr. Falks Tür war geschlossen. Mit hochrotem Kopf bückte sich Ben und lauschte am Schlüsselloch.

»Verhaltensauffälligkeiten?«, fragte Dr. Falk gerade. »Erinnerungslücken? Unkonzentriertheit?«

»Eigentlich nicht«, sagte Lara. »Er ist immer noch ein wunderbarer Gefährte, aber in letzter Zeit steht er spürbar unter Stress. Irgendetwas quält ihn, macht ihm zu schaffen.«

»Er ist nur ein Prototyp«, sagte Dr. Falk. »Wir werden ihn gründlich durchchecken. Das lässt sich sicher in den Griff bekommen.«

Ben hatte das Gefühl zu ersticken. Nach Luft ringend, mit jagendem Herzen lehnte er sich neben der Tür an die Wand. Für einen Moment wurde ihm schwarz vor Augen.

Dann taumelte er aus dem Pavillon. Statt an seinen Arbeitsplatz zurückzukehren lief er durch den Park und irrte mit leerem Blick durch die Stadt, bis er sich schließlich matt und erschöpft auf eine Bank am Fluss setzte.

Meine Erinnerungen sind echt, sagte er sich immer wieder. Es ist ausgeschlossen, dass ich mir nur einbilde, ich hätte eine

Vergangenheit. Ich *weiß*, dass ich all die Dinge erlebt habe, an die ich mich erinnere. Mein Gott, ich habe nach all den Jahren immer noch den Geruch des Parfüms meiner Tante in der Nase. Ich kann die Prügel, die ich einstecken musste, noch auf der Haut spüren. Andererseits lag über den Erinnerungen an seine Schulzeit ein düsterer Grauschleier. Er versuchte vergeblich, sich an Namen und Gesichter von Lehrern zu erinnern.

Dann kam ihm plötzlich ein rettender Gedanke: Menschen aus seiner Vergangenheit. Er musste sich mit Menschen aus seiner Vergangenheit in Verbindung setzen. Wenn sie ihn wieder erkannten, sich an *ihn* erinnerten, wusste er, dass es ihn damals wirklich gegeben hatte, dass seine Erinnerungen nicht nur virtuelle Bilder auf einem Computerchip in seinem Kopf waren.

Er eilte nach Hause und wühlte mit zitternden Fingern in seinen Unterlagen. Richtig. Vor zwei Jahren hatte er eine Einladung für ein Klassentreffen erhalten. Natürlich war er nicht hingefahren. Aber auf der Einladung stand die Adresse einer früheren Mitschülerin. Angela Bogner hieß sie jetzt. Hatte geheiratet. Hastig wählte er die Nummer, die dort auf dem Briefkopf stand. Tatsächlich meldete sich Angela nach dem dritten Klingeln. Erst wirkte sie irritiert, dann sagte sie: »Ben? Ja, natürlich. Unsere Karteileiche. Warum bist du denn nicht zum Klassentreffen gekommen?«

Ben atmete erleichtert auf. »Sag, Angela, du erinnerst dich doch noch an mich? Von früher, meine ich?«

»Klar, Ben. Warst ein ganz Stiller. Hab dich immer ganz hübsch gefunden, aber du warst ja so unnahbar, hast niemanden an dich rangelassen.«

Sie plauderten noch ein paar belanglose Sätze – sie erwartete gerade ihr zweites Kind – und legten dann auf. Erleichtert sank Ben aufs Sofa. Das war der Beweis. Er wusste nicht, was Dr. Falk und Lara für ein Spiel mit ihm spielten – aber er war *kein* Androide! Es gab ihn schon eine ganze Weile. Angela hatte ihn eindeutig schon in seiner Jugend gekannt.

Doch es dauerte nur ein paar Minuten, bis neue Zweifel in ihm zu nagen begannen. Wenn sie seine Vergangenheit tatsächlich erfunden hatten, war diese Fälschung gewiss geschickt eingefädelt worden. Welche nachprüfbaren Fakten waren ihm denn zugänglich? Gesichter und Namen aus der Schulzeit schwammen im Nebel, doch die Erinnerung an die Einladung zum Klassentreffen war klar und deutlich gewesen. Aber hatte er diese Einladung tatsächlich vor zwei Jahren erhalten? Konnte sie nicht ebenso erst vor ein paar Wochen geschrieben und zu seinen Unterlagen gelegt worden sein? Wer war denn die Frau am anderen Ende der Leitung gewesen? Eine, die genau wusste, was sie zu sagen hatte, wenn Ben anrief. War er tatsächlich erst vor kurzem in der Retorte gezeugt worden, dann hatten sie seine Erinnerungen vermutlich so konstruiert, dass sie einer Überprüfung standhielten.

Ben presste seine Hände an die Schläfen und stöhnte. Ich muss es wissen, dachte er, ich muss Gewissheit haben, was ich bin. Er überlegte in Dr. Falks Pavillon zu stürmen und den Wissenschaftler mit Gewalt zu zwingen ihm die Wahrheit zu sagen. Aber gewiss wurde dort mit dieser Möglichkeit gerechnet und sie hatten Mittel und Wege Ben ruhig zu stellen, möglicherweise seine Erinnerungen an die letzte Zeit, an seine wunderbare Liebe zu Lara, für immer auszulöschen. Lara. Sie steckte mit Dr. Falk unter einer Decke. Hatte sie ihn deshalb mitunter so merkwürdig angestarrt?

Wie kann ich herausbekommen, ob Lara aus der Retorte kommt oder ich? Wie kann ich Gewissheit erlangen? Oder sind wir am Ende beide Androiden? Wieder wurde ihm schwindelig und er sank stöhnend aufs Sofa. Ich müsste mir ein Loch in den Schädel bohren und nachschauen, ob sich Chips darin befinden, dachte er.

Dann straffte sich sein Körper plötzlich und er wusste, was er tun musste. Es war grauenvoll, es war entsetzlich, aber es war die einzige Möglichkeit.

Lara kam wie immer gegen fünf von der Arbeit. »Ben«, rief sie fröhlich, »bist du schon da?«

Als sie ins Wohnzimmer kam, stürzte er auf sie zu. Sie schrie entsetzlich, als er mit dem Hammer auf sie einschlug, immer und immer wieder. Als sie reglos am Boden lag, betasteten seine blutigen Finger ihren zertrümmerten Kopf, schoben die geborstenen Schädelknochen auseinander. Aber da waren keine Mikrochips. Schluchzend brach er neben ihrem toten Körper zusammen.

Als er zu sich kam, lag er auf einer Untersuchungsliege. Dr. Falk schaute ihn mit ausdruckslosem Gesicht an, in dem keinerlei Gefühlsregung erkennbar war. »Ich hoffe, wir haben Ihre Phantasien jetzt im Griff, Ben«, sagte er.

Ben setzte sich auf. Durch die offene Tür sah er, dass er sich im Nebenzimmer von Dr. Falks Büro befand.

»Wir haben Sie wegen Ihrer Disziplin, Ihrer Loyalität und Ihrem Pflichtbewusstsein für dieses Projekt ausgewählt«, sagte Dr. Falk. »Ich hoffe, Ihnen ist klar, was das für eine Ehre ist. Sie sollten uns nicht enttäuschen, Ben.«

»Lara …«, sagte Ben heiser.

»Sie wartet draußen im Park auf Sie. Sie hat sich Sorgen gemacht.«

Benommen stand Ben auf und ging unsicher hinaus.

Lara saß unter einem Baum im Gras. Als sie Ben sah, sprang sie auf, lief zu ihm und umarmte ihn. Sie war so gesund und strahlend schön wie eh und je.

»Hat Dr. Falk dir helfen können?«, fragte sie.

»Ich denke schon«, sagte Ben langsam.

Sie nahm ihn bei der Hand. »Komm, lass uns am Fluss spazieren gehen. Es ist so ein herrliches Wetter. Das wird dir bestimmt gut tun.«

Es war angenehm, ihre warme, weiche, lebendige Hand in seiner zu spüren. Aber während sie unter den Bäumen davongingen, ballte er zugleich die andere Hand in der Hosentasche und dachte: *Ich werde es herausfinden. Eines Tages werde ich es herausfinden.*

Timothy Stahl

STILLE PARTNER

Das schauderhafte Kreischen jenseits der wuchtigen Tür veranlasste Basil Hawthorne nicht zur Eile. Zum einen wollte gut Ding Weile haben, zum anderen kam es auf perfektes Auftreten an. Aus letzterem Grund studierte Hawthorne sein hageres Gesicht in der Türverglasung, spielte grimassierend sein gesamtes Repertoire unterschiedlichster Ausdrucksmöglichkeiten durch. Letztlich entschied er sich für jene teilnahmslosen Züge, die sich in Situationen wie dieser oft bewährt hatten. Sie verliehen ihm einen Hauch von Unnahbarkeit, durchsetzt mit dezenter Arroganz, was insgesamt in einer Art sichtbarem Selbstvertrauen resultierte und mithin genau jener Vollkommenheit seines Auftretens entsprach, die Hawthorne anstrebte.

Endlich legte er seinen Daumen, der genauso bleich und knöchern war wie der Rest seiner Erscheinung, auf den Klingelknopf. Der dumpfe dreistimmige Gong ging fast unter in dem Lärm, der das altehrwürdige Herrenhaus am Rande der Stadt erfüllte. Gehört wurde er dennoch. Schließlich wurde Basil Hawthorne erwartet, mehr noch, man sehnte sein Erscheinen gewiss schon herbei.

Die Tür ward ihm aufgetan. Ein wohl im Dienste seiner Herrschaft ergrauter Butler in Livree gab Hawthorne den Weg frei, ohne nach einem Namen oder sonst einer Legitimation zu fragen. Vermutlich weil er stumm war ob des Grauens, das sich hinter diesen Mauern eingenistet hatte.

Das irrsinnige Heulen, nun nicht mehr durch die Tür gedämpft, schmerzte Hawthorne beinah in den Ohren, so schrill und laut war es nunmehr. Obgleich er es so und ähnlich schon Dutzende Male gehört hatte, würde er sich doch nie daran gewöhnen. Was er keineswegs bedauerte; im Gegenteil, sein unangenehm berührtes Mienenspiel unterstrich seine Glaubwürdigkeit nur noch.

Hawthorne trat ein, bemüht, seinen Schritten etwas Schwereloses zu verleihen, als würde er gleichsam als Retter herbeischweben. Er stellte seine bauchige Tasche inmitten der prachtvoll ausstaffierten Eingangshalle ab, ließ den Mantel von den Schultern gleiten und warf ihn über den ausgestreckten Arm des Butlers, ohne diesen auch nur eines Blickes zu würdigen.

Stattdessen heftete er den Blick starr auf eine der Türen im Hintergrund der Halle. Dahinter lag unzweifelhaft die Quelle jener wüsten Schreie, die im ganzen Hause widerhallten, und davor drängte sich annähernd ein Dutzend Menschen – Familienangehörige und Dienstboten – wie Schutz suchende Schafe aneinander. Sie sahen Hawthorne entgegen und ihr Anflug von Erleichterung und Hoffnung schlug ihm einer milden Brise gleich entgegen.

Das Timing war ausgezeichnet. Just in dem Augenblick, da er sich bückte, um seine Tasche aufzunehmen, steigerte sich das Brüllen hinter der Tür ins Infernalische. Vor der Tür schrie jemand spitz auf vor Entsetzen, die anderen raunten erschrocken und Hawthorne gab sich den Anschein, als würde er mitten in der Bewegung, noch halb vornübergebeugt, einfrieren.

Nach wie vor starrte er die Tür unverwandt an. Und in diesen stieren Blick zwang er Zweifel, die niemand übersehen konnte. Wer ihn so sah, musste annehmen, dass Hawthorne sich seiner Sache nicht mehr sicher war.

Er wartete, bis er die Hoffnung in den Gesichtern vor ihm wie Kerzenflammen im Sturme erlöschen sah. Bevor diese vergehende Hoffnung jedoch vollends in Resignation umschlagen konnte, setzte er einen Ausdruck grimmiger Entschlossenheit auf und trat festen Schrittes vor. Mit einem Seufzen, das wie aus einem Munde kam, wich die Gruppe vor ihm zurück und bildete ein Spalier, durch das Basil Hawthorne auf die Tür zuging.

Davor blieb er noch einmal stehen, atmete tief durch und erweckte den Anschein, als sammle er seine Gedanken und Kräfte. Dann endlich drückte er die Klinke nieder und stieß die Tür auf. Und das Tohuwabohu, das dahinter seiner harrte, traf selbst ihn mit der Wucht eines Hammerschlages.

»Großer Gott!«, entfuhr es ihm und um ein Haar hätte er sich ob dieser Unbedachtheit die Hand vor den Mund gehalten. Mit Müh und Not gelang es ihm, die Maske des Unbeeindruckten zu wahren.

Ein Brüllen, wie es eines Menschen Stimme nie und nimmer zuwege bringen konnte, war die Reaktion auf Hawthornes Äußerung. Was er indes kaum zur Kenntnis nahm, denn das Szenario schlug ihn förmlich in Bann.

Mobiliar schwirrte, wie von einem Orkan gepackt, durch das Zimmer. Trotzdem war nicht der mindeste Lufthauch wahrzunehmen. Allerlei Zierrat aus Glas und Nippes zersplitterte in gespenstischer Lautlosigkeit an den Wänden. Und inmitten dieses Gestalt gewordenen Wahnsinns kniete in den Trümmern eines Himmelbettes ein Mädchen – oder vielmehr die bösartige Karikatur dessen, was einmal ein Mädchen von zwölf oder dreizehn Jahren gewesen war.

Der Anblick der Kleinen verursachte Hawthorne Übelkeit. Mühsam unterdrückte er den aufsteigenden Brechreiz und schluckte tapfer sein Abendessen ein zweites Mal hinunter.

Das Mädchen sah aus, als litte es unter einer grässlichen Abart von Akne. Fingerkuppengroße Eiterbeulen verunstalteten ihren ganzen Leib. Mit zu Krallen gewordenen Fingernägeln hatte es einige der Geschwüre aufgekratzt. Die auslaufende Substanz hüllte das Zimmer in schier erstickenden Brodem.

Basil Hawthorne hatte in Ausübung seiner Profession schon die unmöglichsten und widerwärtigsten Dinge gesehen und erlebt. Nichtsdestotrotz war es immer wieder neu und anders und es kostete ihn ein ums andere Mal jedes Quäntchen Selbstbeherrschung, um nicht kurzerhand auf dem Absatz kehrtzumachen und das Weite zu suchen.

Alles perfekt, redete er sich selbst ein, alles genau so, wie es sein soll. Ganz ruhig, keine Sorge …

Trotzdem legte er in der Folge fast fiebrige Eile an den Tag. Er wollte es hinter sich bringen, schnell!

Hawthorne trat an die Überreste des Bettes heran, öffnete seine Tasche und förderte aus dem darin befindlichen Durcheinander zwei Kerzen zutage, die er links und rechts des Bettes platzierte und mit fliegenden Fingern anzündete. Mit Stentorstimme kaum aussprechbare Buchstabenfolgen intonierend, besprengte er das Mädchen, das sich immer noch wie eine Furie gebärdete, aus einem aufwändig gearbeiteten Flakon mit bloßem Leitungswasser. Das Opfer dankte es ihm, indem es ihn anspuckte und ihm mit kehliger Stimme alles Mögliche an den Hals wünschte, wovon die Pest noch das geringste Übel darstellte.

Der Geruch verbrannten Fleisches lag mit einem Mal in der Luft und Hawthorne signalisierte seinen wie gelähmt an der Tür stehenden Zuschauern mit einem zuversichtlichen Blick, dass immerhin der Anfang geschafft sei.

Er suchte und fand ein rostiges Tiegelchen, in dem sich eine Mischung aus Asche, Sand und gebräuchlichen Küchenkräutern befand. Die Mixtur roch durchaus exotisch und darin erschöpfte sich ihr Zweck auch schon. Drei Prisen davon warf Hawthorne in die Luft und während das Zeug wie staubiger Regen auf das Mädchen niederfiel, rezitierte er ein paar Kinderverse – rückwärts, wodurch sie sogleich bedrohlich und düster klangen.

Damit gab er der Besessenen den Rest. Mit einem Aufschrei sank das Mädchen in die zerrissenen Kissen zurück und blieb reglos liegen, friedlich schlafend. Wenn auch nur für Sekunden! Dann bäumte es sich von neuem auf, schwebte plötzlich mannshoch in der Luft, gehalten von einem Netz aus flirrendem Licht.

Abermals erbebte das Haus unter einem Gebrüll, als hätte die Hölle selbst ihre Pforten geöffnet. Doch diesmal war es nicht das Mädchen, das schrie. Jetzt war es der Dämon, der sich geschlagen sah und nunmehr von dem Mädchen abließ und ausfuhr. Ein Schatten wischte in irrsinniger Geschwindigkeit durchs Zimmer, ein Fenster barst unter seinem Ansturm und dann jagte die teuflische Kreatur hinaus. Ihr Heulen verlor sich in der Nacht.

Zurück blieben ein Mädchen, erlöst und nun in der Tat nur mehr süß schlummernd, und Basil Hawthorne, der mit stoischer Ruhe seine Sachen in der Tasche verstaute und im Tonfall eines Arztes, der ein Allerweltsmittelchen gegen einen gewöhnlichen Husten verordnet, sagte: »Das Kind braucht viel Ruhe und wird später Hunger haben wie ein Wolf. Ich lasse Ihnen einige Dinge hier, die Sie bitte im Raum verteilen, obwohl nicht zu befürchten steht, dass ES noch einmal zurückkehrt. SIE meiden für gewöhnlich Orte, an denen SIE einmal geschlagen wurden. Aber«, er lächelte unverbindlich in Richtung seines immer noch andächtig stillen Publikums, »Vorsicht ist die Mutter der Porzellankiste. Und dieser Wahlspruch hat sich in all den Jahren als meine beste Lebensversicherung erwiesen.«

Hawthorne nahm die Dankesbekundungen entgegen, spielte seinen Erfolg ein wenig herunter und gab sich ganz bescheiden.

Was ihn freilich nicht daran hinderte, die zehntausend Pfund Sterling einzustecken, die der Herr des Hauses und Vater des Mädchens ihm schließlich reichte.

Gestank wie aus einem alten Kellerloch schlug Basil Hawthorne entgegen, als er die Tür öffnete, deren obere Hälfte aus Milchglas bestand, auf dem in schmucklosen Buchstaben *B. Hawthorne & C. Reep* stand. Kein Hinweis darauf, welcher Art die Dienste waren, die Hawthorne & Reep feilboten. Was auch nicht erforderlich war. Wer ihrer Hilfe bedurfte, wusste, wo sie zu finden waren. Mundpropaganda war in dieser Branche die beste und obendrein einzig mögliche Werbemethode.

Die Büroeinrichtung war spartanisch. Im Grunde genommen hätte der Telefonapparat vollauf genügt, denn selbst der Schreibtisch war eigentlich nur Staffage und diente allenfalls dazu, die Füße zwischen zwei Aufträgen hochzulegen.

»Heute hast du fast etwas zu dick aufgetragen, finde ich«, rügte Hawthorne seinen Kompagnon.

Der Schleimberg, der sich wie hingekippt hinter dem Schreibtisch erhob, geriet in widerlich wabbelnde Bewegung.

»Du hast leicht reden!«, blubberte es aus der grauen Masse, ein Geräusch, als habe man einen Stein in einen Sumpf geworfen. »Während du den fetten Reibach machst, bleibt mir schließlich nur der Spaß allein! Wenigstens den solltest du mir gönnen, wenn dir an unserer Verbindung gelegen ist. – Komm schon, schlag ein!«

C. Reep reckte einen tentakelartigen Auswuchs seiner Leibesfülle in Hawthornes Richtung. Angeekelt ließ der seine magere Hand in die siebenfingrige seines Partners klatschen.

Es war einer der Momente, in denen Basil Hawthorne ihre Partnerschaft als das betrachtete, was sie wohl tatsächlich war: ein Fluch.

Ein unseliger Fluch, der ihm eine verdammte Menge Geld einbrachte – Gott sei Dank!

Manfred Weinland

HERZ IN BERNSTEIN

An jenem Novembermorgen, kurz nach Ladenöffnung, hätte ich geschworen, dass das Glöckchenspiel über der Tür nicht geläutet hatte, nicht einmal kurz. Dennoch stand er plötzlich wie aus dem Boden gewachsen vor mir: ein alter Mann in schwarzem, verschlissenem Mantel.

Ich hatte gerade die Post, die mir Pierre, der Briefträger des Viertels, in die Hand gedrückt hatte, auf der Ladentheke neben der reichlich leeren Kasse sortiert. Wie üblich hauptsächlich Rechnungen, auch ein Pfändungsbescheid war darunter.

Das magere Gesicht, aus dem mir kleine, kalte Augen entgegenstarrten, spiegelte ein ereignisreiches Leben wider. Eigentlich mochte ich solche Gesichter. In diesem Fall jedoch weckte es vor allem Unbehagen. Ich redete mir ein, dass es mit dem Schreck, den mir sein plötzliches Auftauchen eingejagt hatte, zusammenhing.

»Womit kann ich Ihnen dienen?« Am festen Klang meiner Stimme wäre meine vorübergehende Irritation jedenfalls schwerlich zu erkennen gewesen. Er schaute mich unverwandt an. Sein schlohweißes Haar war für einen Mann seines Alters ungewöhnlich lang.

Als ich meinte, den stechenden Blick nicht länger ertragen zu können, fasste ich den Rest seiner Erscheinung ins Auge und wunderte mich vor allem über seine schmutzigen Schuhe, die aussahen, als wären sie noch nie mit einer Bürste oder einem guten Fett in Berührung gekommen. Getrocknete, rötliche Erde, wie sie mir aus den umliegenden Wäldern vertraut war, klebte daran. Unwillkürlich tastete mein Blick über den Boden

den Weg zurück, den der Alte gekommen sein musste. Aber ich fand nirgends die geringste Spur von Schmutz, den er hinterlassen hatte.

»Sie kaufen auch?«

Seine Frage lockte meinen Blick zu ihm zurück und veranlasste mich zugleich in Richtung der Tür zu deuten, wo in handgemalten, anthrazitfarbenen Lettern auf milchweißem Glas zu lesen stand:

Simon & Mathieu

Antiquitäten aller Art

An- und Verkauf

»Was haben Sie anzubieten?«

»Eine Rarität. – Und eine Chance, wie Sie Ihnen noch nie geboten wurde.«

Ein wenig floh das klamme Unbehagen aus mir. Sofort fühlte ich mich wieder in meinem Element. »Haben Sie es dabei?«

Er nickte. Im Nähertreten öffnete er seinen Mantel. Eine seiner Hände verschwand kurz und beulte den in Brusthöhe ohnehin gewölbten Mantel noch mehr aus, ehe sie wieder zum Vorschein kam und einen Gegenstand zutage förderte.

Beiläufig fiel mir auf, dass der Mantel auf der Herzseite weiter ausgebeult blieb.

Der Gegenstand war in ein kariertes Tuch eingeschlagen. Als ich die Hand ausstreckte, legte der Alte ihn mir hinein. Ich fühlte etwas Viereckiges von nicht zu unterschätzendem Gewicht.

»Warum sagen Sie mir nicht einfach, was es ist?«

Seine Miene blieb ausdruckslos. »Ich sagte es schon: etwas überaus Seltenes. Unbezahlbar, ohne Übertreibung. Sehen Sie nach …«

Unbezahlbar, aha. Als Anbieter war es legitim zu übertreiben. Zumindest bis man von echter Sachkenntnis widerlegt wurde.

Ich faltete das Tuch auseinander. Und unwillkürlich weiteten sich meine Augen. »Wenn das ein Scherz sein soll …« Einem ersten Impuls folgend, wollte ich das makabre Ding fallen lassen wie eine heiße Kartoffel.

Irgendetwas hielt mich davon ab – bis heute weiß ich nicht, welche Regung, welcher Gedanke es wirklich war.

»Was bringt Sie zu der Annahme, es könnte sich um einen Scherz handeln?«

Der Anblick des Bernsteinblocks fesselte mich vom ersten Augenblick an – oder besser das, was darin eingeschlossen war. Jeder hat schon einmal eine Mücke oder ein anderes Insekt in Baumharz eingeschlossen gesehen. Hierbei handelte es sich jedoch eindeutig um etwas bedeutend Größeres und zugleich Abstoßenderes. Es war … ein *Organ*.

Die Faszination, die davon ausging, schien größer zu sein als das Entsetzen, das in mir geweckt worden war.

»Sie haben richtig erkannt: Es ist ein Herz«, sagte der Alte.

»Was, zur Hölle, soll das …?« Erst jetzt merkte ich, dass ich am ganzen Leib zitterte. Nur die Hand, die den Bernsteinblock hielt, blieb davon unberührt.

»Eigentlich hatte ich erwartet, dass Sie mich fragen, *wessen* Herz es ist – oder war.«

Ich bin anatomisch absolut ungebildet. Für mich sah es aus wie ein menschliches Herz, ohne dass ich hätte sagen können, wie sich beispielsweise das eines Schweines davon unterschied.

Hitze schoss in mein Gesicht. Ich beschloss, diese Farce zu beenden. »Wie können Sie es wagen …?«

»Es ist verflucht«, unterbrach er mich. »Ich muss es *loswerden* … Bald! Wenn Sie mir den Gefallen tun und es mir abnehmen, dann … dann sind Sie ein gemachter Mann.«

Dieser alte Narr, der sich dem Anschein nach kaum noch auf den Beinen halten konnte, redete daher wie der Leibhaftige selbst, der einem armen Sünder die Seele abkaufen will. Der Gedanke, so lächerlich ich ihn sonst empfunden hätte, schien die Luft um mich herum rapide abzukühlen.

»Sie können nicht ganz dicht im Oberstübchen sein … Gehen Sie! Verschwinden Sie! Und nehmen Sie dieses geschmacklose Ding mit! Ich sage es nicht noch einmal …«

Ich hielt ihm den Bernsteinblock drängend entgegen. Durch das Tuch hindurch glaubte ich etwas Beunruhigendes zu fühlen. Wärme? *Bewegung?*

»Interessiert es Sie wirklich nicht, *wessen* Herz Sie in Händen halten?«

»Nein!« Ich stand kurz davor, grob zu werden, ungeachtet seines Alters.

»Ich sage es Ihnen trotzdem, weil ich weiß, dass Sie ein Faible für alte Dinge haben ...« Und bevor ich ihn erneut zum schleunigsten Gehen auffordern konnte, fügte er hinzu: »Es ist *sein* Herz. Das Herz des Mannes, den sie vor zweitausend Jahren ans Kreuz nagelten. Das Herz von Jesus Christus, dem Erlöser ...«

Die Temperatur war um weitere Grade gefallen. Zumindest in meiner Einbildung. Die Unverfrorenheit des Alten hatte endgültig die Grenzen des guten Geschmacks überschritten.

Ich stellte den Bernsteinblock auf die Ladentheke und wandte mich dem Telefon zu. »Ich werde jetzt die Polizei rufen ...«

»Nicht so schnell, junger Mann. Ich bin noch nicht fertig.«

»Aber ich!«

»Sie würden es bereuen, sich nicht das ganze Angebot angehört zu haben.«

Die Hand schon nach dem Hörer ausgestreckt, hielt ich inne und drehte mich noch einmal zu ihm um. Er wirkte nicht sehr gefährlich. Im Gegenteil, er sah aus, als könnte ihn bereits ein leichter Windstoß zu Fall bringen. Er hatte grüne Augen. Sie waren beunruhigend wach, ihr Blick fast sezierend, während der Rest der Hülle (ich hatte noch nie in Zusammenhang mit einem Menschen, der vor mir stand, an eine *Hülle* gedacht) wie eine verwelkte Blume auf mich wirkte.

»Ich sage es Ihnen jetzt zum letzten Mal im Guten«, drohte ich. »Nehmen Sie dieses scheußliche Ding und verschwinden Sie damit. Ersparen Sie mir dieses wirre Gefasel von einem Fluch. Ich glaube nicht an solchen Blödsinn. Um Ihretwillen will ich annehmen, dass dieses Herz nie in der Brust eines Menschen geschlagen hat, sondern ...«

Er schüttelte ungerührt den Kopf. »Ganz recht. Er war kein Mensch, kein x-beliebiger jedenfalls. Er war etwas ganz Besonderes.«

Hilflos ob seiner Beharrlichkeit hob ich die Hände. »Sie können froh sein, dass ich kein strenggläubiger Katholik bin ...«, setzte ich an, »... sonst ...«

Er unterbrach mich erneut. »Deshalb habe ich Sie ja ausgesucht. Unter anderem. Wir sind uns sehr ähnlich, wissen Sie das? Zumindest *war* ich Ihnen einmal sehr ähnlich, als ich noch jung war. Darf ich fragen, wie alt Sie sind?«

Als ob sein obskures Benehmen etwas mit meinem Alter zu tun haben könnte!

Dennoch antwortete ich widerwillig: »Fünfunddreißig ...«

»Ein gutes Alter. Man ist belastbar. Ich war zweiunddreißig, als ich es erhielt.«

»Wissen *Sie* eigentlich, wie unverschämt und verrückt Sie sich anhören?«

»Mag sein. Aber lassen Sie mich einfach ausreden. Was haben Sie schon zu verlieren? Ich beobachte Sie seit langem. Ich bin sicher, dass Sie der Richtige sind. Ihr Faible für die Vergangenheit. Ihre gescheiterte Existenz ... Danach gehe ich, versprochen. Ganz ohne Polizei. Lassen Sie mich Ihnen mein Angebot nur erklären.«

»Angebot? Nennen Sie das hier ...«, ich wies auf das Herz im Bernstein, »... allen Ernstes ein *Angebot*? Niemand wird sich dafür interessieren – höchstens die Polizei!«

»Es soll sich auch niemand dafür interessieren. Es ist nur für Sie bestimmt, Henri Mathieu, für Sie allein, nicht zum Wiederverkauf. – Sind Sie bibelfest?«

»Leidlich.« Warum, fragte ich mich damals und frage es mich heute, ließ ich mich auf sein Gerede ein? Warum legte ich den Hörer auf die Gabel zurück?

»Sicher wissen Sie, wie Jesus von Nazareth damals umkam. Wie er der Gotteslästerung für schuldig befunden und auf dem Berg Golgatha gekreuzigt wurde. Nachdem er gestorben war, erwirkte ein Mann namens Josef von Arimathäa von Pontius Pilatus das Recht, ihn zu bestatten. Pilatus erlaubte es – ein wenig sonderbar nach der ganzen Vorgeschichte, aber Fakt. Seinen Jüngern gegenüber hatte Jesus verlauten lassen, dass er am dritten Tage nach seinem Tod auferstehen werde. – Richtig?«

So weit konnte ich folgen. Als ich dennoch nicht reagierte, fuhr der Fremde wie erwartet fort: »Kommen wir auf das Herz und den Fluch zu sprechen. Was würden Sie sagen, wenn der

Mann, der sich Josef von Arimathäa nannte, in Wirklichkeit … nun, sagen wir, *Satan* gewesen wäre?«

»Satan?«, echote ich ungläubig.

»Ich verstehe. Sie glauben weder an Gott noch an seinen Widersacher … Zumindest geben Sie es sich selbst gegenüber nicht zu. So war ich auch einmal …«

Irgendetwas drängte mich, die Geschichte zu Ende hören zu wollen. »Warum sollte Satan Jesus bestatten wollen?«

»Er wollte sein Herz. Und er bekam es. Unbemerkt von allen Trauernden.«

»Warum?«

Der Alte lächelte wissend. Mir lief ein Schauder über den Rücken. Für einen Moment hielt ich es für möglich, dass das Märchen, das der Besucher mir erzählte, wahr und er selbst der Leibhaftige sein könnte.

Diesen kurzen Gedanken und die Angst, die mich dabei befiel, hätte ich festhalten, ich hätte auf sie hören sollen.

»Satan«, sagte der runzlige alte Mann, »stahl das Herz, um zu *verhindern*, dass Jesus endgültig zum Messias, zum Erlöser, werden konnte und aus dem Reich der Toten zu den Lebenden zurückkehrte.«

Ich verschränkte die Arme vor der Brust. Das Herz im Bernstein zog meinen Blick magisch an.

Das Herz Jesu?

Es war einfach zu grotesk, um es glauben zu können, erst recht, nachdem »Satan« ins Spiel gebracht worden war.

»Jesus«, sagte ich mit rauer, fast krächzender Stimme, »kehrte zu seinem Vater in den Himmel zurück, nachdem er auferstanden war. Er verabschiedete sich sogar noch von dem ein oder anderen seiner Jünger …«

»So interpretiert es die Kirche«, pflichtete der Besucher mir fast amüsiert bei. »Tatsächlich waren die Erscheinungen nach seinem Tod die vergeblichen Versuche, sein Versprechen der Auferstehung einzulösen – vergeblich deshalb, *weil* Satan ihm sein Herz gestohlen hat.«

»Das ist übelste Blasphemie!«

»Plötzlich doch fromm geworden?«, spottete der Alte.

»Nein, aber …«

»Eben. Hören Sie auf, mir etwas vormachen zu wollen. Ich sagte doch, ich habe Sie beobachtet. Lange und sorgfältig. Ihre Frau ist Ihnen weggelaufen. Ihr Partner, mit dem zusammen Sie das Geschäft betrieben haben, ist vor einem Jahr verstorben, ohne Ihnen etwas anderes als Schulden zu hinterlassen. Sie müssen jeden Tag damit rechnen, dass die Bank Ihnen endgültig den Geldhahn zudreht und Sie den Laden dichtmachen müssen. Wie geht es dann weiter? Bergauf oder bergab, was meinen Sie? Sie werden dem Staat zur Last fallen und am Rande des Existenzminimums dahinvegetieren ... *Das* ist Ihr Schicksal – es sei denn ...«

Die unverblümte Offenheit, mit der ein völlig Fremder meine tatsächliche Situation beim Namen nannte, schnürte mir regelrecht den Hals zu.

»... es sei denn«, fuhr er fort, sich meiner Schwäche bewusst, »Sie nehmen den Fluch von mir *und auf sich*.«

Ich wusste immer noch nicht, von welchem Fluch er eigentlich redete. Er las es in meinen Augen und sagte, die Hand noch einmal unter seinen Mantel schiebend: »Es ist nicht nur das Herz. Ich habe noch etwas für Sie. Ich muss beides loswerden. Und Sie müssen beides annehmen.«

Er holte eine Art Kästchen, etwa genauso groß wie der Bernsteinblock, aus der Innentasche des Mantels. Und diesmal verschwand auch die letzte Ausbeulung in Brusthöhe.

Das Kästchen aus dunklem, ölgetränktem Holz stellte er neben das angebliche Herz Jesu.

Im Stillen fasste ich bereits einen Entschluss. Zum Schein würde ich auf das Angebot des Alten eingehen und dann in jedem Fall doch noch die Polizei einschalten. Ich revidierte meinen ersten Eindruck, dass dieser Mann harmlos sei.

»Was ist in dem Kästchen?«

»Das bleibt ein Geheimnis.«

»Ich soll es nehmen, aber nicht erfahren, was es enthält?«

»Es verliert seinen Zauber, sobald Sie es wissen.«

»Was für einen Zauber?«

»Was würden Sie sagen: Bin ich ein reicher oder ein armer Mann?«

Es fiel mir immer noch schwer, ihn längere Zeit und abschätzend anzuschauen. »Ihren Schuhen nach zu schließen, würde ich Letzteres sagen. Der Mantel sieht teuer aus. Aber …«

»Ich bin der wahrscheinlich vermögendste Mann der Stadt.«

Erstaunlicherweise klang es in keiner Weise aufschneiderisch.

Achselzuckend nickte ich erneut zu dem Kästchen hin. »Von mir aus. Und was hat das damit zu tun?«

»Ich wurde reich durch diese beiden Dinge«, behauptete er. »Sobald ich Sie Ihnen gebe *und Sie sie annehmen*, verliere ich alles. Aber das ist ohne Belang. Ich hatte ein gutes Leben. Ab dem Moment, da mich *mein* Vorgänger besuchte und ich ihm sowohl den Fluch als auch den Segen abnahm.«

Es reichte. »Wo kann ich Sie erreichen? Ich meine, falls etwas sein sollte, nachdem ich mich entschieden habe …«

Er lächelte und in diesem Moment war ich beinahe sicher, dass er mich durchschaute.

Noch einmal kramte er in einer Manteltasche. »Sie wollen es wirklich tun? Das Herz ist *verflucht*, ich betone es noch einmal eindringlich. Und das Kästchen auch. Sie werden einen Preis dafür bezahlen müssen, dass Ihnen Reichtum und Glück die Tür einrennen. Am Ende wird abgerechnet. Auf mich … nun, auf mich wartet die Verdammnis. Vielleicht sehen wir uns dort eines Tages wieder …«

»Dort?«

»In der Hölle.«

Als der Mann gegangen war, glaubte ich noch zu wissen, was ich getan hatte. Nicht lange jedoch und mir sollten die ersten Zweifel kommen …

Auf der Theke lagen drei Dinge: das Herz in Bernstein, das Kästchen – und eine Visitenkarte, die mir der Alte vor seinem Abschied dagelassen hatte. Letztere war es, die ich jetzt mit spitzen Fingern anfasste und las: *Vincent Lafaette*, stand darauf, *Devotionalienhändler, Rue Malpas 29, Nantes*. Auch eine Telefonnummer war angegeben.

Dass er mit Gegenständen religiöser Verehrung handelte, verblüffte mich völlig. Und ebenso, dass er mir bereitwillig die Karte dagelassen hatte.

Ich misstraute ihrer Echtheit. Gleichzeitig fragte ich mich, warum ich zögerte, mein Vorhaben die Polizei zu verständigen in die Tat umzusetzen.

In diesem Augenblick wurde die Ladentür aufgerissen, die Glöckchen läuteten Sturm und Pierre erschien mit hochrotem Gesicht, die Mütze weit in den Nacken geschoben.

»Das hatte ich ganz übersehen«, rief er entschuldigend und schwenkte dabei ein Kuvert in der Luft. »Ich war schon fast am anderen Ende der Straße. Hatte sich wohl zwischen die andere Post gemogelt ...«

Ich stand immer noch zu sehr im Bann des Erlebten, um sofort zu reagieren – und zu verstehen.

Pierre stürmte bereits wieder nach draußen, als ich endlich auf den Brief starrte, den er auf die Theke gelegt hatte.

Das erneute Bimmeln ließ mich aus meiner Lähmung erwachen.

Es war ein amtliches Schreiben. Für so etwas hatte ich ein Auge. Dennoch unterschied es sich von den üblichen Mahnschreiben, Zahlungsaufforderungen und Gerichtsbescheiden. Ein fetter Stempelabdruck verriet den Adressaten: *Notariat Bondelle* ...

Notare verschicken in aller Regel nur dann Rechnungen, wenn man sie zuvor in Anspruch genommen hatte. Der Name Bondelle war mir jedoch völlig unbekannt.

Wenig später blickte ich auf ein formelles Schreiben, das mich darüber in Kenntnis setzte, dass ich dringend in Erbschaftsangelegenheiten bei dem angegebenen Notariat vorsprechen sollte. Es ging um den Nachlass einer Frau namens Claire Sorrèt, die, wenn ich mich richtig entsann, über sieben Ecken mit mir verwandt sein musste. Als Termin für die Testamentseröffnung war Mittwoch kommender Woche angesetzt.

Ich las den Brief noch mehrfach, vor allem suchte ich im Empfängerfeld immer wieder nach einem Hinweis darauf, dass die Post vielleicht gar nicht an mich hätte gehen sollen, sondern eine Verwechslung vorlag. Aber ganz offenkundig war ich und kein anderer gemeint.

Schließlich dämpfte ich zart keimende Hoffnungen auf Reichtum, indem ich mir die zahlreichen Filme in Erinnerung rief, in denen Erben mit hoch verschuldeten Immobilien, wertlosem Tand oder pflegeintensivem »Lebendinventar« abgespeist worden waren.

Nein, Claire Sorrèt hatte vermutlich selbst gerade einmal genug zum Leben gehabt und mit Sicherheit war ich nicht der einzige Hinterbliebene, der eine Aufforderung erhalten hatte, zum Vollstreckungstermin zu erscheinen.

Trotzdem ich mir all dies immer wieder sagte, konnte ich nicht verhindern, dass das Gift, das der Alte mir verabreicht hatte, Wirkung zeigte. Ich hatte mir immer eingebildet nicht abergläubisch zu sein, doch nun ...

Mein Blick streifte den Bernsteinblock und blieb an dem Kästchen aus schwarzem Holz hängen. Dabei war mir bewusst, dass ich eigentlich die Polizei hatte anrufen wollen.

Ich streckte die Hand aus und hob das Kästchen hoch. Es war schwer, viel schwerer als das Herz, trotz der geringen Größe. Ich war sicher, es öffnen zu können, auch wenn mir auf Anhieb kein entsprechender Mechanismus auffiel. Notfalls hätte ich Gewalt anwenden können.

Aber der Alte hatte behauptet, das Glück bliebe mir nur treu, wenn ich darauf verzichtete, das Geheimnis des Inhalts zu lüften.

Das Glück.

Ein bitteres Gefühl rann wie Sodbrennen durch meinen Brustkorb.

Was hatte ich davon, die Polizei auf einen senilen, alten Spinner zu hetzen? Und falls es kein Spinner war, was hinderte mich daran, die Probe aufs Exempel zu machen? Was hatte ich zu verlieren?

Deine Seele.

Ich hörte nicht auf das, was eine übergeordnete Instanz meines Verstandes mir warnend antwortete. Ich stellte das Kästchen zurück auf die Theke, ohne es geöffnet zu haben – ohne auch nur den Versuch zu unternehmen, sein Inneres zu erforschen.

Dafür griff ich nun doch zum Telefon. Allerdings nicht, um die Behörde einzuschalten, sondern um die Nummer zu wählen, die auf der Visitenkarte angegeben war. Dabei merkte ich, dass ich immer noch – oder wieder – zitterte.

Es läutete quälend oft, aber niemand hob ab. Er selbst konnte noch nicht zu Hause sein. Seine Wohnung lag auf der anderen Seite der Stadt. Aber mir hätte es schon genügt, wenn sich eine andere menschliche Stimme gemeldet hätte. Jemand, der mir etwas mehr über den vermeintlichen Scharlatan hätte sagen können. Meinetwegen auch jemand, der mir nur bestätigt hätte, *dass* er völlig verrückt war.

Aber das war ich wohl selbst.

Das Kästchen war nicht das Problem. Das Herz war es.

Ihr Faible für die Vergangenheit, huschten Worte des Alten durch meinen Kopf. *Ihre gescheiterte Existenz …*

Wie Recht er hatte. Wie erschreckend gut er mich kannte.

Zwischendurch versuchte ich immer wieder, ihn ans Telefon zu bekommen. Die Leitung war frei, aber niemand hob ab.

Der Tag verstrich wie im Fluge.

Abends rief Madeleine an.

Sie hatte sich seit Monaten nicht mehr gemeldet. »Du fehlst mir«, sagte sie. »Wollen wir es noch einmal miteinander versuchen?«

Das Gericht hatte uns geschieden. Die Anwälte hatten ein kleines Vermögen verdient und damals, im Gerichtssaal, hatte Madeleine mir öffentlich erklärt, was für ein Versager ich in allen Belangen gewesen war, auch und ganz besonders im Bett.

Und jetzt das. Als ich den Hörer aufgelegt hatte, waren wir für den darauf folgenden Tag verabredet. Zum Mittagessen bei Philippe, unserem ehemaligen Stammrestaurant. Ohne Madeleine war ich nie wieder hingegangen. Sie vermutlich auch nicht mehr ohne mich, wer weiß.

Ich ging hinunter in den Laden und holte das Kästchen nach oben, stellte es auf den Nachttisch neben das Bett und beschloss, früh schlafen zu gehen. Der Bernsteinblock blieb unten. Er war mir unheimlich.

In dieser Nacht träumte ich zunächst von Reichtümern, dann von Madeleine. Zu guter Letzt von dem Herz im Bernstein. Ich träumte, ich hielte es in meinen Händen und es begänne unvermittelt wieder sichtbar zu schlagen – im Takt meines eigenen Herzens.

Als ich im Morgengrauen aufwachte, war ich schweißgebadet. Nach dem Duschen zog ich meinen besten Anzug an und hängte ein Schild an die Ladentür: HEUTE GESCHLOSSEN.

Dann ging ich dorthin, wo ich schon seit gut zwei Jahrzehnten nicht mehr gewesen war. In die Kirche, in der meine heilige Kommunion gefeiert worden war. Die Kirche in der Rue Berlusconi …

Madeleine und ich hatten ausschließlich standesamtlich geheiratet. So war es tatsächlich ein beklemmend ungewohnt gewordenes Gefühl, nach all der Zeit wieder eine Kirche zu betreten.

Das Kirchenschiff lag verlassen. Meine Schritte verursachten einen hallenden Klang. Der Geruch war unangenehm. Er erinnerte mich daran, dass diese Kirche *immer* unangenehm gerochen hatte, schon damals.

Ich setzte mich in die vorderste Reihe, dem Schränkchen gegenüber, in dem die Hostien aufbewahrt wurden. Auch dies stimmte mit meiner Erinnerung überein.

Die nächsten Minuten brachte ich damit zu, die Skulptur des Gekreuzigten, die die Wand hinter dem Altar ausfüllte, zu betrachten.

Allmählich kamen meine Gedanken zur Ruhe. Spätestens seit Madeleines Anruf hatten sie sich in völligem Aufruhr befunden, weil ich unaufhörlich das Für und Wider abwog, ob das, was jener alte Mann mir aufgetischt hatte, nicht vielleicht doch mit einem kleinen Körnchen Wahrheit behaftet sein könnte.

Die ungeheuerlichste von allen Behauptungen war immer noch, dass er den Teufel ins Spiel gebracht hatte. Das Herz Jesu in Bernstein … nun gut, es war absolut unwahrscheinlich, aber *vorstellbar*. Zumindest für einen blutigen Laien in theologischen Fragen wie mich. Das Kästchen, das nicht geöffnet werden durfte, stellte auch keine Unmöglichkeit dar. Der Glaube – hier der Aberglaube – versetzte bekanntlich Berge. Das Notarschreiben und Madeleines Anruf waren Zufälle, wie sie das Leben ständig schreibt.

Blieb also wirklich nur das ausschmückende Beiwerk, mit dem mich der Alte geködert hatte und das, so glaubte ich damals fest, der wahre und ausschließliche Kern meines Unbehagens war.

Ich beschloss, die kommende Woche abzuwarten – insbesondere, wie hoch mein Erbe ausfallen würde. Davon würde ich abhängig machen, ob ich die Begegnung mit dem Alten – und ihre Folgen – weiter hinterfragen sollte oder nicht.

Zuerst allerdings traf ich mich mit Madeleine, die *mir* Blumen mitbrachte und mir auch sonst förmlich aus der Hand fraß. Schon das hätte mir zu denken geben sollen.

Ausgerechnet Madeleine …

Sie sah besser aus denn je. Sogar das Rauchen, das mich immer an ihr gestört hatte, hatte sie dem Anschein nach aufgegeben. Was hätte also dagegen sprechen sollen, sie noch auf ein Glas Wein mit nach Hause zu nehmen?

Es wurde eine ganze Nacht daraus. Wir unterhielten uns prächtig. Sie war witzig, aufmerksam, und von Anfang an lag eine erotische Spannung in der Luft.

Selbst das Aufwachen neben ihr – etwas, was mich in der letzten Zeit unseres Zusammenlebens immer unglaublich reizbar gemacht hatte – verlief in harmonischer Eintracht.

»Ich muss zur Arbeit, sehen wir uns wieder?«

Ich nickte.

Ein Lächeln huschte über ihr Gesicht. Sie sah aus wie bei unserem allerersten Rendezvous. Und wenn ich ehrlich war, hatte ich Sex selten so sehr genossen wie in der zurückliegenden Nacht.

Als sie weg war, überkam mich unbändiger Durst. Im Kühlschrank fand ich eine halb volle Milchflasche, deren eisigen Inhalt ich in einem Zug austrank. Während ich mir den Mund mit dem Handrücken abwischte, überfiel mich ein mindestens ebenso eisiger Schreck. Ich stürmte hinüber ins Schlafzimmer.

Aber das Kästchen stand noch auf seinem Platz, offenbar unversehrt. Auch das Gewicht, als ich es anhob, stimmte.

Wie hatte ich annehmen können, dass Madeleine …?

Der Alte rückte wieder in den Vordergrund meiner Gedanken. Seine Karte lag noch unten im Laden neben dem Telefon. Ich überlegte, ob ich den zweiten Tag in Folge das Geschäft geschlossen lassen sollte. Und noch während ich darüber nachdachte, schrillte das Wohnungstelefon. Schon nach dem dritten Klingeln schaltete sich der Anrufbeantworter ein. Eine freundliche Frauenstimme meldete sich mit dem Namen meiner Hausbank und dann mit ihrem eigenen. Ich war geübt im *Weg*hören und wollte mich bereits abwenden, als ich etwas aufschnappte, das klang wie: »… bedauerlicher Irrtum … Betrag wird Ihnen umgehend gutgeschrieben …«

So wenig ich auch verstand, es brachte mich dazu, doch noch – und entgegen jeder Gewohnheit der letzten Wochen – den Hörer abzuheben.

»Monsieur Mathieu?«

»Am Apparat.«

Mir wurde eröffnet, dass der für mich zuständige Sachbearbeiter, der damals auch die Existenzgründerkredite abgesegnet hatte, wegen einer Reihe dubioser Machenschaften fristlos entlassen worden sei. Bei der Überprüfung aller Konten und zugehörigen Unterlagen sei entdeckt worden, dass auch ich zu den Geschädigten gehörte. Eine Lebensversicherung, die mein verstorbener Partner ohne mein Wissen als Sicherheit hinterlegt hatte, sei von dem betreffenden Angestellten unterschlagen worden, der Erlös dessen eigenem Konto zugeflossen. Zu diesem Zweck hatte er offenbar meine Unterschrift gefälscht. Dem Vernehmen nach handelte es sich beileibe um keinen Einzelfall. Die Dame am Telefon gab ihr Bestes zerknirscht zu wirken.

»Und was bedeutet das für mich?«

»Darüber spreche ich ungern am Telefon …«

»Was es für mich *bedeutet,* will ich wissen!«

Sie besaß unzweifelhaft die schlechteren Karten. Und sie wusste es. »Die Ausschüttung tilgt sämtliche Kredite. Es bleibt sogar noch ein kleines Sümmchen …«

Ich nahm den Hörer vom Ohr. Ich starrte ihn an. Dann schlug ich ihn so heftig gegen die Kante der Kommode, auf der das Telefon stand, dass er zerbrach. Es war, als wären Dämme in mir gebrochen, Zentnerlasten von meiner Seele gefallen.

Meine Seele.

Ich bekam in dem Moment eine Gänsehaut, als mir klar wurde, dass dies der Zu- und Glücksfälle schlichtweg zu viele waren. Noch in der gleichen Stunde begab ich mich zu der Adresse, die auf der Karte stand.

Vincent Lafaette, Devotionalienhändler, Rue Malpas 29 …

Das Taxi hielt in der einladend offen stehenden Toreinfahrt. Ich wollte das verbleibende Stück Weg zu Fuß zurücklegen, um mir ein klareres Bild von Lafaettes Lebensverhältnissen zu machen.

Ich war nie zuvor in der Rue Malpas gewesen, doch schon während der Fahrt hatte sie sich als eines der »besseren« Viertel herausgestellt. Zumindest was das anging, schienen die Behauptungen des Alten zu stimmen.

Von einer hohen Bruchsteinmauer vom Straßenlärm abgeschirmt, erstreckte sich das dahinter liegende Gelände über eine Fläche, die gut und gern mehrere Wohnblöcke hätte fassen können. Doch auf dem parkähnlichen Anwesen erhob sich lediglich ein einziges, villenartiges Gebäude.

Von solchen Häusern war ich zeitlebens angetan gewesen: efeuumrankt, mit ineinander verschachtelten Giebeln, hübschen, einfachverglasten Sprossenfenstern, altmodischen Läden davor und einem wunderschönen Kiesweg, der sich nicht schnurgerade, sondern mäandernd wie ein romantischer Bachlauf darauf zubewegte.

Das Tor, das die Mauer normalerweise schloss, stand sperrangelweit offen, was ich ungewöhnlich fand, da weit und breit niemand zu sehen war. Es passte nicht zum Bild des Schwerreichen, das Lafaette gezeichnet hatte. Wo blieb sein Sicherheitsbedürfnis? Er konnte mich unmöglich erwarten.

Ich zahlte den Fahrer aus und folgte dem breiten Weg, der zu dem erhöht hinter Bäumen stehenden Haus führte. Kiesel knirschten bei jedem Schritt. Mir fiel auf, dass alles hier, obwohl die spätherbstliche Sonne kraftvoll von einem fast wolkenlosen Himmel herabschien, wie mit einer düsteren, schattenhaften Patina überzogen war.

Auch nach Betreten des Grundstücks entdeckte ich nirgendwo auch nur eine Menschenseele. Hinter mir hielt das Taxi noch immer. Ein fürstliches Trinkgeld – immerhin war ich schlagartig schuldenfrei geworden – hatte dies möglich gemacht. Sollte ich nicht binnen der nächsten zehn Minuten zurückkehren, würde es schließlich doch ohne mich abfahren. Aber ich wollte einfach für den Fall gewappnet sein, dass Lafaette vielleicht nicht da war oder er mich schlicht und ergreifend nicht einlassen *wollte*.

Am Hauseingang angekommen, musste ich feststellen, dass auch die Tür weit offen stand.

Auf der Schwelle blieb ich stehen, den Blick ins noble Innere gerichtet. »Hallo?«

Niemand antwortete.

Ich war sicher, dass es Bedienstete gab. Ein Besitz dieser Größe und Klasse setzte sie einfach voraus. Aber auch auf mehrmaliges Rufen hin zeigte sich nicht ein Einziger von ihnen.

Es stand mir frei, mich umzudrehen und wieder zu gehen.

Stattdessen betrat ich das Haus.

Ich kann schwer beschreiben, was ich dabei empfand, aber das Gefühl, dass nun endgültig eine Falle zuschnappte, aus der es kein Entrinnen mehr geben würde, war übermächtig.

»Nur herein, Mathieu. Keine falsche Scheu …«

Als hätte er nur auf diesen letzten, entscheidenden Schritt gewartet, hörte ich Lafaettes brüchige Stimme aus einem Zimmer linker Hand der Eingangshalle.

Dicke Läufer dämpften meine Schritte, als ich darauf zuging. An einem Renoir vorbei, dessen Echtheit ich keine Sekunde infrage stellte, erreichte ich den Raum, in dem der Devotionalienhändler vor einem Kamin saß, dessen Feuer an diesem Tag noch nicht gebrannt hatte. Es lag nicht einmal etwas Brennbares darin. Die Feuerstelle war penibel gesäubert. Lafaette saß in einem hohen Sessel davor, eine Decke aus Schafwolle über Beinen und Schoß.

»Woher wussten Sie, dass ich es bin? Haben Sie mich den Weg heraufkommen sehen?«

Auch ohne dass er darauf antwortete, vermittelte er den Eindruck, als hätte er den Sessel seit Stunden nicht mehr verlassen. »Setzen Sie sich. Dort …«

Er bot mir Platz in einem Sessel ihm gegenüber an. Selbst die Position des freien Sessels wirkte arrangiert, für meinen Besuch vorbereitet. Dies alles trug nicht dazu bei, mein Selbstbewusstsein zu stärken.

Der Vincent Lafaette, der mich empfing, war jedenfalls ein völlig anderer als jener Vincent Lafaette, der mich vorgestern (war es wirklich erst zwei Tage her?) in meinem Laden besucht hatte. Saft- und kraftlos kauerte er in den abgewetzten Polstern des Ledersessels. Der Platz, den er mir angeboten hatte, wirkte dagegen fast fabrikneu. Wie oft mochte er hier vor dem Kamin gesessen haben – und welche *Gedanken* mochten ihn beschäftigt haben? Einen Verfluchten, wie er es nach eigenem Bekunden trotz seines Reichtums, trotz seines Erfolges war …

Ich setzte mich. Das Leder ächzte ähnlich wie die Steine auf dem Weg unter meinem Gewicht. »Sie leben ganz allein hier?«

»Seit kurzem.« Er nickte. Selbst diese Bewegung schien ihn anzustrengen. Er war blass, seine Augen waren glanzlos geworden, in keinster Weise mehr zwingend wie bei seinem Besuch. »Ich habe alle weggeschickt. Ausgezahlt und zum Teufel gejagt.« Ein abstoßendes Geräusch löste sich aus seiner Kehle. Es dauerte eine Weile, bis ich begriff, dass es sich um die einzige Art von Lachen handelte, die ihm geblieben war. »Warum sind Sie gekommen?«, fragte er.

In seiner Gegenwart konnte ich mich offenbar nur unwohl fühlen. »Ich dachte, Sie wüssten alles über mich.«

»Nicht alles«, widersprach er, »aber genug.«

»Und Sie? Warum haben Sie Ihre Bediensteten weggeschickt? Was ist mit Ihrer Familie?« Ich war mir sicher, dass ich ihn genau das nicht hatte fragen wollen. Aber die Worte quollen sonderbar fremd aus meinem Mund.

»Ich habe keine Familie. Nicht mehr. Auch das ist Teil des Fluchs. Man verliert nach und nach alle Angehörigen, alle Freunde, alle Weggefährten.«

»Sie wollen mir immer noch weismachen, dass ein Fluch …«

»Sie wollen sich immer noch vormachen, nicht an seine Existenz zu glauben. Dabei wissen Sie es längst besser. Sonst wären Sie nicht hier. Aber ich wusste, dass Sie kommen. Ich wusste, dass es sich nur um wenige Tage handeln konnte. So lange eben, wie ich noch aushalten kann.«

Seine Worte schafften es, mich erneut aufzuwühlen – entgegen aller Vorsätze, die ich mir genommen hatte.

»Aushalten?«, echote ich.

»Ich habe meinen Nachfolger gefunden. Es gibt keinen Grund mehr für einen weiteren Aufschub. Mein Tod ist beschlossen. Alles, was ich aufgebaut habe, geht vor die Hunde.« Er räusperte sich so heftig, dass ein Tränenfilm seine Augen noch mehr verschleierte. »Seltsam, dass man die Wertlosigkeit von Besitz und Macht erst dann erkennt, wenn man den Punkt erreicht, an dem man alles zurücklassen muss.«

In die eintretende Stille hinein sagte ich: »Sind Sie krank?«

Er schüttelte den Kopf, als hätte es keinen Sinn zu versuchen, es mir zu erklären. »Wenn Sie nicht hergekommen wären, hätte es nichts geändert«, sagte er matt. »Es braucht niemanden, der für es spricht. Es erklärt sich selbst. Mit der Zeit.«

»Es?«

»Das, wovon Sie mich befreit haben – ohne mich davon zu erlösen.«

»Das Herz? Das Kästchen?«

»Haben Sie es geöffnet?«, stellte er die Gegenfrage.

»Natürlich.«

»Sie lügen. Das hätten Sie nicht riskiert. Es würde nicht zu Ihnen passen.«

»Wenn Sie meinen.«

»Was ist drin?«

»Sagen *Sie* es mir.«

»Das kann ich nicht.«

»Das nehme ich Ihnen nicht ab.«

»Stimmt. Ich wollte Ihnen nur klarmachen, dass Sie nicht der Einzige sind, der die Kunst beherrscht, Un- oder Halbwahrheiten einzusetzen.«

»Es war nicht Ihre erste Lüge.«

»Nein.«

Ich ballte die Fäuste, was mir erst bewusst wurde, als ich das Knacken meiner Knöchel hörte. »Das Herz ist nicht das von Jesus.«

Er nickte.

»Dann war alles gelogen …«

Er schüttelte den Kopf. »Nicht alles. Ich sagte doch: Sie werden die Zusammenhänge, die Mechanismen selbst erkennen. Geben Sie sich etwas Zeit. Haben Sie die letzten beiden Nächte gut geschlafen?«

Was sollte das nun wieder?

»Es teilt sich Ihnen über die Träume mit«, fuhr er erklärend fort.

Mir fiel ein, dass ich geträumt hatte, das Herz würde in seinem Kerker aus Bernstein wieder anfangen zu schlagen.

Sollte dahinter tatsächlich der Schimmer einer Erklärung stecken, hatte das Orakel von Delphi vergleichsweise Klartext gesprochen.

Mir wurde bewusst, dass ich bereits hinnahm, es mit einem unerklärlichen und übersinnlichen Phänomen zu tun zu haben, das der Alte im Sessel auf mich abgeladen hatte. Fluch hatte er es genannt, ohne bis zur Stunde auch nur ansatzweise zu definieren, worin dieser Fluch eigentlich bestehen sollte. Reichtum, Glück, Erfolg … Das alles konnte schwerlich damit übertitelt werden. Und was er über die Verdammnis gesagt hatte, die seiner Seele harrte, war völlig vage geblieben. Ich wäre immer noch geneigt gewesen, ihn als Spinner abzutun, hätte sich seit meiner Begegnung mit ihm in meinem Leben nicht Grundlegendes geändert – und hätte ich nicht das felsenfeste Gefühl gehabt, dass er sich seiner Sache *sicher* war.

»Was ist in dem Kästchen?«, fragte ich. »Sie wissen es. Sie haben nachgesehen. Offenbar gehört es zu Ihren Lügen, dass der Zauber des Glücksbringers flieht, sobald man den Deckel hebt.«

»Ich sagte nie, dass es ein Glücksbringer ist«, korrigierte mich Lafaette. »Reichtum, Macht … das hat nichts mit *Glück* zu tun. Sie werden Ihr Glück nie mehr finden, nicht einmal Zufriedenheit. Ich habe Sie vor dem Preis gewarnt, den es kostet, sich darauf einzulassen.«

Worthülsen.

»Was ist in dem Kästchen?«

»Riskieren Sie es und sehen Sie nach. Dann wissen Sie auch, wessen Herz dazugehört.«

Ich stand auf. »Sie wollen mir nicht helfen.«

»Haben Sie *mir* geholfen?«

»Angeblich habe ich Ihnen einen Fluch abgenommen.«

»Wieder falsch. Sie haben den Fluch übernommen. Abnehmen kann ihn keiner. Ich musste einen Nachfolger suchen, genau wie Sie eines Tages einen Nachfolger finden müssen, wenn sich Ihr Leben dem Ende nähert und das *Ereignis* nicht eingetreten ist. Es wird Ihnen gelingen, den Fluch weiterzugeben, daran habe ich keinen Zweifel. Sie müssen sich gar nicht anstrengen, eine geeignete Person zu finden. Das Herz hilft Ihnen dabei. Verlassen Sie sich einfach auf Ihr Gefühl. Ich lebe nicht schon immer in Nantes. Ich siedelte mich vor fünfunddreißig Jahren hier an. Eines Tages wusste ich, dass hier der Platz ist, an dem ich einmal sterben würde. Und wo *Sie* auf mich warten.«

Vor fünfunddreißig Jahren war ich zur Welt gekommen.

Ich versuchte, dem Gedankenstrudel zu entkommen, indem ich auf das zurückkam, was er wie beiläufig hatte fallen lassen: »Von welchem Ereignis haben Sie gesprochen?«

»Die Träume werden …« Er hustete. Nachdem er sich beruhigt hatte, knüpfte er an den Satz an, bei dem er unterbrochen worden war: »Warten Sie auf die Träume. Irgendwann wird sich Puzzleteilchen um Puzzleteilchen zusammenfügen. Dann werden Sie begreifen.«

Ich ging zur Tür.

»Sparen Sie sich den Weg«, hörte ich ihn murmeln, »noch einmal herzukommen. Ich werde nicht mehr da sein.«

Es war klar, was er meinte.

Wortlos verließ ich das stille, kalte Haus, in dem sich mir die Kehle zuzuschnüren schien.

Draußen öffnete sich der unsichtbare Ring, der sich um meine Brust geschlossen hatte. Ich atmete erst einmal befreit auf.

Es gehört zu den vielen Dingen, für die ich auch im Nachhinein keine Erklärung habe, dass ich das Grundstück nicht schnurstracks hinter mir ließ, sondern erst noch das Haus umrundete, das nun wie ein Mausoleum auf mich wirkte. Ein steinerner Sarkophag, in dem sich Lafaette bereits zu Lebzeiten beerdigt hatte.

Diesen Eindruck musste ich jedoch schneller revidieren, als ich erwartet hätte. Denn hinter dem Haus entdeckte ich die Stelle, die er sich selbst als Grab ausgesucht hatte. Das Loch war bereits ausgehoben, der sündhaft teure Marmorstein bereits gesetzt. Es stand noch kein Name darauf, dennoch gab es keinen Zweifel, für wen das Grab bestimmt war.

Als ich die rote, aufgeschüttete Erde sah, wurde ich an die schmutzigen Schuhe erinnert, in denen mich Lafaette besucht hatte. Schmutzig, als hätte er das tiefe Loch, das in der Erde klaffte, eigenhändig geschaufelt, diese Arbeit keinem seiner Diener anvertraut. Derselbe greisenhafte Mann, der gerade vor mir gesessen hatte, als würde selbst das Aufstehen aus dem Sessel seine Kräfte übersteigen …

Das Taxi stand immer noch in der Toreinfahrt, und das, obwohl es bei mir deutlich länger als verabredet gedauert hatte. Offenbar war mein Trinkgeld noch nobler ausgefallen, als mir bewusst gewesen war.

Der Fahrer grinste mich aus einer Wolke blauen Dunstes heraus an, klemmte die Gauloise ein letztes Mal zwischen die Lippen und zog so mächtig daran, dass ich die Glut bis zu seinen Fingernägeln wandern sehen konnte. Dann schleuderte er sie durch das halb offene Fenster hinaus auf den Straßenasphalt.

»Steigen Sie ein. Ich dachte mir, dass es etwas länger dauert, und hab noch meine Zigarettenpause eingeschoben …«

Ich war ihm dankbar. Auf dem Rückweg zu meiner Wohnung fragte er mich überraschend, ob ich mit Lafaette verwandt sei. Nachdem ich verneint hatte, nickte er. »Hätte mich auch gewundert. Sind alle weggestorben. Der Kerl hat die Seuche. Passen Sie auf sich auf.«

»Sie kennen ihn?«

»Nur was man sich über ihn erzählt. Schwerreich, der alte Knabe. Aber daran sieht man mal wieder, dass Kohle nicht alles ist.«

An der Ladentür klebte ein Zettel von Madeleine. Begreiflicherweise hatte sie mich nicht angetroffen. Sie schrieb, dass sie es gegen Abend noch einmal versuchen wollte.

Ich freute mich auf etwas Zerstreuung. Ich hatte sie nötig. Kurz zog ich sogar in Erwähnung, meine Ex in die Geschichte einzuweihen – allerdings ohne ein Sterbenswörtchen von dem unerwarteten Geldsegen verlauten zu lassen, der über mich gekommen war. Und der sich vielleicht in ein paar Tagen noch einmal wiederholen würde, wenn das Testament meiner Erbtante eröffnet wurde. Ausschließen wollte ich es nicht mehr.

In der Küche stellte ich die beiden von Lafaette erhaltenen Gegenstände nebeneinander auf den Tisch und brühte mir erst einmal einen starken Kaffee auf. Später setzte ich mich hin und nippte an meinem teerschwarzen Gebräu, während mein Blick abwechselnd auf dem dunklen Holzbehälter und dem in Bernstein gegossenen Herz ruhte.

»Sehen Sie in dem Kästchen nach und Sie wissen, um wessen Herz es sich handelt«, hatte mir Lafaette sinngemäß erklärt.

Aber hing meine Glückssträhne nicht davon ab, dass die Schatulle verschlossen blieb?

Ich wog das Für und Wider zigmal ab. Am Ende obsiegte mein Aberglaube. Ich wollte das Glück, kaum dass ich es am Schlafittchen hatte – oder es mich –, nicht schon wieder verjagen.

Der bernsteinfarbene Klotz neben der Schatulle wirkte kaum noch monströs auf mich. Offenbar hatte ich mich an den Anblick gewöhnt. Vielleicht half dabei das Eingeständnis des Alten, dass es sich zumindest nicht um das Herz Jesu handelte. Alles andere, dachte ich damals, konnte nur halb so schlimm sein. Außerdem war »Satan« für mich damit aus dem Spiel. Eines von vielen Hirngespinsten des Alten, nicht weiter des Nachdenkens wert …

Abends kam Madeleine, wie angekündigt. An ihrem beinahe devoten Verhalten hatte sich nichts geändert. Wir gingen wieder ins Bett, aber diesmal erinnerte sie mich beständig an eine Marionette, nicht an eine Frau aus Fleisch und Blut, die ihren eigenen Willen hatte. Das dämpfte den Genuss mehr, als ich es für möglich gehalten hätte.

Ich war froh, als sie mir erklärte, heute nicht bis zum Morgen bleiben zu können – gleichzeitig hatte es etwas Gespenstisches, denn es kam mir vor, als entspräche sie selbst damit *meinem* unausgesprochenen Wollen.

In dieser Nacht erfüllte sich die Prophezeiung Lafaettes: Ich träumte in zunehmender Intensität von Zeiten und Begebenheiten, die ich in dieser Detailfülle, wie ich sie durchlebte, gar nicht kennen *konnte*. Diese Träume wiederholten sich von nun an jede Nacht und es war kaum ein Morgen, an dem ich nicht schweißgebadet erwachte.

Im selben Maß, wie meine seelische Befindlichkeit sich also verschlechterte, verbesserte sich mein Kontostand. Claire Sorrèt vermachte mir mehr als ein wenig Kleingeld. Ich hätte mich sofort zur Ruhe setzen können.

Doch Ruhe, das ahnte ich längst, war das Letzte, was ich je wieder finden würde, seit ich Lafaettes Todesanzeige in der Zeitung entdeckt hatte.

Die Monate verstrichen, die Jahre. Ich wurde zum gemachten Mann, heiratete Madeleine zum zweiten Mal, diesmal allerdings mit einem Ehevertrag, der verhinderte, dass sie sich bei einer erneuten Scheidung an mir sanieren konnte. Aber an Trennung war ohnehin nicht zu denken. Unsere Ehe war insofern perfekt, als sie sich als das optimale Spielzeug erwies. Sie hatte alles verloren, was ich je an ihr geschätzt und was mir unser Auseinandergehen damals so schmerzhaft gemacht hatte.

Warum ich sie dennoch heiratete?

Bei ihr wusste ich, was ich bekam. Ich hatte wohl einfach keine Lust mehr mich an einen fremden Menschen zu gewöhnen und des Alleinseins war ich auch müde.

Ich wurde zum umworbenen Mäzen ungezählter kirchlicher Institutionen. Als ob ich mir damit die Absolution auf ähnliche Weise erkaufen wollte, wie es im Mittelalter für das gehobene Bürgertum mittels Ablassbriefen möglich gewesen war.

In meinen Träumen begegnete ich Jesus fast jede Nacht. Ich sprach mit ihm wie mit einem guten Freund. Ich begleitete ihn sogar hin zum Ölberg, wo ich ihn aber allein mit den anderen ließ …

Und dann kam die Nacht, die das schon gewohnte Träumen noch einmal auf die Spitze trieb.

Die Nacht, in der ich träumte, wie ich selbst Hand an mich legte …

… und wie einer kam, der mir das Herz aus der erkaltenden Brust herausschnitt …!

»Beruhige dich! Um Himmels willen …«

Um Himmels willen.

Madeleine hatte nicht durchgemacht, was ich gerade durchgemacht hatte! Dass mein Herz wieder schlug – es pochte hart und schnell bis in den Hals hinauf –, kam mir wie ein Wunder vor, nachdem es mir herausgerissen worden war …

Mir?

Ich versuchte, mich zu erinnern. Es fiel schwerer als sonst.

»Du solltest endlich einen Spezialisten aufsuchen …«

Es ging ihr weniger um mich als um ihre Nachtruhe. Aber das verübelte ich ihr nicht.

»Schon gut.« Es gelang mir, die Fassung wiederzuerringen. »Leg dich noch mal hin. Ich werde etwas trinken, vielleicht etwas fernsehen. Danach gehe auch ich wieder schlafen.«

Es war mir egal, ob sie mir glaubte oder nicht. Sie strich noch einmal über meinen Rücken, an dem das Pyjamaoberteil klebte, und drehte sich dann zur Seite, während ich die Beine über den Bettrand schwang und in meine Hausschuhe schlüpfte. Ich fror ein wenig, als ich statt in die Küche nach unten ging.

Der Laden empfing mich mit seinen vertrauten Gerüchen. Ich betrieb ihn immer noch wie eine lieb gewordene Gewohnheit, obwohl ich es zum Lebensunterhalt nicht mehr gebraucht hätte.

Herz und Schatulle befanden sich in einem Tresor, der selbst eine Antiquität war und sonst nichts enthielt. Die Zahlenkombination des Schlosses kannte nur ich.

Das Herz hatte sich verändert, als ich es herausnahm. Es glomm wie phosphoreszierend aus seiner Umhüllung heraus. Und es hatte angefangen zu schlagen.

Dem Henri Mathieu, der ich noch vor ein paar Jahren gewesen war, hätte vor dem Anblick gegraut.

Aber der Henri Mathieu, der heute davor stand, war gerade im Traum auf grässlichste Weise gestorben und wie ein Wild ausgeweidet worden.

Was sollte mich noch erschrecken?

Nicht einmal die Aussicht auf den Verlust meiner Reichtümer.

In dieser Nacht öffnete ich die Schatulle.

Und erfuhr, was ich schon wusste.

Der Inhalt des Kästchens war nur die letzte Bestätigung.

Ich sah Madeleine erst beim Frühstück wieder.

»Wo hast du gesteckt? Ich hatte mir schon Sorgen gemacht …«

Ich lächelte nachsichtig. »Ich hatte wichtige Dinge zu erledigen, Vorbereitungen zu treffen.«

Dass sie keinerlei Ehrgeiz zeigte, mir zu entlocken, was für Dinge, was für Vorbereitungen dies waren, bestärkte mich in meiner Überzeugung, dass wir zwei völlig verschiedene Leben unter ein und demselben Dach führten.

Oder geführt hatten.

Sie tippte auf die aufgeschlagene Zeitung, die zwischen all dem Frühstücksgeschirr, den morgenfrischen Croissants und offenen Marmeladegläsern lag.

»Hast du das gelesen?«

»Was?«

»In Rom soll sich jemand auf den Petersplatz gestellt und verkündet haben, er sei der neue Messias. Angeblich soll es zu spontanen Heilungen eigentlich unheilbar Kranker gekommen sein. Der Vatikan verwahrt sich zwar gegen diese Darstellung, räumt aber ein, dass es zu Vorfällen gekommen sei … Der Jahrtausendwechsel hat die Welt noch verrückter werden lassen.«

»Die Menschen«, sagte ich, »nicht die Welt.«

»Wie?«

»Ich werde für unbestimmte Zeit auf Reisen sein«, sagte ich. »Ich habe meinen Koffer bereits gepackt.«

Vielleicht hätte es mir Genugtuung bereiten sollen, sie doch noch mit etwas verblüffen zu können.

»Du verreist? Ohne mich? Aber … wohin?«

»Nach Rom«, sagte ich.

Ich wusste jetzt, dass Lafaette nicht die völlige Unwahrheit gesagt hatte, damals, als er mir vom Herz Jesu und dem Mann erzählt hatte, jenem Josef von Arimathäa, der den Leichnam Christi bestattet und ihm dabei das Herz gestohlen hatte.

Es gab Satan.

Und es gab einen Plan, der für alle Zeiten die Erlösung der Menschen verhindern sollte, ganz gleich, was die *andere* Macht unternahm.

Ich war Teil des Plans.

Ich hatte eine Aufgabe, die auch schon Vincent Lafaette und eine unbekannte Zahl von Personen vor ihm gehabt hatten.

Es war Fügung, dass ich derjenige sein würde, der sich der Erfüllung der Aufgabe stellen musste.

Seit ich die Schatulle geöffnet hatte, wusste ich, wessen Herz vergangene Nacht wieder zu schlagen begonnen hatte – im vertrauten Takt meines eigenen.

Das Kästchen enthielt Münzen aus Silber, dreißig an der Zahl. Und das Herz … nun, Satan hatte damals noch einen *zweiten* Toten bestohlen, in dessen Tradition ich nun nach Rom reisen würde.

Ich, Henri Mathieu, ich, Judas …

Thomas Finn

BITTERE WAHRHEIT

Ich bin kein Versager! Jeder, der das behauptet, hat das über kurz oder lang bedauert. Besser, Sie glauben mir. Sie könnten sonst eine unangenehme Überraschung erleben. Eine sehr unangenehme. Denn in wenigen Augenblicken werde ich über das uralte Wissen der ägyptischen Pharaonen verfügen. Dann gebiete ich über unvorstellbare Kräfte. Kräfte, die Sie wahrscheinlich als die machtgierigen Phantasien eines kranken Spinners abtun werden. Aber Sie irren sich. Sie werden es noch bereuen, über mich gespottet zu haben.

Diese Mächte sind bitterböse Realität. Mit ihrer Hilfe werde ich die Welt nach meinen Wünschen formen. Dann ist Zahltag! Dann werde ich zu Ihnen kommen und endlich mit Ihnen abrechnen. Mit Ihnen und all den anderen selbstgefälligen Spießern da draußen. Und wenn Sie mich dann mit Ihrem jämmerlichen Gewinsel um Erbarmen anflehen, dann werden Sie erfahren, dass es kein Erbarmen gibt. Es gibt nur mich!

Ich muss nur noch warten, bis diese Rauchschale zu meinen Füßen abgebrannt ist. Dann ist es so weit. Besser, Sie hoffen nicht darauf, dass ich durch den beißenden Rauch hier in der Halle ohnmächtig werde. Ich habe schon ganz andere Dinge überstanden. Und selbst wenn. Dieser fettige, schwarze Qualm lebt. Er lebt! Ein stinkendes und beißendes Ungeheuer. Wirbelnd, drängend, Besitz ergreifend. Welch ein erhabener Anblick. So wie er in jede Fuge, in jede Ritze dieses alten Ägyptischen Museums dringt, so wird er auch mich erfüllen. Stärken wird er mich und meine Sinne veredeln. Ich bin schon ganz berauscht von dem lieblichen Duft versengten Haares, der sich auf so wundervolle Weise mit dem Geruch aus Krokodilstalg und geronnenem Blut vermengt hat. Mit jedem Atemzug, sauge ich den Qualm tiefer in meine Lungen und jetzt, jetzt spüre ich seine Wirkung. Als würden die Fluten des Nils mit Macht durch meine Adern strömen. Meine Seele und mein Ka, sie beginnen zu erzittern. Ich brauche die Worte auf der alten Papyrusrolle schon lange nicht mehr abzulesen. Wie flammende Hieroglyphen stehen sie vor meinem inneren Auge und der Zaubergesang quillt wie von selbst aus meiner Kehle. Osiris, welch eine Wonne! Das ist es, wonach ich seit meiner Geburt gesucht habe: Macht! Unendliche Macht!

Nur noch ein klein wenig Geduld, dann wird mich niemand mehr übersehen. Und Geduld habe ich, die hatte ich schon immer. In diesem Museum bin ich doch förmlich umringt von Dingen, die mit Geduld ihr Ziel erreicht haben. Selbst das kleinste Exponat hier hat genügend Ausdauer aufgebracht, um dem Zerfall zu widerstehen und heute wie Phoenix aus der Asche zu treten. Sei es auch noch so unbedeutend, noch so lächerlich. Man nehme nur die kleinen Skarabäen dort im Schaukasten neben der Tür oder diese groteske Sammlung altägyptischer Amulette in der Vitrine daneben. All diese Dinge warten nur darauf, endlich jene Aufmerksamkeit zu erhalten, die ihnen zu ihrer Zeit nicht vergönnt war.

Mein liebstes Beispiel ist diese hässliche Totenmaske da an der Wand, die mir mit ihrem starren Blick jeden Tag erneut auf die Nerven geht. Um sie machen selbst die Besucher hier einen Bogen, einfach nur aus dem Grund, weil sie so hässlich ist. Und trotzdem begegnet man ihr mit Respekt. Respekt, verstehen Sie? Nein? Nun, das werden Sie noch lernen. Wahrscheinlich hat man den Künstler damals den Krokodilen zum Fraß vorgeworfen, während man die Werke seiner talentierteren Kollegen umjubelt hat. Und heute? Heute existiert nur noch diese hässliche Maske, während all die schönen Dinge seiner Zeit im Laufe der Jahrhunderte zu Staub zerfallen sind. Wahrscheinlich wurden sie von Leuten wie mir, die schöne Dinge hassen, zertreten. Niemand erinnert sich mehr an sie. Welch ein Triumph!

Glauben Sie mir, diese Maske und ich, wir sind die wahren

Sieger des Lebens. Denn unsereins steht am Ende all dessen, was Sie und all die anderen Privilegierten da draußen unter Schönheit verstehen. Und Schönheit verbinden Sie doch mit Glück? Habe ich Recht? Natürlich habe ich das! Kennen Sie irgendeinen schönen Menschen, der unglücklich ist? Eben! Das ist auch der Grund, warum alle anderen stets darauf aus sind, sich mit schönen Gegenständen zu umgeben. Sie hoffen, dass etwas von dem Glanz auch auf sie abfällt. Wie naiv. Denn Glück ist relativ. Vor allem relativ kurz.

Wollen Sie wissen warum? Das liegt daran, dass Sie über kurz oder lang einem Typen wie mir über den Weg laufen, den ihre Heile-Welt-Illusion regelrecht ankotzt. Sie glauben gar nicht, wie erhebend es ist, Leute wie Sie ins Unglück zu stürzen. Sie am Boden zu sehen, *das* ist wahres Glück. Und das einfach nur, weil Typen wie ich Spaß daran haben.

Sie halten mich für krank? Nicht ich, die Welt ist krank. Wer von Ihnen weiß schon, wie es ist, wenn man von klein auf mit so einem lächerlichen Namen wie Kurt Wenzel gestraft ist und später bei einer Größe von nur 1,60 Metern ein Gewicht von 90 Kilo auf die Waage bringt? Niemand von Ihnen. Eltern fragen ihre Kinder ja nicht, wie sie heißen wollen. Sie verpassen ihnen einfach einen Namen und damit hat sich's. Und wenn solche Kinder einen großen Appetit mitbringen, mit dem sie ihren Hunger auf die Welt stillen wollen, in der niemand einen Blick für sie übrig hat, dann freuen sich höchstens irgendwelche Psychologen auf die kleinen Monster, die da heranwachsen. Für Leute wie mich ist es deswegen ein Labsal, von anderen armen Schweinen zu hören, die von ihren Eltern mit Namen wie Pumuckel oder noch gedankenloseren Entgleisungen ins Unglück gestürzt werden. Man weiß dann, dass man nicht die einzige arme Ratte auf der Welt ist.

Vor allem, wenn man zu allem Unglück tagtäglich auch noch einen Bruder neben sich aufwachsen sieht, der wie die Verkörperung einer dieser Ekel erregenden, griechischen Statuen wirkt. Sie wissen schon, diese Anmaßungen aus gemeißeltem Marmor, die die Leute so schön finden und die stets in athletischer Pose einen Speer oder Diskus in die ihnen zu Füßen liegende Welt werfen. Wenn man dann an sich selbst herabblickt, dann weiß man, dass es in der Welt keine Gerechtigkeit gibt. Es gibt nur einen selbst.

Sie mögen mich nicht, richtig? In Ihren Augen bin ich doch nichts anderes als einer dieser fetten, kleinen Versager, für die Sie schon in Ihrer Schulzeit nur Verachtung übrig hatten. Aber ich sage Ihnen was. In Wahrheit ist es doch so, dass meine Ausführungen auf Sie wie ein schmutziger kleiner Spiegel wirken, den Sie irgendwo auf einem verstaubten Dachboden gefunden haben. So sehr Sie ihn auch putzen, immer wieder blicken Sie in Ihre eigene dreckige Visage. Ein kleiner Kurt Wenzel steckt eben auch in Ihnen. Sie trauen sich bloß nicht, das zuzugeben. Leute wie ich sind die Verkörperung all dessen, was Sie an Ungerechtigkeit und Leid in Ihrem Leben erlitten haben. Und das Irre ist, dass Leute wie ich für Ihr Leid auch noch verantwortlich sind. Ein ewiger Kreislauf. Werfen Sie ruhig mal einen Blick auf die Geschichte und vergleichen Sie die Körpermaße der Mächtigen und Tyrannen mit den meinen. Und dann überlegen Sie mal, wo der Begriff Giftzwerg herkommt? Kurt Wenzels, wohin man auch schaut.

Und doch lachen Sie über mich. Ich weiß das. Aber in wenigen Augenblicken werde ich ein anderer sein. Dann werde ich es Ihnen allen zeigen. Oh, Osiris und ihr anderen Götter, wie freue ich mich darauf! Es wird Ihnen dann schlimmer als Volker Meyer ergehen. Das war mein Sportlehrer, den ich in der fünften Klasse hatte. Er war der Erste, der es wagte, mich als Versager zu bezeichnen. Was der Kerl nicht bedacht hatte, war, dass Typen wie ich keine Freunde haben. Ein Kurt Wenzel muss tagaus, tagein über Büchern hocken, um damit irgendwie die Zeit totzuschlagen. Das gibt uns Wenzels dann einen Wissensvorsprung, den man irgendwann ausnutzen kann. Damals hatte ich mich zufälligerweise gerade für Motoren interessiert. Und bis heute ist nie herausgekommen, dass ich es war, der dafür gesorgt hat, dass dieser Muskelprotz mit seinem Sportwagen bei 160 km/h aus der Kurve flog. Traut man einem Fünftklässler ja auch nicht unbedingt zu. Der Kerl hat, bis er endlich verreckt ist, über ein

Jahr im Koma gelegen und ich war einer der wenigen, die ihn regelmäßig sonntags besucht haben. Aus Mitleid? Quatsch. Ich glaube vielmehr fest daran, dass Komapatienten alles mitbekommen, was um sie herum passiert. Und jedes Mal wenn ich allein mit ihm war, habe ich mich zu ihm hinuntergebeugt und ihm ins Ohr geflüstert: »Na, Arschloch, wer ist jetzt der Versager?« Es gibt eben kein Erbarmen. Es gibt nur mich.

Glauben Sie ja nicht, dass Meyer der Einzige war, dem ich es heimgezahlt habe. Meinen Bruder hatte ich ja schon erwähnt. Er war der Zweite, der es wagte, mich als Versager zu beschimpfen. Hätte er nicht tun sollen. Wirklich nicht. Dieser Möchtegern-Adonis hat zwar keine überragende Intelligenz, dafür aber all das, auf das die Mädchen abfahren. Insbesondere Simone Janßen, die heißeste Braut auf der Schule. Die Sumpfkuh meinte irgendwann, dass meine Eltern sich bei meinem Bruder wohl verausgabt hätten. Nur so sei es zu erklären, dass sie anschließend einen solchen Kretin wie mich zur Welt bringen konnten. Die Gute brauchte also auch eine Lektion.

Ich musste dazu bloß die Geburtstagsparty meines Bruders abwarten, die dieser zusammen mit seinen dämlichen Freunden nahe eines Baggersees feiern wollte. Natürlich war ich nicht eingeladen, aber das hinderte mich selbstverständlich nicht daran, dort ebenfalls heimlich zu erscheinen. Der Idiot hatte eigens zu dem Zweck, um die Janßen abzufüllen und rumzukriegen, eine Flasche guten schottischen Whiskeys gekauft, die er eine Woche in seinem Zimmer versteckt hielt. Ich hatte mir trotzdem erlaubt, eine ordentliche Dosis Narkotikum, das ich vorher bei einem Besuch bei Volker Meyer in der Klinik hatte mitgehen lassen, unter das Gesöff zu mischen. Wie erwartet, zogen sich die beiden kurz vor Mitternacht lachend zu einer verschwiegenen Stelle am Badestrand zurück. Aber das Lachen sollte den beiden noch vergehen. Hat schließlich nicht lange gedauert, bis es bei den beiden Schluckspechten ruhig wurde. Und dann kam ich. Und ich war vorbereitet! Seit diesem Abend habe ich einen Heidenrespekt vor jedem, der mit einer Tattoonadel arbeitet. Sie glauben gar nicht, wie schwer es ist, einer Person beim fahlen Licht des Mondes eine Spinne auf die Stirn zu tätowieren. Aber es sollte, ehrlich gesagt, auch nicht unbedingt ein Kunstwerk werden. Bei meinem Bruder hatte es leider nur noch für ein rechtsradikales Symbol gereicht, dann ging die Farbe des Geräts aus. Muss ich Ihnen die Reaktionen der beiden am nächsten Morgen wirklich schildern? Es gibt eben kein Erbarmen. Es gibt nur mich.

Die eigentliche Wende in meinem Leben begann mit Beginn meiner Studienzeit, als es mich in eine dieser angeblich so altehrwürdigen, deutschen Universitätsstädte verschlug. Sie wissen schon, eine von diesen Ortschaften, die durch uns Studenten künstlich am Leben erhalten werden. Würde man denen die Unis wegnehmen, würde nichts anderes als eine öde Steinwüste zurückbleiben. Ihre arroganten Bewohner würden dann ebenso hilflos nach Aufmerksamkeit lechzen wie ein Verdurstender nach einem Schluck Wasser.

Dummerweise hatte ich kein besonders gutes Abi. Das hat nichts mit meiner Intelligenz zu tun – und Sie sollten vorsichtig sein, das auch nur zu denken. Das lag einzig und allein daran, dass ich in der Oberstufe viel zu sehr damit beschäftigt war, es den Arschlöchern zu besorgen, die es wagten, mich als Versager zu titulieren. Natürlich waren die meisten meiner Mitschüler viel zu wohlerzogen, um das offen auszusprechen. Aber ein Kurt Wenzel weiß, was die Leute wirklich über einen denken.

Und ich hab's ihnen heimgezahlt. Allen! Was habe ich in der Zeit Autotüren zerkratzt, Fahrräder demoliert und Fensterscheiben eingeworfen? Ich hab das nie gezählt. Ich war viel zu sehr damit beschäftigt, Freundschaften kaputtzumachen, Computerviren zu programmieren und Intrigen zu spinnen. Da bleibt nicht mehr viel Zeit für andere Aktivitäten. Ich erinnere mich noch an den Selbstmordversuch Katja Reitmeyers, der arroganten Streberin in unserem Deutschleistungskurs, die sich stets über mich lustig gemacht hat. Kurz vor den Prüfungen hatte ich ihr mit dem gestohlenen Handy unseres Lateinlehrers so mit obszönen Anrufen zugesetzt, dass sie sich irgendwann die Pulsadern aufgeschlitzt hat. Leider ist sie viel zu früh gefunden worden.

Natürlich hatte ich es trotzdem geschafft, mich einzuschreiben. Ein Kurt Wenzel schafft so was immer irgendwie. Ursprünglich wollte ich ja Medizin studieren. Nicht, dass ich großes Interesse daran gehabt hätte, etwas zum Wohl der Menschheit zu tun. Eher reizte mich die Aussicht, dass Sie oder irgendeiner der anderen miesen Säcke da draußen mir eines Tages hilflos im OP ausgeliefert ist. Ein verpatzter Schnitt hier, ein vergessenes Skalpell da und ein falsch dosiertes Medikament dort – ja, das würde mir gefallen. Leider schaffte ich die Aufnahmeprüfung nicht. Da fiel ich ebenso durch wie kurz davor bei der Musterung durch diesen blasierten Bundeswehrarzt. Ein Versager wurde bei der tollen Truppe eben nicht gebraucht. Sein Name steht jetzt ebenso auf meiner Liste der unerledigten Dinge wie noch einige andere. Aber man begegnet sich im Leben ja immer zweimal.

Ich musste mir also etwas anderes überlegen. Wirtschaft kam schon deswegen nicht infrage, weil ich da von arroganten Lackaffen nur so umgeben gewesen wäre. Diese stromlinienförmigen Ignoranten in Anzug und Krawatte hätten mich doch während der Vorlesungen garantiert im Rudel belagert. Ich wäre vor lauter Lektionen, die ich hätte erteilen müssen, mal wieder zu nichts anderem gekommen. Das Einzige, das man diesen Typen zugute halten kann, ist, dass sie begriffen haben, dass es im Leben nur auf eines ankommt: Macht! Leider stehen sie damit einem Kurt Wenzel erst recht im Weg. Dann doch lieber Chemie. Da hat man wenigstens die Aussicht das nötige Rüstzeug zu erwerben, um all diese Spießer gleichzeitig in die Luft zu jagen. Witzig, was? Ich muss sie enttäuschen, das war kein Witz.

Leider scheiterte ich hier am Numerus clausus. Was soll's. Ich wollte ohnehin noch immer Medizin studieren. Ich war mir einfach sicher, dass mir dieser Beruf später die größte Genugtuung verschaffen würde. Was ich also brauchte, war irgendein vermaledeiter Studiengang, um dann nach ein oder zwei Semestern zu Medizin wechseln zu können.

Ich schrieb mich daher im Fachbereich Ägyptologie ein. Erstens hatten die in dem Jahr keinen Numerus clausus, zweitens laufen bei denen genügend Wenzels herum, sodass ich nicht weiter auffiel und mich endlich einmal erholen konnte.

Sie können sich gar nicht vorstellen, wie entspannend die erste Woche für mich war. Ich kam mir vor wie in einem Aufbaukurs für Zukurzgekommene – mich selbst natürlich ausgenommen. Überall in den Gängen nur introvertierte Bücherwürmer, dickliche Brillenträger und pickelige Fantasyfreaks, die eindeutig zu viel Indiana Jones gesehen hatten. Die größte Überraschung aber war, als ich feststellte, dass mir die Vorlesungen sogar Spaß bereiteten. Gleich der Einführungskurs weckte schon mein Interesse. Es ging da unter anderem um ägyptische Totenbräuche und den Mumienkult im Land der Pharaonen. Unser Dozent, Dr. Walther, schilderte uns sehr anschaulich, wie die Priester den zu Mumifizierenden die Organe entnahmen, ihnen das Gehirn mit einem Metallhaken durch die Nase herauszogen, den Leib in Laugen badeten und noch einige andere Nettigkeiten mehr. Ich war begeistert und zog sofort Parallelen zu meinem angestrebten Medizinstudium. Von diesen praktischen Erwägungen einmal abgesehen, war ich aber auch fasziniert von dem magischen Brimborium, das die alten Ägypter angestellt hatten, um ihr Weiterleben nach dem Tode zu gewährleisten. Als ich hörte, wie viele der Mumien später in der Renaissance zu medizinischem Pulver mit zweifelhafter Wirkung verarbeitet wurden, musste ich lachen. Man stelle sich das nur vor: Da wird irgendein Hohepriester mit dem größten Aufwand seiner Zeit mumifiziert und dann endet er in einer Salbe gegen juckende Abszesse.

Da war es wieder. Die Privilegierten aller Zeiten können machen, was sie wollen, irgendwann taucht so ein Kurt Wenzel auf und spuckt ihnen in die Suppe. Ja, dieser Fachbereich gefiel mir.

Und dann lernte ich sie kennen: Sabrina Richter. Ich hatte keine Ahnung, wie es eine derart schöne Frau in ein so morbides Fach verschlagen konnte. Ein Studiengang, der selbst ausschließlich von Mumien bevölkert zu sein schien. Sie war hier mindestens so fehl am Platz wie ein Abendkleid von Wolfgang Joop in einer muffeligen Sportumkleide. Nicht, dass ich nicht gegen den Anblick von Anmut und Schönheit gefeit gewesen wäre. Aber Sabrina war anders. Nicht so ein billiges Flittchen wie Simone Janßen. Nein, Sabrina hatte Anmut und Grazie. Ihr Körper war makellos und meine zumeist männlichen Kommilitonen warfen ihr mehr als nur einen faszinierten Blick zu, wenn sie sich beim Schreiben vornüberbeugte und ihr das schulterlange Haar verspielt ins Gesicht fiel. Alles an ihr war rein und schön. Vor allem: Sie setzte sich, ohne zu zögern, neben mich und strahlte mich vorbehaltlos an. Kein Widerwillen, kein Argwohn, nein, sie setzte sich einfach neben mich, stellte sich mir lächelnd vor und wünschte uns beiden einen erfolgreichen Kurs. Uns beiden! Ich gebe zu, dass mich das beeindruckt hat.

Die nächsten Monate trafen wir uns immer mal wieder auf den Fluren der Uni oder in der Mensa. Sabrina musste, wie sie mir seufzend mitteilte, neben dem Studium sehr viel arbeiten. Sie kam daher schon nach kurzer Zeit kaum noch dazu, die Vorlesungen zu besuchen. Ihre Eltern, die ein Schmuckunternehmen führten, verlangten von ihr, dass sie regelmäßig für sie Zeichnungen ihrer Kollektionen für die Kataloge anfertigte. Eine äußerst aufwändige Arbeit, die sehr viel Zeit und Konzentration erforderte. Und so bot ich mich an, für sie bei unserem Kurs mitzuschreiben. Genau genommen nicht nur bei diesem, auch noch bei zwei weiteren Vorlesungen.

Natürlich weckte das den Neid meiner Kommilitonen. Und so kamen schnell infame Lügen auf. Etwa die, dass Sabrina nur deswegen immer so übernächtigt sei, weil sie fast jede Nacht mit irgendwelchen Typen durchfeiern würde. Oder die, dass sie jedem schöne Augen mache, während ich ihr Hanswurst sei, der für sie die Dreckarbeit erledigen würde. Sicher, sie hatte schöne Augen. Aber Sabrina kam gar nicht auf den Gedanken, dass andere ihren unschuldigen Augenaufschlag oder ihre manchmal tatsächlich etwas zu freizügige Kleidung missinterpretieren könnten. Sie war es, die mir erstmals bewusst gemacht hat, dass zu viel Schönheit auch ein Fluch sein kann.

Ich erlaubte mir daher, den miesen Verleumdern eine meiner bewährten Lektionen zu erteilen. Inzwischen hatte ich natürlich herausgefunden, wer dieses Gerücht maßgeblich in Umlauf gebracht hatte: ein Lernkreis vorlauter Düsseldorfer, die es einfach nicht ertragen konnten, dass Sabrinas Aufmerksamkeit während der Vorlesungen unserem Dozenten Dr. Walther und nicht ihnen galt. Als die Jungs irgendwann abends wieder aus ihrer Stammkneipe kamen, lungerten in der Nähe zufälligerweise fünf Punks rum, die sie nach allen Regeln der Kunst zusammenschlugen. Ich musste den bunthaarigen Pennern vorher bloß stecken, dass diese eifersüchtigen Mistkerle Mitglieder der verhassten Burschenschaft Teutonia 1870 waren. Und diese Einrichtung hatten sie sowieso schon lange auf dem Kieker. Einer der Düsseldorfer konnte zwei Wochen lang nicht zur Uni kommen, weil er einen Kieferbruch auskurieren musste. Welch für ein Fest! Sabrinas Ehre war wiederhergestellt.

Für Sabrina kopierte ich meine Kursmitschriften stets in meiner besten Handschrift. Trotzdem hatte sie hin und wieder Probleme damit, meine Schrift zu entziffern. Ich legte mir daher einen teuren Computer zu, um meine Notizen für sie in Zukunft abtippen zu können. Das kostete natürlich Geld. Und so sah ich mich gezwungen mich ebenfalls nach einem Job umzusehen. Um es kurz zu machen: Natürlich wollte mich niemand. Wenn ich überhaupt zu einem Bewerbungsgespräch eingeladen wurde, sahen alle nur den fetten kleinen Versager in mir, den es so schnell wie möglich abzuwimmeln galt. Meine Liste der unerledigten Dinge wuchs in dieser Zeit um ein gutes Dutzend weiterer Namen an.

Dann aber fand ich diesen Jobaushang bei uns am schwarzen Brett. Ein unscheinbarer Zettel, der nur deswegen noch am Brett hing, weil er kurz unter zahlreichen anderen Ankündigungen verschwunden war: »Studentischer Nachtwächter für Ägyptisches Museum gesucht.«

Jetzt, da ich so kurz vor meinem endgültigen Triumph stehe, glaube ich kaum, dass es mit rechten Dingen zugegangen ist, dass ich der einzige Bewerber auf diesen Job war – und ihn somit auch bekam. Im Gegenteil, ich bin mir sicher, dass es so kommen sollte. Der erste Schritt zu meiner Initiation. Kurt Wenzels Griff zur wahren Macht!

Die kommenden Wochen wurden zur echten Plackerei. Nachts musste ich in dem düsteren kleinen Universitätsmuseum zwischen Statuen, Schaukästen und Basreliefs meine Runden drehen. Eine Arbeit, die einem Kurt Wenzel natürlich nicht angemessen ist. Bei Osiris, wirklich nicht. Aber immerhin fand ich so Zeit und Ruhe nebenher noch einige Hausarbeiten für Sabrina anzufertigen, um die sie mich verzweifelt gebeten hatte.

Tagsüber zog es mich dann wieder in die Uni, damit ich auch ja keine der Vorlesungen versäumte. Mir war natürlich klar, dass man Sabrina eine solche Kondition nicht zumuten konnte. Und glauben Sie mir, man braucht schon diese gewisse Portion Wut und Hass im Bauch, wenn man so einen Stress, ohne mit der Wimper zu zucken, ertragen will. Aber was verstehen Sie schon davon. Sie haben das doch nie erlebt. All diese Erniedrigungen, die sich schon in frühester Jugend tief in der Brust zusammenrotten und jeden Atemzug zur Qual machen. Und dann, irgendwann, wandert der Schmerz weiter, frisst sich durch die Eingeweide und füllt jede Pore des Körpers aus. Wer das erträgt, erträgt einfach alles. Außerdem brauchte Sabrina mich.

Eines Abends, ich befand mich mal wieder im Museum, entschloss ich mich erstmals den Telefonhörer zur Hand zu nehmen und bei Sabrina anzurufen, um sie zu fragen, ob sie nicht Lust hätte mit mir essen zu gehen. Sie hatte dank meiner computergefertigten Aufzeichnungen, die inzwischen zwei ganze Ordner füllten, drei der Abschlussklausuren bei unserem Dozenten Dr. Walther mit Bravour bestanden. Ja, man kann sagen, dass ich einen gewissen Stolz angesichts ihrer hervorragenden Leistungen empfand. Und das, obwohl sie stets so viel zu arbeiten hatte. Leider war nur ihr Anrufbeantworter dran. Ich beschloss daher, ersatzweise einen erneuten Rundgang durch die Räumlichkeiten des Museums zu machen.

Dieser Abend war irgendwie anders. Ich war aufmerksamer als sonst. Und das lag nicht etwa daran, dass ich eifersüchtig darauf war, dass Sabrina offenbar mit einer Freundin feierte. Mit wem auch sonst? Nein, da lag irgendetwas in der Luft. Eine eigenartige Spannung, die ich nicht wirklich fassen konnte, die aber dennoch da war. Selbst die Luft schmeckte an diesem Abend irgendwie anders. Trocken, irgendwie nach ... Staub.

Ich blickte mich in der großen Halle um und ließ mich von meinen Empfindungen leiten. Und dann sah ich sie: eine lang gezogene Vitrine aus Glas, die in der Mitte der großen Ausstellungshalle stand. Nicht, dass sie nicht auch die Wochen vorher dort gestanden hätte, aber irgendetwas war an diesem Abend anders. Eigenartig anders. Zuerst dachte ich, dass der merkwürdige Eindruck vom Mondlicht herrührte, das von oben durch die Fenster des alten Kuppelgewölbes in die Ausstellungshalle sickerte. Doch als ich näher auf die Vitrine zuging, stellt ich zu meiner Verblüffung fest, dass man dort während des Tages ein neues Ausstellungsstück hineingelegt hatte: eine Mumie! Ich hatte keine Ahnung, wo die Totenmasken aus der elften Dynastie geblieben waren, die man hier all die Monate zuvor ausgestellt hatte. Aber ehrlich gesagt war mir das auch völlig egal. Ich hatte nur Augen für den uralten Leichnam. Nicht, dass ich nicht zuvor schon einen dieser ausgetrockneten Nilkameraden gesehen hätte, aber diese Mumie war irgendwie anders. Nein, mehr noch. Sie war etwas Besonderes.

Nach kurzer Suche entdeckte ich ein Schild aus Messing, auf dem zu lesen war, dass es sich bei dem Toten aller Wahrscheinlichkeit nach um Nefrenka, einen Hohepriester des Osiriskultes aus der Zeit Pharao Sesostris I., handelte. Sein Leichnam war eine Dauerleihgabe des Ägyptischen Museums Berlin. Wahrscheinlich hatte er im dortigen Magazin einige Jahrzehnte in einer alten, mit Sägespänen ausgelegten Holzkiste zugebracht, bevor man endlich Verwendung für ihn fand. Ich ertappte mich dabei, dass ich die Vitrine einige Zeit umschlich. Fast wie eine Katze, die auf einem Baum einen prächtigen Vogel entdeckt hatte. Dann raffte ich mich auf und kehrte zu meiner Nachtwächterstube zurück. Unruhig blickte ich von dort aus immer wieder in Richtung Museumshalle und am frühen Morgen schleppte ich mich müde nach Hause.

Dieses Spielchen wiederholte sich noch zwei oder drei Wochen. Wenn ich im Museum war, galt mein erster Blick dem Leichnam Nefrenkas. Ich beugte mich über die Vitrine mit der

Mumie und saugte seinen Anblick förmlich in mich auf. Für Sabrinas neue Hausarbeit brachte ich hingegen kaum noch Konzentration auf. Irgendetwas verband mich mit der Mumie. Nur was? Zu diesem Zeitpunkt konnte ich ja noch nicht ahnen, was für eine ungeheuerliche Entdeckung mir bevorstand. Mir, Kurt Wenzel. Eine Entdeckung, die mein ganzes Leben verändern sollte.

Das erste Mal in diesem Semester ließ ich einige Vorlesungen ausfallen, um mehr über Nefrenka herauszufinden. Sabrina würde mir das schon verzeihen.

Natürlich begegnete man mir in der Unibibliothek wieder mit dem gewohnt geringschätzigen Blick. Und ich weiß, was diese arroganten Tippsen dort wirklich über mich dachten, als sie mir widerwillig dabei halfen, die entsprechenden Bücher herauszusuchen: »Mit dir Versager sollen wir unsere Zeit vertrödeln?« Oh, ihr arroganten, eingebildeten Schlampen, auch eure Namen befinden sich auf meiner Liste. Ihr werdet eure Anmaßungen noch bereuen. Der Brand der Bibliothek von Alexandria wird nichts gegen die Gluthölle sein, in die ich euch stoßen werde. Bald schon. Sehr bald.

Ich war kaum überrascht, als ich herausfand, dass es über Nefrenka nur sehr wenige Aufzeichnungen gab. In einem französischen Buch aus dem Jahre 1923, das ich eigens mittels Fernausleihe aus Freiburg beziehen musste, fand ich erstmals detailliertere Informationen über den Hohepriester des ägyptischen Totengottes. Demnach hatte sich Nefrenka nicht nur als einflussreicher Priester einen Namen gemacht, er stand auch in dem Ruf ein gefürchteter Magier zu sein. Nur in drei Papyri wurde sein Name bislang erwähnt. In einem wird davon berichtet, wie er seinem Pharao dabei half, eine feindliche Flotte durch Zauberkraft zu versenken. Der andere schildert blumig, wie er einen zerstörerischen Sandsturm herbeirief und mit diesem das Heer eines aufständischen Wüstenvolkes zerschmetterte. Die Vorstellung, über solche Kräfte zu verfügen, ließ damals schon Schauer der Wollust über meinen Körper laufen. Die dritte Papyrusrolle hingegen war, den Schilderungen des Buchs zufolge, nichts anderes als ein Befehl Pharao Sesostris I. den »Verräter Nefrenka« aufzuspüren, hinzurichten und seine

Gliedmaßen in alle Himmelsrichtungen zu verstreuen. Ich musste schmunzeln, als ich das las. Ganz offensichtlich war dem Pharao bei der Ausführung dieses Plans nicht allzu viel Glück beschieden gewesen. Ansonsten würde Nefrenkas Leichnam wohl kaum so sorgfältig bandagiert bei mir im Museum liegen. Ich wusste nun genug über meinen ägyptischen Freund.

Sabrina reagierte regelrecht erschüttert, als ich ihr zum ersten Mal mitteilen musste, dass die Vorlesungsmitschriften der letzten Wochen noch nicht fertig waren. Ich gebe es nur ungern zu, aber ihr enttäuschter Blick bereitete mir fast körperlich Schmerzen. Und als ich sie später zusammen mit Dr. Walther auf dem Gang vor dem Vorlesungssaal stehen sah und sie ihm wieder lächelnd die unbekümmerte Studentin vorspielen musste, nahm ich mir fest vor das Versäumnis so schnell wie möglich wieder gutzumachen.

Doch all diese Gedanken waren verflogen, als es mich abends wieder zu der Vitrine mit der Mumie Nefrenkas zog. Wieder erwischte ich mich dabei, wie ich in Mondlicht gebadet dastand und mit der Rechten liebevoll über das Glas der Vitrine strich. Nefrenkas markante Züge waren in geheimnisvolles Silberlicht getaucht und als ich mich direkt über ihn beugte, schien es mir, als würde er mich aus seinen dunklen Augenhöhlen heraus anstarren. Eine eigenartige Erregung ergriff von mir Besitz. Dieser Mann hatte einst eine Macht besessen, von der ich nur träumen konnte. Plötzlich hatte ich eine irrwitzige Idee. Nur ein flüchtiger Gedanke, der aber immer mehr Macht über mich gewann. Wie wäre es, eine Mumie leibhaftig zu berühren? Nein, nicht irgendeine Mumie: den Leichnam Nefrenkas!

Ich ließ den mir anvertrauten Schlüsselbund durch meine Finger gleiten, leckte mir über die spröden Lippen und lief mit schnellen Schritten in den Bürotrakt des Museums, in dem auch das Arbeitszimmer des Direktors lag. Ich wusste, dass ich den Generalschlüssel zu den Vitrinen hier irgendwo finden würde. Tatsächlich dauerte es keine fünf Minuten, dann hatte ich ihn entdeckt. Er hing in einem einfachen Schlüsselkasten neben der Tür. So viel Sorglosigkeit musste einfach bestraft werden. Doch anstatt mir Gedanken zu machen, welche der wertvollen Exponate ich eines Tages würde mitgehen lassen, eilte ich wieder zurück zu der Vitrine und öffnete diese mit zittrigen Fingern. Als ich den Glaskasten hochgeklappt hatte, lag er direkt vor mir: Nefrenka!

Ergriffen blickte ich auf seinen bandagierten Leib. Nur sein Kopf war enthüllt, sodass man einen freien Blick auf die asketischen Züge des Hohepriesters werfen konnte. Voller Ehrfurcht strich ich mit meinen Fingern über die ausgetrocknete, fast pergamentartig wirkende Haut. Wie ein dünner Schutzpanzer hatte sie sich über die Gesichtsknochen des Hohepriesters gelegt, während Jahrhunderte um Jahrhunderte über den Leichnam hinweggestrichen waren, ohne ihm etwas anhaben zu können. Niemand von Ihnen wird nachvollziehen können, welch ein bewegender Moment dies für mich war.

Plötzlich wanderten meine Hände, wie von einem inneren Zwang getrieben, zum Brustbereich der Mumie. Ich ahnte, dass ich dort etwas finden würde. Irgendwo versteckt unter den Bandagen, die so trocken waren, dass meine Hände Risse bekamen. Ich schreckte im ersten Augenblick zurück, aber meine Ahnung wurde zur Gewissheit, als ich plötzlich etwas Kantiges unter dem alten Leinen spürte. Irgendetwas, das auf der Höhe von Nefrenkas Herzen lag. Bevor mir klar war, was ich da tat, hatte ich meine Hand auch schon in den Brustkorb der Mumie gebohrt, der unter dem Ansturm wie eine Hutschachtel zerdrückt wurde. Knochen barsten und Stofffetzen zerrissen mit eigenartigem Laut. Die auffahrende Staubwolke ließ mich krampfhaft husten, doch dann hatte ich es: einen zylinderförmigen Gegenstand aus Metall!

Ich trat einen Schritt von der Mumie zurück, um dem übel riechenden Staub zu entgehen, der mich würgen ließ. Fieberhaft öffnete ich den Behälter, in dessen Innerem sich mehrere eingerollte Papyri befanden.

Ich schüttelte mich, entsetzt darüber, dass ich derart die Kontrolle über mich verloren hatte. Dann blickte ich auf. Nefrenkas Mumie bot ein Bild der Verwüstung. Verzweifelt überlegte ich mir, wem oder was ich diesen Unfall in die Schuhe schieben konnte, als plötzlich etwas passierte, das niemand glauben wird, der es nicht mit eigenen Augen gesehen hat. Der unangenehm riechende Staub am Boden und neben der Vitrine wirbelte plötzlich wie von Geisterhand bewegt auf. Seine Partikel sausten in konzentrischen Kreisen umher und nahmen unvermittelt die Form einer kleinen Windhose an, die sich auf den geborstenen Brustkasten der Mumie zubewegte, dort eine Weile in der Luft hing, um dann mit einem saugenden Geräusch im Innern des Leichnams zu verschwinden. Ich taumelte vor Entsetzen zurück. Plötzlich drang ein Knacken und Reißen aus dem Innern der Mumie und der eingedrückte Brustkasten hob sich wieder zu seiner alter Form. Dann war der Spuk vorbei. Nefrenkas Leichnam lag wieder so da, wie ich ihn vorgefunden hatte.

Ich bemerkte erst jetzt, dass ich in der Zwischenzeit bis zu der Vitrine mit den Skarabäen zurückgewichen, gestolpert und dann schmerzhaft auf meinem Hinterteil gelandet war. Einem ersten Impuls folgend, wollte ich schreiend davonlaufen. Doch dann bemerkte ich, dass ich noch immer den Behälter mit den Pergamenten in der Hand hielt. Außerdem war mir ja nichts passiert.

Da begriff ich endlich. Leise lächelnd erhob ich mich und schritt wieder auf Nefrenkas bandagierten Leichnam zu. Der Hohepriester wollte mir offenkundig mitteilen, dass die geheimnisvollen Kräfte des alten Nilreiches keine Fiktion waren. Mehr noch, ich war mir sicher, dass er mich auserwählt hatte. Können Sie sich das vorstellen? Mich, Kurt Wenzel! In diesem Augenblick fühlte ich zum ersten Mal, dass es bald niemand mehr wagen würde, mich einen Versager zu schimpfen.

Die nächsten Tage verbrachte ich wie im Fieber. Die Papyrusrollen in dem zylindrischen Metallbehälter waren zwar alt, aber bei weitem nicht so angegriffen, wie man es von Exemplaren dieser Alters erwarten würde. Normalerweise reicht schon ein scharfer Blick, um solche Papyri zu Staub zerfallen zu lassen. Nicht so bei diesen. Die Rollen aus dem Zylinder ließen sich ohne Probleme glätten und enthüllten endlose Reihen von

Hieroglyphen. Ich hätte vor Wut schreien können. Sicher, ich kannte die Bedeutung einiger dieser Symbole. Ich fand zum Beispiel die Hieroglyphen für »Verfluchen«, »Tod« und »mächtig«. Aber für einen Studenten im ersten Semester war der Text eindeutig zu schwierig. Ich brauchte also Hilfe. Nur, wer würde mir schon helfen wollen?

Ich wandte mich daher an Rolf Wenders, den Assistenten von Dr. Walther. Auch so ein arrogantes Arschloch, der schon lange auf meiner Liste stand. Da der Gute für die Auswertung unserer Klausuren zuständig war, hatte ich es mir glücklicherweise schon in den ersten zwei Wochen meines Studiums erlaubt, ein wenig in seiner Privatwohnung herumzuschnüffeln. Irgendetwas hat schließlich jeder zu verbergen und man kann nie voraussehen, wozu dieses Wissen eines Tages gut sein kann. Ich entdeckte damals Belege dafür, dass Wenders zusammen mit einem Freund eine recht stattliche Summe von dem Etat abgezweigt hatte, den man ihm ein Semester zuvor für eine aufwändige Fotoausstellung übertragen hatte. Käme das jemals heraus, könnte er seine gerade begonnene Akademikerkarriere in die Tonne treten. Und da ich selbst bislang an keiner der Klausuren teilgenommen hatte und selbst ein Eingreifen zu Sabrinas Gunsten nicht notwendig war, waren diese liebevoll von mir gehüteten Beweismittel bislang ungenutzt geblieben. Ich hatte natürlich trotzdem vor, das Ganze irgendwann publik zu machen. Aber selbstverständlich erst in ein oder zwei Jahren, wenn sich Wenders begonnene Doktorarbeit im Endstadium befände. Der jähe Absturz würde ihn dann umso mehr schmerzen. Ein Kurt Wenzel kann warten.

So aber war ich gezwungen diese Beweismittel etwas früher ins Spiel zu bringen, als ich eigentlich vorgehabt hatte. Denn als ich Wenders anwies, mir die rätselhaften Papyri schnellstens zu übersetzen, schaute er mich nur ungläubig an und wollte mich hochkant aus seinem Büro werfen. Was mir fettem Versager einfiele? Da war es wieder, dieses böse V-Wort. Wie gut taten da die Schweißperlen auf seiner Stirn, als ich ihm deutlich machte, dass ich von seiner kleinen Unterschlagung wusste und wir uns jetzt noch des Öfteren sehen würden. Plötzlich waren die Übersetzungen überhaupt kein Problem mehr. Er versprach mir sogar sich zu beeilen.

Schon zwei Tage später war die erste Übertragung fertig. Es stellte sich heraus, dass der von Wenders zuerst übersetzte Papyrus ein Zauberritual beschrieb, mittels dessen man eine verhasste Person von den Lebenden zu den Toten befördern konnte. Die anderen Rollen, versicherte er mir eifrig, beschäftigten sich mit dem Erlangen anderer arkaner Geheimnisse. Aber die hatte er noch nicht vollständig transkribieren können. Er lachte mich bei diesen Worten dümmlich an, verstummte unter meinem Blick aber sehr schnell wieder.

Nach den Erlebnissen im Museum zweifelte ich keinen einzigen Augenblick daran, dass das überlieferte Ritual tatsächlich die beschriebene Wirkung entfalten würde. Der Haken an der Sache war, dass man den Papyrus gemäß der darauf verzeichneten Fluchformel bei Aussprechen des Zaubers verbrennen musste. Sonst würde das arkane Ritual nicht funktionieren. Sehr schade, denn ich wusste, dass ich für diesen Fluch garantiert mehr als nur eine Verwendung haben würde. Wenders muss das auch irgendwie gespürt haben. Denn als ich ihm das Blatt gierig aus der Hand riss, zitterte er am ganzen Leib.

Ich verließ das Unigebäude mit beschwingten Schritten und fühlte tief in mir, dass Nefrenka mich zum Erben seiner Macht bestimmt hatte. Mich, Kurt Wenzel! Den geheimnisvollen Zauberpapyrus immer wieder liebkosend, überlegte ich mir, an wem ich das Ritual ausprobieren könnte. Ein bedeutender Staatsmann würde natürlich ein spektakuläres Ziel abgeben. Mir schien es aber erfüllender, ein persönliches Opfer zu erwählen. Kichernd ging ich meine Liste der unerledigten Dinge durch. Bei Osiris, auf ihr standen so viele Namen. Jeder von den Arschlöchern hätte es verdient, Opfer des Fluches zu werden.

Ohne dass ich es bemerkt hatte, hatten mich meine Füße direkt zu der Straße getragen, in der das Haus lag, in dem Sabrina wohnte. Bisher war ich höchstens ein- oder zweimal daran vorbeigegangen, ohne es zu wagen, bei ihr zu klingeln. Doch an diesem Tag durchströmte mich ein Hochgefühl, das ich mit irgendjemand teilen musste. Ja, Sabrina und ich würden heute feiern. Schließlich waren wir seelenverwandt. Sie gebeutelt durch ihre Schönheit, ich durch mein abstoßendes Äußeres. Wir würden das Opfer zusammen aussuchen.

Leider öffnete zu meinem Bedauern niemand, nachdem ich den Klingelknopf betätigt hatte. Doch ich fühlte tief in mir, dass Sabrina da war. Ich umrundete daher das Wohnhaus und betrat einen gepflegten Garten, dessen hohe Hecken das Anwesen vor allzu neugierigen Blicken schützten.

Plötzlich hörte ich aus dem Hausinnern des Erdgeschosses ein schmerzhaftes Stöhnen. Den Klang von Sabrinas Stimme hätte ich auch unter den Schreien hunderter Folteropfer herausgehört. Eines der Fenster im Erdgeschoss war angelehnt und besorgt spähte ich hinein.

Der Anblick traf mich tief ins Mark. Ich erkannte unseren Dozenten Dr. Walther. Der Entkleidete gebärdete sich wie ein Tier auf dem nackten Leib Sabrinas. Oh, dieses elende Mistschwein. Sabrina wand sich unter ihm ganz offensichtlich in der Absicht ihm zu entkommen. Ihre lang gezogenen Schmerzensschreie waren ja nicht zu überhören. Verzweifelt hatte sie ihre lackierten Fingernägel in seinen schweißgebadeten Rücken gekrallt, der schon von älteren Striemen gezeichnet war. Aber das geile Schwein war natürlich viel zu stark für meine schöne Prinzessin. Was blieb ihr in dieser Situation anderes übrig, als sich zu fügen und ihm das willfährige Liebchen vorzugaukeln?

Ich taumelte zurück und hielt mir die Ohren zu. Trotzdem hörte ich das brünftige Stöhnen dieses elenden Mistkerls noch bis auf die Straße. Ja, ich vernahm seinen Klang sogar noch, als ich keuchend bei mir zu Hause angelangt war. Ich habe jetzt noch den Geschmack meiner Tränen auf der Zunge. Tränen der Wut! Nur für einen kurzen, schwachen Moment durchzuckte mich der Gedanke, dass Sabrina mich benutzt haben könnte. Aber nein. Ich war doch selbst schuld an ihrem Los. Sabrina musste doch so viel arbeiten. Was blieb ihr denn anderes übrig, als sich diesem Tier hinzugeben, wenn sie das Studium schaffen wollte? War ich es nicht, der ihr die Vorlesungsnotizen schuldig geblieben war? Hatte ich ihre letzte Hausarbeit nicht in selbstgefälliger Weise vergessen? Ich allein war für ihr Unglück verantwortlich. Sie hatte sich auf mich verlassen und ich hatte sie enttäuscht. In diesem Augenblick wusste ich, wen ich für das Ritual auserwählen würde.

Ich erinnere mich noch an meine Vorfreude, als ich am nächsten Tag das Unigelände betrat. Die ganze Nacht über hatte ich mich hasserfüllt dem Ritual hingegeben. Ich hatte die altägyptische Fluchformel so lange in die dunklen Museumsräume geschrien, bis ich heiser wurde. Und tatsächlich, als ich das alte Vorlesungsgebäude betrat, kamen mir einige meiner Kommilitonen mit hängenden Köpfen entgegen. Dr. Walther war in der Nacht das Opfer eines tödlichen Autounfalls geworden. Oh, welch zynische Parallele. Offenbar hatte Osiris es vorherbestimmt, dass all die verhassten Lehrkräfte in meinem Leben auf der Überholspur ins Schleudern kamen. Natürlich wollte ich diese gute Nachricht sofort Sabrina überbringen. Doch als ich nach ihr fragte, schaute man mich nur betreten an. Ob man mir das noch nicht mitgeteilt habe? Sabrina hatte zum Zeitpunkt des Unfalls bei Dr. Walther im Wagen gesessen und war mit ihm ums Leben gekommen. Meiner Kehle entrang sich zunächst nicht mehr als ein Röcheln. Dann aber begann ich zu schreien.

Als ich wieder zu mir kam, erwachte ich irgendwo auf einer morschen Parkbank. Fast zehn Stunden lang musste ich orientierungslos durch die Stadt geirrt sein. Oh, ich weiß, es freut Sie, von meinen Leiden zu hören. Aber Sie irren sich einmal mehr. Osiris selbst war es, der mich geleitet hatte. Ich sollte seinen göttlichen Plan verstehen. Und ich hatte ihn verstanden. Denn wenn jemand die Macht besaß Sabrina wieder von den Toten aufzuerwecken, dann war es Nefrenka. Und ich, Kurt Wenzel, war sein Schüler, sein Erbe!

Nefrenka wollte mir Sabrina auf eine besondere Weise zum Geschenk machen. Hatte Wenders mir nicht berichtet, dass sich die anderen Papyri mit der Erlangung arkaner Geheimnisse befassten? Die Fluchformel aus dem Besitz des Hohepriesters war in Wahrheit nichts anderes als eine kleine Demonstration seiner wahren Macht. Sie sollte nur meinen Appetit auf mehr wecken. Als ob das nötig gewesen wäre. Mit dem sicheren Wissen, was Nefrenka von mir erwartete, erhob ich mich.

Eine halbe Stunde später stand ich bei Wenders in der Wohnung. Der scheinheilige Kerl gab vor noch ganz geschockt vom Tode Dr. Walthers zu sein. Aber ich wusste es besser. Natürlich waren die Übersetzungen noch immer nicht ganz fertig. Erst als Wenders das lange Fleischermesser in meiner Hand erblickte, das ich mir aus seiner Küche ausgeliehen hatte, beeilte er sich den Rest des Hieroglyphentextes auch noch zu übersetzen. Als ich zwei Stunden später Wenders Wohnung verließ, um mir Zutritt zu den Räumlichkeiten des Zoologischen Instituts zu verschaffen, hatte ich nicht nur Wenders Übersetzungen bei mir. In einer ausgedienten Colaflasche, die meinen Mantel ziemlich stark ausbeulte, trug ich auch noch einen guten Liter seines Blutes mit mir herum. Hin und wieder gluckste es in der Plastikflasche empört. Aber so ist das eben. Es gibt kein Erbarmen. Es gibt nur mich.

Und jetzt, jetzt bin ich endlich am Ziel. Alles habe ich buchstabengetreu ausgeführt. Im Licht des Mondes Wenders' Blut unter den Krokodilstalg gemischt, das Zaubergebräu mit meinen Haaren und Fingernägeln vermengt und das Ganze unter Intonation der überlieferten Zauberformel entzündet. Direkt vor Nefrenkas bandagiertem Leichnam. Die grünliche Flamme in der Rauchschale vor mir flackert nur noch. In wenigen Sekunden wird sie keine Nahrung mehr finden. Und bei Osiris, was würde ich darum geben, wenn Sie und all die anderen Ignoranten mich in der Stunde meines größten Triumphes sehen könnten. Doch warten Sie nur, bald schon werde ich über Sie kommen. Sie werden dann nicht mehr über mich lachen, Sie werden vor mir erzittern. Sie und das ganze andere widerwärtige Pack da draußen.

Da, jetzt ist es so weit. Die Flamme ist niedergebrannt. Jetzt wird es passieren! Wenn Sie nur fühlen könnten, wie der Qualm hier in der Halle meine längst erschöpften Stimmbänder umschmeichelt. Sehen Sie das violette Glosen, das Nefrenkas Leichnam umgibt? Ich spüre, wie sich unsichtbare Finger von seinem zu meinem Geist tasten. Ja, ich werde Sabrina wieder erwecken und zusammen werden wir uns seines Erbes als würdig erweisen. Und nun, großer Nefrenka, dring in mich und lehre mich deine Macht!

»So kann man sich irren. Hast du wirklich geglaubt, das Ritual hatte den Zweck dir mein Wissen zu offenbaren?« Der Mann, der von Kurt Wenzels Körper Besitz ergriffen hatte, klopfte beiläufig seine Kleidung ab. Dann trat er neben die Glasvitrine am Boden und warf einen angeekelten Blick auf sein neues Spiegelbild. »Bei Osiris, ich werde Monate brauchen, um diesem Gefäß eine neue Erscheinungsform zu geben. Monate!« Nefrenka runzelte die Augenbrauen und kopfschüttelnd ging er die Erinnerungen Kurt Wenzels durch. Als das Bild Sabrinas vor seinem inneren Auge erschien, lächelte er zum ersten Mal in seinem neuen Leben. Spöttisch wandte er sich der Mumie zu, die keinen Schritt von ihm entfernt, neben einer nahezu verkohlten Rauchschale lag. Nefrenka beugte sich über sie und betrachtete ausgiebig seinen alten Körper, in dem sein Geist all die Jahrhunderte schlafend ausgeharrt hatte. Ja, die Macht seines Gottes faszinierte ihn immer wieder aufs Neue.

Als er den Kopf der Mumie anhob, entdeckte er, dass die Gesichtszüge des Leichnams einen verzweifelten Ausdruck angenommen hatten. Die dunklen Augenhöhlen schienen vor Entsetzen aufgerissen und der ausgedörrte Mund hatte sich wie zu einem stummen Schrei geöffnet. Nefrenka murmelte einige unverständliche Worte und fuhr dann mit der Hand über das entstellte Gesicht der Mumie. Knisternd glätteten sich ihre Züge wieder. Ohne sich davon beirren zu lassen, erhob Nefrenka seine Stimme. »Ich weiß, dass du mich da drinnen hören kannst. Du hast Recht, diese Sabrina ist es wert, wieder belebt zu werden. Ich hoffe, du freust dich darüber, dass ich dies nun für dich tun werde. Ich glaube, sie und ich, wir werden viel Spaß miteinander haben …«

Lächelnd ließ Nefrenka den Kopf der Mumie wieder zu Boden sinken, dann erhob er sich und wandte sich hoch erhobenen Hauptes der Ausgangstür des Museums zu. Er freute sich schon darauf, endlich wieder die Sonne erblicken zu können. Wie lange hatte er darauf verzichten müssen?

Die Welt hatte sich verändert. Doch nach allem, was er in Kurt Wenzels Kopf vorfand, gab es in dieser Zeit nichts, an das er sich nicht gewöhnen konnte. Nefrenka hielt die Türklinke schon in der Hand, als er plötzlich einer Erinnerung Wenzels gewahr wurde. Ein fixer Gedanke, der diesen Zeit seines Lebens verfolgt hatte. Höhnisch wandte er sich noch einmal zu der Mumie um, die, so schien es, verzweifelt zum Kuppelgewölbe der Museumshalle hinaufstarrte. »Du warst in der Tat nie etwas anderes als ein kleiner, mieser Versager!« Nefrenkas schallendes Gelächter war noch zu hören, als er bereits die Straße vor dem Museum überquert hatte.

Rebecca Hohlbein

ENGEL LÜGEN NICHT

»Ich hab 'nen Engel gesehen.«

Kessler sah ihn an und sagte nichts. Was hätte er auch sagen sollen?

Markus stand auf, trat zum Fenster und blickte hinaus. Die Mittagssonne stand hoch am Himmel, groß und so hell, dass sie fast schon bedrohlich wirkte und die stumme Warnung zu verkünden schien, alles wahl- und gnadenlos mit ihren gierigen Strahlen zu verbrennen, was sich ihr ungeschützt unter die Augen wagte. Der Sommer war heiß – es war mit Abstand der heißeste, den Kessler je erlebt hatte – und seit Wochen hatte kein einziger Regentropfen die ausgelaugte Erde befeuchtet.

Nach einer Weile drehte sich Markus wieder zu ihm herum und sah ihn an. »Sie glauben mir kein Wort«, stellte er fest.

Kessler hob die Schultern. »Wissen Sie«, seufzte er, »es gibt nicht viele Dinge, die ich nicht glauben würde – nicht nach allem, was passiert ist.«

Das war eine glatte Lüge. Er glaubte *nichts* von dem, was in diesem Sommer angeblich im Umfeld der Schule geschehen war. Aber er hatte den Job als Vertrauenslehrer angenommen und hielt es für seine Pflicht, jedem Schüler, der sich ihm anvertraute, erst einmal zu glauben. Auch dann, wenn dieser einen Engel gesehen haben wollte.

Markus schüttelte den Kopf und wandte sich wieder ab. »Nein. Das tun Sie nicht. Ich würde es auch nicht tun.«

»Wie sah er denn aus?«

Wieder verstrich eine geraume Weile, ehe Markus antwortete: »Er war ... wunderschön.«

»Wahrscheinlich trug er ein seidenes Nachthemd, hatte eine goldene Harfe und Flügel.« Die Worte taten Kessler sofort Leid und er spürte, dass er Markus verletzt hatte.

Markus zuckte kurz und fast unmerklich zusammen, doch er fasste sich schnell wieder, wandte sich erneut seinem Lehrer zu und sah ihm fest in die Augen. »Er hatte keine Gestalt«, antwortete er. »Ich meine – er war da und ich habe ihn gesehen, aber er hatte kein …« Er überlegte kurz. »Keine Form. Keine Umrisse, verstehen Sie? Er hatte weder ein Gesicht noch eine Stimme. Und trotzdem habe ich ihn gesehen. Und trotzdem hat er zu mir gesprochen.«

»Er hat zu Ihnen gesprochen?« Kessler bemühte sich einen halbwegs teilnahmsvollen, interessierten Ausdruck auf sein Gesicht zu zaubern. Es wollte ihm nicht so richtig gelingen, aber wahrscheinlich war das auch egal, denn Markus sah ihn nun nicht mehr direkt an, sondern geradewegs durch ihn hindurch und schließlich schloss er die Augen sogar.

»Was hat er denn gesagt?«

»Dass ich … dass wir …« Markus suchte angestrengt nach den richtigen Worten. »Dass wir Gott und seine Gebote achten sollen. Und dass wir einander lieben und Gutes tun sollen. Weil …«

»Weil was?«

Markus schwieg, öffnete die Augen, trat zurück an den Tisch und ließ sich auf seinen Stuhl fallen. Wieder sah er Kessler fest an.

»Es geht zu Ende«, sagte er schließlich.

Kessler legte die Stirn in Falten und musterte sein Gegenüber kritisch. Markus war einer der wenigen, die diese weiterführende Schule noch als das nutzten, als was sie ursprünglich eingerichtet worden war: Als Weg zur Erlangung des Berufs des Priesters. Dazu gehörten natürlich nicht nur der Besuch der Schule und das Lernen griechischer Vokabeln, sondern auch die Unterkunft im nahe gelegenen katholischen Knabenkonvent und natürlich ein gefestigter Gottesglaube. Dennoch hatte er ihn für einen Menschen gehalten, der zwar offen war für Glaube und Religion, aber dennoch mit gesundem Menschenverstand durchs Leben ging und angeblichen Wundern und ähnlichem Mumpitz kritisch gegenüberstand. Anscheinend hatte er sich geirrt. Das Theater um die Marienstatue, die angeblich Tränen aus Blut vergoss, die Osterglöckchen, die zur unangebrachtesten Jahreszeit ungeachtet der brüllenden Hitze in voller Pracht blühten, und seit gestern nun noch der Stein, aus dem angeblich Wasser quoll – all das hatte wohl auch seinen ansonsten gesunden, jungen Geist verwirrt. Vielleicht lag es aber einfach nur an der Hitze. Wäre Kessler Direktor, hätte er längst für eine ausgiebige Sommerpause gesorgt, vielleicht die großen Ferien vorgezogen. Aber er war es nun einmal nicht und Direktor Knapp beharrte auf der konsequenten Einhaltung des Lehrplanes. Schließlich standen viele Schüler unmittelbar vor den Abiturprüfungen.

»Es geht zu Ende?«, wiederholte Kessler. »Sie meinen also … der *Engel* meinte also, die Welt geht unter?«

Markus schüttelte den Kopf. »Nein. Das hat er nicht gesagt. Er sagte nur, es geht zu Ende.«

Kessler seufzte. Er suchte nach den passenden Worten, um dem Jungen zwar seine ehrliche Meinung zu sagen, ihn gleichzeitig aber auch nicht als verrückt darzustellen. Markus ersparte ihm weitere Mühen, indem er von sich aus fortfuhr: »Ich weiß nicht, was er damit meinte, aber ich weiß, dass er zurückkommen wird. Er hat eine Aufgabe für mich. Und ich weiß vor allen Dingen auch, was Sie jetzt von mir denken. Sie glauben, ich phantasiere, und ich nehme es Ihnen nicht einmal übel. Zuerst glaubte ich selbst, es läge an der Hitze oder am Abiturstress. Aber wissen Sie was? Immer dann, wenn mein Herz zu zweifeln beginnt, spüre ich ihn. Es ist, als hätte dieser Engel einen Teil von sich in meinem Inneren zurückgelassen, verstehen Sie?« Er stand auf und griff mit einer Hand an seine Brust. Seine Stimme war während der letzten Worte immer lauter und fast schon hysterisch geworden und in seinen Augen war ein Glanz, der verriet, dass er kurz davorstand, in Tränen auszubrechen. »Er ist da drin und ich krieg ihn nicht mehr raus. Und ich weiß verdammt noch mal nicht, was er von mir will!«

Kessler war überrascht. Er hatte diesen Jungen noch nie so erlebt, wusste nicht, wie er auf diesen Ausbruch reagieren sollte. Markus war an und für sich die Ruhe in Person. Ein friedlicher, umgänglicher Kerl mit einem leichten Hang zur Melancholie und Philosophie, einer, der keiner Fliege etwas zuleide tun konnte. Doch jetzt, wie er so vor ihm stand, aufs Äußerste erregt und voller Verzweiflung, war er sich nicht sicher, was er als Nächstes tun würde. Er konnte einfach zusammenbrechen oder kurzerhand auf ihn losgehen.

Nichts von beidem geschah. Markus riss seinen Blick fast gewaltsam von dem seinen los und stürmte zur Tür, aber Kessler erwischte ihn am Arm und hielt ihn noch einmal zurück.

»Ich glaube, es wäre das Beste, wenn Sie sich krank schreiben ließen«, sagte er. »Bleiben Sie eine Weile im Konvent und ruhen Sie sich aus, Herr Michael. Ihre Noten sind hervorragend. Sie können sich ein paar Tage Unterrichtsversäumnis ohne weiteres leisten.«

Markus funkelte ihn zornig an, riss sich los und warf die Tür hinter sich ins Schloss.

Markus rannte die Treppen hinunter, verließ das Gebäude durch den Hauptausgang und stieß dabei grob eine der vier Aufsichtspersonen zur Seite, die Direktor Knapp engagiert hatte, um alle aus der Schule fern zu halten, die nicht hineingehörten. Zwei weitere standen vor dem Schultor am anderen Ende des Hofes – dunkel gekleidete Gestalten, die mit Knüppeln und Funkgeräten ausgestattet und gerade damit beschäftigt waren, einen Reporter und einen Kameramann abzuwimmeln. Er würdigte die Marienstatue in der Mitte des Hofes keines Blickes und stürmte zwischen den beiden Aufsehern hindurch, wobei er den Kameramann anrempelte. Ohne ein Wort der Entschuldigung, eilte weiter. Hinter ihm fiel etwas zu Boden, klapperte, doch er sah nicht zurück. Er wollte nur in sein Zimmer, eine winzige, spärlich eingerichtete Kammer am äußersten Ende des Martinums. Hätte er den Weg durch die kleinen Gassen und Seitenstraßen des Ortes genommen, der eigentlich weiter war, wäre er mit Sicherheit schneller dort gewesen. Doch in seiner Aufregung schlug er den gewohnten Weg auf der Hauptstraße ein.

Das war ein Fehler, den er hätte vermeiden können, hätte er nur eine Sekunde nachgedacht. Die Straße war kaum passierbar. Hunderte von Menschen hatten sich auf ihr zusammengefunden und versuchten nun einen Blick auf das zu erhaschen, was man als das dritte Wunder von Hohenheim bezeichnete. Es waren Männer und Frauen, Alte und Junge, Schaulustige und Gläubige, Kranke und Gesunde, die sich hier versammelt hatten – jeder aus anderen Beweggründen und doch alle wegen des gleichen Steines.

Markus hatte sich bisher nicht einmal die Mühe gemacht, sich den Stein anzusehen, geschweige denn, ernsthaft darüber nachzudenken. Er würde nur wieder enttäuscht werden. So wie von der Marienstatue, die für ihn auch nach einer ganzen Nacht des geduldigen Wartens keine einzige Träne vergossen hatte. Wäre tatsächlich ein bisschen Wahrheit an der Geschichte gewesen, so hätte sie ihm ein Zeichen gegeben. Darin war er sich sicher, denn er war überzeugt von der Unerschütterlichkeit und Reinheit seines Glaubens. Zwar hatte er – wie alle anderen auch – die in der prallen Hitze blühenden Osterglöckchen zu ihren Füßen gesehen, doch dies hielt er – Glaube hin oder her – schlichtweg für Betrug an den christlichen Seelen. Mit Sicherheit hatte sie jemand dort gepflanzt und mit noch viel größerer Sicherheit gab es jemanden, der sie heimlich goss, damit sie nicht vertrockneten.

Markus versuchte sich zuerst rücksichtslos, dann, als sich sein schlechtes Gewissen meldete, etwas langsamer und vorsichtiger einen Weg durch die Menge heißer, verschwitzter Körper zu bahnen und dabei einigermaßen die Orientierung zu behalten. Er hätte nie gedacht, dass es möglich sein könnte, sich auf einer völlig geraden Straße zu verlaufen, aber hier war das keineswegs auszuschließen. Er war nicht sehr groß – eins dreiundsechzig, um genau zu sein – und konnte nicht über die Köpfe der Menge hinwegschauen. Und in dem Gedränge konnte er nicht einmal seine eigenen Füße mehr sehen, sodass es ihm schwer fiel, das Pflaster der Straße vom harten, ausgetrockneten Boden der Grünfläche zur Linken zu unterscheiden. Gelegentlich trat er auf eine zerbeulte Coladose oder verhedderte sich in klebrigem Zellophanpapier – Abfall, der von den Schaulustigen achtlos weggeworfen worden war.

Je weiter er vorankam, desto dichter wurde das Gedränge.

Markus schob eine alte Frau beiseite, die fast einen Kopf kleiner war – und auf einmal stand er unmittelbar vor dem Stein.

Er war nicht besonders groß – er reichte ihm gerade bis zur Hüfte – und auch nicht außergewöhnlich schön oder auf besondere Art geformt. Ein ganz normaler, grauer Stein von der Form eines Eies, das jemand exakt in der Mitte durchtrennt und mit der flachen Seite in den Boden gestanzt hatte. Und Wasser quoll auch nicht aus seinen Poren. Es war das gleiche, leblose Objekt, an dem er seit zweidreiviertel Jahren jeden Morgen und jeden Mittag vorbeilief, wenn er vom Konvent zur Schule oder zurück ging, und dem er bislang nie Beachtung geschenkt hatte.

Auch jetzt wollte er sich wieder von ihm abwenden und seinen Weg fortsetzen, da er nichts Besonderes an ihm finden konnte, doch da geschah plötzlich etwas.

Er hatte sich gerade halb von ihm weggedreht, als er eine Regung wahrnahm. Eine Regung, die in Anbetracht des Tumults um den Stein herum ein Nichts war, etwas, was er eigentlich überhaupt nicht hätte bemerken können. Und trotzdem war er sicher, etwas gesehen zu haben. Er hielt mitten in der Bewegung inne und betrachtete den grauen Felsbrocken aus zusammengekniffenen Augen. Und dann sah er es wieder. Es war kaum wahrnehmbar – als bewegten sich die Moleküle des Steins in Zeitlupe hin und her – und dennoch so deutlich. Markus schluckte, darauf gefasst, dass jeden Augenblick Wasser aus der makellos glatten Oberfläche quellen und eine kleine Pfütze zu seinen Füßen bilden würde. Doch nichts dergleichen passierte. Ihm war, als hätte der Stein auf einmal das erhalten, was Gott ihm die ganze Zeit vorenthalten hatte: Leben.

Kein Leben, das der Nahrungsaufnahme bedurfte, kein Leben, das atmete oder durch dessen Adern Blut floss. Der Stein glich auf einmal einem Baum, der reglos an einer Stelle stand und doch zweifellos zur belebten Natur zählte.

Markus sah sich um. Er war umringt von Menschen, die nichts anderes taten, als den Stein zu beobachten, doch auf deren Mienen zeigte sich nicht die geringste Regung. Sie hatten nichts gesehen. Noch nicht.

Was dann geschah, *mussten* auch die anderen sehen: Die Konturen des Steins begannen unscharf zu werden, die Oberfläche fing an sich aufzulösen. Leichte Wogen gingen durch den Stein und formten ihn wieder und wieder zu neuen, abstrakten Gebilden, und schließlich war ihm, als begänne er regelrecht zu atmen. Er schien aus einer zähen Flüssigkeit zu bestehen, einem Quecksilbertropfen gleich, der von leichten Vibrationen erschüttert wurde.

Markus stand wie zur Salzsäule erstarrt da, fixierte das Gebilde und wagte kaum zu atmen. Die Zeit schien stehen zu bleiben, die Welt um ihn herum sich langsam in gleichmäßigem Tempo von ihm zu entfernen, und schließlich war er allein. Allein im Nichts mit diesem seltsamen Gebilde vor ihm, das nun zusätzlich von einem rhythmischen Pochen erfüllt wurde. Es war ein tiefer, dunkler Ton, der trotzdem warm und freundlich wirkte. Der Stein strahlte ein warmes, orangefarbenes Licht aus – und explodierte.

Markus stieß einen erschrockenen Schrei aus und stolperte zwei, drei Schritte zurück. Er fiel. Aus weit aufgerissenen Augen starrte er dahin, wo gerade eben noch der Stein gewesen war.

Und plötzlich stand der Engel vor ihm.

Er war schlank und zerbrechlich und gleichzeitig gewaltig und von einer Kraft erfüllt, die man spüren und sogar *sehen* konnte. Seine Gestalt war wie aus hellem, warmem Licht und sein Gesicht so unglaublich schön – gerade wie beim letzten Mal, als er ihn gesehen hatte, obwohl er nach wie vor keine festen Konturen hatte. Sein ganzer Körper schien so unwirklich und war doch das Realste, was Markus jemals gesehen hatte. Es war ein Wesen von einer Reinheit, die die Vorstellungskraft eines Menschen bei weitem übertraf, und seine Augen waren die ehrlichsten, in die Markus in seinem ganzen Leben geblickt hatte.

Der Engel schritt langsam auf ihn zu und streckte die Hand nach ihm aus. Markus wich instinktiv ein Stück zurück, doch der Engel schüttelte den Kopf und lächelte.

»Fürchte dich nicht«, sprach er. »Ich bringe dir eine Botschaft.«

Kessler war kaum noch in der Lage, der von Direktor Knapp verlangten konsequenten Durchführung des Lehrplanes Folge zu leisten. Er hatte es nie mit besonders engagierten, ehrgeizigen Schülern zu tun gehabt, doch im Moment schlugen sie alle Rekorde in Unaufmerksamkeit und schlechtem Benehmen. Er kam sich vor, als versuche er eine Wand zu belehren, denn die wenigen, die keine Papierflugzeuge aus Klausurbögen falteten oder schwätzten, lagen mit den Köpfen auf den Tischen und schienen vor sich hin zu dösen, andere riefen unanständige Scherze in den Raum.

Stefan, der seinen Platz bereits aus gutem Grund unmittelbar vor dem Lehrerpult hatte, stieß gerade seine Tischnachbarin an. »Was ist 'ne Gummipuppe mit weißen Augen?«

Svenja hob die Schultern und schüttelte ahnungslos den Kopf.

»Voll!«

Beide begannen laut und ungeniert zu lachen.

»Herr Schuhmacher«, bemerkte Kessler. »Mir scheint, Ihre menschlichen Triebe machen Ihnen momentan etwas zu schaffen. Aber bitte verlegen Sie die Lösung dieses Problems doch auf Ihre Freizeit. Wir beschäftigen uns hier mit Geschichte, wissen Sie?«

Svenja sah Stefan stirnrunzelnd an. »Menschliche Triebe?«, fragte sie. »Unter uns – wann hast du denn das letzte Mal …?«

Stefan sah auf die Uhr und legte die Stirn in nachdenkliche Falten. »Hmmmh …«

Wieder lachten beide.

Kessler verdrehte resigniert die Augen und wandte sich zur Tafel. Warum kümmerte er sich eigentlich um diese jungen Leute? Es könnte ihm doch egal sein, wer von ihnen seine Prüfungen bestand und wer durchs Abi rasselte. Schließlich arbeitete er an einer Schule, an der junge Erwachsene ihr Abitur nachholten. Keine Kinder, sondern Erwachsene, die aus eigenem Antrieb hierher gekommen waren, weil sie entweder einen kirchlichen Beruf anstrebten oder irgendwann auf den Trichter gekommen waren, dass sie dabei waren, sich ihr Leben zu verbauen und es ohne einen vernünftigen Abschluss zu nichts mehr bringen würden. Es gab keine blauen Briefe und keinen Elternsprechtag, keine Schläge für Fünfen in Mathe oder Geschichte. Er hätte seinen verdammten Lehrplan durchziehen und sie ihrem selbst erwählten Schicksal überlassen können. Warum kümmerte er sich eigentlich um sie?

Liebe deinen Nächsten wie dich selbst …

Das war die Antwort. Er tat es, weil er an Gott glaubte. Er war streng katholisch erzogen worden und hatte Zeit seines Lebens an Gott geglaubt und die Gebote geachtet. Natürlich stand er bestimmten Glaubensregeln etwas toleranter gegenüber, als dies in seinem Elternhaus der Fall gewesen war, aber trotzdem nahm er sie ernst. Er lebte allein, ohne Frau und ohne Kinder, und sein Glaube war alles, was ihm geblieben war, nachdem seine Eltern gestorben waren.

Es war genau diese erzbischöfliche Schule, in der er heute selbst unterrichtete, die ihn vor zehn Jahren in seinem Glauben bekräftigt und mithilfe eines engagierten Lehrers erfolgreich durchs Abitur und ins Studium geführt hatte. Deshalb machte er sich Gedanken um diese größtenteils von Kindheit an verzogenen, frechen und allzu oft auch trotzigen jungen Menschen. Sie waren seine Nächsten. Und im Grunde konnte keiner etwas dafür, dass er so war wie er war.

Gerade in dieser Situation, dachte er, bei diesem verflixten Wetter und in dieser Schule, die neuerdings inmitten eines riesigen Irrenhauses zu stehen schien, sollte er vielleicht etwas nachgiebiger sein.

Er schrieb einige Stichworte mit weißer Kreide an die Tafel und unterstrich die wichtigeren sorgfältig und umständlich mit dem Lineal, ehe er sich wieder der Klasse zuwandte.

»Nachdem Hitler also das Sudetenland an das deutsche Reich angegliedert hatte … wann war das doch gleich?«

Er ließ seinen Blick durch die Runde schweifen. Niemand meldete sich.

»Erinnert sich niemand mehr daran?«

Markus hob die Hand. Kessler atmete auf. Wenigstens einer, mit dem man noch arbeiten konnte. Obwohl dieser jemand sich zwischenzeitlich anscheinend auch einen leichten Sonnenstich eingehandelt und Engel gesehen hatte. Er nickte ihm auffordernd zu.

»Neunzehnhundertachtunddreißig.«

Kessler nickte zufrieden und lächelte. »Richtig. Und was geschah dann?«

»Hitler wollte den Lebensraum für das deutsche Volk erweitern und setzte neunzehnhundertneununddreißig zur Eroberung Polens an.« Markus antwortete, ohne erst darüber nachdenken zu müssen. Er rasselte die Antwort herunter, als hätte er die entsprechende Seite aus dem Geschichtsbuch auswendig gelernt. Wahrscheinlich hatte er das auch. Der Junge hatte ein hervorragendes Gedächtnis. Von einem Kollegen wusste er, dass er im Religionsunterricht teilweise ganze Bibelseiten aufsagte, wenn es darum ging, vor der Klasse seinen Glauben zu verteidigen.

»Richtig.« Kessler griff nach der Kreide und wollte gerade einige weitere Stichworte an die Tafel schreiben, als der Gong die Stunde beendete. Noch bevor er ganz verklungen war, hatten die meisten Schüler den Raum bereits verlassen. Auch Markus nahm sein Portemonee aus dem Rucksack, steckte es in die Hosentasche und wollte aus dem Klassenzimmer gehen. Offenbar ging es ihm wieder etwas besser.

Kessler rief ihn noch einmal zurück. »Herr Michael?«

Markus hielt inne. »Ja?«

»Haben Sie sich ein wenig erholt?«

»Wovon?«

Kessler seufzte und schüttelte den Kopf. »Sie wissen, was ich meine. Geht es Ihnen wieder besser?«

»Jeder Mensch sollte mit dem Schicksal zufrieden sein, das der Herr ihm zugedacht hat«, antwortete er in einem Tonfall, der keine Zweifel an der Aufrichtigkeit seiner Worte aufkommen ließ.

Damit wandte er sich ab und ging in die Pause.

Kessler lief den Flur Richtung Kopierraum entlang. Der Korridor war kühl und schattig – ganz im Gegensatz zu den Klassenräumen, die überwiegend auf der am stärksten von der Sonne beschienenen Seite der Schule lagen. Erst jetzt merkte er, wie dick und stickig die Luft im Geschichtsraum tatsächlich gewesen war, obwohl alle Fenster weit offen standen.

Es war sehr still – stiller als normal. Die meisten Schüler hatten sich in den klimatisierten Keller verzogen, der unter anderem eine Cafeteria und einen großen Aufenthaltsraum bot, oder, wenn sie schnell genug waren, noch einen schattigen Platz unter einer der drei mächtigen Kastanien auf der Wiese neben dem Schulhof ergattert.

Kessler wischte sich mit einem Taschentuch den Schweiß von der Stirn, der sich während der vergangenen Dreiviertelstunde dort angesammelt hatte, und atmete tief ein. Die frische Luft tat ihm gut und er fühlte sich gleich ein wenig besser. Er erreichte den Kopierraum, zog schon einmal die Klausurunterlagen aus der Tasche, die er vervielfältigen wollte, und steckte mit der anderen Hand den Schlüssel ins Schloss. Im ersten Augenblick glaubte er, dass er klemmte, doch nachdem er einige Sekunden lang daran gerüttelt hatte, stellte er fest, dass der Schlüssel sich nicht weiter nach rechts drehen ließ, weil die Tür überhaupt nicht abgeschlossen war. Er schüttelte den Kopf über die Nachlässigkeit seiner Kollegen, drückte die Klinke herunter und öffnete die grüne Blechtür.

Kessler stieß einen Schrei aus und ließ Tasche und Unterlagen fallen. Entsetzt starrte er die Gestalt an, die mit schlaffen Gliedern und hässlich verdrehtem Hals von der Decke hing. Er musste den Toten mit der Tür angestoßen haben, denn er baumelte leicht hin und her. Die Wirbel seines Halses knirschten dabei. Die Schlinge hatte sich so fest zugezogen, dass sie sich ins Fleisch schnitt und Spuren von Blut und kleinen Hautfetzen an ihr klebten. Der Kopf des jungen Mannes hing schlaff nach unten, aber dennoch konnte er seine weit geöffneten Augen sehen. Aus ihnen sprach die reine Panik – als hätte der Junge im letzten Augenblick eingesehen, dass er einen Fehler gemacht hatte und beschlossen, dass er eigentlich doch noch nicht sterben wollte. Sein Mund war geöffnet. Er musste verzweifelt nach Luft gerungen haben. Wahrscheinlich hatte er versucht, den Stuhl wieder mit den Füßen heranzuangeln, der nun umgekippt neben der Tür lag. Er musste schon länger tot sein, denn seine Haut verfärbte sich bereits dunkel und gräulich.

Erst als sich eine Hand auf Kesslers Schulter legte und er eine

Stimme vernahm, wurde ihm bewusst, dass er die ganze Zeit, die er hier gestanden hatte – waren es Sekunden, Minuten oder Stunden? … er wusste es nicht – geschrien hatte.

»Fürchtegott!« Stefanie Baumeister schüttelte ihn. »Fürchtegott, was ist denn bloß los?«

Fürchtegott Kessler trat einen Schritt zurück und gab den Blick auf das grausame Bild hinter der Tür frei.

»Es war falsch.« Der Engel schüttelte traurig den Kopf. Er sah ihn nicht an, sondern senkte den Blick, als schäme er sich, ihm in die Augen zu schauen. »Es ist meine Schuld«, behauptete er. »Ich hätte mich klarer ausdrücken sollen.«

»Falsch?« Markus verstand nicht. Er hatte genau das getan, was der Engel ihm aufgetragen hatte. Was war falsch? Der Ort oder etwa der Zeitpunkt? An Torsten konnte es nicht gelegen haben. Er war, weiß Gott, das ungläubigste, verachtenswerteste Wesen der gesamten Schule gewesen. Er hatte mit den Frauen gespielt, wann immer ihm sich eine Gelegenheit dazu bot, seine Mitschüler immer zu seinem Vorteil ausgenutzt und seinerseits für niemanden etwas getan, ohne sich dafür gut bezahlen zu lassen. Er hatte geraucht und Drogen genommen, ein auf dem Kopf stehendes Kreuz um den Hals getragen und überhaupt mit allen Mitteln der Kunst durch sein gesamtes Erscheinungsbild provoziert. Er war ein Mensch gewesen, der die Gewalt in jeder Hinsicht verherrlichte. Eines jener Wesen eben, deretwegen Gott selbst vor mehreren Jahrtausenden die Sintflut über die Erde hatte kommen lassen. Was sollte er *falsch* gemacht haben? Sollte er letzten Endes etwa die gesamte Botschaft, die Bitte dieses Engels, der die Stimme Gottes war, vollkommen falsch verstanden, vielleicht zu wörtlich genommen haben?

»Was war falsch?«, fragte er noch einmal.

Der Engel seufzte tief. »Er war ein schlechter Mensch«, bestätigte er, als hätte er in seinen Gedanken gelesen. »Er war sehr schlecht und es wird ihm nicht viel Gutes widerfahren im Jenseits. Doch was du getan hast, lässt ihn noch schlechter erscheinen, als er ohnehin schon war.« Wieder schüttelte er den Kopf und er sah Markus nach wie vor nicht an. »Aber wie gesagt: Es war meine Schuld.«

»Ich habe … *was?*«

»Ihm eine weitere Sünde angehängt. Eine Sünde, die er nicht begangen hat.«

Markus verstand nun überhaupt nichts mehr. *Er* sollte Torsten *eine Sünde angehängt* haben? Wären diese Worte nicht aus dem Munde eines leibhaftigen Engels gekommen, hätte er sie für einen schlechten Witz gehalten.

»Du sollst nicht töten«, fuhr der Engel fort, ehe er eine entsprechende Frage stellen konnte. Dann sah er ihn an. »Nicht andere – und auch nicht dich selbst. Hast du das nicht gewusst?«

Markus nickte heftig. »Doch, natürlich«, sagte er hastig. »Aber Torsten *hat* sich nicht selbst umgebracht. Diese Sünde lastet auf *meinen* Schultern.«

»Nein«, winkte der Engel ab. »Es ist niemals Sünde, dem Wort Gottes zu gehorchen. Aber es sieht so aus, als hätte Torsten Selbstmord begangen.«

»Gott kennt die Wahrheit«, antwortete Markus fest.

Der Engel lächelte. Scheinbar war er erfreut über diese Antwort. Doch diese Freude machte sogleich wieder einem Ausdruck der Sorge Platz. »Sicher«, antwortete er. »Gott schon. Aber was ist mit seiner Familie? Seinen Freunden? Sie werden glauben, er hätte sie von sich aus verlassen. Einfach so und ohne erkennbaren Grund. Sie werden sich von ihm im Stich gelassen fühlen, ihm Vorwürfe machen oder gar sich selbst, verstehst du? Nun werden vielleicht Menschen verletzt und zutiefst erschüttert, die unschuldig sind, vielleicht ihr Bestes gegeben haben, um seine Seele zu retten.« Er machte eine kurze Pause, bevor er fortfuhr: »Und Torsten? Ihn werden diese Vorwürfe bis ins Jenseits verfolgen, er wird ihren Schmerz und ihr Leid spüren und kann nichts dagegen tun.«

Markus fühlte sich, als hätte man ihm einen Kübel eiskalten Wassers über den Kopf gegossen. Warum hatte er nicht selbst daran gedacht? Der Engel hatte Recht mit allem, was er sagte, aber wenn ihm diese Gedanken heute Morgen gekommen waren, so hatte er sie verdrängt. Es war ohnehin schon schwer genug gewesen. Nicht die Tat an sich – Torsten war kaum größer als er, nicht halb so fit und außerdem noch nicht wieder ganz bei sich. Er hatte gerochen wie die Kneipe, in der er wahrscheinlich die Nacht zugebracht hatte. Natürlich hatte er sich nach Kräften gewehrt, doch es war ein kurzer Kampf gewesen. Markus hatte sich gut vorbereitet – zumindest was die praktischen Dinge betraf. Torsten war sehr leichtgläubig gewesen und ihm praktisch mit offenen Armen ins Messer gelaufen.

Nein, er hatte es sich weitaus schwieriger vorgestellt. Viel schlimmer war es gewesen, nicht darüber *nachzudenken*, was er tat. Jedenfalls nicht so, wie er es unter normalen Umständen wahrscheinlich getan hätte. (Gott, was heißt hier normale Umstände? Er hätte nie gedacht, dass er tatsächlich jemals einen Menschen töten würde!!) Er hatte jeden Anflug von schlechtem Gewissen im Keim erstickt, und das mit aller Kraft, die sein Wille aufbringen konnte. Er handelte im Namen des Herrn, im Namen des Herrn, im Namen des Herrn ...

Während er daran zurückdachte, zitterte er und seine Augen füllten sich mit Tränen.

Eine warme, silberweiß strahlende Hand legte sich sachte auf seine Schulter und sein Körper wurde von einer Ruhe und Wärme durchströmt, die jedes Gefühl auslöschte, das nicht durch und durch gut war.

»Danke.«

Lange Zeit sagte niemand etwas, dann fragte Markus: »Wie hätte ich es denn tun sollen?«

»In dem Moment, in dem du deinen ... *meinen* Fehler«, verbesserte der Engel sich hastig, »erkennst, bist du fähig, ihn zu vermeiden.«

Markus nickte. Der Engel trat einen Schritt zurück und begann sich aufzulösen. Langsam schmolz er in sich zusammen, winzige Tröpfchen fielen auf die Erde hinab und schienen in dem Moment zu verdampfen, in dem sie sie berührten.

»Warte!« Markus versuchte ihn zurückzurufen. »Warte, ich ... ich weiß, was ich tun muss, aber ... was passiert dann? Ich meine – niemand wird mir glauben. Ich werde ein Mörder sein!«

»Gott kennt die Wahrheit.«

Dann war der Engel verschwunden.

Die Nacht brach herein und Markus saß noch lange vor dem winzigen Fensterchen seiner Kammer und sah in die Dunkelheit hinaus. Die Luft war nach wie vor stickig und schwül, aber wenigstens etwas kühler, als sie am Tag gewesen war. Trotzdem schwitze er und sein dünnes Hemd klebte unangenehm an seiner Haut und verursachte einen lästigen Juckreiz in den Achselhöhlen. Doch dies war es nicht, was ihn vom Schlaf abhielt.

Er hatte einen Menschen getötet.

Warum tat Gott ihm das an?

Er hatte eine menschliche Seele auf dem Gewissen, weil der Herr es verlangt hatte. Doch selbst Letzteres konnte seine aufgewühlten Gefühle nicht beruhigen. Er zweifelte keine Sekunde an der Echtheit des Engels oder seines Auftrages. Dies ließ der Engel gar nicht zu. Er saß tief in seinem Inneren fest und rührte sein Herz an, sobald er auch nur einen vagen Anflug von Zweifel verspürte.

Aber warum traf es ausgerechnet *ihn*?

Er war nichts Besonderes, kein Heiliger. Nicht einmal ein Priester. Er glaubte an Gott, doch er glaubte eigentlich auf einer Schiene, die irgendwo Richtung Himmel, aber trotzdem durch die Realität führte. Er glaubte fest an die Richtigkeit der Wahrheiten und Botschaften, die die Bibel den Menschen vermittelte, hatte sie aber niemals wörtlich genommen. Er wusste, dass sich jedes der so genannten Wunder entweder naturwissenschaftlich erklären ließ oder nur im übertragenen Sinne gemeint war. Er hatte nie zu der Sorte Christ gehört, die felsenfest behauptete, dass alles stimmt, was in der Bibel steht, und die keine gerechtfertigten Ausnahmen bei der Einhaltung der Zehn Gebote machte.

Warum also er? Warum überhaupt ein Mensch dieser Erde? Konnte der Herr nicht einfach eine zweite Sintflut schicken, um seine Erneuerung durchzuführen? Eine große Welle, die alles Böse und Schlechte einfach mit sich riss und vernichtete? Warum mutete Gott ihm stattdessen so unglaubliche seelische Qualen zu?

Markus legte den Kopf in den Nacken und sah in den sternklaren Himmel hinauf. »Warum ich?«

Er bekam keine Antwort. Nichts regte sich, nichts geschah. Auch der Engel erschien ihm nicht.

Markus ließ Kopf und Schultern hängen und zog eine Pappschachtel aus der Hemdtasche. Er hatte das Rauchen aufgegeben, bevor er ins Martinum eingetreten war, doch heute brauchte er einfach eine Zigarette. Er zog eine heraus, zündete sie an und bekam einen fürchterlichen Hustenkrampf. Doch seine Lunge gewöhnte sich schnell wieder an den bitteren, beruhigenden Rauch und er genoss das leichte Schwindelgefühl und den Anflug von Übelkeit, der sich in ihm breit machte, während er in die Dunkelheit hinaussah und den Rauch der Zigarette sorgfältig aus dem kleinen Fenster blies.

Auf der anderen Seite des Gartens konnte er den schmalen, schmucken Anbau erkennen, in dem die Priester ihre Kammern hatten. Es war spät und nirgendwo brannte mehr Licht. Der runde Mond spiegelte sich auf der Wasseroberfläche des kleinen Pools, der zwischen den beiden aufwändig gestalteten Gebäuden lag. Es war still. Nur in der Ferne hörte er irgendwo einen Vogel schreien.

Auf einmal vernahm er Motorengeräusche, die schnell lauter wurden, als sie sich dem Konvent näherten. Schließlich tauchte das Licht zweier Scheinwerfer einen Teil der Wiese und des Pools in mattes, gelbes Licht, kroch noch ein kleines Stück Richtung Nebengebäude und erlosch dann abrupt. Der Motor verstummte, Autotüren wurden zugeworfen. Markus vernahm die Stimmen von zwei oder drei Personen und Schritte, die sich seinem Fenster näherten. Er wich ein Stück in die schützende Dunkelheit seiner Kammer zurück, hielt die Luft an und wartete, was als Nächstes geschah.

Zwei Gestalten bewegten sich an seinem Fenster vorbei. Offenbar bemühten sie sich, dabei so wenig Geräusche wie möglich zu verursachen. Er vernahm die flüsternde Stimme einer Frau und schließlich die eines Mannes, der zischte: »Psst! Sei still! Du kannst reden so viel du willst, aber erst, wenn wir da sind.«

Markus konnte die Stimme, so leise sie auch war, dennoch eindeutig identifizieren. Sie gehörte Vater Paulus. Vater Paulus mit einer *Frau*?

Markus wollte seinen eigenen Sinnen keinen Glauben schenken, trat wieder ans Fenster und sah den beiden schattenhaften Gestalten nach, die sich schnell und leise über die Wiese Richtung Nebengebäude bewegten. Tatsächlich: Vater Paulus führte eine Frau in seine Gemächer. Vater Paulus, seines Zeichens Direktor des Knabenkonvents und ein Mann, der dem Herrn und ausschließlich dem Herrn seine uneingeschränkte Liebe versprochen hatte. Markus wollte einfach nicht glauben, was er da sah, und sich schon gar nicht vorstellen, was gleich geschehen würde, wenn die beiden in den gesegneten Gemächern des ehrwürdigen Vaters verschwunden waren und die Tür hinter sich geschlossen hatten. Ihm wurde übel.

Der Engel meldete sich in seinem Herzen. Markus schlüpfte in seine Schuhe, trat die Zigarette auf dem Boden aus und verließ sein Zimmer.

Nachdem Markus die Wiese überquert hatte, erreichte er das Nebengebäude und betrat es durch den Hintereingang. Er war nicht verschlossen – genauso wenig wie der Haupteingang. Das war noch etwas, was ihn von eingefleischten römisch-katholischen Christen unterschied: Er glaubte zwar an eine höhere Gerechtigkeit, daran, dass jeder Mensch nach seinem Tod für gute Taten belohnt und für schlechte bestraft würde, aber nicht daran, dass Gott tagein, tagaus seinen persönlichen Besitz vor unbefugtem Zugriff schützte. *Seine* Tür jedenfalls verschloss er immer mehrfach.

Er gelangte in einen schmalen, unbeleuchteten Korridor. Dennoch erkannte er den Verlauf des Flures und die einzelnen Türen, die von ihm aus in die Kammern der Priester, die kleine Privatbibliothek und den Meditationsraum führten. Er war erst einmal hier gewesen – bei der Führung durch das Kloster, an der er als Neuankömmling vor fast drei Jahren teilgenommen hatte –, aber er konnte sich noch genau an die Lage der einzelnen Räume erinnern.

Es war totenstill. Markus stand eine kleine Weile unentschlossen, was er als Nächstes tun sollte, da und ging schließlich langsam den Flur nach links entlang. Das Geräusch, das seine Schritte verursachten, klang erschreckend laut in seinen Ohren und er bemühte sich, noch leiser zu sein.

Vater Paulus' Zimmer lag ganz am Ende des gut dreißig Meter in beide Richtungen reichenden Korridors. Es unterschied sich nach außen hin nicht von allen anderen, aber Markus wusste aus zweiter oder dritter Quelle, dass es sich nach der Küche, der Kapelle und dem Speisesaal um den größten Raum des ganzen Konvents handelte. Und im Moment war es wahrscheinlich auch der einzige Raum des Stifts, in dem noch Licht brannte, wie ein schmaler, orangegelb unter der Tür hervorleuchtender Streifen verriet. Wahrscheinlich war es Kerzenlicht, denn es flackerte leicht und erhellte weniger die Konturen, als dass es sie verwischte.

Markus hatte die Tür erreicht und legte die Hand auf die Klinke. Er zögerte. Von der Wand links neben ihm blickte eine überlebensgroße Figur des gekreuzigten Jesus auf ihn herab. Markus sah ihn an. Ihm war, als sähe der Erlöser ihm direkt in die Augen. Und als erkenne er in dessen Augen einen leichten, feuchten Glanz und eine Spur von Vorwurf.

Markus ließ sich auf die Knie sinken und faltete die Hände. »Es ist für dich«, entschuldigte er sich. »Im Namen des Vaters und des Sohnes und des Heiligen Geistes …« Er hob den Kopf und sah dem Messias ins Gesicht. »Amen.«

Dann erhob er sich und betrat Vater Paulus' Zimmer.

Die Stimmung im Klassenraum war unbeschreiblich bedrückt. Seine Schüler hatten sich zu Beginn der ersten Schulstunde auf seinen Wunsch hin hier eingefunden. Zwar hatte Knapp den Unterricht vier Tage lang ausfallen lassen, bis sich die Situation wieder etwas beruhigt hatte, doch er hatte es trotzdem für besser gehalten, im geschlossenen Verband zum Trauergottesdienst zu gehen. Sollte einer seiner Schützlinge zusammenbrechen, so waren genug Menschen da, die ihn auffangen konnten. Physisch und psychisch.

Kessler selbst hatte das schwerste Los von allen gezogen. Nur er wusste, was zu den jungen, noch immer geschockten Leuten vor ihm wahrscheinlich noch nicht durchgedrungen war: Der Trauergottesdienst, den sie gleich gemeinsam besuchten, würde ein zweifacher werden.

Man hatte Vater Paulus erst gestern in seinem Zimmer aufgefunden. Nachdem man vom späten Freitagnachmittag an nichts von ihm gehört hatte und er auch zum Sonntagsgottesdienst nicht erschienen war, hatte man sich auf die Suche nach ihm gemacht. Er war ermordet worden. Und das auf eine Art und Weise, von der Kessler nie geglaubt hätte, dass irgendein Mensch fähig wäre, mit einer solchen Grausamkeit vorzugehen. Sein Körper war völlig zerstückelt worden. Jemand hatte ihm – offenbar als er noch lebte – gewaltige Fleischfetzen aus dem Leib geschnitten. Dabei musste er verblutet sein. Anschließend hatte man ihm den Kopf abgetrennt und gesondert vom Rest des Körpers aufs Bett gelegt. Sein Herz steckte auf der Spitze eines goldenen Kreuzes vor dem bunt verglasten Fenster, sodass die Sonne es schmoren konnte. Man erzählte, es habe auch eine Frauenleiche auf der Matratze gelegen, doch dies hielt Kessler für ein Gerücht, das noch nicht bestätigt worden war und wahrscheinlich auch nicht bestätigt werden würde. Er fragte sich, wer wohl so geschmacklos sein und derartige Gerüchte über den gerade erst verstorbenen, ehrwürdigen Vater Paulus verbreiten konnte. Als wäre all das, was sich in den letzten Wochen in der Schule und um sie herum abgespielt hatte, nicht schon seltsam und schlimm genug gewesen!

Kessler hatte einen Entschluss gefasst: Er würde aufhören. Ginge es nur nach ihm, wäre er schon lange weg; irgendwo auf den Malediven oder in Mittelamerika. Aber er konnte diese jungen Menschen, die in den letzten Wochen so viel erlebt und zum Teil auch durchlebt hatten, jetzt und vor allem unmittelbar vor den alles entscheidenden Prüfungen nicht im Stich lassen. Er würde noch bis zu den Sommerferien bleiben und dann …

Er wischte den Gedanken beiseite. Jetzt musste er sich erst einmal um aktuellere Dinge kümmern. Wie zum Beispiel: *Wie sagst du's ihnen?*

Kessler trat einen Schritt auf die Menge zu und räusperte sich umständlich. Es war überflüssig, denn niemand sprach ein Wort und die Augen der jungen Männer und Frauen mussten schon seit einer geraumen Weile auf ihn gerichtet sein. »Ich …«

Er suchte nach den richtigen Worten. »Ich muss euch noch eine traurige Mitteilung machen.«

Stille. Niemand gab einen Laut von sich. Selbst Stefan Schuhmacher, der sonst nie um einen Spruch verlegen war, schwieg und blickte betreten zu Boden.

»Wie ihr mit Sicherheit alle wisst, ist unser Mitschüler und Freund Torsten Oppermann am vergangenen Freitag aus dem Reich der Lebenden geschieden.« Mein Gott, wie hörte er sich bloß an? Es klang so gestochen und oberflächlich, doch ihm fielen einfach keine besseren Worte ein. Er hatte noch nie jemandem vom Tod eines anderen berichten müssen. Er konnte es einfach nicht! »Wir haben uns hier zusammengefunden, um gleich gemeinsam in die Kirche zu gehen, wo der Gedenkgottesdienst stattfinden wird. Torsten …«

»Und Vater Paulus.«

Es war Markus' Stimme gewesen. Kessler sah mit einer Mischung aus Überraschung und Schrecken zu ihm hin. Er sah ihm direkt in die Augen. Nichts regte sich darin. Er wirkte irgendwie … abwesend.

Kessler wartete noch einen Augenblick, ob der Schüler noch etwas hinzufügte. Doch er schwieg und deshalb bestätigte er: »Und Vater Paulus. Ja.«

Ein verwirrtes Raunen zog durch die Reihen der Schüler. Niemand verstand, was gemeint war.

»Was ist mit Vater Paulus?«, brachte Svenja die Sache schließlich auf den Punkt, den Kessler am liebsten noch Stunden umgangen hätte.

»Er ist tot«, antwortete er knapp.

Wieder ein Raunen, hier und da ein Schluchzen. Einige begannen trotz der Hitze im Raum zu zittern. Stefan stützte Svenja, die leicht in die Knie zu sinken begann. »Was … wie ist denn das … warum …?«

Kessler schluckte. Vater Paulus hatte sich auch unter den Nicht-Martinern großer Beliebtheit erfreut. Er war immer derjenige gewesen, an den man sich wenden konnte, wenn alle Stricke rissen. Das Floß im Meer und die Oase in der Wüste. Geliebt, gebraucht und von allen respektiert. Er war derjenige gewesen, der immer ein offenes Ohr und zudem einen nicht unwesentlichen Einfluss auf Direktor Knapp gehabt hatte. Das letzte Fädchen, wenn alle Stricke rissen. Wie sollte er ihnen *das* jetzt beibringen?

Markus nahm ihm diese Aufgabe ab. »Er wurde ermordet«, sagte er. »Grausam ermordet. Es war sein Schicksal. Frag niemals nach dem Warum.« Seine Stimme klang monoton, er schien durch Kessler und alles um ihn herum hindurchzusehen. »Gott hat es so gewollt.«

Kessler verstand nicht, was der Junge damit meinte, und schon gar nicht, wie er so reden konnte und woher er überhaupt davon wusste. Aber das spielte jetzt auch keine Rolle. Die Schüler wussten Bescheid und er tat besser daran, sie jetzt so schnell wie möglich zu seinen Kollegen und ihren Mitschülern in die Kirche zu begleiten. Er würde allein überfordert sein, wenn sie erst einmal realisiert hatten, was Markus gerade gesagt hatte. Er zog seine Sonnenbrille aus der Tasche und setzte sie auf. »Lasst uns jetzt gehen«, sagte er.

Der Engel sah sie das Schulgebäude verlassen und den Hof überqueren. Er sah die Menschenmassen, die die Schule und die Kirche umringten und die Straßen und Gassen füllten. Die Menschen eilten ziellos umher. Von der Marienstatue zum Stein, von der Schule zur Kirche und umgekehrt. Von hier oben erinnerte der Anblick an den eines Nestes aufgeschreckter Bienen. Manche redeten oder diskutierten, wieder andere weinten oder legten ihre Wege schweigend und in stiller Andacht zurück. Es bereitete Kessler und seiner Klasse sichtbare Mühe, sich den Weg zu der kleinen Kirche freizukämpfen, und sie brauchten beinahe eine halbe Stunde dazu.

Er hielt nach Markus Ausschau. Er hatte ihm einen Auftrag gegeben. Im ersten Moment konnte er ihn in dem Chaos nicht entdecken, aber er zweifelte nicht an seiner Treue. Sein Glaube verbot es ihm, sein Wort zu brechen und seine Aufgabe nicht zu erfüllen. Schließlich erspähte er ihn im engen Klassenverband nahe seines Geschichtslehrers. Er ging gerade und aufrecht, trug dunkle Kleidung und einen schwarzen Rucksack. Sein schulterlanges Haar hatte er streng zusammengebunden. Markus' Haltung drückte Entschlossenheit aus, aber auch

Anspannung. Dennoch war er sich sicher, dass er ihn nicht enttäuschen würde. Die kleine Gruppe löste sich aus der großen Masse und trat vor die gesegneten Mauern der Martinskirche. Der Engel folgte ihr.

Der Trauergottesdienst hatte bereits begonnen, als die Gruppe den gewaltigen Raum betrat. Orgelmusik und die Stimmen eines Knabenchores erfüllten den Saal und hallten von den Wänden und der hohen, von reich verzierten Säulen gestützten Decke wider und vermittelten eine traurige Stimmung. Selbst die, die den Verstorbenen zu Lebzeiten verachtet oder gar gehasst hatten, zeigten offene Trauer oder zumindest ein erhebliches Unwohlsein. Sie standen allein, in Pärchen oder in Gruppen, mit starren Gesichtern oder verzerrten Minen und tränennassen Augen, trösteten einander, stützten sich gegenseitig. Niemand war mehr des anderen Feind in diesem Augenblick. Alle waren sie uneingeschränkt füreinander da. Warum mussten Menschen eigentlich immer erst etwas verlieren, damit sie einander lieben konnten? Warum musste ihnen ihre Sterblichkeit immer erst vor Augen geführt werden, damit sie sie begriffen und für einen Tag, eine Stunde oder nur wenige Augenblicke das ihre und das Leben des anderen schätzten?

Ein Priester trat an den Altar, vor dem ein schlichter, brauner Sarg stand. Die letzte Wiege des jungen Mannes war geschlossen, um den Angehörigen und den Freunden, den Schülern und den Lehrern den unschönen Anblick des Todes zu ersparen. Der Priester griff nach einem Buch mit aufwändig gearbeitetem Einband und goldenen Lettern und begann zu lesen. Die Menge lauschte seinen Worten. Eine Frau – die Mutter des Toten – brach zusammen und wurde von zwei Männern hinausgeführt.

Der Blick des Engels folgte ihnen. Vorbei an den schwarz gekleideten Trauergästen, vorbei an den Gebetsbänken und vorbei an Markus und seiner Gruppe, die sich vor dem Ausgang aufgestellt hatte. Die Männer öffneten die Tür, vor der die gaffende Menge Schaulustiger wartete, und verließen mit der Frau die Kirche.

Noch bevor die Tür ganz ins Schloss fallen konnte, wurde sie erneut aufgestoßen. Erst zwei, dann vier grün uniformierte

Polizisten betraten das Gotteshaus, gefolgt von zwei Männern in Zivil.

Der Engel warnte Markus, machte sich in seinem Herzen überdeutlich bemerkbar. Markus warf instinktiv einen Blick über die Schulter zurück und erblickte die Beamten, die unentschlossen im Eingang standen und sich schließlich in Zweiergruppen aufteilten. In seinen Augen flackerte es erschrocken auf. Er erkannte, dass er einen Fehler gemacht hatte. Nur einen winzig kleinen Fehler, der ihn trotzdem verraten hatte. Und er erkannte, dass es an der Zeit war, seinen Auftrag zu vollenden. Ihm blieb nicht mehr viel Zeit.

Die Polizisten bemühten sich darum, kein Aufsehen zu erregen, während sie den Raum zu den Seiten und zum Ausgang hin umstellten und gleichzeitig nach Markus Ausschau hielten. Obwohl er nur wenige Meter von den Polizisten in Zivil, die zurückgeblieben waren, entfernt stand, erkannten diese ihn nicht. Menschen konnten so blind sein.

Markus löste sich aus der Gruppe und schritt Richtung Altar. Langsam ließ er den Rucksack von den Schultern gleiten. Kessler folgte ihm in einigen Metern Abstand. Wahrscheinlich hielt er es für wichtig, in seiner Nähe zu bleiben, ihm an diesem schweren Tag beizustehen.

Der Engel sah, wie die Polizisten zur Rechten einige Worte miteinander austauschten. Einer deutete mit dem ausgestreckten Arm auf den Jungen mit dem Rucksack, der andere zog sein Funkgerät und sprach einige Worte hinein. Dann verließ einer der Zivilbeamten hastig seinen Platz und folgte Markus einige Schritte.

»Herr Michael!« Die Stimme des Polizisten brach in die bedrückende Stille mit dem leise gesprochenen Gebet des Priesters wie ein Eispickel in gefrorenes Wasser. »Herr Michael! Bleiben Sie stehen!«

Der Angesprochene reagierte nicht. Er schritt langsam, aber fest entschlossen den schmalen Gang zwischen den Gebetsbänken entlang und näherte sich dem Altar und dem mächtigen darüber hängenden, goldenen Christuskreuz. Kessler hingegen hielt für einen Augenblick inne und wandte sich in die Richtung, aus der die Stimme gekommen war. Er erblickte den

Beamten wenige Meter hinter sich. Sein Blick schweifte verwirrt durch den Raum und schließlich entdeckte er auch die vier Uniformierten, die rechts und links Aufstellung genommen hatten. Sie wirkten aufs Äußerste angespannt, doch sie verhielten sich ruhig und hatten ihre Waffen nicht gezogen. Wahrscheinlich wollten sie eine Panik unter den Trauergästen vermeiden.

Es gelang ihnen nicht. Ein Raunen ging durch die Menge, die Menschen flüsterten einander zu, wiesen einander auf die Polizisten hin. Gerade in diesem Augenblick betrat ein halbes Dutzend weitere Beamte das Gotteshaus und bildete eine geschlossene Reihe vor dem Ausgang. »Herr Michael! Ich bitte Sie! Bleiben Sie stehen!«, wiederholte der Polizist in Zivil.

Langsam verstand offenbar auch Kessler. Er wandte sich wieder Markus zu, eilte ihm ein Stück weit nach und blieb abrupt stehen, als dieser den Altar erreicht hatte und sich zu ihm umdrehte.

Er sah ihn nicht an, sondern hob den Blick zur Decke. Kesslers Blick folgte ihm. Es gab kaum einen Heiligen, der dort nicht in Überlebensgröße und kräftigen Farben verewigt worden war. Zumindest fehlte keiner, den der Lehrer kannte. Dennoch fixierte sein Blick genau die Stelle, die auch Markus ansah: den Platz in der Mitte, den Maria und der Erlöser einnahmen. Er sah wieder Markus an. Seine Augen waren weit geöffnet. Er konnte jedoch keine Angst in ihnen erkennen, sondern nur grenzenlose Bewunderung und Verehrung.

»Markus?« Kessler sah ihn fragend an.

Obwohl er nicht sehr laut sprach, reagierte Markus auf ihn. Er sagte nichts, aber er riss seine Augen vom Bildnis der Heiligen Jungfrau los und erwiderte seinen Blick. Dabei ließ er den Rucksack endgültig von seiner Schulter gleiten und hielt ihn vor sich. Die Polizisten zogen nun doch ihre Waffen. Auch der Mann hinter dem Lehrer schob seine Rechte unter die Jacke, bereit, seine Pistole zu ziehen.

»Markus? Komm her zu mir«, sagte Kessler leise. Und mit einem flüchtigen, aber gehetzten Blick auf den näher kommenden Polizisten: »Ich bin sicher, dass wir die Sache klären können – was auch immer diese Sache sein mag.«

»Herr Michael, ich warne Sie zum letzten Mal! Bleiben Sie jetzt ganz ruhig stehen, bewegen Sie sich nicht!« Der Zivilbeamte zog seine Waffe und legte auf den Schüler an.

Das war ein Fehler. Panik brach aus. Die Menschen schrien durcheinander, sprangen von ihren Plätzen auf und versuchten Richtung Ausgang zu eilen, wobei sie sich gegenseitig nicht nur behinderten, sondern auch verletzten. Sie fielen übereinander, kreischten wild und hysterisch durcheinander. Jeder versuchte rücksichtslos als Erster am Ausgang zu sein. Die Hysterie verschlimmerte sich noch, als die Leute bemerkten, dass der Ausgang von Polizisten verstellt war. Schreckens- und Schmerzensschreie ertönten durcheinander und erfüllten den Raum, der nicht den geringsten Laut durch das meterdicke, uralte Gemäuer entweichen ließ. Die Angst wurde zu etwas Greifbarem, Materiellen.

Der Polizist in Zivil wollte mit gezogener Waffe an Kessler vorbeistürzen, doch dieser stieß ihn grob zur Seite und warf sich Markus seinerseits ein Stück weit entgegen. Dabei stolperte er und fiel direkt vor ihm zu Boden.

Markus ließ den Rucksack fallen. Ein leises Splittern ertönte, das jedoch in dem Lärm unterging wie ein Kieselstein im Meer. Eine stark riechende Flüssigkeit durchtränkte den Rucksack von innen nach außen und bildete langsam aber sicher eine Pfütze zu Kesslers Händen. Er blickte zu Markus auf. Der Junge zog ein Streichholz, entzündete es. Der Messias am Kreuz über ihnen vergoss eine Träne aus Blut.

Dann ließ Markus das Streichholz fallen.

Kessler hörte das Zischen der grellgelben Flammen, die vor seinen Augen in die Höhe schossen und sich blitzschnell auf die Tasche zu bewegten. Instinktiv sprang er auf die Füße. Dann ertönte der laute Knall einer Explosion.

Eine gewaltige Druckwelle ergriff ihn und schleuderte ihn mehrere Meter weit rückwärts, bis er gegen ein Hindernis stieß und von ihm abprallte. Er schlug hart mit dem Gesicht auf dem Boden auf, hörte seine eigenen Halswirbel splittern. Ein grausamer Schmerz schoss durch seinen Rücken und fast augenblicklich weiter bis in seine Beine. Dennoch hob er den Kopf noch einmal mit aller Kraft, die sein Wille aufbringen konnte, an. Zuerst sah er gar nichts, dann nahm er langsam verschwommene Konturen wahr. Menschen, die panisch durcheinander eilten oder sich, zu Boden getrampelt, verzweifelt aufzurichten versuchten. Einige lagen in verkrümmter Haltung da, waren tot. Die Leute schrien und kreischten wild durcheinander. In ihren Stimmen lag die blanke Angst. Er versuchte, den Schwindel und die Schwärze, die sich wieder und wieder vor seinen Augen auszubreiten drohte, beiseite zu kämpfen und die Richtung zu finden, in der Markus gestanden hatte. Er fand sie, doch der Junge war fort. Wo er gewesen war, stoben meterhohe Flammen zur Decke, die nach allem lechzten, was sich in ihrem Umfeld befand. Und ihr Umfeld war gewaltig und nahm schnell und unaufhaltsam an Größe zu. Dichter, schwarzer Rauch sammelte sich unter der Decke, dehnte sich in Windeseile nach allen Seiten aus und verbreitete den Geruch von verbranntem Fleisch und Tod.

Kesslers Blick wanderte weiter umher. Alles um ihn herum geschah wie in Zeitlupe. Er war wie in Trance. Aber selbst wenn er realisiert hätte, was um ihn herum geschah, wenn er auf die Idee gekommen wäre aufzustehen und fortzulaufen, hätte es nichts genutzt. Der Schmerz, der von seinen Halswirbeln ausging, verwandelte sich langsam in ein betäubendes, fast angenehmes Kribbeln und machte ihn bewegungsunfähig. Auf dem Boden vor seinem Gesicht hatte sich eine Blutlache gebildet, die schnell größer wurde und einen tiefroten See um ihn herum bildete. Es war sein eigenes Blut.

Seine Kräfte schwanden. Er ließ den Kopf auf die Erde sinken und tauchte in den dunklen See ein.

Er spürte nicht mehr, wie die Flammen ihn erreichten, nach seinem Fleisch und seinen Kleidern leckten und ihn schließlich mit gierigen Zungen verzehrten.

Hände aus Samt ergriffen ihn, zogen ihn in die Höhe und trugen ihn fort von diesem Ort des Schreckens. Die Stimmen verhallten, die Massen entfernten sich von ihm und schließlich blieb von den Flammen nicht mehr als ein winziger, orangegelber Punkt im Nichts. Gleichzeitig spürte er auch, wie sich jeglicher Gedanke an sein bisheriges Leben von ihm fortbewegte. Lange schwebte er an einer Stelle im Nirgendwo, getragen von weichen Händen, die so sanft und gleichzeitig von einer Kraft erfüllt waren, wie kein Sterblicher sie haben konnte. Es war keine Kraft, die bedrohlich wirkte oder Respekt auslöste. Alles, was sie war, war schützend. Die Hände bargen ihn, befreiten ihn von allen Zwängen. Es gab kein Gestern und kein Morgen mehr, kein Haben und kein Wollen, kein Sein und kein Nichtsein.

Er war frei.

Der leuchtende Punkt in der Dunkelheit begann wieder an Umfang zuzunehmen. Doch er hatte sich verändert. Es waren nicht mehr die lüsternen Zungen des Feuers, die da aus weiter Ferne nach ihm zu greifen versuchten wie ein Raubtier nach seiner Beute. Das Gelb war heller geworden, viel heller. Doch es blendete seine Augen nicht. Das Gelb wurde zu einem Weiß. Doch es war ein warmes Weiß. Ein Weiß, dass nach ihm rief und so rein, so wahr und so unschuldig war, dass es überhaupt nichts anderes zuließ als das bloße Verlangen, ihm näher zu kommen.

Hineinzutauchen.

Langsam schwebten sie aufeinander zu, er und dieses wunderbare Etwas im Nichts. Es wuchs und wuchs und erreichte die Größe eines Portals, als sie einander fast erreicht hatten. Noch zehn Schritte, dann fünf, … drei, zwei …

Die Hände lösten sich von seinem Körper und setzten ihn vor dem Tor ab. Er wandte sich noch einmal um.

Sein Engel nickte ihm zu. »Du bist erlöst«, sprach er.

Kessler trat durch die Himmelspforte.

Nachdem er das Streichholz hatte fallen lassen, war nichts mehr gewesen. Es war, als hätte jemand das riesengroße Licht, das Welt hieß, einfach ausgeknipst. Markus hatte weder die Flammen gesehen, noch die Schreie gehört oder Schmerzen verspürt. Auf einmal hatte er in unendlicher Schwärze ohne Anfang und ohne Ende gestanden, auf einem Boden, den es nicht gab.

Die Zeit war ihm schrecklich lange vorgekommen. Er hatte sich unsicher, einsam und verlassen gefühlt. Er wäre schreiend ins Nichts gelaufen, hätte er es gekonnt. Aber er konnte weder schreien noch laufen. Er war nicht mehr Herr über seinen Körper, denn sein Körper war nicht mehr da.

Schließlich war der Engel gekommen. Er hatte ihn aufgehoben und auf den Händen fortgetragen, weiter und weiter in das Niemandsland zwischen den Welten. Jetzt schwebten sie auf einen hellen, warmen Punkt irgendwo in unendlicher Ferne zu.

Markus verspürte Erleichterung. Er wusste, dass der Engel ihn nun ins Jenseits bringen würde, in das Paradies, das er ihm für seine treuen Dienste versprochen hatte.

Der Punkt kam langsam, aber stetig näher, doch gleichzeitig entdeckte Markus noch etwas anderes: Da war ein zweiter, leuchtender Punkt, unweit dessen, den er zuerst erspäht hatte. Doch das Licht, das dieser ausstrahlte, war nicht weiß, sondern leuchtete in einem dunklen, beunruhigenden Rot. Er lag irgendwo unter dem friedlichen, weißen Licht und verbreitete ein Gefühl des Unbehagens, das stärker wurde, je mehr sie sich ihm näherten, und seinen Sinnen schließlich Gefahr verkündete.

Markus riss seinen Blick gewaltsam von dem Anblick des unheilvollen Lichtes los und konzentrierte sich wieder auf das, was er für das Leuchten der Himmelspforte hielt. Der Engel trug ihn weiter auf die beiden strahlenden Lichter zu, aber irgendwie … hielt er den Kurs nicht.

Je weiter sie sich ihnen näherten, desto mehr fiel Markus auf, dass der Engel leicht schräg nach unten glitt. Die Lichter wuchsen zu großen Gebilden heran, und langsam konnte Markus Details erkennen. Das obere musste, dessen war er sich nach wie vor sicher, die Himmelspforte sein; die Tür zu Gottes Reich, der Weg ins Paradies.

Das untere war das Tor zur Hölle.

Das leuchtende, bedrohliche Rot wurde von alles Licht verschlingenden, schwarzen Mustern durchzogen, die in ihrer Form an hässliche Fratzen abgrundtief böser Dämonen erinnerten. Beim Näherkommen drang der beißende Gestank von Feuer und Schwefel in seine Nase und als sie schließlich über ihm schwebten, vermochte er kaum noch zu atmen. Brechreiz machte sich in ihm breit und noch etwas anderes, viel Schlimmeres: ein Gefühl der eiskalten Angst, die sich von seinen Füßen an seinem Körper hinauf und in ihn hineinfraß, sein Herz ergriff und zusammendrückte, sodass es zu frieren begann und schließlich einfach auseinander splittern wollte.

Der Engel hielt inne. Über ihnen befand sich die Himmelspforte, unter ihnen das Reich des Teufels.

»Was … was ist los?«, fragte Markus. Seine Angst wuchs von Sekunde zu Sekunde. Irgendetwas war … falsch.

Der Engel antwortete nicht. Markus drehte seinen Kopf nach links, um ihn ansehen zu können. Der Engel lächelte, sagte aber immer noch nichts.

»Warum fliegst du nicht weiter?«, fragte Markus. Er deutete auf das leuchtende, weiße Tor über ihnen.

Der Engel lächelte weiter und schüttelte leicht den Kopf. »Nein«, sagte er und glitt langsam ein Stück weit in die Tiefe und auf die Feuer der Hölle zu.

Markus riss entsetzt die Augen auf. »Warte!«, stammelte er. »Hey, warte, du … du musst dich irren, wir …« Er wies erneut auf das weiße Licht. »Ich glaube, wir müssen da lang!«

»Ich irre mich nie«, antwortete der Engel trocken.

Markus schluckte. Was hatte er da gesagt? Er hatte einem Engel unterstellt, sich zu *irren*! Einem *Engel*! Der Stimme des Herrn!

»Es … es tut mir Leid«, sagte er. »Das habe ich nicht so gemeint. Es ist nur, weil … Du hast vom Paradies gesprochen. Von einer Welt ohne Kummer, einer Welt, in der sich alle lieben und füreinander da sind. Ohne Neid, ohne Missgunst und …«

Der Engel schwebte unbeirrt weiter in die Tiefe. Sie befanden sich jetzt genau in der Mitte des Kraters aus böse leuchtender Grausamkeit. Kleine, hinterhältige Augen schienen ihn aus den Funken der Flammen, die nun unweit seiner Füße tobten, hämisch anzugrinsen. Er schrie.

»Nein!«, kreischte er. »Das kannst du nicht tun! Denk daran, was du mir versprochen hast! *Engel lügen doch nicht*!?!«

Der Engel lächelte erneut.

»Habe ich jemals behauptet, ein Engel zu sein?«, fragte er.

Markus schluckte. Eine, zwei Sekunden lang geschah gar

nichts. Dann begann er zu schreien und wild und ziellos um sich zu schlagen und zu treten.

Luzifer hielt ihn am ausgestreckten Arm von sich weg. Sein Lächeln machte einem breiten Grinsen Platz.

Dann ließ er ihn los.

James Sullivan

AGELSTERN

»Nach zehn Jahren schreiben wir wieder einen Wettbewerb aus. [...] Teilnahmeberechtigt sind nur Studenten und Studentinnen. Entschlüsseln Sie den von uns verschlüsselten Text und senden Sie uns die Lösung mit einer Kopie Ihres Studienausweises.« (Auszug aus einer Anzeige des Agelstern Verlages)

»*Dekodierung – eine Einführung*. Status: alle Exemplare entliehen. Vormerken?

Kodieren und Dekodieren für Fortgeschrittene. Status: alle Exemplare entliehen. Vormerken?

Verschlüsselungsalgorithmen – ein Handbuch. Status: alle Exemplare entliehen. Vormerken?« (Logfile einer Suchanfrage, Universitätsbibliothek Köln)

»Das Studentensekretariat bezeichnet die hohe Anzahl von Neueinschreibungen in diesem Semester als *saisonbedingt*.« – Einige Tage später: »Gewinner steht fest« (Auszüge aus einer Kölner Tageszeitung)

Unsere Geschichte beginnt am letzten Dienstag, als pünktlich um 16 Uhr ein Student der Germanistik mit Namen Gregor Leubach ein Café auf der Zülpicher Straße betrat und sich die Frage stellte, die ihn in seiner Ungeduld und Neugierde die letzten Tage verfolgt hatte: Warum wollte Herr Agelstern ihn sprechen, wenn der Gewinner des Wettbewerbes doch bereits feststand?

Gregor blickte sich im Café um. Das letzte Mal, dass er dieses Haus mit seiner Anwesenheit bereichert hatte, lag schon einige Semester zurück. Damals hatte er mit einer Kommilitonin ein Referat vorbereitet. Auch heute sah er hier viele Studenten unter dem gleichen Vorwand sitzen. Und wie damals schien es nicht so, als würden sie über irgendwelche Studieninhalte sprechen. Wie immer war es laut und verraucht und er fragte sich, wie er Herrn Agelstern erkennen sollte.

»Sind Sie Gregor Leubach?«, fragte eine angenehme Frauenstimme.

Gregor wandte sich nach links und sah sich einer jungen Frau gegenüber. Gregor nickte. »Das bin ich.« Sie schien ein wenig älter als er zu sein, jedoch keinesfalls über 30. Sie war mittelgroß und damit kleiner als Gregor. Ihr braunes Haar reichte ihr bis auf die Schultern und war ein wenig durcheinander. Sie schaute ihm direkt in die Augen. Fast schien es, als wolle sie ihn mit ihren tiefgrünen Augen hypnotisieren – oder sie war eine Frau, die genau auf die erste Reaktion eines Fremden achtete. Sie trug einen grauen Mantel, der sie hervorragend vor dem Wind dieses Tages schützte. Hier im windstillen Café aber war ein solches Kleidungsstück nicht gerade angebracht, weshalb andere Leute ihre Mäntel und Jacken abgelegt hatten.

Die Frau reichte ihm die Hand. »Mein Name ist Anke Dalheim. Kommen Sie mit!«

Er folgte ihr schweigend. Mit keinem Wort klärte sie ihn über die Absichten Herrn Agelsterns auf. Sie führte ihn durchs Café und er hielt Ausschau nach Leuten, die er früher hier getroffen und seitdem nicht mehr gesehen hatte. Dann blickte er voraus, um erkennen zu können, wohin Frau Dahlheim ihn führen würde. Sie geleitete ihn in einen Nebenraum und dort zu einer Nische. Hier saß ein fülliger, etwa 60-jähriger Mann an einem soliden Holztisch und sah Gregor aufmerksam entgegen. Der schwarze Rollkragenpullover stand in Kontrast zu seinem grauen Haar und dem braungrauen Vollbart. Ebenso wie Frau Dalheim zuvor blickte der Mann ihm direkt in die Augen. Seine waren dunkel, mit ernsten Brauen darüber. »Willkommen, Herr Leubach«, begrüßte Agelstern ihn mit tiefer Stimme. »Setzen Sie sich!«

Gregor nahm Platz, Frau Dalheim tat es ihm nach. Schon war die Bedienung da und Gregor bestellte einen Tee, ebenso Frau Dalheim; Herr Agelstern orderte einen weiteren Kaffee.

Kaum war die Bedienung gegangen, kam Agelstern zur Sache. »Es mag Sie verwundern, dass wir uns an Sie wenden, Herr Leubach – obwohl Sie nicht den Preis gewonnen haben.« Agelstern besaß die Stimme eines Geschichtenerzählers, dem die Wirkung seines tiefen, brummenden Basses bewusst war. »Ich hoffe, Sie waren nicht allzu enttäuscht, als Sie erfuhren, dass ein anderer gewonnen hat.«

Gregor gefiel Agelsterns Art. Er wusste allerdings nicht recht, was er von Frau Dalheim halten sollte. Sie blickte ihn an, als wolle sie seiner Seele auf den Grund gehen, als interessiere sie jede noch so kleine Reaktion Gregors oder als suche sie nach seiner Schwachstelle. Er schmunzelte und sagte zu Agelstern: »Ich war schon ein wenig enttäuscht. Ich hatte nicht damit gerechnet, dass sehr viele den Kode knacken würden. Eigentlich waren meine Chancen gut.«

Agelstern blickte prüfend in seine leere Tasse und stützte sich dann mit den Ellbogen auf den Tisch. Kühl sagte er: »Sie hatten überhaupt keine Chancen, das Stipendium zu gewinnen.«

»Wieso das?«, entgegnete der Student überrascht.

»Sie haben gar nicht an der Verlosung teilgenommen.«

Gregor war schockiert und ließ seinen verständnislosen Blick zwischen Frau Dalheim und Herrn Agelstern hin und her wandern. »Vielleicht ein Versehen?«

Agelstern schüttelte langsam den Kopf, hielt dabei aber den Blick in Gregors Augen gerichtet.

»War meine Lösung doch falsch?«

Frau Dalheim musste schmunzeln, während Agelstern sich zurücklehnte und sagte: »O nein, Herr Leubach. Im Gegenteil. Sie hatten die richtige Lösung. Die Lösung, nach der wir gesucht haben.«

Gregor war empört. »Dann sagen Sie mir, wieso ich nicht an der Verlosung teilnehmen konnte!«

Agelstern aber blieb gelassen. »Es gab zwei Gruppen von Teilnehmern bei diesem Wettbewerb. Die eine Gruppe dekodierte einen Text und glaubte, das Rätsel gelöst zu haben. Die andere merkte, dass der dekodierte Text nochmals kodiert war. Die erste Gruppe nahm an der Verlosung teil. Die zweite Gruppe sind Sie, Herr Leubach.«

Gregor stutzte. Er fragte sich, welchen Sinn das alles haben sollte. »Und dennoch habe ich nicht gewonnen?!«

»Wenn Sie das Stipendium meinen, dann haben Sie nicht gewonnen. Aber was sind schon 1000 Euro pro Monat? Und das nur für lumpige acht Semester. Ich will Ihnen etwas Besseres bieten. Doch beantworten Sie mir zuerst eine Frage: Wie haben Sie den Kode geknackt?«

»Edgar Allan Poe«, erwiderte Gregor stolz und wartete darauf, dass Agelstern ihn aufforderte, dies ein wenig genauer auszuführen. Dieser aber grinste nur. Gregor wusste nicht, wie er dieses Grinsen einordnen sollte, und sprach weiter. »Poe hat einmal behauptet, er könne jeden verschlüsselten Text dechiffrieren. Also habe ich seine Methoden ein wenig studiert. Mit diesem Wissen war es leicht, den ersten Kode zu knacken. Dann hatte ich das Gefühl, dass das noch nicht alles war, und suchte nach Spuren. Dank Poe fand ich sie und es war nur eine Frage der Zeit, bis ich auch den zweiten Kode geknackt hatte.«

»Der gute alte Edgar Allan«, sagte Agelstern genüsslich und mit der Vertrautheit eines Kenners; so als habe er nicht nur alles von Poe gelesen, sondern mit dem berühmten Schriftsteller auch manches Mal eine Nacht durchzecht. Er schwieg, den Blick gedankenversunken auf den Tisch gerichtet.

»Wozu der doppelte Boden?«, fragte Gregor nach einem Moment des Schweigens.

Agelstern war sofort mit seiner Aufmerksamkeit wieder bei der Sache. »Es fällt auf, wenn man Wettbewerbe ausschreibt, die keiner gewinnen kann. Und die falschen Leute könnten dann anfangen, sich am Wettbewerb zu versuchen. Die zweite Kodierung konnte nur jemand knacken, der dem Profil der Sorte Mensch entspricht, die wir suchen.« Er machte eine kurze Pause. »Wir suchen jemanden, der etwas von Kodierungen versteht. Jemanden, der Wissen über Bücher besitzt. Jemanden, der sich in der phantastischen Literatur auskennt. Nur jemand, auf den dieses Profil zutrifft, konnte zu Poe greifen und auf Anzeichen stoßen, die ihm sagten, dass mit dem Knacken des ersten Kodes noch nicht alles getan war.«

»Aber, was ich getan habe, hätte jeder gekonnt.«

»Das bezweifle ich. Und der Wettbewerb gibt mir Recht.« Er

blickte kurz zu Frau Dalheim. »Aber nicht alle teilen meine Meinung. Und deshalb gibt es weitere Tests. Dass Sie sich in Kodierungen auskennen, haben Sie bewiesen. Schauen wir also, was Sie von Büchern verstehen.« Agelstern nickte Frau Dalheim zu und diese holte aus ihrer Tasche, die auf dem Stuhl neben ihr stand, ein Buch heraus und legte es vor Gregor auf den Tisch. In diesem Moment erschien die Bedienung und brachte Kaffee und Tee. Gregor würdigte sie keines Blickes, zu sehr war er von Agelstern gebannt, wie er mit seinen dunklen Augen aufzupassen schien, ob die Bedienung das Buch beachtete. Als sie fort war, sagte der Verleger zu Gregor: »Sie hat es registriert, aber auch nicht mehr als das. Wenn sie wüsste; wenn irgendjemand hier wüsste, was für ein Buch hier liegt …« Er schaute im Raum umher. »Sie müssten nur leise sein und unserem Gespräch lauschen. Es ist doch erstaunlich, wie verborgen wir uns im Lichte der Öffentlichkeit bewegen können.« Agelstern deutete mit der Hand einladend auf den Band.

Gregor nahm ihn in die Hand. Es war ein in braunes Leder gebundenes Buch im Quartformat. Der Deckel war zwar nicht verziert, das Leder aber in einem hervorragenden Zustand. Bevor er das Buch aufklappte, blickte er Agelstern und Dalheim an und merkte, dass sie neugierig auf seine Reaktion waren; ein wenig zu neugierig für seinen Geschmack. Agelstern wirkte wie ein Großvater, der auf das erste Wort seines Enkels wartete. Gregor senkte den Blick in das Buch und musste über seine beiden Tischgefährten schmunzeln. Dann aber erstarrte seine Miene, denn er merkte, dass die Seiten des Buches aus Pergament waren. Er hatte nie zuvor Pergament in Händen gehalten, wusste aber durch sein Studium dennoch genug. Er fuhr neugierig mit der Hand darüber. Die Seiten bestanden aus den besten Häuten, die man sich vorstellen konnte. Da waren keine Löcher, keine Nahtstellen, nicht einmal größere Verfärbungen vorhanden. »Großartig«, sprach er vor sich hin. »Das ist wirklich perfekt. Vielleicht zu perfekt.« Ein kurzer Blick zu Agelstern zeigte ihm, dass der alte Mann ihn nun mit ernstem Blick anstarrte. Gregor musterte die vergleichsweise dünnen Buchstaben, die in dunkelbrauner Tinte geschrieben waren. »Karolingische Minuskel«, sprach er mehr zu sich als zu den anderen. Er blätterte ein wenig im Buch. Es gab rote Kleininitialen, die den Anfang der Abschnitte markierten. Ansonsten war der Text nicht verziert. Die Schrift selbst war Schmuck genug. Es schien, als stamme das Buch aus der Hand nur eines Schreibers. Und dieser hatte die Feder wie ein Künstler geschwungen. Die Schrift war ungewöhnlich klar und gleichmäßig. Nachdem Gregor wieder den Anfang des Buches aufgeschlagen hatte, ließ er seinen Blick über die ersten Zeilen des Werkes gleiten und fand einen schwer verständlichen Text. Er war in einer Form des Französischen geschrieben. »Altfranzösisch?«, fragte er.

Agelstern nickte.

Gregor versuchte zumindest ein wenig des Textes zu verstehen und stolperte über die Worte *Anjou* und *Gamuret*. Er stockte einen Augenblick und blätterte daraufhin wie ein Besessener die steifen Seiten um und suchte nach Beweisen für den vagen Verdacht, den die beiden Worte in ihm aufkeimen ließen. Noch im ersten Drittel des Buches stieß er auf den Namen *Perceval*, im zweiten Drittel fand er zudem den Namen *Gauvain*. Kopfschüttelnd und fassungslos schlug er das Ende des Buches auf und suchte nach dem Verfasser, dessen Namen er am Anfang nicht gesehen hatte. Der Name ließ ihn erblassen: *Gyot*. Er hielt den Atem an und blickte sich um, um sich zu vergewissern, dass niemand ihnen lauschte. Dann sprach er leise zu Herrn Agelstern und Frau Dahlheim: »Der Parzivalroman von Kyot? Die Vorlage, die Wolfram von Eschenbach angeblich neben dem *Comte du Graal* von Chrétien de Troyes benutzt hat?« Er schüttelte den Kopf. »Das Buch sollte nicht existieren. Ich meine … die Forschung ist sich mehr oder weniger einig, dass dieses Buch eine Fiktion Wolframs ist, die seine Freiheiten im Umgang mit seiner Vorlage legitimieren sollte. Ich meine … wenn das hier Kyots Parzivalroman ist, dann wäre das in der Forschung vergleichbar mit dem Fund des Grals.« Er senkte den Blick ungläubig in das Buch. »Einfach unglaublich.« Ein Lächeln begann sich auf seinem Gesicht zu formen. Dann aber verflog es schlagartig, denn Gregor fiel wiederum das auf, was er zu Beginn festgestellt hatte, bevor er den Text überhaupt beachtet hatte. »Was ist das hier für ein Spiel?«

»Was meinen Sie?«, fragte Agelstern in scheinbarer Unschuld.

»Sie wissen es genau. Dieses Buch hier ist nicht älter als 100 Jahre. Wie soll es da aus dem Mittelalter stammen? Es ist viel zu gut erhalten. Zu perfekt. Ehrlich gesagt, kommt es mir nagelneu vor.«

»Es ist neu«, bestätigte Agelstern.

»Ein Faksimile? Sie wollen mir sagen, dass dies hier eine detailgetreue Kopie eines Buches ist, das angeblich nie existiert hat?«

Der alte Verleger grinste. »Ihre Zweifel sind berechtigt. Kyots Parzival ist eine Fiktion.«

»Alle Achtung, Herr Agelstern. Das ist die teuerste Fiktion, die ich jemals in Händen hielt«, sagte er und blätterte ruhig im Buch.

Agelsterns Grinsen wuchs zu einem diabolischen. »Nicht so teuer, wie Sie vermuten.« Er trank einen Schluck Kaffee und lehnte sich dann ein wenig zurück. »Sie haben Ihre Fähigkeiten beim Kodieren ebenso bewiesen wie Ihre Kenntnis von Büchern. Nun fehlt nur noch das Letzte: Ihr Wissen über die phantastische Literatur.«

Gregor legte das Buch auf den Tisch und verschränkte dann die Arme. »Was wollen Sie eigentlich von mir?«

»Ich möchte Ihnen einen Platz in unserem Kreis anbieten.«

»Kreis?«

»Wir sind ein Kreis, der sich mit Kodierung befasst, ein Kreis von Bücherfreunden, ein Kreis von Freunden des Phantastischen. Wir suchen schon lange nach jemandem wie Ihnen. Das letzte Mal, dass jemand einen von unseren Doppelkodes geknackt hat, war vor 40 Jahren. Sie machen sich keine Vorstellung davon, wie wichtig Sie für uns sind. Bei uns finden Sie finanzielle Unabhängigkeit, die beste Bibliothek der phantastischen Literatur, die es gibt, und einige Überraschungen, von denen Sie nicht zu träumen wagen.«

»Ein wenig viel auf einmal. Das klingt wie das Paradies«, entgegnete Gregor mit einem ironischen Schmunzeln. »Oder aber die Hölle. Was ist der Preis? Meine Seele?«

»Nur Ihr Schweigen.«

»Mein Schweigen ist nicht viel wert. Reich werden Sie damit nicht.«

»Sind Sie interessiert?«

»Sagen wir, ich bin neugierig.«

»Dann gehen Sie nun nach Hause. Ein Bote wird Ihnen ein Buch bringen. Wohnen Sie alleine?«

»Ja.«

»Gut, nehmen Sie das Buch in Empfang und verschließen Sie die Tür. Suchen Sie sich ein ruhiges Plätzchen in Ihrer Wohnung, dekodieren Sie die erste Seite des Buches und lesen Sie den Text laut. Niemand, auch nicht neugierige Nachbarn, die durch Ihr Fenster blicken, dürfen das Buch sehen. Es ist wertvoller als dieses hier. Es ist unbezahlbar. Wenn Sie es gelesen haben, dann werden Sie verstehen, wie ein Buch, das es nie gegeben hat, dennoch existieren kann.«

Als Gregor wieder zu Bewusstsein kam, wusste er nicht, wo er sich befand. Er lag auf einem kühlen Steinboden. Ein seichter Wind wehte warme Luft über ihn hinweg.

Was war geschehen?

Er öffnete die Augen – erst ein wenig; dann riss er sie weit auf. Er lag im Freien! Erschrocken setzte er sich auf und blickte sich um. Es dauerte einen Moment, bis der Schwindel wich und Gregor sich orientieren konnte. Er befand sich am Rande eines weiten, runden Parks, dessen breite Wege und kleine Plätze mit großen, hellen Steinen gepflastert waren. Bäume, kleine Wiesen und Teiche boten einen idyllischen Anblick; und überall duftete es nach Frühling.

Eine Mauer mit etlichen Torbögen umschloss den Park. Nur ihm gegenüber unterbrach den Mauerkranz eine breite Treppe, die zu einem gewaltigen Gebäude emporführte; einem Palast, wie ihn die Welt noch nicht gesehen hatte. Säulen verdeckten den Blick auf die Wände des Erdgeschosses. Die hohen Fensterreihen der vier Obergeschosse aber zeigten, wie großzügig die einzelnen Stockwerke angelegt waren. Über allem thronte eine gewaltige Kuppel. Und alles – Wege, Mauern, Treppe, Palast und selbst Teile des Kuppeldachs – war aus hellem Sandstein gehauen und wirkte wie der kühnste Traum eines römischen Bauherrn. Die kolossalen Säulen und das mächtige Kuppeldach ließen den Palast wie das Heim der Götter erscheinen. Und doch war all dies nichts gemessen an dem, was Gregor am Himmel erblickte. Neben der gewohnten Sonne stand ein riesiger roter Mond am Firmament. Gegenüber schwebte ein kleinerer, dunkelblauer. Während die Krater des roten Mondes wie die leeren Schlünde toter Vulkane schienen, war die Oberfläche des blauen weich und trüb, als schließe ihn eine dichte Wolkenschicht ein oder als fließe dort ein zäher Wasserstrom kaum merklich über den Boden.

Wieder fragte sich Gregor, was geschehen war. Er ließ den Blick zwischen den Monden hin und her wandern. Es konnte einfach kein Traum sein. All das, was er wahrnahm, war zu deutlich und zu klar, um nach dem Erwachen nur eine vage Erinnerung zurückzulassen.

Er schaute durch die Torbögen in seiner Nähe, als könnten sie zu einer Erklärung führen. Hinter all den einsehbaren Rundbögen lagen jedoch nur Nischen. Als er sich umwandte, entdeckte er jenseits eines Bogens einen blauen Schein. Die Luft dort wirkte wie Wasser, das vom Boden in die Höhe strömte und nur einen getrübten und verschwommenen Blick auf die Wände der Nische bot. Im Torbogen lag ein Buch auf dem Boden. Langsam nahm Gregor es auf. Es war das Buch, das der Bote, wie angekündigt, gebracht hatte; das Buch, das in fremden Schriftzeichen geschrieben war und das er nach stundenlanger Arbeit durch das Schlüsselwort *Agelstern* dekodiert hatte. Er musterte den kleinen Lederband und blätterte darin, als wolle er sich vergewissern, dass das Papier tatsächlich die Zeichen trug, deren Bedeutung er enträtselt hatte. Und als er sah, dass es so war, erinnerte er sich an das, was er getan hatte, bevor er das Bewusstsein verlor: Er hatte nach langer Arbeit die erste Seite des Buches – müde wie er war – leise vor sich hin gelesen. Und nun war er hier, hellwach und ratlos.

Der Luftstrom in der Nische war ihm unheimlich, denn es ging Kälte von ihm aus. So wandte er sich wieder dem Palast zu. Nach einem Moment des erneuten Erstaunens über diese fremde Umgebung machte er sich auf den Weg. Er war nur wenige Schritte gegangen, als sich die Sonne für einige Augenblicke am oberen Ende der Treppe spiegelte. Dort war jemand, der ihn wahrscheinlich mit einem Fernglas beobachtete. Er ließ sich davon nicht abschrecken, sondern setzte seinen Weg sogar noch schneller fort. Wer immer dort oben stand, konnte ihm vielleicht erklären, wo er sich befand.

Während Gregor ging, lauschte er dem warmen Frühlingswind, der mit einem unbeschreiblich sanften Rauschen durch den Park wehte, und den Elstern, die auf dem ein oder anderen Baum ihre kugeligen Nester gebaut hatten und aufmerksam keckerten. Der Mauerkranz verwehrte ihm den Blick auf die weitere Umgebung. Gregor zweifelte jedoch nicht daran, dass das Land dort draußen nicht minder wundersam war als das, was sich ihm hier bot.

Gregor ging vorbei an den Teichen, den Bäumen und den Wiesen, an den Bänken und steinernen Sitzplätzen. Und als er der Treppe näher gekommen war, erkannte er am Ende der Stufen vor dem Tor des Palastes zwei Gestalten, die dort zwischen den Säulen standen. Er fragte sich, was dieser Palast wohl beherbergte und ob die Gestalten dort oben Wachen waren. Und wenn es so war, vor wem musste dieser Ort bewacht werden?

Erst als Gregor an der Treppe angekommen war und die erste Stufe betreten hatte, merkte er, wie breit und wie lang die Stufen waren – und wie perfekt. Es gab keine Bruchstellen, keine Ritzen, nicht einmal zwischen den einzelnen Stufen. Nichts außer den Wegen im Park schien aus Steinen zusammengesetzt zu sein, sondern erweckte den Eindruck, als hätten riesige Hände aus titanischen Felsen Wände und Säulen geschnitten – und Stufen, die für mächtige Füße geschaffen waren. Er nahm Stufe um Stufe und hielt den Blick auf die beiden Gestalten am Palasttor gerichtet. Dann aber wurde er dessen gewahr, was jenseits der Mauern lag. Er war so hoch gestiegen, dass er nun ohne weiteres über sie hinwegschauen konnte. Sein Blick schweifte über ein grünes Land voller Wälder und Wiesen, sanften Hügeln, ruhigen Seen, geschwungenen Flüssen und hohen Bergen im Dunst der Ferne. Ein Paradies, wie es von hier aus schien.

Als er sich nach einer Weile wieder daranmachte die Treppe hinaufzusteigen und die martialischen Gestalten, die dort mit

Speeren reglos auf ihn warteten, deutlicher sehen konnte, erinnerte er sich an den letzten Test, den Herr Agelstern im Café angekündigt hatte. Gregor versuchte sich zu erklären, was geschehen war, und gab sich der bequemen Illusion hin, bei allem, was ihm hier widerfuhr, handle es sich um den realsten Traum, den er jemals geträumt hatte.

Während er nun die letzten Stufen hinter sich brachte, musterte er die Wachen. Ein Mann und eine Frau standen dort in trüben Kettenrüstungen mit Kettenhaube, einem Schwert am Gürtel und einem Speer in der Hand. Wahrhaft respektvoll sahen sie aus; so sehr, dass Gregor kein Wort sprach. Stattdessen fragte ihn die Frau: »Wer seid Ihr, Herr? Nennt Euren Namen!« In ihrer Stimme lag großes Pathos.

»Gregor ist mein Name«, antwortete er vorsichtig.

Die beiden Wachen tauschten einen kurzen Blick, dann sagte die Frau: »Ihr werdet erwartet, Gregor Leubach. Tretet ein!«

Der Mann deutete auf das doppelflüglige Tor im Schatten der Säulen.

Gregor passierte die Wachen, die ihn nicht weiter beachteten. Er sah noch das Fernrohr am Gürtel der Frau, bevor er sich dem Gebäude zuwandte.

Nun stand er vor dem Tor und blickte den Gang nach links hinunter, den auf der einen Seite die Säulen und auf der anderen die Palastwand mit hohen Fenstern begrenzte. Die Fenster starrten durch die Lücken zwischen den Säulen in die Ferne, fanden aber im Schatten des Vordaches gewiss nicht genug Licht, um den Innenraum ausreichend zu erhellen. Er wandte seine Aufmerksamkeit wieder dem einfachen, hohen und breiten Tor zu und stellte fest, dass das Tor in seiner Schlichtheit weder eine Türklinke noch einen Griff oder Ähnliches besaß. Er versuchte die Tür aufzuschieben, aber sie ließ sich nicht öffnen. Er merkte lediglich, dass das Holz von pulsierender Wärme durchflossen war, und zog seine Hand zurück. Im gleichen Moment bewegten sich die Torflügel und schwangen langsam nach innen auf. Durch das Tor blickte er in eine Halle aus weißem Marmor, die in der Mitte hell erleuchtet war und deren Ränder im Schatten lagen. Noch einmal wandte sich Gregor zu den Wachen um. Diese aber standen schweigend da und blickten auf den Platz hinab. Kopfschüttelnd drehte sich Gregor wieder um und trat ein.

Sogleich geriet er ins Staunen. Er stand in einem schattigen Säulengang, der die große Halle einrahmte. Das Licht der Fenster zu seiner Linken und Rechten war zu schwach, um die Wandgemälde sichtbar zu machen. Dies besorgten schwache Lichtquellen, die in die Wand eingelassen waren und ihren Schein nach oben warfen.

Gregor trat aus dem Schatten des Säulenganges in die Helligkeit der Halle. Aus Verkleidungen am oberen Ende der Pfeiler drang ebenso Licht wie aus den kleinen Nischen. Und Statuen hielten strahlende Fackeln, in denen statt eines Feuers eine runde Kugellampe brannte. Von oben drang durch das Fenster im Kuppeldach ein breiter Lichtstrahl in die Tiefe. Zudem schien es in den vier oberen Geschossen große Fenster zu geben, die über den Säulen des Erdgeschosses das Licht einließen. Vom Anblick der Kuppel wurde ihm schwindelig. Er wandte den Blick ab, aber nicht ohne zu erkennen, dass um das Fenster herum ein Gemälde das Gewölbe einrahmte. Dann fiel sein Blick auf ein Mosaik am Boden, das die gesamte Halle einnahm. Es bestand aus solch großen Fragmenten, dass er nicht erkennen konnte, was es mit seinen vielen schwarzen, goldenen und weißen Steinen darstellte. Deutlicher einzuordnen waren da schon die Statuen in der Halle. Links stand Achilles, rechts Hektor. Er erkannte die Helden des Trojanischen Krieges sofort, obwohl er nie ein wahrer Kenner Homers gewesen war. Sie schienen die Treppen zu bewachen, die links und rechts nach oben führten. Er betrachtete andere Figuren, fand in einer Nische auf einem Sockel eine Statuette, die den Minotaurus zeigte, und ganz in der Nähe den Kopf der Medusa. Wahrhaftig beeindruckt war er von der Statue der Lamia, und die erinnerte ihn an die Gedichte von Keats und Coleridge.

Mit einem Mal horchte er auf. Links öffnete sich eine Tür und im Schatten des Säulenganges konnte er eine massige Gestalt erkennen, die weite Kleidung trug. »Nun, Gregor.« Es war die Stimme Herrn Agelsterns. »Du hast es also verkraftet.« Er trat aus dem Schatten. Agelstern war in ein schlichtes Mönchsgewand aus schwarzen und weißen Stoffen gekleidet, auf der

Brust prangte ein Wappen, das eine Elster auf weißem Grund zeigte. Er trat Gregor gegenüber, warf einen kurzen Blick auf das Buch, das Gregor bei sich trug, und reichte ihm die Hand. Wie in Trance nahm Gregor sie.

»Was hältst du davon?« Er deutete in den Saal.

»Ich bin mir nicht sicher.«

Agelstern führte ihn weiter in den Saal hinein. »Du musst doch zugeben, dass hier viele große Meister am Werke waren.«

»Allerdings, Herr Agelstern.«

»Bitte, hier kannst du mich duzen. Hier bin ich ein Freund. Hier bin ich Ambrosius.«

Gregor nickte.

Ambrosius Agelstern wandte sich von ihm ab und deutete mit beiden Händen in die Höhe. »Das hier ist der Tempel unseres Kreises.«

»Beeindruckend«, war alles, was Gregor hervorbrachte.

Lächelnd wandte sich Ambrosius ihm wieder zu und führte ihn weiter durch den Saal. »Beeindruckend? Schau dich um. All dies dürfte es nicht geben und doch sind wir hier, um es zu bestaunen. Und dies ist nur ein geringer Teil davon. Allein hier im Erdgeschoss kannst du Hallen finden, von denen du nicht zu träumen wagst. Du magst die Ilias? Hinter der Tür«, er deutete auf die Tür, durch die er gekommen war, »liegen die Hallen der Ilias, dahinter die der Odyssee. Aber all das kannst du später anschauen. Komm!« Ambrosius führte Gregor zur Treppe, die Hektor bewachte. »Du bist hergekommen, um unsere Bibliothek zu sehen. Jedes Buch, das je geschrieben wurde, wirst du hier finden.«

Gregor musste trotz seines Erstaunens schmunzeln. »Dieses Haus ist groß, aber gewiss nicht so groß.«

»Selbstverständlich«, entgegnete Ambrosius lächelnd, als sei Gregor ein Kind, das gerade eine Phase durchlebte, an die sich Ambrosius selbst dunkel erinnerte.

Gregor blieb stehen. »Was wird hier gespielt?«

»Das ist kein Spiel«, antwortete Ambrosius ernst.

»Aber ein Test.«

»Den hast du längst bestanden.«

»Der Kode dieses Buches?« Er hielt das Buch hoch.

»Nein. Du hattest ja schon bewiesen, dass du dich aufs Dekodieren verstehst. Nein, Gregor. All das hier zu verkraften war der letzte Test.« Er führte ihn weiter. »Es gibt viele Menschen, die diesen Ort nicht verkraftet hätten. Das dort draußen auf dem Hof hätte sie so verstört, so grundlegend in ihrem Weltbild erschüttert, dass sie den Verstand verloren hätten. Du jedoch bist anders. Du weißt all dies hier einzuordnen.«

»Das bezweifle ich.«

»Nicht in deinem tiefsten Inneren.«

Sie schwiegen und Gregor folgte Ambrosius. Im ersten Stockwerk rechnete er fest mit mittelalterlichen Darstellungen, schließlich schien das Erdgeschoss der Antike zu gehören. Doch es kam anders. Er fand ein Gemälde, das die Stadt Sardathrion aus Lord Dunsanys *Time and the Gods* zeigte, neben einer Statue Hagens von Tronje. Die Figuren und Szenen der verschiedensten Zeiten fanden hier gemeinsam einen Platz. Im zweiten Stock sah er eine Statue von Melmoth und Szenen aus Dantes *Göttlicher Komödie* und aus Cyrano de Bergeracs *Reise zum Mond*. Im dritten Geschoss erkannte er das Haus Usher auf einem Bildnis und ebenso eine Szene aus *Die Maske des Roten Todes*. Besonders beeindruckt war er von dem gewaltigen Gemälde zu Dunsanys *Göttern von Pegana*.

Als Ambrosius Gregor aber in den vierten Stock führte, zweifelte der Student an seinem Verstand. Nicht nur, dass dieser Saal nur ein Tor besaß und offensichtlich die gesamte Breite des Gebäudes einnahm, er war der gewölbten Decke mit dem großen Fenster darin so nahe gekommen, dass er erkennen konnte, was die Malerei dort zeigte. Es waren ineinander übergehende Porträts. Autorenporträts. Die Namen standen in großen Lettern darauf. Er sah Homer, Vergil, Wolfram, Chrétien, Dante, Byron, Keats, Colderidge, Poe, Bierce, Dunsany und all die anderen, die ihm so viel bedeuteten. Es war Gregor, als habe irgendwer diesen Tempel der Literatur nur für ihn geschaffen.

Er blickte zu Ambrosius, der an der Brüstung stand und in die Tiefe blickte. Gregor trat an seine Seite. »Was ist dies für ein Ort?«, fragte er und folgte dem Blick Ambrosius'.

»Eine Bibliothek«, antwortete er, während Gregor in der Tiefe das Mosaik betrachtete. Es zeigte das Wappen, das Ambrosius auf der Brust trug: eine Elster.

»Wo sind dann die Bücher?«

Ambrosius ließ Gregor stehen und ging stumm auf das Tor zu, das den einzigen Durchgang in dieser Etage darstellte. Er drückte die Tür auf und trat in den Raum, der dahinter lag. Gregor folgte ihm. Ambrosius deutete in den gigantischen Raum hinein. »Das ist unsere Bibliothek.«

Gregor wollte etwas sagen, doch es verschlug ihm die Sprache. Sie standen am Rande eines runden Raumes, der trichterförmig aus der Tiefe bis zu ihnen hinaufreichte und in einer Glaskuppel endete. Größer als jedes Theater oder Opernhaus war dieser Saal. Auf all den Ebenen standen Bücher in schweren Regalen, die sich perfekt an die Rundung des Raumes anpassten. Und auf jeder Ebene saßen Menschen an ihren Tischen und brüteten über ihren Büchern. Es mochten ein Dutzend Ebenen sein, manche mit offenen Räumen versehen, wo Leute in Gesprächsrunden an Tischen saßen.

Während Ambrosius über die Treppe in die nächsttiefere Ebene hinabstieg, folgte Gregor nur langsam, so sehr war er von diesem Anblick gefesselt. Er wusste nicht, wo er als Nächstes hinblicken sollte: zu den hohen Fenstern in den offenen Räumen und zwischen den Regalen, zur gläsernen Dachkuppel, zu den Gemälden und Statuen oder den vielen Menschen, die hier forschten, als sei es das Selbstverständlichste auf der Welt. Er hatte viele Bibliotheken gesehen, doch diese war wahrhaftig atemberaubend.

Als er Ambrosius eingeholt hatte, konnte er nicht sagen, wie viele Ebenen er ihm staunend gefolgt war. Ambrosius deutete auf einen der offenen Räume, der unter ihnen lag. »Da sitzen einige unserer Philosophen und grübeln über die Geheimnisse der Realität nach. Dort unten«, er deutete auf den Boden des Saales, »sitzen die meisten Übersetzer.« Nun zeigte er nach oben, wo sie eingetreten waren. »Die Autoren sitzen am liebsten ganz oben und überschauen die Dinge. Aber auch die Fensternischen nutzen sie gerne.«

Ambrosius ging wieder voran. Gregor war ratlos. Es machte einfach keinen Sinn. Als sie unten angekommen waren, führte der alte Mann seinen Begleiter, von vielen Augen beobachtet, durch eine einfache Tür, hinter der ein länglicher Saal lag. Für die Verhältnisse, die Gregor dort draußen kennen gelernt hatte, war dieser Saal ein Kämmerchen. Unter einer gewölbten Holzdecke führte ein Gang durch den Raum bis zu einer Tür. Links und rechts reichten Regale von der Wand bis zum Gang und bildeten Nischen, in denen eine Bank und ein Tisch standen. Licht drang durch Fenster in diesen Nischen. Zudem waren am oberen Ende der Regale Lampen angebracht, die die Bücher unter ihnen beleuchteten.

»Und hier«, begann Ambrosius, »ist einer unserer Schätze. Diese Bücher hier sind fiktive Bücher.« Er führte Gregor den Gang entlang und blieb ab und zu stehen, um ihm ein Buch zu zeigen. Das erste war eines, das von Toten und Dämonen handelte und längst tot geglaubte Mächte, die lediglich schliefen, heraufbeschwören konnte. Dann zeigte er ihm ein rotes Buch, das von Zwergenabenteuern und Ringen erzählte. »Und das hier kennst du. Das ist Kyots Parzival-Roman. Hier ein Büchlein von Aristoteles«, sprach er mit einem Grinsen. »Hier Wolframs *Sigune*, auch bekannt unter dem Namen *Titurel*. Hier das Buch der Elster.« Am Ende des Saales blieb Ambrosius vor der Tür stehen. »Du siehst. Es sind Schätze.«

»Aber wozu das? Was geht hier eigentlich vor?«

Ambrosius schüttelte den Kopf und deutete auf das Buch, das Gregor fest umklammert hielt. Gregor war überrascht, dass er es noch immer bei sich trug. »Das Buch ist die Antwort. Du hast die erste Seite gelesen und ein Tor in diese Welt hat sich geöffnet. Das ist alles.«

»Alles? Das ist das Unglaublichste, das ich je gehört habe!«

»Und dennoch ist es wahr. Dies ist kein Traum, und das weißt du. Wir schaffen Bücher, die uns Tore in andere Welten öffnen. Weltenbücher!«

Gregor schüttelte den Kopf. »Wenn das wahr ist, was ist dann mit den Menschen in der anderen Welt?«

»Sie sind ebenso wenig auf all die Welten vorbereitet wie die Welten auf sie. Die Menschen da draußen in der so genannten Realität würden sich nicht an den Kodex halten, dem wir seit hunderten von Jahren folgen.«

»Verstehe«, sagte Gregor und deutete dann auf die Tür, vor der sie standen. »Was liegt dahinter?«

»Eine kleine Bibliothek, in der die Kodierer arbeiten.«

»Kodierer?«

»Kodieren ist die höchste Kunst, die wir kennen. Es ist ein großes Privileg, an dem Kode zu arbeiten, aus dem die Weltenbücher gemacht sind. Neue Schreibweisen zu entdecken, neue Effekte. Dort wird dein Platz sein.«

»Ich soll dort ...?«

Ambrosius öffnete die Tür und es war finster dahinter. Er tastete nach dem Lichtschalter. Lampen gingen an und beleuchteten die Wände. Einige Strahler warfen Licht in den Raum hinein. Nur wenige Bücherregale zierten den Raum. Auch die Tische und Stühle waren sparsam verteilt.

»Niemand da«, sprach der Student leise.

»Außer dir, Gregor.«

»Ihr habt keine Kodierer mehr?«, rief er verblüfft.

»Oh doch. Es sind nur so wenige, dass es hier oft leer ist. Ich bin ein Kodierer und Anke wird gewiss bald auch eine Kodiererin sein.« Er trat ein, Gregor folgte ihm langsam und konnte sich bei der Sache nur eines immer noch nicht erklären. »Wieso schreibt ihr diese fiktiven Bücher?«

Ambrosius schwieg eine Sekunde und blickte Gregor erstaunt an. Dann sprach er: »Hast du denn noch immer nicht begriffen? Wir schreiben diese Bücher nicht!«

»Was?«

»Wir finden sie in den Welten.«

Gregor schwieg und starrte Ambrosius nur fassungslos an.

»Vor genau 1356 Jahren schrieb ein Bruder namens Thomas eine Beschreibung dieser Welt. Und er kodierte sie. Er schrieb ein Weltenbuch. Und seitdem besitzen wir diese Bibliothek.« Ambrosius trat tiefer in den Raum hinein und wandte sich halb zu Gregor um. »Diese Welt hier ist das Produkt von Gedanken. Zu jeder Welt, die wir beschreiben können, können wir ein Weltenbuch schaffen! Stell dir vor, du schreibst eine Geschichte und du könntest sie zur Realität machen!«

Gregor war zutiefst getroffen und sagte leise: »Und die Philosophen da draußen ...«

»Die Philosophen streiten darüber, ob wir die Welten mit unseren Büchern *identifizieren* oder ob wir beim ersten Gebrauch eines Weltenbuchs die beschriebene Welt *etablieren*. Sie diskutieren darüber, was geschieht, wenn Figuren aus den anderen Welten in die Realität gelangen. Und sie fragen sich, ob es eine Welt gibt, in der *wir* nur Fiktion sind.«

Gregor wurde schwindelig. Er machte einen Schritt nach vorne und stützte sich auf einem Tisch ab. Dann setzte er sich auf den Stuhl, der davor stand, und schüttelte den Kopf.

Ambrosius sprach weiter: »Die Übersetzer machen aus gewöhnlichen Büchern, wie jeder sie da draußen kaufen kann, Weltenbücher. Die Autoren aber schreiben die Weltenbücher direkt.«

»Ihr habt also die fiktiven Bücher aus den fiktiven Welten geholt.« Gregor schwieg einen Moment. Dann fragte er: »Aber wozu?«

Ambrosius stützte sich mit den Händen auf den Tisch. »Um neue Weltenbücher daraus zu machen. Und du, Gregor, sollst uns dabei helfen. Kodierer sind selten. Und gute Kodierer sind noch seltener. Ich selbst werde dir die Gefahren und Grenzen der Weltenbücher zeigen. Du wirst eine lange Tradition fortsetzen.« Er deutete im Saal umher. »Große Männer und Frauen haben in diesen Hallen gearbeitet und den Kode der Weltenbücher verfeinert.« Er trat an Gregor heran. »Wenn du wüsstest, welche Genies an diesem Tisch gearbeitet haben! Würde ich dir nur einen der Namen nennen, so würde dir vor Bewunderung das Herz stehen bleiben. Willst du nun die Reihe fortsetzen und Erfahrungen machen, von denen die meisten Menschen nicht einmal träumen?«

Gregor erhob sich, atmete tief aus und starrte lange auf den Tisch. »Sag mir: Wer hat hier gesessen?«

Ambrosius grinste lange. Und dann sagte er: »Edgar – Allan – Poe.«

Die Antwort traf Gregor wie ein Blitz. Schwindel überkam ihn. Ambrosius deutete auf ein Gemälde an der Wand. Schwankend versuchte Gregor das Bild zu betrachten, erkannte den Meister des Makabren dort abgebildet, bevor sich alles um ihn drehte und ihm schwarz vor Augen wurde.

Am nächsten Morgen erwachte Gregor und richtete sich erschrocken auf. War alles nur ein Traum gewesen? Wie sollte es anders sein? Wahrscheinlich hatte er nur zu lange an dem Buch gearbeitet, das der Bote ihm gebracht hatte. Aber es war erschreckend real gewesen. Nie würde er diesen Traum vergessen. Vielleicht würde er noch einmal von dieser Bücherwelt träumen; und vielleicht würde er dann mehr verkraften können. Es war ein typischer Traum gewesen; einer, der die Erlebnisse des Tages zusammenfasst.

Gregor schwang sich aus dem Bett und ging zu seinem Schreibtisch. Da lagen die Zettel mit seinen Notizen, aber das Buch, das der Bote gebracht hatte, war nicht mehr da. So sehr er auch suchte, er konnte es nicht finden. Er zweifelte an seinem Verstand, doch seine Notizen bewiesen, dass es existierte und er an dem Buch gearbeitet hatte.

Das Telefon klingelte. In Gedanken noch bei dem Buch, hob Gregor den Hörer ab. »Leubach.«

Eine tiefe Stimme fragte: »Nun? Hast du dich entschieden, Gregorius?«

Uschi Winkler

DIE TEUFLISCHE DREIFALTIGKEIT

Lauras Gesichtszüge waren wie unter großer körperlicher Pein verzerrt. Öliger Schweiß perlte auf ihrer Stirn, unruhig wälzte sie sich im Bett hin und her, ihre Arme bewegten sich, als würde sie mit einem unsichtbaren Gegner kämpfen. Das Bett, in dem sie lag, war vollständig durchwühlt. Plötzlich schrie Laura kurz auf und murmelte unverständliche Worte.

»Laura, wach auf!«, rief Robert, der sich neben sie auf die Bettkante gesetzt hatte und ihr nun sachte die Hand auf die Stirn legte.

Ohne zu wissen, was sie tat, richtete sich Laura auf – so schnell, als wäre sie von einer Tarantel gestochen worden, und so aggressiv, als müsste sie einen Einbrecher abwehren.

»Du hast mal wieder geträumt«, sagte er. Ein leichter Vorwurf schwang in seinen Worten mit.

Aus weit aufgerissenen Augen sah ihn Laura an. »Was …? Wer …?«

»Es war nichts!«, antwortete Robert beruhigend. »Du musst sowieso gleich aufstehen und als du im Schlaf geschrien hast, dachte ich, es wäre besser, dich zu wecken.«

So als hätte sie seine Worte gar nicht gehört, rollte sie sich aus ihrem Bett. Barfuß, mit vor der Brust verschränkten Armen als würde sie frieren, verschwand sie in Richtung Badezimmer.

»Wenn du dich beeilst, können wir noch zusammen frühstücken. Ich habe bereits alles vorbereitet«, rief ihr Robert zu, der mittlerweile in die Küche zurückgegangen war.

Lauras Wohnung war so klein, dass man nicht sehr laut sprechen musste, um sich Gehör zu verschaffen. Durch liebevoll zusammengetragene Accessoires hatte sie es verstanden, auch mit wenig Geld daraus ein richtiges Kleinod zu zaubern. Robert, der vor gut einem halben Jahr bei ihr eingezogen war, hatte nicht sehr viel dazu beigetragen. Doch Laura hatte kein Problem damit, dass Robert nicht viel besaß. Schließlich liebte sie ihn und nicht sein Bankguthaben. Sie glaubte fest daran, dass sie nur zusammenhalten mussten, um allen Widrigkeiten des Lebens gewachsen zu sein.

»Ich bin gleich so weit«, erklang Lauras Stimme nun munter aus dem Badezimmer. Die Dusche hatte ihr gut getan, so als wären die bösen Träume der Nacht vom warmen Wasser abgespült worden und mit dem Duschwasser im Abfluss verschwunden.

Als sie die Küche betrat, stieg ihr der Duft frisch aufgebrühten Kaffees in die Nase. Robert schob sich gerade das letzte Stück seines Frühstücksbrots in den Mund. Schweigend setzte sie sich ihm gegenüber und nippte vorsichtig an der von ihm etwas zu voll eingeschenkten Kaffeetasse.

»Können wir uns heute Abend unterhalten oder hast du schon etwas vor?«, fragte Robert, nahm auch seine Tasse und trank sie hastig leer.

»Was gibt es denn Wichtiges? Natürlich bin ich hier. Seit Frau Brand gestorben ist, habe ich dienstags ja nichts mehr vor.« Gedankenverloren fügte sie noch hinzu: »Leider, sie fehlt mir sehr.«

»Genau darüber will ich mit dir reden. Aber nicht jetzt. Ich muss los, sonst komme ich noch zu spät zur Arbeit.« Bei seinen letzten Worten war er bereits aufgestanden, nahm die mit Butterbroten gefüllte Tupperdose vom Tisch und hauchte ihr einen flüchtigen Kuss auf die Stirn. »Also dann, bis heute Abend, mein Liebling.«

Wenige Sekunden später hörte Laura die Wohnungstür ins Schloss fallen. In Gedanken versunken blieb sie vor ihrem unbenutzten Teller sitzen. Bruchstücke ihres Albtraumes gingen ihr durch den Kopf. Sie ergaben aber überhaupt keinen Sinn. Warum ließ Frau Brand sie nicht los? Warum erschien sie ihr in ihren Träumen und vor allen Dingen: Was hatten diese Träume zu bedeuten? Irgendetwas in ihr schien sich dagegen zu sträuben, sich genauer an diese Träume zu erinnern.

Lauras Herz schlug wie wild. Ihr war, als wolle sich ihr Herz zusammenkrampfen. Dieses Gefühl hatte sie in letzter Zeit häufiger.

Um sich zu beruhigen, lehnte sie sich auf ihrem Stuhl zurück, schloss die Augen und versuchte ruhig und gleichmäßig zu atmen. Als sie die Augen wieder aufschlug, fiel ihr Blick auf die Küchenuhr. »Verdammt!«, fluchte Laura leise. »Jetzt hätte ich doch fast die Zeit verpasst und wäre zu spät zur Arbeit gekommen. Das hätte mir gerade noch gefehlt.«

Sie schnappte sich ihre Handtasche und eilte davon.

Gleich nachdem Laura von der Arbeit nach Hause kam, hatte sie eine große Schüssel Salat angerichtet und den Abendbrottisch liebevoll gedeckt. Nun stellte sie noch zwei Weingläser darauf und warf einen Blick auf ihre Armbanduhr. *Robert muss jeden Moment kommen.* Laura hatte noch nicht zu Ende gedacht, als sie Geräusche vor der Wohnungstür wahrnahm. Ein freudiges Lächeln huschte über ihr Gesicht. Eilig rannte sie zur Tür, um sie zu öffnen. Eigentlich wollte sie Robert gleich um dem Hals fallen, doch mitten in der Bewegung hielt sie inne. Etwas verblüfft stand Patrick Brand vor ihr, den sie um ein Haar mit einer Umarmung beglückt hätte.

»Oh, entschuldigen Sie, Herr Brand. Ich wollte … ich dachte … es wäre Robert«, stotterte Laura verlegen und eine leichte Röte überzog ihre Wangen.

»Kein Problem. Es ist ja nichts passiert«, sagte dieser und stellte eine offenbar ziemlich schwere Kiste, die er dabeihatte, vorsichtig vor sich hin und reichte ihr freundlich die Hand.

Laura räusperte sich noch immer leicht verlegen und fragte: »Wie geht es Ihnen?«

»Na ja. Es ist nicht einfach. Egal welchen Schrank ich öffne, um ihn auszuräumen: Es kommt mir vor wie ein Sakrileg. Ich habe das Gefühl, meine Mutter wäre noch da und ich würde ihr etwas wegnehmen. So als würde sie jeden Moment in der Tür erscheinen und fragen: Was machst du da?«

Laura schwieg betroffen. Sollte sie ihm von ihren Träumen erzählen? Es war nur ein flüchtiger Gedanke, den sie schnell beiseite schob.

»Ach ja, möchten Sie sich mal das Schlafzimmer ansehen?«, fragte Laura. Sie fragte das eigentlich nur, um überhaupt etwas zu sagen. »Wir haben es gleich am nächsten Tag zusammengebaut.«

Er sah sie freundlich an und sagte: »Wenn es Ihnen keine Umstände bereitet, gerne.«

Laura ging wortlos voraus. »Was für Umstände?«, fragte sie. »Schließlich haben wir es Ihnen zu verdanken, dass es nun hier steht. Wenn Sie uns nicht vom letzten Willen Ihrer Mutter erzählt hätten ...«

»... vielleicht hättest du dann weniger Albträume«, führte Robert den Satz zu Ende.

Überrascht drehten sich die beiden anderen zur Wohnungstür um. Robert war geräuschlos hereingekommen.

»Hallo Liebling«, sagte Laura, trat auf ihn zu und hauchte ihm einen Kuss auf die Wange. »Ich habe Herrn Brand gerade das Schlafzimmer gezeigt.«

»Das sehe ich«, erwiderte Robert. »Einen schönen guten Abend, Herr Brand. Und wie macht sich das Schlafzimmer Ihrer Mutter bei uns?«

Laura verstand überhaupt nicht, warum Ihr Lebensgefährte so gereizt auf Patrick reagierte. Sie warf ihrem Besucher einen entschuldigenden Blick zu.

Dieser schien ihren Blick richtig zu deuten und sagte beschwichtigend: »Ich finde es ganz toll. Durch die hellen Wände wirkt es viel freundlicher. Meine Mutter wird schon gewusst haben, warum Sie Laura das Schlafzimmer vererbt hat. So, nun muss ich aber los. Schließlich habe ich ja noch einige Schränke zum Ausräumen.«

»Möchten Sie nicht doch noch auf ein Glas Wein bleiben?«, fragte Laura.

Er lehnte dankend ab, verabschiedete sich recht hastig, versprach Laura aber, der Einladung ein anderes Mal gerne nachzukommen.

Nachdem Laura die Haustür hinter Herrn Brand geschlossen

hatte, fragte Robert: »Musste das sein? Ich will den nicht unbedingt in unserer Wohnung haben.«

»Sei nicht so muffelig, öffne lieber den Wein«, lenkte Laura ein und machte sich auf den Weg zur Küche. »Er ist doch ganz nett.«

»Der ist mir genauso wenig geheuer wie seine Mutter. Die wollte dich doch auch nur gegen mich aufhetzen«, brummte Robert.

»Bitte Robert, du weißt genau, dass das nicht stimmt.«

Der restliche Abend verlief ziemlich unerfreulich. Sollte Robert Recht haben? Wollte Frau Brand auch über ihren Tod hinaus Einfluss auf Laura nehmen? Aber wenn ja, was wollte sie damit bezwecken? Fragen über Fragen, die sich in Lauras Kopf drehten wie der Mond um die Erde und die Antworten schienen genauso fern.

Sie lag neben Robert im Bett, konnte aber den ersehnten Schlaf nicht finden. Immer wieder schreckte sie aus Angst vor möglichen Träumen hoch. Irgendwann musste sie dann doch eingeschlafen sein und mit dem Schlaf kamen die gefürchteten Träume tatsächlich wieder.

Anfangs war es, als würde eine vertraute Stimme zu ihr sprechen, aber verstehen konnte sie die Worte nicht. Laura wollte auf die Stimme zugehen. Doch wo kamen die Worte her? Als sie sich in Bewegung setzen wollte, war das nicht möglich. Sie war völlig bewegungsunfähig. Noch nicht einmal ihre Hände konnte sie bewegen. Angst stieg in ihr hoch.

Plötzlich begann sie von sich selbst wegzugleiten. Sie sah sich in ihrem Bett liegen, so als wäre sie aus ihrem Körper geschlüpft und würde sich selbst in ihrer erbärmlichen Hilflosigkeit sehen. Ihre Gesichtszüge waren von Entsetzen gezeichnet. Doch was war das? Irgendetwas veränderte sich. Aus Angst wurde Panik.

Langsam, viel zu langsam löste sich die Nebelwand auf. Laura war verwirrt. Es war nicht mehr ihr Körper, der dort im Bett lag, sondern der ihrer mütterlichen Freundin. Oder sah es nur so aus? Nein, das konnte nicht sein. *Sie ist tot!* Alles in ihr schrie diese Worte.

In stummem Entsetzen musste sie zusehen, wie sich der fremde Körper aufrichtete, Morgenmantel und Hausschuhe anzog und langsam Richtung Wohnungstür ging. Was wollte sie da? Sie öffnete die Tür und sprach mit jemandem. Wieder konnte Laura kein Wort verstehen. Sie konnte die zweite Person auch nicht erkennen. Sie war sich aber sicher, dass es ein Mann war. Die beiden stritten miteinander, als Frau Brand plötzlich in sich zusammensackte.

Laura schrie auf. Sie wollte zu der alten Frau eilen, doch ihr Körper versagte ihr den Dienst. Alles um sie herum schien sich zu drehen und verschwamm in einem dichter werdenden Nebel.

Plötzlich fiel sie immer tiefer. So als würde sie von ganz weit oben, von einer Wolkenschicht durch die nächste fallen. Voller Panik schrie Laura auf. Dieser Schrei schien sie aus der Traumwelt zu befreien. Sie nahm die im Halbdunkel liegenden Schlafzimmermöbel wahr. Hatte sie tatsächlich geschrien? Laura wusste es selbst nicht. Sie saß aufrecht im Bett. Ihr Pyjama war vollkommen durchgeschwitzt. Als sie einen Blick auf das Bett neben sich warf, zeigten ihr Roberts gleichmäßige Atemzüge, dass er tief und fest schlief.

Um ihn nicht aufzuwecken, stand Laura leise auf und ging ins Bad. Nach einer kurzen heißen Dusche und mit einem trockenen Pyjama fühlte sie sich zwar ein bisschen wohler, aber noch immer zitterte sie am ganzen Körper.

Etwas war anders als sonst nach ihren Träumen. Diesmal konnte sie sich an alles erinnern, an jede Kleinigkeit, so als hätte sie sich einen Horrorfilm im Fernsehen angesehen.

Ihr Herz raste so schnell, dass es schon richtig wehtat. Plötzlich bekam sie nicht mehr richtig Luft. Was war mit ihrem Herzen los? Diese Anfälle – erst hatte sie sie nur ab und zu, aber in letzter Zeit kamen sie immer häufiger vor. Vielleicht sollte sie doch einmal einen Arzt aufsuchen.

Sie ging in die Küche und goss sich ein großes Glas Milch ein, gab noch einen Esslöffel Honig dazu und schob das Ganze in die Mikrowelle. Vielleicht half das ja und sie würde sich ein wenig beruhigen. *Altes Hausrezept von Frau Brand,* dachte sie und lächelte dabei leicht.

Laura nahm die dampfende Milch aus der Mikrowelle und setzte sich damit an den Küchentisch. Bilder tauchten vor ihrem inneren Auge auf. Was hatte sie in ihrem Traum gesehen? War das etwa Angela Brands Todesstunde gewesen? Aber wer war der Mann? Hatte er sie so aufgeregt, dass ihr Herz aufgehört hatte zu schlagen? Warum hatte er ihr nicht geholfen, als sie zusammengebrochen war?

Laura rief sich diesen Tag noch einmal ins Gedächtnis. Sie war gleich nach der Arbeit nach oben gegangen und wollte nach Frau Brand, die mit einer schlimmen Erkältung im Bett lag, sehen. Als sie auf ihr Klingeln hin nicht öffnete, begann Laura sich Sorgen zu machen. Gott sei Dank hatte sie einen Zweitschlüssel von Frau Brands Wohnung.

Mit diesem Schlüssel hatte sie dann die Tür aufgeschlossen: Und da lag sie, nur mit Nachthemd und Morgenrock bekleidet. Laura hatte sofort den Hausarzt angerufen. Gut, dass ihr die alte Dame einmal gesagt hatte, dass sie die Nummer immer für Notfälle auf ihrem Telefonapparat aufgeklebt hatte. Laura war froh, dass er bereits wenige Minuten später eintraf, auch wenn sie ihr vorkamen wie eine Ewigkeit.

»Tod durch Herzversagen. Keine äußere Gewalteinwirkung.« Diese Worte hatte der Arzt gebraucht. Sollte er sich geirrt haben? Sicher, es ging ihr in den letzten Tagen nicht allzu gut. Die Grippe hatte ihren alten Körper und das schon angeschlagene Herz geschwächt, deshalb hatte sie wahrscheinlich auch den Tag im Bett zugebracht.

Aber warum hatte sie jetzt diese Träume? Wollte die alte Dame ihr auf diesem Weg mitteilen, dass sie keines natürlichen Todes gestorben war?

Laura trank die restliche Milch aus. Sie musste gähnen; die Milch-Honig-Mischung schien zu wirken. Sie warf einen Blick auf die Uhr. Fast halb vier. Vielleicht konnte sie ja doch noch ein wenig schlafen.

Leise schlich sie sich ins Schlafzimmer, kuschelte sich in ihre Decke und rückte ein Stück näher an Robert, so als könnte er sie vor den Träumen beschützen.

Vollkommen gerädert stand Laura am Morgen auf. Doch sie war froh, wenigstens den Rest der Nacht traumlos überstanden zu haben. Frischer Kaffeeduft stieg ihr in die Nase. Als sie nach einer ausgiebigen Morgentoilette in die Küche kam, saß Robert bereits am Frühstückstisch und begrüßte sie gut gelaunt: »Guten Morgen, mein Schatz. Ich habe dich schon gehört und dir deinen Kaffee eingeschenkt. Toast ist bereits im Toaster, nur kauen musst du noch selbst.«

»Na, das hättest du für mich auch noch machen können«, gab Laura scherzhaft zurück. Sie entnahm dem Toaster das Brot und belegte es dick mit Käse.

»Dir scheint es heute ja ausgesprochen gut zu schmecken«, sagte Robert, nahm die fertig gepackte Butterbrotdose vom Tisch und verstaute sie in seiner Aktentasche. »Also, bis heute Abend.«

Laura hielt ihn am Ärmel zurück. »Ach ja, es kann bei mir heute etwas später werden. Ich will nach der Arbeit noch zum Arzt gehen.«

Besorgt sah er sie an, gab ihr einen Kuss auf die Stirn und fragte: »Geht es dir nicht gut oder ist es wegen deiner Träume?«

»Nein, es ist wegen meiner Herzschmerzen«, gab sie zurück. »Sie tauchen immer öfter auf. Langsam bekomme ich Angst.«

»Soll ich nicht mitkommen?«, fragte Robert.

»Ach was«, antwortete Laura übertrieben heiter. »Ich werde ja wohl noch alleine zum Arzt gehen können. Keine Sorge, so schlimm wird's schon nicht sein.«

»Wie du meinst, dann bis heute Abend.« Robert nahm Laura noch einmal kurz in die Arme und verabschiedete sich.

Laura saß im Sprechzimmer und wartete auf Doktor Jost. Sie hatte nach einem kurzen Gespräch mit ihrem alten Hausarzt eine Reihe von Untersuchungen über sich ergehen lassen, nun wartete sie, um mit dem Arzt die vorläufigen Ergebnisse zu besprechen.

Ihre Patientenkarte studierend, betrat Dr. Jost das Sprechzimmer. »So, Frau Theisen, jetzt wollen wir doch mal sehen, was bei den Untersuchungen rausgekommen ist.«

Laura war sehr aufgeregt und spielte nervös mit ihren Fingern.

»Das sieht doch gar nicht so schlecht aus«, sagte der Arzt.

»Medikamente nehmen Sie keine, haben Sie gesagt. Hatten Sie früher schon mal mit Herzrhythmusstörungen Probleme? Körperlich sehe ich keine Erkrankung. Haben Sie vielleicht privat oder auf der Arbeit Ärger?«

»Nein, eigentlich nicht«, erwiderte Laura. »Mein Chef ist zufrieden mit mir und die Kollegen sind nett. Und mein Freund? Sicher sind wir mal unterschiedlicher Meinung, aber Streit haben wir nicht, abgesehen ...« Sie unterbrach sich selbst. Sollte sie dem Arzt das mit den Träumen überhaupt sagen?

»Da ist also doch noch etwas, oder? Möchten Sie nicht darüber reden?«, fragte Dr. Jost.

»Ich weiß nicht, ob das überhaupt wichtig ist ...« Laura überlegte einige Sekunden, bevor sie weitersprach. »Eine gute Freundin von mir ist vor kurzem gestorben. Seitdem träume ich ziemlich intensiv.«

»Hm, Sie meinen, es könnte mit Ihren Träumen zusammenhängen? Nehmen sie Sie so sehr mit?«, fragte er.

Laura stiegen die Tränen in die Augen und sie begann erst stockend und dann immer lebhafter zu erzählen.

Dem Arzt war sehr schnell klar, dass diese Träume Lauras Nerven sehr belasteten. Er nahm sich deshalb die Zeit und hörte ihr aufmerksam zu.

»Ich werde Sie drei Tage krankschreiben und Ihnen ein leichtes Mittel aufschreiben, damit Sie die nächsten Nächte mal wieder richtig durchschlafen können. Vielleicht wird es dann mit den Herzschmerzen auch besser. Bis dahin müsste ich auch die Ergebnisse der Blutuntersuchung haben. Kommen sie also bitte in drei Tagen wieder in die Sprechstunde«, sagte er und verabschiedete sich von ihr.

Nachdem Laura das Medikament aus der Apotheke geholt hatte, fuhr sie auf direktem Wege nach Hause. Dort angekommen, wurde sie von Robert ungeduldig empfangen. »Hallo, Liebling. Was sagt der Arzt? Komm setz dich, ich habe uns schon einen frischen Kaffee gekocht. Nun erzähl schon.«

Laura nahm die Tasse und wollte sie gerade ansetzen, als Robert sie ihr fast aus den Händen riss. »Das ist meine Tasse, deine habe ich dir schon auf den Tisch gestellt. Zucker habe ich dir auch schon reingetan.«

Laura war über seine heftige Reaktion erstaunt. »Ist irgendetwas mit dem Kaffee?«, fragte sie.

»Was soll damit sein?«, erwiderte Robert verärgert. »Ich habe dir nur mehr Zucker reingetan als bei mir. Schließlich weiß ich doch, wie du deinen Kaffee trinkst – oder war das vielleicht nicht richtig?«

»Doch, doch«, erwiderte Laura, »sei mir nicht böse, der Arztbesuch hat mich einfach ein wenig nervös gemacht. Komm, nehmen wir unseren Kaffee und machen es uns im Wohnzimmer gemütlich. Ich erzähle dir dann alles.«

Es wurde nicht unbedingt das, was man eine gemütliche Kaffeerunde nennt. Laura war immer noch sehr aufgeregt und nach der zweiten Tasse Kaffee entschloss sie sich, gleich nach dem Abendessen die vom Arzt verschriebene Tablette zu nehmen und schlafen zu gehen.

Trotz Einnahme des Medikaments lag Laura bestimmt noch zwei Stunden wach im Bett. Die Herzschmerzen verursachten eine Art Panik in ihr – oder war es die Angst vor den Träumen?

Als Robert um halb zwölf zu Bett ging, schlief Laura tief und fest.

Bis auf das leise Ticken des Weckers waren ein paar Minuten später nur noch die gleichmäßigen Atemzüge der beiden zu hören. Doch dann war Lauras zuckenden Augenliedern deutlich anzusehen, dass sie sich nicht mehr in einer ruhigen Schlafphase befand.

Im Traum schwebte ihr Körper durch eine Art Nebelwelt. Es war ein graues Etwas, das sie weder fühlen noch greifen konnte. Sie fühlte sich fast beschützt von diesem Grau, so als wüsste sie, dass ihr nichts geschehen konnte, solange sie sich in dem Grau befand.

Doch plötzlich veränderte sich die graue Substanz, ohne dass Laura hätte sagen können, woran das lag. Aus dem Grau schälte sich so etwas wie die schattenhafte, kaum fassbare Form eines Körpers. Die Stimme, die plötzlich zu ihr sprach, schien erst von weit her an ihr Ohr zu dringen, doch dann verschmolzen die Stimme und der nebelhafte Körper miteinander und nahmen die Gestalt von Frau Brand an.

»Sie werden auch dich töten! Hüte dich vor den dreien!«

Die Stimme wiederholte diese Worte wieder und wieder. Es hörte sich an wie ein Echo, das kein Ende fand. Laura fröstelte. Sie spürte ganz genau, dass sich ihre Lippen nicht bewegten und trotzdem hörte sie sich selber fragen: »Wer ... Wer will mich töten? Und wieso? Der Arzt hat gesagt, dass Sie an einem Herzinfarkt gestorben sind. Wieso finden Sie keinen Frieden?«

»Finde die Dokumente und du wirst wissen, wer dahinter steckt. Gib du mir meinen Frieden.«

»Welche Dokumente? Wie kann ich Ihnen helfen?« Laura war fassungslos: Sie unterhielt sich mit einer Toten. Das konnte einfach nicht sein ...

»Du wirst es wissen, wenn du sie siehst. Gib auf dich Acht, damit mein Tod nicht umsonst war.« Nach diesen Worten verlor die Gestalt immer mehr an Substanz, bis sie schließlich kaum noch zu erkennen war.

»Bitte, lass mich nicht allein«, schrie Laura. Sie streckte die Arme aus, als könnte sie so das Verschwinden verhindern. »Komm zurück ... Hilf mir!« Laura spürte, wie ihr die Tränen in die Augen stiegen, es waren Tränen der Verzweiflung.

Sie verlor den Halt und stürzte in eine Unendlichkeit. In ein Nichts, bis ...

»Laura, wach endlich auf«, rief Robert. Er hatte sie bei den Schultern gefasst und schüttelte ihren Oberkörper, bis sie schließlich die Augen öffnete.

»Was ... Wo ist sie?«, stammelte Laura. Sie brauchte einige Minuten, bis sie wieder klar denken konnte.

Robert sah Laura erst fragend an, nahm sie dann beschützend in seine Arme, als könnte er sie so vor den Träumen bewahren.

»Komm, leg dich noch ein wenig zurück und versuche dich zu beruhigen. Der Arzt hat gesagt, du sollst dich ausruhen«, sprach er beruhigend auf Laura ein, drückte sie sanft aufs Bett zurück, stand auf und verschwand im Badezimmer.

Wenige Minuten später verrieten Laura die vertrauten Geräusche, dass er nun in der Küche bei den Frühstücksvorbereitungen war. Plötzlich tauchte er mit einem Tablett in der Hand auf.

»Frühstück im Bett«, rief er ihr fröhlich zu. »Wer schlecht träumt, der muss wenigstens gut frühstücken.«

Laura empfand diese leicht dahingesagte Bemerkung nicht gerade als sehr gelungen. Sie wollte aber nicht undankbar wirken, lächelte ihn freundlich an und rückte sich die Kissen so zurecht, dass sie bequem im Bett sitzen konnte.

»Das ist sehr lieb von dir, aber ich bin doch nicht krank.« Laura sah ihn verlegen an.

Robert ließ sich nicht beirren und sagte: »Der Doc hat gesagt, du sollst dich ausruhen. Also bitte, wo könnte man das besser als im Bett. Leider kann ich dir nicht Gesellschaft leisten.«

Laura half ihm das Tablett sicher auf dem Bett zu platzieren.

»Ich muss jetzt los. Wir sehen uns heute Abend«, verabschiedete sich Robert.

Laura wollte sich von den Erlebnissen der Nacht ablenken. Trotz Herzbeklemmungen nach dem Aufstehen stürzte sie sich im wahrsten Sinne des Wortes auf den Hausputz. Schließlich gab es nichts mehr zu tun, außer vielleicht noch die Mülltüte in die Mülltonne zu werfen.

Langsam nahm Laura den Müllbeutel und machte sich auf den Weg. Das Haus wirkte menschenleer – und totenstill. Seit Frau Brand nicht mehr da war, fehlte eine gewisse Lebendigkeit. Früher war sie ihr hin und wieder entweder im Treppenhaus oder auf dem kleinen zum Haus gehörenden Innenhof begegnet. Frau Brand hatte immer dafür gesorgt, dass wenigstens ein paar Blumenschalen den Hof freundlicher machten. *Ein bisschen Grün braucht die Menschenseele*, pflegte sie dann immer zu sagen.

Als Laura die Hoftür, die – aus Altersschwäche – ein wenig schwer aufging, mit voller Wucht aufstieß, hörte sie einen Aufschrei.

Schnell trat sie auf den Hof hinaus, um zu sehen, wen sie dort erwischt hatte. Patrick Brand stand direkt hinter der alten Holztür und hatte beide Hände schützend auf seine Nase gelegt.

»Um Gottes willen, Herr Brand«, sagte Laura entsetzt, »was habe ich denn jetzt schon wieder angestellt?«

»Schon gut!«, antwortete Patrick. »Ich habe mich schon fast an Ihre stürmischen Auftritte gewöhnt.«

Aus den entsetzten Blicken der beiden wurde auf einmal ein Grinsen und dann konnten sie nicht mehr anders, als über diese groteske Situation zu lachen.

Es tat gut zu lachen. Für Laura hatte es etwas Befreiendes, so als würden sich endlich die Nebel der Nacht auflösen.

»Es ist doch immer wieder schön, wenn der Schmerz nachlässt«, scherzte Patrick.

Laura entsorgte ihre Mülltüte in dem Müllcontainer. »Ich glaube, Sie sollten die Nase kühlen, sonst läuft sie bestimmt blau an.«

»Das hätte mir gerade noch gefehlt, schließlich muss ich morgen wieder arbeiten«, sagte Patrick. »Nur habe ich leider kein Eis zur Hand und ich glaube kaum, dass ich so etwas im Eisfach meiner Mutter finde.«

»Kein Problem«, antwortete Laura, »ich habe immer ein Kühlelement für Notfälle. Wenn Sie möchten, bringe ich es Ihnen.«

Patrick schien dieser Vorschlag zu gefallen. »Keine schlechte Idee, aber nur, wenn Sie auch eine Tasse Kaffee mit mir trinken.« Er zögerte einen Moment und fügte hinzu: »Natürlich nur, wenn Sie Zeit haben.«

Laura überlegte nicht lange. »Mach ich gerne.« Für sie war es die ideale Ablenkung und außerdem: Vielleicht würde sie ja auf diesem Wege etwas über die Dokumente aus ihren Träumen erfahren.

Beide stiegen gemeinsam die Treppe nach oben. Als sie vor Lauras Wohnungstür ankamen, sagte sie: »Ich hole nur schnell den Kühlbeutel und komme dann nach oben.«

Er lächelte, nickte ihr zu und ging weiter.

Eilig schloss Laura ihre Wohnungstür auf und holte das Kühlelement aus dem Eisschrank. Sie wollte gerade die Wohnung wieder verlassen, als das Telefon klingelte.

»Ja bitte«, meldete sie sich.

»Hier die Nase«, meldete sich die Stimme am anderen Ende der Leitung. »SOS, mir fehlt nicht nur Eis, sondern auch der Kaffee. Könnten Sie mir vielleicht damit aushelfen?«

»Klar doch, ich bringe beides mit«, antwortete Laura und legte den Hörer wieder auf.

Rasch suchte sie alles zusammen und stand bereits wenige Minuten später eine Etage höher vor der Wohnungstür und klingelte. Patrick öffnete ihr.

»Der Notdienst ist da«, sagte Laura fröhlich und reichte ihm als Erstes den Kühlbeutel. »Und nun mache ich uns mal einen Kaffee – wenn ich darf. In der Wohnung kenne ich mich ja aus.«

»Nur zu! Man sollte Tatkräftige niemals aufhalten«, konterte er und machte es sich, den Kühlbeutel auf die Nase drückend, auf einem Küchenstuhl bequem.

Der Kaffee lief langsam durch das Filterpapier und verbreitete sein duftendes Aroma.

»Das riecht gut«, sagte Patrick, dessen Augen – samt Nase – vom Kühlelement verdeckt wurden.

»Noch einen Moment, Herr Brand, dann ist der Kaffee durchgelaufen.«

»Dieses Herr Brand können wir, glaube ich, weglassen. Ich heiße Patrick.«

»Also gut, Patrick, der Kaffee ist fertig«, verkündete Laura wenig später. Sie nahm zwei Tassen aus dem Schrank und schenkte ein.

Dann sah sie sich in der kleinen Küche um und sagte: »Es scheint sich überhaupt nichts verändert zu haben.«

»Ich bin mir auch noch gar nicht sicher, ob ich die Wohnung aufgebe«, erwiderte Patrick und nahm sich den Kühlbeutel von der Nase. »Ich muss doch ziemlich häufig bis in die Nacht hinein arbeiten und dann bräuchte ich anschließend nicht immer noch die weite Strecke bis nach Hause zu fahren.«

»Ich weiß. Ihre Mutter hat mir erzählt, dass Sie sehr weit weg wohnen.« Laura nahm einen Schluck Kaffee. »Deshalb haben Sie sie auch nicht so häufig besuchen können.«

»Was ich heute sehr bedauere«, antwortete Patrick traurig, »aber leider nicht mehr ändern kann.«

»Oh, da hätten Sie das Schlafzimmer Ihrer Mutter ja selber gut gebrauchen können«, meinte Laura.

»Nein, das ist schon so in Ordnung. Außerdem war es der Wunsch meiner Mutter, dass Sie es bekommen, und den würde ich immer respektieren.« Patrick nippte an seinem Kaffee und legte sich das Kühlelement wieder auf die Nase. »Übrigens, waren wir nicht mittlerweile beim Du?«

Laura sah Patrick nachdenklich an und räusperte sich. »Deine Mutter hat gewusst, dass ich ihre Möbel toll finde, aber wenn ich ehrlich bin, hätte ich niemals damit gerechnet, dass sie sie mir irgendwann einmal vererben würde. Vielleicht hat sie auf diese Weise einen Weg gefunden, unsere Freundschaft selbst über den Tod hinaus aufrechtzuerhalten.«

Vor Lauras innerem Auge erschien eine Szene aus einem ihrer Träume. *Finde die Dokumente und du wirst es wissen. Gib du mir meinen Frieden.* Sie schüttelte leicht den Kopf, als könnte sie dadurch die Bilder vertreiben.

Weil Laura eine Weile nichts mehr sagte, nahm Patrick wieder das Kühlelement von der Nase und fragte: »Ist dir nicht gut?«

»Nein, nein … Es ist nichts.« Laura beeilte sich rasch zu antworten. »Was macht deine Nase?«

Er lächelte sie freundlich an: »Dank der schnellen Hilfe wird sie wohl nicht die Form einer Kartoffel annehmen.«

Beide mussten über diesen Scherz lachen.

»Kann ich dir sonst noch irgendwie helfen?«, fragte ihn Laura. »Ich bin im Moment krankgeschrieben und langweile mich ein wenig.«

Patrick sah Laura fragend an: »Bist du sicher? Ich glaube, der Tod meiner Mutter hat dich ganz schön mitgenommen. Willst du dich nicht lieber ausruhen?«

»Vielleicht hilft Arbeit aber auch«, antwortete Laura. »Wenn du magst, packen wir's an.«

Laura konnte es einfach nicht glauben. Nachdem sie einige Schränke mit Tischwäsche, Handtücher und Geschirr gemeinsam durchforstet und aussortiert hatten, waren sie auf etliche alte Schuhkartons mit allerlei Briefen und Unterlagen gestoßen. Patrick hatte nur einen kurzen Blick hineingeworfen und Laura dann gefragt: »Würdest du für mich nachgucken, ob noch wichtige Unterlagen darunter sind? Ich schaffe das einfach nicht.«

Nachdem er ihr noch geholfen hatte, die Kartons in ihre Wohnung zu tragen, hatte er sich rasch verabschiedet.

Nun saß Laura im Wohnzimmer vor den Schuhkartons und brachte es einfach nicht über sich, sie zu öffnen. Ihre Gedanken glitten ab. Wer war der Mann in ihren Träumen? Wer hatte ihre mütterliche Freundin so erschreckt, dass ihr Herz versagte? War es etwa Patrick oder war es doch ein Fremder gewesen?

Patrick, der so freundlich wirkte. War das nur eine Maske und war er in Wirklichkeit kalt und berechnend? Besaß sie vielleicht Sparbücher oder eine hohe Lebensversicherung, auf die er aus war? Aber wieso hatte er dann diese Kartons nicht selber durchsucht? Wollte er den Ahnungslosen spielen? Vom Reichtum überrascht, und sie sollte die ausführende Hand sein?

Es waren Fragen über Fragen, die Laura beschäftigten. Erst als sie hörte, wie sich der Schlüssel in der Eingangstür im Schloss herumdrehte, schob sie kurzerhand die ganzen Schuhkartons unter die Couch und lief Robert entgegen.

»Guten Abend, mein Schatz«, begrüßte sie ihn. »Wie war dein Tag?«

»Frag mich lieber nicht«, maulte Robert und stellte seine Tasche ab. »Der Chef hatte heute mal wieder eine Laune.« Er steuerte gleich in die Küche, machte sich an der Kaffeemaschine zu schaffen und sprach weiter: »Irgendwann schmeiße ich ihm den ganzen Mist vor die Füße. Soll er doch selber sehen, wie er seine Aufträge an Land zieht.«

Laura ging lieber nicht auf dieses Thema ein, wusste sie doch aus vergangenen Gesprächen, dass sich Roberts Laune dadurch nur noch weiter verschlechterte. Er war nun mal sehr unglücklich in dieser Firma und sprach immer häufiger davon, einfach alles stehen und liegen zu lassen und irgendwo vollkommen neu anzufangen.

»Geld müsste man haben«, sagte Robert und stellte Laura, die am Küchentisch Platz genommen hatte, eine Tasse Kaffee hin.

Kaum hatte sie ihren Kaffee ausgetrunken, als sich ihr Herz mit wildem Pochen und Beklemmungen meldete, sodass sie beschloss, auch heute Abend früh zu Bett zu gehen.

Auch die doppelte Dosis Schlaftabletten hatte in dieser Nacht nicht verhindern können, dass Laura wieder von quälenden Albträumen heimgesucht wurde. Robert war bereits zur Arbeit gegangen und sie saß nun am Wohnzimmertisch vor den verschlossenen Schuhkartons. Die Erinnerung an ihre Träume schob sie bewusst beiseite. Es reichten ihr die krampfartigen Anfälle in ihrer Herzgegend und das Gefühl permanenter Schwäche, das sie nun überhaupt nicht mehr losließ.

Vorsichtig, als läge eine Bombe darin, hob sie den Deckel des ersten Kartons und legte ihn beiseite. Oben auf lagen einige Fotos und Briefe, die Frau Brand wohl von Freunden und ihrer Familie bekommen hatte, dann kamen Versicherungsunterlagen zum Vorschein. Laura sah sich jeden einzelnen Versicherungsschein ganz genau an.

Das Erste, was sie fand, war eine Hausratversicherung, als Nächstes kam eine Sterbeversicherung zutage. Laura legte sie neben den Schuhkarton, um Patrick darauf aufmerksam zu machen. Dann glaubte Laura ihren Augen nicht zu trauen: In ihren Händen lag eine Lebensversicherung. Die Summe, die darauf stand, verschlug ihr fast die Sprache.

»Dreihundertzwanzigtausend Euro im Todesfall auszuzahlen an meinen Sohn Patrick Brand«, las Laura leise vor. War dies das Dokument aus ihren Träumen? Lauras Herz schlug so schnell und heftig, als wollte es einen Purzelbaum schlagen.

Sie legte das Formular auf die Sterbeversicherung und sah wieder in den Schuhkarton. Es waren noch mehr Briefe und Fotos darin und dann entdeckte sie ein Sparbuch. »Mein Gott, das sind ja noch mal hundertfünfzigtausend.« Laura stand auf und ging unruhig im Zimmer auf und ab. Am Fenster blieb sie stehen, öffnete es und holte tief Luft.

»Ich wusste ja gar nicht, dass sie so reich war«, murmelte Laura.

Aber was wusste sie wirklich von Frau Brand? Sie war eine liebenswerte alte Dame, die ihr – ja, so konnte man das schon sagen – mütterlich zugetan war. Gemeinsam hatten sie viele schöne Stunden damit verbracht, lange, tief gehende Gespräche zu führen. Für ihr Alter war Frau Brand allen Themen gegenüber sehr aufgeschlossen gewesen. Es gab nur wenige Dinge, bei denen sie unterschiedlicher Meinung waren. So konnte Laura überhaupt nichts damit anfangen, als die alte Dame ihr einmal anvertraute, dass sie eine gewisse Gabe besaß. Sie hatte davon gesprochen, dass sie Unfälle oder schlimme Ereignisse in ihrem engen Verwandten- und Bekanntenkreis vorher schon im Traum erlebt hätte.

Und dann war da noch die Sache mit Robert. Frau Brand hatte ihr zwar nie genau gesagt warum, aber sie hatte keinen Hehl daraus gemacht, dass sie ihn nicht mochte.

Laura legte ihre Hand auf die Brust, als könnte sie damit die Schmerzen lindern, holte noch ein paar Mal tief Luft und ging zur Couch zurück. Was mochte in den anderen Kartons sein? Aufgeregt und neugierig nahm sie sich den nächsten vor.

Sie war erstaunt darüber, was sie fand. Jede Menge Zeitungsausschnitte, säuberlich ausgeschnitten und in Klarsichthüllen geschoben. »*Was hat Frau Brand denn da gesammelt?*«, dachte sie, sah sich die Ausschnitte genauer an und las laut: »Teuflischer Guru unter Verdacht. Gehörte das Opfer auch der Sekte *Die Teuflische Dreifaltigkeit* an? Warum wird in dieser Sekte von der Dreifaltigkeit gesprochen?«

Alle Artikel, die Frau Brand ausgeschnitten hatte, handelten von dieser Sekte. Immer wieder war die Rede von Frauen, die hohe Lebensversicherungen zugunsten der Sekte abgeschlossen hatten und die kurze Zeit später überraschend gestorben waren. Auch die Frage nach dem unbekannten Guru dieser Sekte tauchte immer wieder auf, blieb aber unbeantwortet.

Laura lief ein eiskalter Schauer über den Rücken. Warum hatte sie nur so etwas gesammelt? Kannte sie etwa diesen Guru, oder hatte sie etwas mit dieser Sekte zu tun? Es war schon sehr merkwürdig, dass sich eine alte Frau für so etwas interessierte.

Unter all den in Folie verpackten Artikeln kamen ein fast handgroßes Kruzifix, ein Rosenkranz, eine Bibel und eine mit handschriftlichen Eintragungen versehene Kladde zutage. Wofür das wohl gut sein sollte? Wollte sie damit etwa das Böse fern halten?

Sie benetzte ihre trockenen Lippen mit der Zunge. »Jetzt brauche ich dringend was zu trinken.« Laura hatte zu sich selbst gesprochen. Sie stand auf und ging in die Küche. Robert hatte ihr morgens eine ganze Kanne Kaffee aufgebrüht und ein kleiner Rest musste davon noch übrig sein.

Ein Lächeln erschien auf ihren Lippen bei dem Gedanken an Robert und wie fürsorglich er an sie dachte. Vorsichtig an dem noch immer heißen Kaffee nippend trat sie wieder ins Wohnzimmer. Ihre Gedanken kreisten um diese Sekte. Sie überlegte gerade, ob sie selbst schon einmal diesen Namen gehört hatte, als das Telefon läutete.

»Theisen«, meldete sich Laura.

»Hallo, mein Schatz«, antwortete Robert am anderen Ende der Leitung. »Ich wollte dir nur Bescheid sagen, dass ich heute länger arbeiten muss und etwas später heimkomme.«

»Ja, in Ordnung. Komm nicht zu spät«, sagte Laura etwas zerstreut, denn das Einzige, was sie momentan wirklich interessierte war der plötzliche Tod von Frau Brand. Die Lebensversicherung oder aber die merkwürdigen Zeitungsausschnitte spielten dabei irgendeine Rolle, nur welche, das war ihr immer noch nicht klar.

Den Rest des Tages verbrachte sie damit, die übrigen Kartons zu untersuchen, fand aber nichts Nennenswertes. Sie enthielten Erinnerungsstücke aller Art. Im Laufe eines Menschenlebens sammelt sich so manches an.

Laura schaute sich im Wohnzimmer um. Es sah chaotisch aus. Überall auf dem Fußboden, dem Wohnzimmertisch, dem Sessel und auch neben sich auf der Couch lag der Inhalt der Kartons verteilt. Wer aber sagte ihr, dass sich das Dokument aus ihren Träumen überhaupt in diesen Kartons befand?

So hat das überhaupt keinen Sinn, dachte sie, stand auf und fing an, den Inhalt der einzelnen Kartons wieder einzuräumen.

Was hatte diese liebe, alte Frau mit einer teuflischen Sekte zu tun? Das Ganze ergab eigentlich nur dann einen Sinn, wenn Patrick Mitglied dieser Sekte war oder sogar selbst dieser Guru.

In einem der Artikel hatte etwas von den »drei Köpfen« der Sekte *Der Teuflischen Dreifaltigkeit* gestanden. War Patrick vielleicht einer von den dreien? Frau Brand hätte ihn bestimmt nie verraten, auch wenn er tatsächlich etwas mit dieser Sekte zu tun hätte. Sie hatte ihn sehr geliebt, dessen war Laura sich sicher, aber wie viel war sie bereit gewesen, für ihn zu geben? Sogar ihr Leben?

Mitten in ihre Gedanken hinein klingelte das Telefon erneut. Laura nahm den Hörer ab und meldete sich: »Theisen.«

»Hier ist Dr. Jost«, meldete sich Lauras Arzt am anderen Ende der Leitung. »Bekommen Sie jetzt keinen Schreck, weil ich mich bei Ihnen melde. Ich habe Ihnen eher etwas Schönes mitzuteilen.«

»Ja?«

»Also ... Bei den Blutuntersuchungen hat sich herausgestellt, dass Sie mit sehr hoher Wahrscheinlichkeit schwanger sind. Es wäre besser, wenn Sie sich erst einmal von einem Gynäkologen untersuchen lassen würden. Wenn Sie das Ergebnis haben, dann vereinbaren Sie bitte wieder bei mir einen Termin.«

Laura war wie betäubt. Nachdem sie sich von ihrem Arzt verabschiedet hatte, war ihr erster Gedanke: *Um Gottes willen, schwanger.* Sie war sich nicht sicher, ob sie sich darüber freuen sollte.

Verwirrt ging sie in die Küche zurück und ließ sich auf einen Stuhl sinken. Der Arzt hatte *wahrscheinlich* gesagt. Wahrscheinlich bedeutete nicht sicher. Vielleicht hatte sich sein Labor nur vertan oder eine Probe verwechselt? Sie entschloss sich, diese Frage erst einmal zu vertagen, bis sie beim Arzt gewesen war und wusste, woran sie genau war.

Plötzlich glaubte Laura ein ungewohntes Geräusch zu hören. Aus der Wohnung über ihr war ein leises Schaben zu hören – und dann Schritte, die ganz anders klangen, als die, die sie von Frau Brand gewöhnt gewesen war.

Patrick schien da zu sein. *Vielleicht sollte ich einfach hochgehen und ihn direkt auf die Artikel ansprechen – oder ihm von meinen Träumen erzählen,* dachte Laura.

Sie blieb noch eine kurze Zeit sitzen, so, als müsse sie erst einmal Mut und Kraft sammeln. Mit einem Ruck stand sie dann auf, ging ins Wohnzimmer und stapelte die Kartons aufeinander. Laura sah sich noch einmal um. Sie hatte nichts übersehen, musste jetzt aber feststellen, dass sie nicht alles auf einmal nach oben bringen konnte.

»Macht auch nichts, dann gehe ich eben zweimal«, sagte Laura zu sich selbst und packte sich gleich den ersten Stapel. Die erste Ladung stellte sie direkt vor der Wohnungstür von Frau Brand ab, ging wieder in ihre Wohnung und holte den Rest. Nach dem Klingeln dauerte es gar nicht lange und Patrick öffnete ihr die Tür.

»Hallo, Laura«, begrüßte er sie. »Du hast doch wohl nicht schon alle Kisten durchgeschaut?«

»War kein Problem«, erwiderte Laura knapp.

»Warte, ich stell die Kartons eben in die Wohnung, dann mach ich uns erst einmal einen Kaffee. Ich könnte jetzt gut einen gebrauchen. Natürlich nur, wenn du magst.«

»Ja danke, ich wollte sowieso mit dir reden«, sagte Laura. Sie fühlte sich sehr unwohl in ihrer Haut und wusste auch noch nicht genau, wie sie ihr heikles Thema ansprechen sollte.

»Moment bitte.« Patrick räumte einen Stapel alter Zeitungen vom Stuhl weg. »Du glaubst ja gar nicht, wie schnell sich das Zeug ansammelt. Ich muss dringend die Zeitung meiner Mutter abbestellen.«

Laura setzte sich und sah Patrick beim Kaffeezubereiten zu.

»Es war mir etwas unangenehm, solch persönliche Dinge zu ordnen«, fing sie zögerlich an. »Ich weiß nicht, ob du darüber Bescheid weißt: Deine Mutter war sehr reich.« Laura beobachtete Patricks Reaktion auf ihre Worte. Zu ihrer Verwunderung zeigte er aber keinerlei Regung.

»Tja! Mein Vater hatte für uns sehr gut vorgesorgt. Das wusste ich.«

Das war es also nicht. Lauras Gedanken überschlugen sich. Laut fragte sie: »Sagt dir der Name der Sekte *Die Teuflische Dreifaltigkeit* etwas?«

Patrick drehte sich mit den beiden mit dampfendem Kaffee gefüllten Tassen in der Hand, zu ihr um. »Wie war der Name?«, fragte er und lächelte sie an.

»*Die Teuflische Dreifaltigkeit*«, wiederholte Laura gereizt.

»Sagt mir überhaupt nichts«, antwortete er. »Aber das ist auch kein Wunder, ich interessiere mich nicht für Sekten.«

»Das kann ich gar nicht glauben«, platzte Laura heraus. »Deine Mutter hat stapelweise Artikel darüber gesammelt und du willst noch nie etwas von denen gehört haben? Du kannst mir doch nicht erzählen, dass deine Mutter die Sekte noch nie erwähnt hat.«

»Was regst du dich denn darüber so auf?«, fragte Patrick.

»Dazu hab ich ja wohl allen Grund. Deine Mutter erscheint mir jede Nacht im Traum und teilt mir mit, dass sie keines natürlichen Todes gestorben ist. Dann gibt sie mir noch Rätsel auf: Ich solle die Dokumente finden, dann wüsste ich Bescheid. Und du erzählst mir, du hättest keine Ahnung.« Laura hatte sich immer mehr in Rage geredet und zum Schluss schrie sie die Worte nur so heraus. Sie hatte vor Aufregung einen hochroten Kopf bekommen und ihr Herz schlug wie wild.

Patrick fühlte sich anscheinend in die Enge getrieben. »Und was habe ich bitte damit zu tun?« Auch er war nun lauter geworden. »Was kann ich dafür, dass meine Mutter irgendwelche Fähigkeiten besitzt, von denen ich bis jetzt keine Ahnung hatte?«

In diesem Moment klingelte es. Patrick eilte zur Tür und riss sie mit einem kräftigen Ruck auf.

»Kann mir mal einer sagen, was hier los ist?«, fragte Robert, der vor der Tür stand. »Man kann euch ja bis unten schreien hören. Oder war das etwa nicht Lauras Stimme, die ich da gerade gehört habe?«

Laura, die immer noch einen knallroten Kopf hatte, eilte zu ihm. »Ich bin hier und ich glaube es ist besser, wenn wir jetzt gemeinsam gehen. Sonst platze ich noch.«

In ihrer Wohnung angekommen, wollte Robert wissen, was da oben los gewesen sei. Laura schilderte ihm in allen Einzelheiten, was sie in den Kartons gefunden hatte und wie dann das Gespräch mit Patrick verlaufen war. Immer noch raste ihr Herz wie wild und sie konnte sich gar nicht beruhigen. Zudem fand sie Roberts Reaktion auf ihre Schilderung äußerst merkwürdig.

»Kannst du mir mal sagen, warum du nicht zuerst mit mir über diesen Blödsinn sprichst«, herrschte er sie an. »Und dann legst du dich auch noch mit diesem Kerl an, der nicht mehr Grips als ein Kanarienvogel im Kopf hat. Und was soll der Blödsinn mit dieser Sekte? Ich glaube, so langsam leidest du an Verfolgungswahn.«

Er riss seine Jacke vom Kleiderhaken und ging Richtung Wohnungstür. Kurz davor blieb er stehen, drehte sich zu Laura um – die nun vollkommen verstört auf der Couch saß – und sagte betont ruhig: »Überlege mal bitte, was für einen Blödsinn du da von dir gibst und wer dir da noch glauben soll.« Dann schloss sich die Tür hinter ihm und Laura blieb völlig verunsichert zurück.

Sie verstand überhaupt nichts mehr. Mit einer fast mühsamen Bewegung legte sie ihre Hand auf die Brust, in der Hoffnung, dass sie auf diese Weise ihr Herz dazu zwingen könne, ruhiger zu schlagen. Das ganze Zimmer schien sich um sie zu drehen und ihre Gedanken schlugen wahre Purzelbäume.

Sie war total erschöpft, zog ihre Beine vor den Oberkörper und umschloss sie mit beiden Armen. So kauerte sie auf der Couch. Schweißtropfen bildeten sich auf ihrer Stirn. Laura hörte nichts anderes als das Hämmern des Pulsschlags in ihren Ohren. Sie bekam nicht einmal mit, dass es immer dunkler wurde.

Erst als sie aus den Augenwinkeln heraus eine Regung im Zimmer wahrnahm, hob sie ihren Blick. Das, was Laura dort vor dem Wohnzimmerschrank sah, bestürzte sie dermaßen, dass sie unwillkürlich die Augen schloss. Ein kalter Schauer überlief sie.

Das kann nur ein Trugbild sein oder ich bin wirklich verrückt geworden, dachte sie verwirrt und lachte kurz auf. Es war ein leises, verwirrtes Lachen, das sich fast anhörte wie ein Schluchzen.

Dabei war sie fest davon überzeugt, dass das passiert war, was sie die ganze Zeit über befürchtet hatte: Sie war verrückt geworden. Etwas in ihrem Kopf hatte die falschen Nervenbahnen zusammengeknüpft. Das Ergebnis war eine Halluzination, die so erschreckend real war, als sei sie plötzlich und ohne Vorwarnung vom Wachzustand in einen ihrer Albträume hinübergeglitten.

Aber es war kein Albtraum. Da vor ihr war *Etwas.* Ein Etwas, das hin- und herwirbelte, um sich zu einer erschreckend lebendig wirkenden ... *Erscheinung* zu stabilisieren.

Zuerst begriff Laura überhaupt nicht, wessen Umrisse sich da vor ihr materialisierten. Dann erinnerte sie sich an ein altes

Schwarzweißfoto: der Ausschnitt eines Dorfplatzes, auf dem ein dunkler Mercedes und zwei oder drei Kleinwagen vor einem einfachen kleinen Haus mit Vorgarten standen. Ein älterer Mann, der gerade Arm in Arm mit einem jungen Mädchen das Haus verließ und spitzbübisch in Richtung Kamera grinste.

Sie hatte das Foto oft genug gesehen: auf der Wand inmitten der anderen Familien- und Erinnerungsfotos, die über Frau Brands Wohnzimmerschrank gehangen hatten. Irgendwann hatte sie die alte Frau einmal gefragt, wer das auf dem Foto war.

Der Mann mit dem altmodischen Hut und dem herausfordernden Grinsen war der Vater der alten Frau gewesen. Die junge Frau, die auf diesem Foto so unglaublich schön und strahlend aussah: Das war Angela Brand gewesen, die Frau, die Laura so selbstverständlich immer nur mit Nachnamen anredete, dass sie sich kaum vorstellen konnte, dass sie einen Vornamen hatte – und einmal jung und blühend gewesen war.

Angela Brand als junges, unglaublich hübsches Mädchen.

Und jetzt sah sie dieses Mädchen wie in einer holographischen Projektion vor sich.

Laura saß wie versteinert da. Ihre Zunge war ein geschwollener würgender Klumpen, der sie zu ersticken drohte; sie hatte eine Gänsehaut und ihre Hände zuckten wie im Krampf. Sie brachte nur ein leises, wimmerndes Geräusch zustande.

»Sieh mich an«, sagte Angela Brand. »Ich bin es wirklich. Du siehst mich als junge Frau, so wie ich war, als ich Roberts Vater zum ersten Mal begegnet bin.«

Laura hob ihren Blick und sah die Gestalt der jungen Frau – zwar schemenhaft wie durch eine Nebelwand, aber sie war eindeutig zu erkennen, ein Stück weit über dem Teppich schwebend – und keine zwei Meter von ihr entfernt.

»Hab keine Angst«, fuhr Angela Brand fort. Sie klang so leicht und leise, aber auch genauso selbstverständlich wie das Blätterrauschen einer großen Eiche, deren Äste und Zweige sanft vom Wind bewegt wurden.

Laura musste sich mehrfach räuspern, bevor sie überhaupt so etwas wie eine Antwort hervorbringen konnte. Schließlich wisperte sie: »Was willst du von mir?«

»Dich retten«, antwortete Angela Brand und sprach weiter:

»Ich habe ihn damals geliebt und leider fast zu spät bemerkt, was für ein teuflisches Spiel er mit mir trieb. Er war besessen vom Bösen und wollte mich in seinen Bann ziehen. Erst später erfuhr ich, dass er einer der drei Köpfe der *Teuflischen Dreifaltigkeit* war. Ich habe es geschafft, mich von ihm zu befreien – obwohl ich das Gefühl, nein, die *Gewissheit* hatte, dass er mich nie in Ruhe lassen würde. Kurz darauf habe ich dann begonnen, alles über seine Sekte zu sammeln, was ich finden konnte.«

Laura war so auf Angela Brand fixiert, dass sie das Klingeln der Türglocke gar nicht wahrnahm.

»Leider begriff ich erst im Angesicht des Todes, wer Robert wirklich ist und dass er vorhat, auch dich zu töten.« Die Stimme der Erscheinung wurde immer brüchiger. »Nun finde ich keine Ruhe, bis ich weiß, dass du außer Gefahr bist.«

»Nein, das kann nicht wahr sein!«, schrie Laura. »Er liebt mich doch!« Ihre Stimme überschlug sich, nahm einen schrillen, unnatürlichen Klang an.

Immer wieder klingelte es; dann donnerte es plötzlich massiv und ungeduldig am Eingang, so fordernd, als wäre derjenige, der Einlass begehrte, im Begriff als Nächstes die Tür einzuschlagen.

Angela Brand verschwamm vor Lauras Augen; eine Vision, die sich in einem bläulichen Nebel auflöste, als hätte es nie diese unglaublich plastische Art körperlicher Präsenz gegeben. Mit klopfendem Herzen starrte Laura auf die Stelle, an der ihr eben noch die wunderschöne junge Frau erschienen war.

Mit einem Mal wurde ihr bewusst, wie sehr sie diese Frau vermisste, die sie erst im hohen Alter kennen gelernt hatte: ihr Lachen, ihre ruhige, oft besänftigend klingende Stimme, ihre Augen, die sie mitunter so vertrauensvoll oder auch verwundert ansahen, dass Laura plötzlich gewusst hatte, wie sie sich in einer bestimmten Lebenssituation zu entscheiden hatte. Mit erschreckender Deutlichkeit wurde sie sich bewusst, welchen Verlust sie erlitten hatte …

… und dass immer noch jemand heftig gegen die Wohnungstür hämmerte. Noch halb erstarrt und benommen erhob sie sich und ging wie hypnotisiert in den Flur, um die Tür zu öffnen.

Patrick stand mit bleichem Gesicht davor. »Ich war gerade auf dem Weg, um mich für mein unmögliches Benehmen bei dir zu entschuldigen, als ich deine Schreie hörte …«

Er brach den Satz ab, als er Lauras bleiches, verschwitztes Gesicht sah und fuhr dann fort: »Komm, setzt dich lieber hin.«

Laura schwankte leicht. Er ergriff ihren Arm, stützte sie vorsichtig und begleitete sie ins angrenzende Wohnzimmer. Die Ereignisse der letzten Minuten hatten ihre ganze Kraft aufgezehrt. Sie fühlte sich wie nach einem heftigen Fieberanfall, der ihr unverständliche Visionen vorgegaukelt hatte und sie mit dem unfassbaren Gefühl zurückließ, dass auf der Grenze zwischen Leben und Tod Realität und mystische Erfahrung miteinander verschmolzen.

Als sie sich auf die Couch fallen ließ, hockte sich Patrick neben sie, ohne sie auch nur einen Moment aus den Augen zu lassen. »Du siehst ja aus, als wäre dir ein Gespenst über den Weg gelaufen«, sagte er besorgt.

»Ich glaube … irgend so etwas … war es wohl«, stotterte sie mit leiser Stimme. »Du wirst es mir nicht glauben. So ganz kann ich es ja selbst noch nicht begreifen: Aber deine Mutter ist mir gerade als junge Frau erschienen.« Sie sah Patrick an, als erwarte sie eine heftige Reaktion. Nichts dergleichen geschah.

Er sah ihr fest in die Augen und sagte: »Erzähle nur weiter, ich höre dir zu.«

»Ich weiß nicht, ob das richtig ist. Wenn mir jemand so was erzählen würde: Ich würde ihn für verrückt halten.« Ein paar Tränen rannen über ihre Wangen. Sie drehte den Kopf von ihm weg und sprach trotz ihrer Bedenken weiter: »Sie hat mir erzählt, dass Robert mich umbringen will. Sein Vater soll der Gründer dieser Sekte sein.«

»Jetzt mal ganz langsam«, sagte Patrick mit betont ruhiger Stimme, so als müsse er sich selbst dazu zwingen, nicht lauter und drängender zu werden. »Fangen wir noch mal von vorne an. Wie ist meine Mutter dir erschienen: im Traum oder … oder irgendwie anders?«

»Nein … nicht im Traum. Ich war wach! Wirklich!« Beschwörend sprach sie auf Patrick ein. »Sie war auf einmal da! Hier, in diesem Raum«, dabei zeigte sie mit dem ausgestreckten Zeigefinger auf die Stelle, wo der bläuliche Nebel sich in nichts aufgelöst hatte, »schwebte sie plötzlich, als wäre das das Selbstverständlichste von der Welt. Dann warnte sie mich vor Robert, ausgerechnet vor dem Mann, von dem ich ein Kind erwarte.«

»Ist ja toll, dass man so ganz nebenbei erfährt, dass man Vater wird«, sagte Robert, der plötzlich und für Laura vollkommen überraschend im Rahmen der noch immer offen stehenden Wohnungstür lehnte. Weder Laura noch Patrick hatten bemerkt, dass er hereingekommen war.

»Du hast uns belauscht?«, empörte sich Laura.

Robert stieß sich vom Türrahmen ab und ging halb durch den kleinen Flur hindurch, bevor er stehen blieb und Laura mit einem boshaften Lächeln bedachte. »Schließlich wohne ich hier. Da kann von belauschen wohl keine Rede sein. Und wenn ich euch hier so vertraut reden höre, war es wohl genau der richtige Zeitpunkt heimzukommen.«

»Nun mach aber mal einen Punkt«, empörte sich Laura. »Patrick hat mir nur geholfen. Mir ging es gar nicht gut und du warst ja nicht da, sonst hättest du mitbekommen, was mir passiert ist.«

»Meinst du die verrückte Story mit deinem *Geist*?«, fragte Robert spöttisch. »Ich bin früh genug hier gewesen, um deine Phantastereien mit anzuhören.«

Laura bekam einen roten Kopf. Wie sprach Robert überhaupt mit ihr? Seine sarkastischen Worte taten weh. »Ich weiß, was ich gesehen habe«, sagte sie. Eine Träne rollte über ihre Wange. »Aber was war mit deinem Vater los? Du hast mir noch nie viel über deine Eltern erzählt. Eigentlich nur, dass du keinen engen Kontakt zu ihnen hast.«

»Mehr brauchst du auch gar nicht zu wissen.« Robert machte nun keinen Hehl mehr aus seiner Verachtung. Seine Stimme hatte sich verändert – sie wirkte kalt und ohne jede Emotion –, auch seine Gesichtszüge zeigten eine Härte und Gleichgültigkeit, wie sie Laura nie zuvor an ihm beobachtet hatte.

Konnte der Mann, den sie über alles liebte, ihr so die kalte Schulter zeigen? Wie war das nur möglich, dass sie ihn vorher nie so gesehen hatte? Eine Welt brach für sie zusammen und schien all ihre bisherige Lebenssicherheit mit sich zu reißen.

»Ich glaube, das geht jetzt aber wirklich zu weit«, mischte sich nun Patrick in das Gespräch ein, stand auf und machte einen Schritt auf Robert zu.

»Da kann ich Ihnen nur Recht geben«, zischte Robert finster, während er etwas aus der Jackentasche nahm.

Laura sprang entsetzt von der Couch auf, als sie eine Pistole in Roberts Hand entdeckte. »Robert, lass das. Patrick will dir doch nichts tun. Was soll der Quatsch mit der Waffe?«

Robert lachte hämisch. »Vor diesem Waschlappen habe ich bestimmt keine Angst.«

Seine Worte hallten in den Hausflur hinaus. Er warf einen kurzen Blick hinter sich, machte ein paar Schritte zurück und schloss mit der linken Hand die Wohnungstür. »Irgendwelche Zeugen könnte ich nicht gerade gebrauchen.«

»Zeugen?«, fragte Laura ungläubig. »Was hast du denn jetzt vor?«

»Oh, das ist ganz einfach«, antwortete Robert, so als würde er von einem geplanten Spaziergang berichten. »Ich werde dich zu einem Kaffee einladen. Ist doch lieb von mir. Oder?«, fragte er hämisch. »Ach ja, eigentlich sollte es ja dein letzter sein, aber nachdem ich jetzt weiß, dass du unseren Sohn unter dem Herzen trägst, ist das natürlich etwas anderes. Eine leichte Betäubung wird ihm wohl nicht schaden. Meine Glaubensgemeinschaft hat eine wunderschöne Bleibe für dich: Da wirst du es wohl bis zur Entbindung aushalten – bis wir dich nicht mehr brauchen.«

Laura schlug entsetzt die Hände vor den Mund, so als müsse sie einen Schrei zurückhalten. »Du … du bist verrückt!«

»Aber nicht doch, mein Liebling«, triumphierte er. »Du weißt es nur noch nicht, aber du hast tatsächlich eine hohe Lebensversicherung zu meinen Gunsten abgeschlossen. Und du«, er deutete mit der Pistole auf Patrick, der mittlerweile einen weiteren Schritt auf Robert zugegangen war, »wirst einen kleinen Unfall haben. Man sollte sich halt nicht zu weit aus dem Fenster beugen.«

Robert schien an dem Entsetzen und der Angst der beiden seine helle Freude zu haben. Doch bevor er dazu kam, sein Vorhaben näher zu erklären, schien er plötzlich irritiert – von einem Moment auf den anderen und so unerwartet, dass Laura unwillkürlich zusammenzuckte. Statt weiterhin seine beiden Opfer wachsam im Auge zu behalten, war sein Blick starr auf einen Punkt schräg über Lauras Kopf gerichtet. Seine Augäpfel traten vor Entsetzen hervor und seine Mundwinkel fingen an zu zucken.

»Was willst du von mir?«, stieß Robert entsetzt hervor.

Laura dachte im ersten Moment, er hätte sie angesprochen, doch Robert würdigte sie keines Blickes. Es konnte nur einen Grund für sein Verhalten geben. Angela Brand. Aber wieso konnte sie sie nicht sehen?

Für Robert schienen Laura und Patrick gar nicht mehr zu existieren. »Geh dahin, woher du gekommen bist. Wir sind stärker, als du je sein kannst.« Er gab sich alle Mühe, seine Stimme hart und kraftvoll klingen zu lassen, doch das leichte Vibrieren darin verriet seine Unsicherheit. »Du kannst mir nichts anhaben. Ich werde beschützt von … von meinem Vater und Mächten, gegen die du nichts ausrichten kannst.« Seine Stimme rutschte plötzlich eine Tonlage höher. »Was tust du da? Nein! Lass das sein, das kannst du nicht machen.«

Er fing an zu schwitzen und wischte sich fahrig mit dem linken Handrücken über die Stirn. Seine Augen flackerten wie im Fieberwahn. Seine gesamte Körpersprache drückte Panik und Angst aus.

»Es war mein Vater, der dich gequält hat. Ich war nur seine ausführende Hand. Ich konnte nichts dafür.« Die Schweißperlen auf seiner Stirn sammelten sich zu kleinen Rinnsalen. Er warf einen panischen Blick nach hinten, ergriff die Türklinke und schrie entsetzt: »Lass mich in Ruhe!«

Laura drehte sich langsam um. Sie konnte nichts sehen und doch spürte sie, dass dort irgendetwas war. Es war nur ein Gefühl, aber sie war sich dessen vollkommen sicher. Sie spürte eine körperliche Nähe, die nicht von Patrick ausging. Plötzlich war es ihr, als streifte ein kühler Windzug ihren Arm. War es ihre Phantasie, die ihr einen Streich spielte? Dann war sie sich vollkommen sicher, dass diese Ausstrahlung von der jugendlichen Angela Brand ausging – die gleiche wunderschöne junge

Frau, die ihr vorhin in diesem Raum erschienen war – aber diesmal konnte sie sie nicht sehen.

Plötzlich riss Patrick sie zu Boden. Im gleichen Moment zischte eine Kugel an ihrem Ohr vorbei und schlug hinter ihr ins Mauerwerk ein. Robert stieß die Tür auf und stolperte rückwärts in den Flur; er hatte seine Waffe auf ein nicht auszumachendes Ziel gerichtet. Dann sahen Laura und Patrick ein zweites Mal das Mündungsfeuer aufblitzen. Die Kugel schlug irgendwo über ihnen in die Holzdecke und ließ das Holz splittern.

»Du willst dich messen mit den Kräften des Bösen? Das wird dir schlecht bekommen. Meine Brüder und Schwestern werden nicht eher ruhen, als bis der Frevel gesühnt ist!« Roberts Stimme wurde immer schriller. Er stolperte weiter rückwärts, ließ die Pistole fallen, streckte die Arme erst abwehrend nach vorn und hob plötzlich seine Hände schützend über die Augen: wie ein Tier, das in die Enge getrieben wurde und nun keinen Ausweg mehr sah.

Dann war das Treppengeländer in seinem Rücken. Sein Oberkörper bog sich immer weiter nach hinten über das Geländer hinaus, so als müsse er vor etwas oder jemanden zurückweichen. Alles an ihm drückte pure Todesangst aus. »Mein ungeborener Sohn wird mein Racheengel sein …«, war das Letzte, was er noch hervorstoßen konnte, dann verlor er das Gleichgewicht und stürzte rücklings über das Treppengeländer. Danach hörte Laura nur noch seinen gellenden Schrei – *das Wissen darin, dass es nun keinen Ausweg mehr gab und der Tod unvermeidlich war* –, der ihr durch Mark und Bein ging, bevor sein Körper mit einem dumpfen Geräusch aufschlug.

Keiner der beiden hätte später sagen können, wie lange sie wie versteinert dagestanden waren. Ihre erstarrten Gesichter wirkten fahl und blutleer. Sie hörten beide in die Stille – eine Stille, die den Klang des Todes in sich trug.

Laura wusste im ersten Moment nicht, ob sie sich in einem ihrer Albträume befand oder ob das, was sie gerade erlebt hatte, Realität war. Erst als Patrick sie leicht am Arm berührte, erwachte sie aus ihrer Erstarrung und es wurde ihr die Tragweite dessen bewusst, was geschehen war. Sie war am Ende ihrer Kraft und wie ein Kartenhaus, das einem Windstoß nicht länger standhalten konnte, fiel sie in sich zusammen.

Während ihr bittere Tränen über die Wangen liefen kauerte sie sich auf den Teppich und flüsterte mit brüchiger Stimme: »War das der Mann, den ich geliebt habe?«

Sie hob den Kopf mühsam empor und sah Patrick wie durch einen Schleier hindurch fragend an, der gerade vom Treppenhaus zurückkam, wohl, nachdem er sich davon überzeugt hatte, dass Robert keine Gefahr mehr darstellte.

»Er kann uns nichts mehr anhaben. Glaube mir. Er ist tot. Er … er liegt vollkommen zerschmettert auf der Kellertreppe.« Mit einem flehendem Blick sah er sie an, nahm ihr Gesicht sanft zwischen seine Hände und sprach beruhigend weiter: »Lass meine Mutter nicht umsonst gestorben sein. Sie hat dich noch über ihren Tod hinaus beschützt. Gib ihr nun den verdienten Frieden.«

Patrick sah sich suchend im Zimmer um. So wie auch Laura konnte er offenbar die Frau nicht sehen, die er suchte – aber es schien ihm ebenfalls bewusst zu sein, dass sie auf eine vollkommen unbegreifliche Art und Weise präsent war. Seine Worte waren eindeutig an seine Mutter gerichtet, als er mit klarer Stimme weitersprach: »Deine Aufgabe ist erfüllt, finde nun deinen Frieden. Ich werde ab jetzt an Lauras Seite sein und sie beschützen.« Nach ein paar tiefen Atemzügen setzte er noch hinzu. »Vor allem und jedem, egal was auf uns zukommt.«

Und es war Laura, als höre sie eine leise Stimme, die sagte: »Hüte dich vor deinem ungeborenen Leben.«

Wolfgang Hohlbein u. a.

IM SCHATTEN DER SONNE

Eine Geschichte – viele Autoren. An dieser Internet-Fortsetzungsgeschichte wirkten mit: Gero Altmann, Timo Bader, Sven Brand, Kathrin Elfman, Britta Elling, Silke Hammer, Heike Hilger, Yvonne Hoffmann, Manuela Hoflehner, Katharina Holz, Susanna Mühle, Nicole Riemann, Caroline Sobotta und Anina Stecay.

In vier oder fünf Minuten würde es hell werden. Wenn seine Uhr richtig ging, dachte Dimitri, würde dort draußen in wenigen Minuten der obere Rand der Sonne sichtbar werden, die ihren ewigen Auf- und Abstieg begann; so gleichgültig und präzise, wie sie es seit unzähligen Millionen Jahren tat und wie sie es noch unzählige weitere Millionen Jahre tun würde.

Für ihn und die drei anderen würde es möglicherweise das letzte Mal sein, dass sie diesen Anblick sahen.

»Wie lange noch?«, fragte Jennifer.

Dimitri antwortete nicht gleich. Die dunkelhaarige Amerikanerin – mit achtunddreißig war sie fast auf den Tag genau so alt wie er, hatte eine sportliche, durchtrainierte und äußerst wohlproportionierte Gestalt und ein Gesicht, in das er sich unter anderen Umständen möglicherweise auf der Stelle verliebt hätte – trug einen eineiigen Zwilling seiner eigenen, funkgesteuerten Quarzuhr am Handgelenk, auf die sie im Lauf der vergangenen beiden Stunden ebenso oft gestarrt hatte wie er, wenn nicht öfter. Die Frage war nur Ausdruck ihrer Nervosität. Vielleicht ihrer Angst.

»Drei Minuten«, sagte er, ohne auf die Uhr zu sehen. »Macht euch fertig.«

Sie waren fertig. Sowohl Jennifer als auch er hatten schon vor zehn Minuten die klobigen Rucksäcke mit ihrer Ausrüstung geschultert, und auch Marc und Elisabeth hatten sich ihre leichteren – aber ebenso wichtigen – Gepäckstücke gegriffen und saßen sprungbereit da. Auf dem faltigen Gesicht des alten Mannes war keinerlei Regung zu erkennen. Elisabeth hingegen rutschte unruhig auf ihrem Platz hin und her, und auf ihren Zügen lag eine Mischung aus Neugier, Nervosität und Furcht, in die sich aber auch eine gehörige Portion Abenteuerlust gemischt hatte. Dimitri fand dieses Gefühl ein wenig unangebracht, aber schließlich war Elisabeth ein Kind.

Er fuhr noch einmal mit den Fingerspitzen über den Patentverschluss des Rucksackes auf seiner Brust, stand auf und machte einen Schritt in Richtung Tür. Jennifer folgte ihm – zögernd –, während Marc sich gar nicht rührte und Elisabeth regelrecht hochflog und vermutlich als Erste und ohne auch nur einen Sekundenbruchteil zu zögern aus dem Haus gestürmt wäre, hätte er sie nicht mit einer befehlenden Geste zurückgerufen. Er sah nun doch auf die Uhr. Es war wichtig, dass sie das Haus auf die Sekunde pünktlich verließen.

Zwei Minuten. Eine Ewigkeit. Vielleicht der Rest ihres Lebens.

Dimitri ließ seinen Blick noch einmal über die Runde streifen und spürte selbst, wie sich ein fast melancholisches Lächeln auf seinem Gesicht ausbreitete. Ein Mann, eine Frau, ein Kind und ein Alter. Ein erbärmliches, letztes Aufgebot.

Aber es musste genügen. Es würde genügen.

Er verfolgte das lautlose Wandern des Sekundenzeigers auf seiner Uhr, dann streckte er die Hand aus und drückte die Türklinke herunter.

»Es ist so weit.«

Hintereinander gingen sie durch die Tür.

Aus einem geheimnisvollen Dokument in altrussischer Schrift, die Dimitri mit viel Mühe und Kombinationsgabe entziffert hatte, wusste er, dass genau hier und jetzt der zeitweilige Übertritt in die »körperlose Welt« möglich sein sollte. Das zweiseitige handgeschriebene Skript war dem angehenden Arzt aus einem Buch über mittelalterliche Heilkünste in den Schoß gefallen, das er sich in der Moskauer Universitätsbibliothek entliehen hatte. Als er das Dokument entziffert hatte, wusste er, dass er endlich den Schlüssel in der Hand hielt, um Elisabeth und Marc zu retten, und letztendlich auch sich selbst. Sie alterten unaufhaltsam. Alles, was in seiner Macht stand, hatte er gegen diese unheimliche Krankheit unternommen, doch keine Medizin half, keine Therapie wirkte gegen die plötzlichen Anfälle, die die beiden wie Krämpfe schüttelten, als habe ein schreckliches Wesen von ihrem Körper Besitz ergriffen und sauge es langsam von innen auf. Wenn sie zur Ruhe kamen, war es, als wachten sie aus einer tiefen Bewusstlosigkeit auf. Und jedes Mal hatten sie ein neues graues Haar oder eine weitere Falte. Und sie erzählten von Furcht erregenden Alpträumen, in denen sie von Schattenwesen gejagt wurden, die ihnen Stück für Stück den Willen raubten. Marc war vor einem Jahr erkrankt. Damals noch ein ganz normaler zehnjähriger Junge, der für sein Alter etwas zu groß geraten war, sah er heute aus wie sein eigener Großvater. Elizabeth dagegen spürte noch wenig von ihrem Schicksal. Zwar war ihr Haar inzwischen schlohweiß, doch ihr Gesicht war noch das eines Mädchens, und während sich Marc gemächlich wie ein Achtzigjähriger bewegte, sprang sie voller Energie herum. Doch sobald die Anfälle kamen, hatten beide genau die gleichen Symptome und beschrieben die Dinge, die sie sahen, mit genau den gleichen Worten. Es waren Worte, die Dimitri aus der Handschrift entziffert hatte:

»Dynis ruft uns. Es ist nicht mehr viel Zeit. Persephone tötet die drei Kinder der Sonne. Ein Sterblicher für jeden Unsterblichen. Wir sind die letzten. Die Uhr schlägt vier Mal. Die Tür ist im Gelb.« Nun würde sich zeigen, was diese Worte bedeuteten.

Was wäre geschehen, wenn er nicht in die Bibliothek gegangen wäre, nicht ausgerechnet dieses alte Buch aus dem Regal gezogen und niemals durch diesen Zufall das Dokument entdeckt hätte? Was, so fragte er sich, wäre geschehen, wenn sie das einsame, wohl seit Jahrzehnten unbewohnte Haus auf der Anhöhe nicht gefunden hätten? Wenn er den unförmigen Kleiderschrank, das einzige größere Möbelstück in diesem halb zerfallenen Haus, nicht zur Seite gerückt und dahinter den merkwürdig gezackten gelben Riss an der Wand entdeckt hätte? Der Riss war von drei Seiten bis zum Fußboden aufgeplatzt, als er die Hand darauf gelegt hatte, und plötzlich war in der Wand eine Tür gewesen. Jedenfalls sah der gelbliche Umriss, aus dem dünne gleißende Lichtstrahlen fielen, aus wie eine Tür. Nein, es war keine Einbildung: Es war eine Tür. Und sie sah genauso aus, wie in dem Dokument beschrieben. Mit einer Gewissheit, wie er sie nie zuvor in seinem Leben gespürt hatte, wusste Dimitri, dass hinter dieser Tür die Lösung lag, nach der er so lange gesucht hatte. Nach der alle gesucht hatten, vor allem Jennifer. Er musste durch diese Tür gehen, sie alle mussten es. Nur dann bestand für Marc und Jennifers kleine Tochter Aussicht auf Heilung ihrer Krankheit. Und so hatten sie sich auf den gefährlichen Weg gemacht, denn ein Aufenthalt in dieser »Parallelwelt« schien die einzige Chance zu sein. Das Wagnis dieser Reise lag vor allem darin, dass sie nicht wussten, ob und wann eine Rückkehr von dort je möglich sein würde.

Dimitri sah auf die Uhr und stellte fest, dass sie um Punkt vier Uhr stehen geblieben war. Sie hatten das Haus also im richtigen Moment durch die geheime Tür verlassen, aber auf den ersten Blick schien sich überhaupt nichts verändert zu haben. Er blickte an sich herunter und war erleichtert. Er hatte sich offenbar genauso wenig verändert wie die anderen drei. Bis auf einen starken Luftzug und das gleißende Licht konnte er sich allerdings überhaupt nicht mehr an den Gang über die Türschwelle erinnern.

»Sind wir da?«, fragte Elisabeth aufgeregt.

»Ich weiß nicht …«, begann Dimitri zögernd. Zwar war das Haus verschwunden, jedoch schienen sie sich noch immer auf der mit einigen niedrigen Kiefern bewachsenen, ansonsten kahlen Anhöhe zu befinden, auf der das Haus gestanden hatte. Die Berge dahinter waren dagegen noch da, aber sie sahen fremd aus, wie gemalt, als würden sie lediglich aus unzähligen blinkenden Sternen bestehen, die in allen Farben schimmerten. Darüber war ein Himmel, über den bläuliche und grüne Schleier zu tanzen schienen. Alles wirkte irgendwie transparent. »Körperlos«, dachte Dimitri plötzlich. Darum also nannte man diese Welt so. Oder war das alles nur Einbildung?

»Aber sicher sind wir da, meine Kleine«, versuchte Jennifer

das Mädchen mit nicht gerade fester Stimme zu beruhigen, »oder kannst du die Seilbahn irgendwo entdecken?« Elisabeth sah sich einen Moment schweigend um und schüttelte anschließend den Kopf. Dimitri seufzte erleichtert. Trotz all der Ungewissheit, was sie erwarten würde und dem traurigen Anlass ihrer Reise, konnte er die aufsteigende Abenteuerlust nicht leugnen. Wenn dies kein Traum ist, dachte er, sind wir ohne Zweifel in einer anderen Welt.

»Wohin sollen wir gehen?«, fragte Jennifer und sah erwartungsvoll zu Dimitri. Am liebsten hätte er mit den Schultern gezuckt, aber der Fund des Skripts hatte ihn mehr oder minder unfreiwillig zum Anführer dieser kleinen Gruppe gemacht.

»Im Skript wurde ein heiliger Ort in der Nähe eines Dorfes erwähnt. Ich schlage deshalb vor, dass wir hinunter ins Tal gehen. Wenn es hier ein Dorf gibt, dann wird es sich dort befinden.« Jennifer nickte zustimmend, und sie setzten sich in Bewegung.

Je näher sie dem Tal kamen, umso aufgeregter schien Elisabeth zu werden. Sie plapperte pausenlos auf Jennifer ein. Dimitri bewunderte die Amerikanerin insgeheim um ihre Engelsgeduld mit dem Kind. Wäre er an ihrer Stelle gewesen, so hätte er der Kleinen längst unmissverständlich klargemacht, dass sie besser still sein sollte. Marc hatte seit ihrem Eintritt in die »körperlose Welt« kein einziges Wort mehr von sich gegeben, und erst jetzt fiel Dimitri auf, dass er auch schon davor im Haus ungewöhnlich einsilbig gewesen war. Er drehte sich zu Marc um, der bisher das Schlusslicht ihrer kleinen Gruppe gebildet hatte, konnte ihn aber nirgends sehen. Der Arzt ließ seinen Blick suchend über die in bunte Nebel getauchte Landschaft gleiten, bis er ihn schließlich entdeckte. Marc war ein ganzes Stück zurückgefallen und sogar stehen geblieben, was Dimitri sich zunächst nicht erklären konnte.

Dann sah er die Schatten.

Es waren fünf, und ihre Umrisse deuteten sich fast nur wie sanfte Linien an, aber sie hatten eindeutig menschliche Proportionen. Auf einmal begannen sie den Alten in einem unheimlichen Reigen zu umtanzen. Dabei streckten sie die schemenhaften Hände, die in dolchartigen Krallen endeten, in Marcs

Richtung. Die Melodie, die sie vor sich hin summten, begann schneller und hektischer zu werden und steigerte sich auch in Lautstärke und Tonhöhe. Synchron dazu zog sich der undurchdringbare Kreis, den sie um den Alten herum gebildet hatten, langsam, aber stetig zu.

»Was ist das«, schrie Jennifer, griff nach Elizabeth und hielt sie fest.

»Ich weiß es nicht«, entgegnete Dimitri, obwohl er insgeheim ahnte, dass sie gerade jenen Schatten begegneten, vor denen der anonyme Verfasser des Geheimdokumentes gewarnt hatte.

Plötzlich hoben die seltsamen Gestalten zu einem ohrenbetäubenden Kreischen an. Dimitri hatte das Gefühl, als platze sein Trommelfell jeden Moment. Er krümmte sich vor Schmerz und presste die Hände auf die Ohren. Wie von Ferne hörte er Jennifer und Elisabeth voller Qual aufschreien. Dann war es mit einem Schlag still.

Langsam hob er den Kopf und versuchte durch den farbigen Nebel hindurch etwas zu erkennen. Marc war nun in gleißendes Licht getaucht und bewegte seine Glieder wie in Trance im Gleichklang mit den Schattenwesen. Dimitri wischte sich über die Augen und blinzelte gegen das grelle, heiße Licht an, das sich wie ein Feuer direkt in seinen Kopf brannte. Marc und die Schattenwesen waren in diesem Licht nicht mehr zu erkennen. Ganz langsam hob sich das Licht vom Boden, schwebte einen Augenblick wie ein Nordlicht am Himmel und löste sich schließlich in Luft auf, verschwand einfach. Und mit ihm verschwanden die sechs Gestalten. Von einer Sekunde auf die andere waren sie nichts als ein Wirbel aus Farben und Licht. Dimitri wollte Marc rufen, zu der Stelle laufen, wo er ihn gesehen hatte, doch seine Beine fühlten sich an wie festgenagelt, und etwas hämmerte von innen gegen seine Stirn. Er fiel zu Boden und ihm schwanden die Sinne.

Als er wieder zu sich kam, glaubte er im ersten Moment, stundenlang ohnmächtig gewesen zu sein, so schwer waren seine Glieder. Reflexartig tastete er nach seiner Uhr, doch sie war nicht mehr am Handgelenk. Auch der Rucksack war weg. Mühsam richtete sich Dimitri auf und spähte den Pfad hinauf. Marc war verschwunden, daran bestand kein Zweifel. Jennifer und Elizabeth kamen ebenfalls benommen wieder auf die Beine. Elizabeth klammerte sich stumm und mit angstvoll geweiteten Augen an ihre Mutter. Jennifer drückte sie an sich und warf Dimitri einen Blick zu, in dem er die gleichen Gefühle zu lesen glaubte, die ihn selbst bewegten, die gleiche Angst und zugleich etwas anderes, für das er keine Worte fand. Vielleicht war es Entschlossenheit, ein Glaube, der unerschütterlich war. Ich werde alles tun, um mein Kind zu retten, schien dieser Blick zu sagen.

»Wir müssen Marc wieder finden«, sagte Jennifer und strich sich eine Strähne ihres langen Ponys aus der Stirn. »Dimitri, hörst du?«

Aber Marc ist verloren, wollte er erwidern, doch dann entglitt ihm dieser Gedanke und wurde durch etwas anderes ersetzt, das er genauso wenig fassen konnte. War es der unheimliche Schrei der dunklen Gestalten, der Besitz von ihm ergriffen hatte? Er schüttelte mehrmals den Kopf, um den unangenehmen Klang zu vertreiben, doch ohne Erfolg. Erst nach einer Weile wurde ihm bewusst, dass dieser Klageschrei nicht in seinem Kopf war, sondern von jemandem stammte, der sich ganz in der Nähe befinden musste. Dimitri versuchte durch die bunten Farben, die ihm vor Augen tanzten, etwas zu erkennen.

Zuerst nahm er es nur als winzigen Nebelhauch wahr, doch allmählich kristallisierte sich eine winzige Gestalt heraus, nicht größer als vierzig Zentimeter, und aus ihrem Mund kam der Schrei, der schließlich in einem Schwall von Fragen erstarb: »Bitte nicht, es muß doch irgendwann ein Ende haben, was habe ich nur getan? Wie konnte das geschehen?«

Dimitri stand schwankend auf und näherte sich der Gestalt. »Was ...«, fragte er zögernd und hob die Arme trotz ihrer Schwere zur Verteidigung. »Wer bist du?«

Das Wesen schien völlig alters- und geschlechtslos. Die Augen in seinem unförmigen Gesicht waren nur zwei dunkle Höhlen. Trotzdem spürte Dimitri ihren stechenden Blick, der ihn erschauern ließ. Unwillkürlich wich er einen Schritt zurück, obwohl er spürte, dass ihm von dem Geschöpf keine Gefahr drohte.

Das kleine Wesen antwortete mit einer glockenhellen Stimme: »Mein Name ist Dynis. Und ihr seid die, auf die man wartet.«

Das seltsame Geschöpf verfiel in einen klagenden Ton. »Ich war erwählt, euch zu geleiten, euch mit meiner Macht zu schützen! Und nun«, sagte es verzweifelt und verbarg das kleine Gesicht in den weißen Nebelschwaden seiner Hände, »nun habe ich wieder jemanden an sie verloren. Und ausgerechnet einen von den Erwarteten. Sie werden mir diesen Fehler niemals vergeben!«

Dimitri hatte kaum zugehört. In seinem Kopf hallte der Name: *Dynis*. Dimitri kannte diesen Namen aus der Schrift über die körperlose Welt und wusste, dass Dynis zu den drei Kindern der Sonne gehörte, geboren aus jenem Nebel, der entstanden war, als die drei ersten Sonnenstrahlen vor Urzeiten auf das erste Meer gefallen waren. Wenn dieses Etwas wirklich die Wahrheit sagte, wenn es wirklich Dynis war, so stand hier eines der ältesten Wesen der körperlosen Welt vor ihnen, das sich nur zeigte, wenn ewige Dunkelheit das Licht des Lebens, die Sonne bedrohte.

Jennifers Stimme riss ihn aus seinen Gedanken, als sie misstrauisch fragte: »Was um Gottes willen ist mit Marc geschehen? Und was meinst du mit ›die, auf die man wartet‹?«

»Ihr seid diejenigen, die die Welt wieder zusammenführen werden.« Bei diesen Worten wurde Dynis' Stimme ehrfürchtig. Er schwebte in die Höhe, bis er sich fast einen Meter über den Köpfen der drei Reisenden befand, breitete die Arme aus und leuchtete nun wie eine blaue Sonne, während sein Körper fast auf die doppelte Größe anwuchs.

»Ihr seid die drei Sterblichen«, fuhr er fort, »die gesandt sind, um die drei Kinder der Sonne wieder zu vereinen. Ein Sterblicher für jeden Unsterblichen. Ein Paar für jede Welt. Eins für die Welt der Körperlosen, eins für die Welt der Sterblichen und eins für die Welt der Seelenlosen. Nur gemeinsam können diese drei Welten existieren. Deshalb müssen sie wieder zusammengeführt werden, bevor das Universum aufhört zu existieren.«

Bevor das Universum aufhört zu existieren … Die Worte hatten ihre Wirkung nicht verfehlt. Dimitri, Jennifer und Elisabeth starrten sprachlos zu dem leuchtenden Wesen empor, das über ihren Köpfen schwebte.

Mit der unglaublichen Nüchternheit, wie es nur einem Kind in einer solch ungewöhnlichen Situation gelang, war Elizabeth die Erste, die etwas erwidern konnte: »Aber wir waren doch vier. Wenn wir die Erwarteten sind, warum sind wir denn dann nicht zu dritt gekommen?«

»Aber, ihr müsst doch vier sein.« Dynis schwebte langsam wieder auf ihre Augenhöhe herunter. »Denn der Vierte wird versuchen, die Vereinigung zu verhindern. Aber das werdet ihr später noch alles erfahren. Wir müssen gehen, bevor die Seelenlosen wieder kommen. Sie kommen immer wieder.«

»Aber wo sollen wir denn hin?«, fragte Dimitri.

»An den einzigen Ort, der sicher ist«, antwortete Dynis. »Der einzige Ort, den sie nicht erreichen können. Das ewige Dorf. Ich bringe euch dorthin.«

Mit diesen Worten ließ er sich auf sie hinab gleiten und umhüllte sie mit seinem Nebelkörper. Wie in einen durchsichtigen blauen Vorhang gewickelt wurden die drei Menschen davongetragen und ein Rauschen erfüllte ihre Ohren.

Wie in einer Unterwasser-Traumwelt ist das, dachte Dimitri noch, da verstummte das Rauschen so plötzlich, wie es gekommen war. Der blaue Nebel lichtete sich, und zu ihrer Überraschung befanden sie sich nun auf einer Art Markplatz, der von winzigen, igluförmigen Gebäuden aus braunem Sandstein umgeben war. Aus allen Richtungen schwebten nebelhafte Gestalten auf sie zu und umringten sie. Sie hatten Ähnlichkeit mit Dynis, waren jedoch kleiner und wirkten etwas blasser. Mit ihren hellen Stimmchen redeten sie alle durcheinander, bis Dynis seine eigene Glockenstimme erhob: »Willkommen in der Welt der Körperlosen. Ja, Freunde, wie ihr seht, habe ich nur drei Gäste mitgebracht. Der erste Teil der Prophezeiung hat sich damit bereits erfüllt. Ich konnte es nicht mehr verhindern. Wir werden den drei Sterblichen alle Unterstützung geben, damit sie die Macht meines seelenlosen Bruders brechen und die drei Welten wieder zusammenführen können. Aber bevor ich Euch von den schicksalshaften Ereignissen berichte, lasst uns einen für Eure Bedürfnisse angenehmeren Ort aufsuchen.« Er führte sie, gefolgt von den leise wispernden Dorfbewohnern, zu einem der Gebäude. Von außen wirkte der rundliche Bau so klein wie ein Puppenhaus, in dem wohl noch nicht einmal Elizabeth Platz finden würde. Doch sobald sie davor standen, dehnte es sich plötzlich aus.

»Das glaub ich nicht«, flüsterte Jennifer und fasste nach Dimitris Hand. Die Berührung brachte ihn in die Realität zurück, vielmehr bewies Jennifers Hand in seiner, dass er nicht träumte.

»Das Haus wächst«, rief Elizabeth in diesem Moment und streckte aufgeregt den Arm aus. Und tatsächlich: Das Haus wuchs vor ihren Augen. Daran bestand absolut kein Zweifel. Schließlich war es höher als ihre Köpfe und sie traten mit zögernden Schritte über die Schwelle. Innen bot sich ihnen ein erstaunlicher Anblick: Ein Saal mit marmorähnlicher Verkleidung und einem blauen Fußbodenbelag, der wie ein lebendiger Teppich wirkte. Mit einem erleichterten Seufzer ließ Elisabeth sich darauf nieder und die beiden Erwachsenen folgten ihrem Beispiel.

Dynis schwebte vor ihnen hin und her und begann nun mit leiser Stimme zu berichten: »Einst waren wir drei Kinder der Sonne und unzertrennlich. Doch dann begann das Böse sein Werk, in dessen Verlauf mein Bruder Tibor seine Seele verlor. Zu Beginn der Zeit, als die Erde noch jung war, wurden wir, Tibor, meine Schwester Sadra und ich, von der Sonne auserwählt, über ihr Reich zu herrschen. Dieses Reich bestand aus drei Welten: der Welt der Sterblichen, die meiner Schwester unterstellt war, die Welt der Körperlosen, über die ich herrschte und die Welt der Unsterblichen, die Tibor regierte. Tibor war somit höher gestellt als wir alle … Doch das reichte ihm nicht! Sein Machthunger wurde immer größer, bis ein Wesen namens Persephone in unsere Welt kam. Es sprach von einer uralten Prophezeiung, von den Schatten, die die Sonne eines Tages für immer auslöschen würden. Mein Bruder geriet in Persephones Bann, alles, was er sich wünschte, wurde von diesem …Wesen im Nu erfüllt. Niemand weiß, was es ist, oder woher es kommt! Irgendwann forderte es Lohn für seine Mühen: das Reich meines Bruders, Nahrung, Seelen! Jeder Sterbliche, den Persephone berührt, wird zu einem Schatten. Zuerst verfällt der Körper, er altert, aber stirbt nicht. Dagegen löst sich die Erinnerung auf, die Gefühle schwinden, alles verlöscht wie eine Kerze …«

»Wie eine Kerze«, wiederholte Jennifer stockend und streichelte Elizabeths weißes Haar.

Dimitri hatte atemlos zugehört und rückte nun näher an Jennifer heran. War das die Erklärung für die seltsame Krankheit, die schon zahllose Opfer auf der Erde gefordert hatte? Doch bevor er Dynis fragen konnte, näherten sich Schritte. Dimitri und Jennifer fuhren gleichzeitig herum, als der Vorhang am Eingang zur Seite geschoben wurde und eine hoch gewachsene Frau den Raum betrat.

Dynis lächelte (jedenfalls glaubte Dimitri, dass es ein Lächeln gewesen war) und erhob seine Glockenstimme. »Darf ich vorstellen«, sagte das Nebelwesen mit einer Handbewegung zur Tür, »meine Schwester Sadra!«

Dimitri war überrascht und verwirrt zugleich vom Anblick der Herrscherin über die Welt der Sterblichen. Sadra sah zweifellos aus wie ein Mensch, doch war sie einer wie sie? Eine Aura des Lichts schien ihren Körper wie einen warmen Schein zu umgeben. Sie war schlank und trug ein prächtiges Kleid. Der dunkelblaue Stoff schmiegte sich wie eine zweite Haut um ihren Körper. Glitzernde Schmucksteine zierten das Kleidungsstück. Sadra trat mit den Bewegungen einer Königin in den Raum ein. Sie ging nicht, sie schritt, kraftvoll und gleichzeitig mit einer Grazie, die Dimitri den Atem raubte. Ihr junges Gesicht war makellos wie das einer Porzellanpuppe und eingerahmt von schulterlangem, schneeweißem Haar. Ihre dichten Wimpern schimmerten wie Seide und ihre Züge waren von einer solchen Vollkommenheit, dass es ihn fast erschreckte. Sie trug eine dicke Kette, an deren Ende ein handtellergroßer Anhänger in Form einer Sonne hing. Einen Moment starrte Dimitri fassungslos auf diese Sonne mit den gezackten Strahlen. Irgendein Zauber schien auf dem Anhänger zu liegen, das spürte er.

Dimitri blickte in Sadras schwarze Augen und hatte das Gefühl, als könne sie in seinen Gedanken und Gefühlen lesen wie in einem Buch. War sie die Retterin, von der in der Handschrift die Rede gewesen war? Wusste sie, wie Elizabeth und Marc geheilt werden konnten?

Da deuteten Sadras Lippen ein beinahe amüsiertes Lächeln an. Als hätte sie tatsächlich soeben Dimitris Gedanken gelesen, was sie mit großer Wahrscheinlichkeit immer noch tat. Er spürte, wie ihm die Schamröte ins Gesicht stieg. Sie wandte sich zu Dynis um, und das Lächeln auf ihren Lippen gefror.

»Es gibt schlechte Nachrichten«, brach Sadra das Schweigen.

Dynis sprang auf und eilte zu seiner Schwester. »Dann hat es also angefangen?«

»Ja. Persephone schart sein Schattenheer um sich. Mit Tibor an der Spitze wollen sie in das Reich der Sterblichen eindringen und du, Dynis, gabst ihnen den Schlüssel dazu!«

Sadras schwarze Augen sprühten bei diesen Worten Funken, und Dynis wand sich wie unter Peitschenhieben.

»Ich bin doch nicht schuld«, jammerte er. «Es ging alles so schnell ...«

»Du hast versagt!«, donnerte Sadra. »Du hattest die Aufsicht über die vier Menschen. Aber du hast dich von Tibors Gesellen überlisten lassen.«

Dimitri wurde hellhörig. »Redet ihr von Marc?«, fragte er aufgeregt. »Wo ist er? Was ist mit ihm passiert?«

Sadra wandte sich von ihrem Bruder ab und blickte Dimitri in die Augen. Ihr eben noch zorniges Gesicht entspannte sich und wieder lag dieses mysteriöse Lächeln auf ihren Lippen. Ihre Augen jedoch hatten einen traurigen Schimmer, als sie ihn ansprach: »Ja, Dimitri, ich rede von Marc. Durch seine Entführung sind wir alle in große Gefahr geraten.«

Jennifer richtete sich auf und griff nach einem bereitstehenden Becher, um zu trinken. Ihre Kehle war wie zugeschnürt. Da sah sie, dass Dimitri und Sadra sich noch immer in die Augen blickten. Sie schienen auf eine seltsame Art miteinander verbunden zu sein. Jennifer spürte einen Anflug von Eifersucht und stellte abrupt den Becher ab.

»Von welcher Gefahr ist hier die Rede?«, fragte sie ungeduldig. »Was geht hier eigentlich vor, und wo ist Marc? Ich will endlich die ganze Wahrheit wissen!«

Der Zauber zwischen Dimitri und Sadra zerbrach. Die Königin drehte sich zu Jennifer um: »Durch Marc haben die Schatten den Schlüssel zu eurer Welt in die Hand bekommen, der Welt der Sterblichen. Sie dringen in euch Menschen ein und …« Sadra zeigte mit einer unmissverständlichen Geste auf Elizabeth, die mit offenem Mund und erhitzten Wangen neben Jennifer saß. »Wenn es ihnen gelingt, die Schwelle der Welt der Sterblichen zu überschreiten, gibt es keine Möglichkeit mehr, die drei Welten wieder zu vereinigen.«

»Ich weiß nicht, was du von uns willst und wovon du sprichst«, ereiferte sich Jennifer. »Wir sind hier, weil dieses Mädchen krank ist. Genauso krank wie Marc. Wir haben uns Hilfe erhofft und jetzt wollt ihr, dass wir euch helfen. Mit welchem Recht?«

»Ich bin Sadra, die Wächterin der Sonne, ohne die ihr nicht leben könnt«, entgegnete die Königin. »Doch meine Macht ist gering, ich bin ganz allein und nur mein Amulett schützt mich.«

Sadra griff nach dem Anhänger, von dem ein goldenes Glitzern ausging. Dann hockte sie sich vor Elizabeth und sprach weiter, so als erzählte sie dem Kind ein Märchen:

»Vor langer Zeit wurde ich ausgewählt, um das Sonnenamulett zu tragen. Indem ich es trage, schütze ich euch Menschen. Heute ist der Tag gekommen, an dem ich es meiner Nachfolgerin übergeben werde.«

Sadra streckte ihre wie Porzellan schimmernde Hand aus und berührte Elizabeths weißes Haar. Elizabeth lächelte, ja sie strahlte über das ganze Gesicht, bis Jennifer sie mit einer brüsken Bewegung an sich riss.

»Mama, sie ist die Fee aus meinem Traum. Sie sieht genauso aus«, protestierte Elizabeth, doch dann schwieg sie, als sie den scharfen Blick ihrer Mutter sah.

»Wo ist Marc?«, fragte Dimitri.

»Persephone hat Marc ausgewählt, um euch hierher zu führen. Durch ihn hatte Persephone Zugang zu eurer Welt und hat sich geholt, was er brauchte: Seelen. Und durch ihn haben sie nun den Schlüssel in der Hand, um die Tür zu eurer Welt zu öffnen und ungehindert hindurchzugelangen. Ihr wart die Einzigen, die das Geheimnis kannten.«

Jennifer nickte und räusperte sich. «Und was können wir dagegen tun? Worin besteht unsere Aufgabe?«

Sadra lächelte sie an. »Wir müssen ihnen zuvorkommen, um sie an dem Übertritt zu hindern. Doch dazu müssen wir so schnell wie möglich an den ›Ort, der nicht sein wird‹ gelangen.«

»Was ist das für ein Ort?«, fragte Dimitri beunruhigt. Der Name löste in ihm so etwas wie eine düstere Erinnerung aus, als ob er ihn von irgendwoher kannte.

Dynis' blaue Nebelgestalt schwebte langsam höher. »Das ist ein Ort, der sich genau an der Verbindung zwischen den drei Welten befindet. Die Seelenlosen müssen ihn passieren, um in eure Welt zu kommen.«

Dimitri sah von Dynis zu seiner Schwester und fragte mit zusammengezogenen Brauen: »Aber wäre es dann nicht das Beste, wenn wir gleich losgingen?«

»Doch«, antwortete Sadra, und aus ihren Augen sprach Sorge. »Aber die schnellste Art, wie wir zu diesem Ort kommen können, führt mitten durch die Welt der Seelenlosen. Es ist nur ein kurzes Stück von hier, aber die Körperlosen alleine können ihn nicht gehen, denn sie sind den Schatten in deren Reich unterlegen. Mit eurer Hilfe haben wir zumindest eine kleine Chance.«

Dimitri und Jennifer sahen einander an, und Jennifer hatte das Gefühl, als sei die Temperatur in dem kleinen Raum plötzlich um mehrere Grade gefallen. Selbst Elizabeth, die dem Gespräch der Erwachsenen bisher mit großen, neugierigen Augen gelauscht hatte, schien zu frösteln.

Jennifer ging zu Elizabeth und nahm sie in den Arm. Ob sie Elizabeth vor ihrem Schicksal zu retten vermochte oder auch nur schützen? Es war nur eine schwache Geste, aber Elizabeth schien sich geborgen zu fühlen und vielleicht sogar ihrem Schicksal, das mit dem Tod enden könnte, gelassen entgegenzusehen. Dynis schreckte alle aus ihrer Erstarrung auf und sagte: »Wir haben nur einen einzigen Versuch! Wenn der misslingt, sind wir alle verloren.« Schweigend gingen sie hintereinander zu einem Tor. »Ihr befindet euch am richtigen Ort. Jetzt seid ihr auf euch allein gestellt,« bemerkte Sadra. »Viel Glück,«

sagte Dimitri, und plötzlich war alles um ihn herum verschwunden. Das ist also der Ort, der nicht sein wird, dachte Dimitri. Was er dann sah, verschlug ihm beinahe die Sprache.

Dimitri wusste zwar nicht, was ihn erwarten würde, aber damit hatte er bestimmt nicht gerechnet. Bevor er das Bild vor sich klar erfassen konnte, gingen ihm unzählige Versionen des ›Ortes, der nicht sein wird‹ durch den Kopf: ein Paradies im ewigen Frühling, ein Frieden, den es nie geben wird, ein Ende, das nie kommen wird …

Aber es war anders: eine grüne Ebene, voller Leben und Licht. Ein leichter Wind streichelte sanft das Gras. Normalerweise wäre dies ein beschaulicher Anblick gewesen, aber über dieser scheinbar friedlichen Ebene lag eine seltsame Spannung. Wie ein unhörbares Grollen. Als ob diese Welt auf etwas zu warten schien. Das glaubte zumindest Dimitri. Er wusste, dass hier etwas geschehen würde, und zwar bald. Als er sich zu Sadra umdrehte, die ihn unverwandt ansah, erfasste ihn eine leise Vorahnung. Die eigenartige Verbindung zwischen ihm und der Königin war wieder da, nur diesmal viel stärker als vorhin. Und mit jeder Sekunde, die dieser Zustand andauerte, veränderte sich die Atmosphäre mehr und mehr. Das Gefühl sanfter Vertrautheit, das Sadras Blick ausgelöst hatte, wurde von stärkeren Schwingungen durchbrochen. Auch die anderen schienen die Veränderung zu bemerken. Instinktiv griff Jennifer nach Dimitris Hand. Gleichzeitig schob Elizabeth ihre kleinen Finger in seine andere Hand. Dann begriff Dimitri, was geschehen würde.

Bevor er es zu Ende denken konnte, begann es. Es tut weh!, staunte er noch, dann wurden seine Gedanken von etwas ergriffen, das nicht seiner Kontrolle unterlag. Er legte den Kopf nach hinten und wollte schreien. Doch seine Stimme funktionierte nicht mehr. Sein Körper schien in Flammen zu stehen, seine Augen nahmen nichts mehr wahr.

Die unfassbare Bösartigkeit von Persephone wütete in seinem Bewusstsein, genau wie Dynis' kindliche Freundlichkeit und Elizabeths sprudelnde Neugier als angenehmes Kribbeln zu spüren waren. Jennifers Entschlossenheit bildete eine weitere Facette. Aber von wem stammte dieser ängstliche, trotzige

Impuls? »Der Vierte wird versuchen, die Vereinigung zu verhindern«, hatte Dynis gesagt.

Da begann Jennifer zu lachen, so unbeschwert wie Dimitri es noch nie gehört hatte. Ohne ein Wort der Erklärung wusste er, warum. Sie hatte Marc wieder gefunden. Oder hatte Marc sie gefunden? Sie erspürte das Kind, genau wie Dimitri Sadras Klugheit spüren konnte. Als Teil seiner eigenen Gedanken, sehr vertraut und doch so neu wie das, was sich da aus ihren Seelen zu formen begann. Innerhalb dieses Augenblicks, der eine Ewigkeit dauerte und alles veränderte.

Wie sinnlos, sie bekämpfen zu wollen, dachte Dimitri verzweifelt. Wie hatten sie nur glauben können, ohne die anderen existieren zu können? Jeder Sterbliche, den Persephone berührt, wird zu einem Schatten. Ein Sterblicher für jeden Unsterblichen. Plötzlich verstand Dimitri. Wie konnten sie gegen die Schattenwesen in eine Schlacht ziehen wollen, die doch gleichzeitig einen Kampf gegen sie selbst bedeuten würde?

Hätte Dimitri gesehen, was vor seinen Augen geschah, er hätte sich zu Tode gefürchtet. Denn jeder seiner Gedanken war begleitet von einem aberwitzigen Naturschauspiel. So aber nahm er nur wahr, was in seinem Inneren vor sich ging. Dann war es vorbei.

Überrascht stellte Dimitri fest, wie still es war. Der unhörbare Klang, der über allem geschwebt hatte, war verschwunden. Genau wie die fremden Impulse aus seinem Bewusstsein verschwunden waren. Keine Sadra, kein Dynis mehr, kein Persephone.

Er atmete tief ein und öffnete die Augen. Unwillkürlich lächelte er, als er erkannte, wo er sich befand. Das Haus stand noch immer auf der von Kiefern bewachsenen Anhöhe. Unbewohnt, verlassen. Und der unförmige Kleiderschrank stand am falschen Platz, wie gehabt. Aber der Riss in der Wand war verschwunden. Als hätte er nie existiert.

Reflexartig sah Dimitri auf seine Uhr, die wieder dort war, wo sie hingehörte: an seinem Handgelenk. In vier oder fünf Minuten würde es hell werden. Und die Sonne würde tun, was sie seit Millionen von Jahren tat und es noch viele Millionen Jahre tun würde. Und doch war etwas anders. Die Welt wirkte lebendiger, kraftvoller. Eine Welt, in der die schreckliche Krankheit der Schattenwesen keine Bedeutung mehr hatte. Oder war sie gar nicht so neu? War es nicht vielmehr die Welt, wie sie früher einmal existiert hatte? Vor ihrer Teilung?

»Seid ihr da?«, flüsterte Dimitri. Nein, eigentlich war es kein Flüstern. Er dachte es nur. Aber sofort bekam er die Antwort. Jennifer, Elizabeth und Marc. Sie waren da. Und in Elizabeths Augen strahlte unübersehbar das Licht von Sadras Sonnenamulett. Dimitri wusste, dass es richtig gewesen war. Die Welt war geheilt. Sie alle würden leben. Vielleicht auf eine andere Art als bisher. Aber sie *lebten*. Zum ersten Mal wusste er, was das bedeutete.

Der Herausgeber

Wolfgang Hohlbein, 1953 in Weimar geboren, muss den Lesern eigentlich nicht mehr vorgestellt werden: Seit 1982 ist er hauptberuflich Schriftsteller. Der erfolgreichste deutsche Vertreter des Genres Fantasy hat sich mit seinen spannenden Romanen einen riesigen Leserkreis erobert. Bei Weitbrecht sind von ihm die Romane »Das Druidentor«, »Die Rückkehr der Zauberer« und »Enwor – das elfte Buch« erschienen. Bei Thienemann publizierte er den phantastischen Roman »Wyrm – Das Geheimnis von Morrisons Farm« sowie, gemeinsam mit seiner Frau Heike, das Kinderbuch »Teufelchen«.

Die Autoren

Monika Felten, geboren 1965 in Preetz bei Kiel, arbeitete zehn Jahre lang als technische Zeichnerin, bevor sie hauptberuflich Mutter wurde. Vor gut zwei Jahren hat sie ein altes Hobby, das Schreiben von Geschichten, wieder aufgenommen und arbeitet zurzeit an einem phantastischen Roman. »Das Teufelsmal« ist ihre erste veröffentlichte Kurzgeschichte.

Thomas Finn wurde 1967 geboren und lebt heute in Hamburg. Der ausgebildete Werbekaufmann und Diplom-Volkswirt ist seit 1992 als preisgekrönter Rollenspielautor und Redakteur verschiedener Phantastik-Fachmagazine tätig. Er betreut als Chefredakteur das Magazin »Nautilus – Abenteuer & Phantastik« und ist Autor verschiedener Drehbücher und Romane.

Thomas Görden, geboren 1964 in Wuppertal, studierte Anglistik und neuere Geschichte. Er arbeitet seit vielen Jahren als Autor und freier Übersetzer. Bei Weitbrecht veröffentlichte er die phantastischen Romane »Schattenwölfe« und »Die Krypta«.

Jürgen Heinzerling, 1959 in Bottrop geboren, studierte Physik und arbeitet seit 1986 hauptberuflich als Erfinder und Journalist. Neben harten Fakten in Forschungsarbeiten und Fachartikeln interessiert er sich schon länger auch für Fiction: Seit 1992 veröffentlichte er SF-Storys und übersetzte verschiedene Romane. Zurzeit arbeitet er an einem historischen Mystery-Thriller.

Bernhard Hennen, 1966 in Krefeld geboren, ist ausgebildeter Archäologe und Historiker. Er arbeitete als Journalist für verschiedene Zeitungen und Radiosender. 1994 verfasste er gemeinsam mit Wolfgang Hohlbein seinen ersten Fantasyroman »Das Jahr des Greifen«, der im selben Jahr als bester deutscher Roman dieses Genres prämiert wurde. Nach zwölf weiteren Romanen gehört Bernhard Hennen mittlerweile zur ersten Riege der deutschen Fantasyautoren.

Heike Knopp wurde 1973 in Köln geboren. Sie schloss ihr Studium an der Fachhochschule für Bibliotheks- und Dokumentationswesen als Diplom-Bibliothekarin für wissenschaftliche Bibliotheken ab. Seit 1996 studiert sie an der Universität zu Köln Germanistik, Geschichte und Anglistik. »Königin der Spinnen« ist ihre erste veröffentlichte Kurzgeschichte.

Frank Rehfeld wurde 1962 in Viersen geboren. Seit 1985 ist er freischaffender Autor und hat, zum Teil unter Pseudonym, bereits zahlreiche Romane und Begleitbücher zu Fernsehserien veröffentlicht. Einige Romane entstanden in Zusammenarbeit mit Wolfgang Hohlbein.

Timothy Stahl wurde 1964 im US-Bundesstaat Illinois geboren. Er wuchs in Deutschland auf, wo er hauptberuflich als Redakteur für Zeitungen tätig war. Parallel dazu veröffentlichte er zahlreiche phantastische Romane, u. a. für die Serie »Das Volk der Nacht«, die er gemeinsam mit seinem Freund und Kollegen Manfred Weinland schreibt. Seit Anfang 1999 lebt Timothy Stahl als Autor und Übersetzer in Las Vegas.